Das italienische Zimmer

Das Buch

Als der junge Restaurator Matt O'Brien im Keller des Museums über ein altes Gemälde stolpert, ahnt er nicht, dass dieser Fund sein Leben verändern wird. Denn bei dem Bild handelt es sich um ein verschollen geglaubtes Gemälde Leonardo da Vincis, das Matt auf einen Schlag berühmt macht. Als er nun behutsam den Firnis vergangener Zeiten entfernt, blickt ihm eine bezaubernde Frau entgegen. Matt glaubt Anna, wie er sie nennt, auf unbestimmte Weise zu kennen – und verliebt sich in sie. Aber noch etwas anderes zieht ihn in seinen Bann: ein im Museum rekonstruiertes Studierzimmer aus der Renaissance. Die illusionistische Holzvertäfelung gaukelt eine Scheinwelt vor, der Raum entwickelt einen unwiderstehlichen Sog, und unversehens findet sich Matt im Italien des 15. Jahrhunderts wieder, in der Landvilla des Herzogs von Urbino. Dies wäre die einzigartige Chance, die echte Anna für sich zu gewinnen; allerdings wird Matt bald zum Spielball höfischer Intriganten und Widersacher. Mit dem Mut der Verzweiflung glaubt Matt an seine Liebe und kämpft um Annas Zuneigung …

Der Autor

James McKean ist Geigenbauer und -restaurator in New York und schreibt regelmäßig Beiträge für das Magazin *String*. Nach seinem Examen an der berühmten Geigenbauerschule von Amerika lernte er u.a. im Atelier von Vahakn Nigogosian die Feinheiten des Instrumentenbaus und der Restaurierung, bevor er 1982 seine eigene Werkstatt eröffnete. Er ist Mitglied der *American Federation of Violin and Bow Makers* und gewann zahlreiche Preise und Medaillen in internationalen Wettbewerben. *Das italienische Zimmer* ist James McKeans erster Roman.

James McKean

Das italienische Zimmer

Roman

Aus dem Englischen von Franca Fritz
und Heinrich Koop

List Taschenbuch

Besuchen Sie uns im Internet:
www.list-taschenbuch.de

Umwelthinweis:
Dieses Buch wurde auf chlor- und säurefreiem Papier gedruckt.

List Verlag
List ist ein Verlag des Verlagshauses Ullstein Heyne List GmbH & Co. KG.
1. Auflage Januar 2004

Dieses Buch ist im List Verlag bereits unter dem Titel: *Quattrocento* erschienen.
Titel der amerikanischen Originalausgabe: *Quattrocento* (Doubleday, New York)
Übersetzung: Franca Fritz und Heinrich Koop
Umschlagkonzept: HildenDesign, München – Stefan Hilden
Umschlaggestaltung: Hauptmann und Kampa Werbeagentur, München – Zürich
Illustration: Andrej Barov
Druck und Bindearbeiten: Clausen & Bosse, Leck
Printed in Germany
ISBN 3-548-60394-7

Für Charlie und Jack

Prolog

Blau. Dunkler als der Himmel, tief wie das Meer – ein Blau von solch intensiver Leuchtkraft, dass Matt die Farbe fast körperlich spüren konnte, als der Wind über das Feld mit blühenden Astern strich. Schützend hielt er eine Hand über die Augen, um sie gegen die heiße umbrische Sonne abzuschirmen, und beobachtete, wie das geflügelte Wesen das Feld hinunterstürmte, sich vom Boden abstieß und mit einem kraftvollen Schlag seiner Schwingen in den Himmel aufstieg. Noch ein schriller Schrei, dann war es verschwunden. Kurz darauf sah Matt, wie es sich über den Bäumen in die Höhe schraubte, während sich unter ihm der silberhelle Klang eines Jagdhorns mit dem lauten Kläffen der Jagdhunde vermischte. Wie hatte er das nur vergessen können?

Es war kühl unter den Bäumen; die Luft war erfüllt vom Duft der Kiefern und Lorbeersträucher. Vom Wiehern der Pferde und den Rufen der Männer angetrieben, die aus dem Wald zu ihm drangen, lenkte Matt sein Pferd durch das Unterholz. Blätter und Zweige schlugen ihm entgegen wie Wellen; Schweiß rann über seine Stirn und tropfte ihm in die Augen. Es ist noch nicht zu spät, dachte er.

Pfeilschnell schossen die Hunde durch das Dickicht, gefolgt von den Umrissen eines Mannes, der als rotgelber Farbfleck immer wieder zwischen den Stämmen aufleuchtete und eine lange Lanze in der Hand hielt. Hinter ihm tauchten weitere Männer auf.

Auch Matts Pferd folgte der Meute und warf unruhig den Kopf hin und her, als er es schneller vorantrieb. Plötzlich brachen sie aus dem Dickicht auf eine Lichtung hinaus; die Stute scheute, bäumte sich auf, und Matt wurde im hohen Bogen durch die Luft geschleudert. Das Schwert entglitt seiner Hand, und er schlug hart auf dem steinigen Boden auf, nur eine dünne Schicht Laub milderte den Aufprall. Der Schmerz durchfuhr ihn wie ein Dolchstich und nahm ihm die Luft, während seine Hände auf der Erde nach Halt suchten.

»Orlando«, stieß er keuchend hervor. Seine Brust brannte wie Feuer. Der Junge, er musste den Jungen finden. Stöhnend und schwankend richtete er sich auf und blickte nach oben, wo die Baumkronen über ihm zu kreisen schienen wie Falken am Himmel. In seinem Arm spürte er einen stechenden Schmerz, sein blaues Wams war übersät mit Erde und Laub; eines seiner Knie stak weiß aus seiner zerrissenen Hose hervor. Fieberhaft tastete er den Boden ab, auf der Suche nach seinem Schwert. Plötzlich bewegte sich einer der Baumstämme, löste sich aus der Gruppe von Bäumen, die schweigend die Lichtung umsäumten. Eine gewaltige schwarze Rüstung schimmerte matt wie Wasser im Mondlicht; auf dem Brustharnisch prangte ein Doppeladler, und den Helm zierte ein weiterer Adler mit gespreizten Schwingen und weit aufgerissenem Schnabel. Als sich die Figur quer über die Lichtung auf Matt zubewegte, blitzte in der erhobenen, behandschuhten Hand ein flaches Breitschwert auf.

Matt umklammerte seinen Arm und versuchte mühsam, das Gleichgewicht zu halten. Die Klinge kam näher und näher, bis sie schließlich auf seiner Brust ruhte. Dann grub sie sich durch den Stoff seines Wamses und seines Leinenhemdes hindurch, das dünn und schweißfeucht an ihm klebte, und trieb ihn Schritt für Schritt zurück, bis sein Rücken gegen einen rauen Baumstamm prallte. Die Spitze schob sich langsam immer höher, zwang Matt auf die Zehenspitzen, und presste ihn gegen den unnachgiebigen Stamm.

»Ihr gehört nicht hierher.« Die Stimme klang geisterhaft hinter dem blanken Visier, dessen Sehschlitz nur ein schwarzes Loch zeigte. Eine weitere Klinge legte sich auf Matts Wange und verharrte direkt neben seinem Auge. »Nicht wahr?«, flüsterte der Mann. »Nicht wahr?«, brüllte er und brach in ein höhnisches Gelächter aus, während das Schwert an Matts Brust herabglitt. Eine massige, von Leder und Kettenhandschuh umhüllte Hand schloss sich um seine Kehle, schlug seinen Kopf gegen die raue Baumrinde und hob ihn höher und höher, bis Matt zu schweben schien. Das sanfte Licht um ihn wurde dunkler, dann rot und schließlich schwarz, bis es als drehendes, leuchtend buntes Feuerrad explodierte. Matt hörte das Lachen, lauter und immer lauter, das sich schließlich in eine einzelne Note verwandelte; dissonant und schrill hallte sie tief in seinem Inneren wider, zermalmte ihn mit ihrer Macht, der Wolfston …

Kapitel 1

Pappel?«, fragte Sally. Sie drehte das kleine Gemälde um und betrachtete den Rücken der Holztafel. Ihre Hand strich über die vom Alter geschwärzte Oberfläche, die sich unter ihren Fingerspitzen so glatt anfühlte wie die gemeißelten Züge einer Marmorstatue.

»Pyramidenpappel«, erwiderte Matt.

»Oh. Pyramidenpappel. Das ändert natürlich alles.«

»Das tut es tatsächlich«, sagte Matt. »Lach du nur.«

Der Regen trommelte laut gegen die Fenster, und der Sturm nahm noch zu, während der Spätnovembertag langsam in den Abend überging. Wasser rann in Bächen die Fensterscheiben hinunter und verwandelte das Licht, das kaum den rückwärtigen Teil des Büros erreichte, in perlende Schatten.

»Ich glaube nicht, dass das etwas bringt«, meinte Sally und untersuchte weiterhin das nachgedunkelte Gemälde. »Ich kann kaum erkennen, dass das hier ein Porträt sein soll. Es wirkt irgendwie unheimlich«, fügte sie mit gerunzelter Stirn hinzu. »Es erinnert mich an Ophelia – treibend unter Weidenbäumen, von Hamlet vergessen. Und du glaubst wirklich, dass du sie wieder zum Leben erwecken kannst?«

»Es ist einen Versuch wert.«

»Tu nicht so schrecklich unverbindlich«, meinte sie und warf ihm einen scharfen Blick zu. »Ich kenne dich. Du hast doch etwas entdeckt, oder? Was ist es? Ein verlorener Leonardo?«

Matt lächelte müde. »Ha ha. Wahrscheinlich werde ich den Künstler nicht benennen können.« Er fuhr sich mit der Hand durchs Haar, doch es fiel ihm störrisch wieder ins Gesicht. Er konnte Sally keinen Vorwurf machen, denn schließlich lief es immer genauso, wie sie gesagt hatte. Auch wenn er es sich noch so fest vornahm – immer wenn er ein Gemälde betrachtete und zu entscheiden versuchte, ob es die Mühe lohnte, überlegte er, wer es gemalt haben könnte. Es war, als ob man die Straße hinunterging und einem plötzlich irgendeine Person aus der Menge ins Auge fiel: Gab es etwas Einzigartiges an diesem Gesicht oder war es jemand, den man kannte? Aber für ihn als freien Kurator für italienische Kunst am New Yorker Metropolitan Museum war eine solche Reaktion eine Art Berufskrankheit, und nach fünf Jahren musste er sich mittlerweile zwingen, ein Bild um seiner selbst willen zu betrachten.

»Sieht nach einer Menge Arbeit aus«, bemerkte Sally. »Wie lange wirst du dafür brauchen?«

Matt zuckte die Achseln. »Schwer zu sagen. Es hängt davon ab, wie oft das Bild im Laufe der Jahre übermalt worden ist. Aber es ist nicht sehr groß. Es sollte mich nicht mehr als hundert, höchstens hundertfünfzig Stunden kosten. Vielleicht zweihundert, wenn irgendein cleverer Restaurator in der Vergangenheit einen Firnis benutzt hat, den ich noch nie zuvor gesehen habe.«

»Zweihundert Stunden! Lohnt sich das denn?«

»Keine Ahnung«, erwiderte Matt. »Von dieser Seite aus habe ich es noch nie betrachtet.«

»Du bist wirklich unmöglich«, lachte Sally. »Wie willst du es denn sonst betrachten?«

»Entschuldige, ich vergaß: In der Welt der Juristen ist Zeit das Maß aller Dinge. Zweihundert Stunden wären wie viel? Vierzigtausend Dollar?«

»So habe ich es nicht gemeint, aber du bist doch immer so misstrauisch gegenüber allem, was vorgibt, alt zu sein. Woher willst du wissen, dass es sich hierbei nicht um eine Fälschung handelt?«

Matt nahm das Bild und lehnte sich gegen den Rand der Arbeitsplatte. Sally, die wusste, dass er nun vorübergehend für die Welt verloren war, schaute sich im Zimmer um und betrachtete belustigt den Wirrwarr von Büchern und Werkzeugen, die Matt beiseite geschoben hatte, um Platz für interessantere Projekte zu machen. Am hinteren Rand der Arbeitsfläche, neben einer Unzahl von Marmeladengläsern und beschattet von einem Wald von Pinseln, die dicht gedrängt in Kaffeebechern und alten Büchsen standen, entdeckte sie unter einer Glasglocke eine kleine Messinguhr. Das Uhrwerk drehte sich und wirbelte in einem kunstvollen Tanz, glänzend im Schein der Lampe. Der Minutenzeiger glitt langsam nach oben, richtete sich perfekt zum Stundenzeiger aus und beide verwandelten sich in einen Pfeil mit zwei Spitzen. Die Uhr begann die Stunden zu schlagen, ein sanfter Kontrapunkt zum unregelmäßigen Trommeln des Regens gegen das Fenster. Als die Schläge endeten, kippte der Minutenzeiger nach rechts, wodurch die Figur des Pfeils zerbrach. Schließlich rührte Matt sich wieder; ein Lächeln stahl sich auf sein Gesicht.

»Und?«, fragte Sally. »Wie lautet das Urteil?«

»Es ist echt«, sagte er und lehnte das Bild wieder gegen einen Turm aus Büchern, der sich gefährlich zur Tischkante hinüberneigte.

»Was macht dich so sicher? Sag mir, was du siehst.«

»Ich sehe das gleiche wie du. Jede Menge Schmutz, jede Menge Arbeit. Aber worauf es ankommt, ist das, was ich *nicht* sehe.«

Sally schaute zur Uhr. »Wir sollten uns langsam beeilen. Das Ganze ist um sieben zu Ende.«

»Stimmt«, erwiderte er. »Aber warum lassen wir es nicht einfach sausen und gehen stattdessen etwas essen?«

Sie lachte und reichte ihm sein Jackett, ein altes Tweedsakko, das ihn seit seinem Examen vor acht Jahren auf fast jede Party begleitet hatte. »Du hast mir gerade erzählt, dass Charles fünfzehn Jahre daran gearbeitet hat. Also los.«

»Es ist eine ständige Installation«, protestierte er und fuhr in die Sakkoärmel. »Wir können es uns ansehen, wann immer wir wollen. Er wird nicht mal bemerken, ob wir da sind.«

»Natürlich wird er das.« Sally schob ihn zur Tür hinaus. »Was meinst du mit ›Worauf es ankommt, ist das, was ich *nicht* sehe‹?«

»Das Auge schläft, bis der Geist es mit einer Frage erweckt«, entgegnete Matt. Mit einem dumpfen Knall schlug die Tür zum Treppenhaus hinter ihnen zu, während sie die wenigen Stufen von der Restauratorenwerkstatt zum Erdgeschoss des Museums hinuntergingen. »Es hat wochenlang neben mir gestanden. Und die Hälfte der Zeit habe ich sie angesehen, ohne sie überhaupt zu bemerken.«

»Und das heißt?«

»Keine Alarmglocken. Wenn du ein Bild betrachtest, siehst du nur das, was du sehen willst oder was der Maler dich sehen lassen wollte. Erst wenn du nicht mehr bewusst hinschaust, kann es geschehen, dass dich etwas anspringt, was nicht ins Bild passt, und dich mit Haut und Haaren packt.« Sie erreichten die Ausstellungsräume des Museums, und die Geräusche der Party schwollen langsam an. Stimmengewirr und Gelächter wurden immer lauter, bis sie schließlich um eine Ecke in den riesigen Mittelalter-Saal einbogen, der von einem dreistöckigen geschnitzten und vergoldeten Lettner aus einer spanischen Kathedrale beherrscht wurde. »Erinnerst du dich an den Georg?«

»Georg? Welcher Georg? Ein Freund von dir?«

»Sankt Georg und der Drache. Es wurde Luca Signorelli zugeschrieben und etwa auf das Jahr 1430 datiert. Eines Tages habe ich das Gemälde beim Telefonieren etwas beiseite geschoben, weil ich ein Blatt Papier brauchte – und in der Sekunde sah ich plötzlich, dass etwas daran nicht stimmen konnte.«

»Was hast du denn gesehen?«

»Ich kann es gar nicht genau sagen«, erwiderte Matt. »Es war der Winkel. Sankt Georg sah plötzlich so aus, als ob er in einen Manet gehören würde. Wie einer dieser großbürgerlichen Herrn mit Sockenhaltern, die an einem Samstagnachmittag in einem Café am Fluss sitzen und ein Glas Wein trinken. Aber nachdem es mir einmal aufgefallen war, erschien es mir so offensichtlich und dilettantisch, dass ich gar nicht glauben konnte, dass ich mich so sehr hatte täuschen lassen. Apropos Wein – wie wär's mit einem Glas?«, fragte er und schob sich mit ihr in die Menge.

»Gern«, antwortete Sally. Matt verschwand im Gedränge rund um die Bar, die unmittelbar neben einem massiven Tisch aufgebaut worden war, der einst den Speisesaal des Palazzo Farnese geschmückt hatte.

»Ich hatte keine Ahnung, dass hier so ein Starrummel herrschen würde«, meinte Sally, als Matt sich wieder zu ihr durchgekämpft hatte.

»Was für ein Starrummel?«, fragte eine Stimme aus dem Summen der Konversation. Eine Hand legte sich auf Matts Schulter, eine andere auf seinen Arm.

»Ein Starrummel für den Star. Für dich.« Matt begrüßte Charles, seinen direkten Vorgesetzten, mit aufrichtiger Wärme und Zuneigung. »Wer ist der Kerl?«, wandte dieser sich an Sally.

»Charles«, erwiderte sie mit einem Lachen und erhob ihr Glas, »meinen herzlichen Glückwunsch. Es sind wirklich alle gekommen.«

»Wem sagst du das?« Charles verdrehte die Augen. Ein breites Lächeln durchbrach seinen perfekt gestutzten, dichten schwarzen Bart, in dem sich nur hin und wieder ein weißes Haar entdecken ließ. Einen Kopf größer als Matt erschien er so kräftig und robust wie ein alter Sessel, der mit einem dicken Wollstoff aufgepolstert worden war. »Ich bin völlig fertig«, fuhr er fort, »und brauche dringend einen Drink. Nein, danke«, sagte er, als Matt ihm sein unberührtes Glas anbot. »Ich muss noch arbeiten. Aber später wartet eine ganze Kiste Moët auf uns. Ich habe Kent gesagt, er soll ihn so kalt stellen, dass die Bläschen gefrieren.«

»Ich habe ihn noch gar nicht gesehen. Wo steckt er denn?«

»Oh, er ist nicht da. Er hat angerufen und ausrichten lassen, dass ein paar Leute in die Galerie kommen wollten und er es deshalb nicht schaffen würde. Du kennst ihn doch. Pläne sind dazu da, um über den Haufen geworfen zu werden. Aber er wird später im Apartment sein. Ihr kommt doch auch, oder?«

»Natürlich.«

»Übrigens, Sally – du siehst hinreißend aus. Nein, ganz im Ernst, und dein Freund hier macht auch einen ziemlich guten Eindruck. Matt, du hast ganz schön abgenommen«, sagte Charles und lehnte sich etwas zurück, um ihn ganz betrachten zu können. Seine Hand lag immer noch auf Matts Schulter.

»Du bist überarbeitet, Charles«, lachte Matt. »Du siehst mich jeden Tag, und ich bin noch genau derselbe wie heute Morgen.«

»Vielleicht werde ich ja einfach nur fetter. Und grauer – und sag mir bloß nicht, dass das nicht stimmt. Du bist der schlechteste Lügner der Welt. Aber irgendetwas hat sich verändert. Du siehst so fit aus.«

»Das liegt am Fechten«, meinte Sally.

»Schwertkampf?«, fragte Charles. »Hast du wieder damit angefangen?«

»Ich brauchte einfach etwas Bewegung«, meinte Matt und rieb sich über den Bauch.

»Ich muss los«, sagte Charles. »Wir sehen uns später«, fügte er hinzu und klopfte Matt zum Abschied kurz auf die Schulter. Sie beobachteten, wie er sich einen Weg durch die Menge bahnte und mit einer Überschwänglichkeit, die keinerlei Anzeichen von Stress verriet, zwei Männer begrüßte, die gerade hereingekommen waren. Der größere der beiden, der dank einer Mischung aus Sonnenbräune, aristokratischen Zügen und italienischem Maßanzug eine gewisse weltmännische Ausstrahlung besaß, war der Leiter der Abteilung für europäische Kunst, Silvio Petrocelli.

»Das muss Klein sein«, sagte Matt mit einem Blick auf den Mann, den Petrocelli am Ellbogen durch die Menge führte. Dieser war ebenso tadellos und elegant gekleidet wie der Abteilungsleiter, wirkte aber jünger; sein glattes schwarzes Haar zeigte noch keine der silbernen Fäden, die der Hauptgrund dafür waren, dass Petrocelli in der Presse immer häufiger als »distinguiert« bezeichnet wurde. Es ließ sich nicht genau sagen, ob es an dem schmalen, schwarzen Brillengestell oder an dem Einstecktuch lag, das mit der gleichen Präzision arrangiert war wie sein Haar, aber seine ganze Erscheinung wirkte eindeutig europäisch und konnte es mit Petrocellis Flair mühelos aufnehmen. Während die beiden sich mit Charles unterhielten, erweckten sie den Eindruck zweier Abgesandter einer europäischen Anwaltskanzlei, die seit der Erfindung der Dampfmaschine keine neuen Klienten mehr angenommen und die beiden nur deshalb in die Neue Welt entsandt hatte, damit sie den letzten Nachkommen einer uralten, vor ewigen Zeiten eingewanderten Familie aufspürten, einen braunen Bären mit sorgfältig getrimmtem, schwarzen Bart.

»Wer ist Klein?«, fragte Sally.

»Er ist derjenige, der all das hier bezahlt hat.« Bis zu diesem Zeitpunkt war Matt dem geheimnisvollen Mäzen noch nicht begegnet, der ein Vermögen für die Restaurierung des Studiolos zur Verfügung gestellt hatte – ein Projekt, das unzählige Stunden über einen Zeitraum von zwanzig Jahren verschlungen hatte. Es schien fast unvorstellbar, dass ein einzelner Mensch dies alles allein bezahlen konnte, aber in der Danksagung des Museumsbulletins fand sich nur ein Name: Dr. Johannes Klein, Fleigander-Stiftung, Prag.

»Und was macht er?«

»Ich weiß gar nicht, ob er überhaupt etwas tut, um Geld zu verdienen. Charles behauptet, er ›macht in Akustik‹ – was immer das bedeuten mag.«

»Ist er ein Musiker?«

»Nein. Eher Vibrationen, Resonanzfrequenzen. Er berät. Charles meinte, ohne ihn wäre das Space Shuttle immer noch ein kleines Kunststoffmodell, und anscheinend bezahlt Boeing ihm ein Vermögen nur dafür, dass er nicht mit den Leuten von Airbus redet.«

»Oh.« Sally war beeindruckt, auch wenn sie versuchte, es nicht zu zeigen. »Ich würde gern wissen, was seine Großzügigkeit ihm eingebracht hat. Können wir es uns einmal näher ansehen?«

»Gern«, sagte Matt.

Sie folgten einer Traube von Gästen und verließen den Empfang durch einen kleinen Ausstellungsraum, der in den großen Mittelalter-Saal zurückführte. Auf einer Seite befand sich ein hoher Torbogen, flankiert von Säulen und gekrönt von einem breiten Sturz. Die schweren hölzernen Türflügel standen weit offen.

»Sehr eindrucksvoll«, meinte Sally. »Sieht aus wie der Eingang zum Obersten Gerichtshof.«

Als sie das winzige Vestibül betrat, blieb sie abrupt stehen. Sie hatte einen Ballsaal erwartet, aber dieser Raum wirkte kaum größer als ein begehbarer Schrank. Das Innere war vollständig mit illusionistischen Wandschränken dekoriert, die auf den ersten Blick so real wirkten, dass sie wesentlich größer erschienen, als sie in Wirklichkeit waren. »Was ist das?«, fragte Sally und schaute sich verblüfft um.

»Ein Studiolo«, antwortete Matt. »Ein Studierzimmer, im wahrsten Sinne des Wortes. Es wurde als Raum zur Kontemplation benutzt, als ein Ort des Rückzugs.« Überrascht stellte er fest, dass er genauso überwältigt war wie sie. Dabei hatte er den größten Teil des Raumes bereits gesehen, in Einzelteile zerlegt, während der Restaurierungsarbeiten. Er hatte neben einer der Wandtafeln gestanden, als er Charles zum ersten Mal begegnet war, mit dem Pinsel in der Hand und der Arbeitsbrille auf der Nase. Aber der Anblick der einzelnen Tafeln, die nackt dem grellen Licht der Deckenbeleuchtung in der Restaurierungswerkstatt ausgesetzt waren, hatte ihn nicht auf die Ausstahlung des Raumes vorbereitet, in dem er nun stand.

»Wahrscheinlich wurden nur drei solcher Studioli je erbaut«, beeilte Matt sich zu erklären. »Der Papst hatte eines, und Federico, der Herzog, besaß die beiden anderen: dieses hier und eines in seinem Palast in Urbino, das von Botticelli angefertigt wurde.«

»Soll das ein Witz sein? Er ließ Botticelli seine Raumdekorationen anfertigen? Selbst wenn er ein Herzog war, woher hat er das Geld genommen?«

»Er war der größte Condottiere der Renaissance. Ein Söldnerführer«, fügte er hinzu. »Wenn beispielsweise Florenz ein Auge auf Volterra geworfen hatte, dann musste man nur mit Federico reden, und die Sache wurde prompt erledigt. Er war einzigartig für seine Zeit, da er niemals seine *condotta* – seinen Vertrag – brach. Viele andere wechselten die Seiten, ohne mit der Wimper zu zucken, doch wenn man Federico anheuerte, stand er dem Auftraggeber für die vereinbarte Dauer des Vertrags zur Seite. Aber er gehörte auch zu den führenden Humanisten seiner Zeit. Gelehrte aus ganz Europa reisten zu ihm, um mithilfe seiner Sammlung von Büchern und Handschriften, zu der auch viele einzigartige Exemplare gehörten, Studien zu treiben. Sie bildete später den Kern der vatikanischen Bibliothek.«

Sally machte einen vorsichtigen Schritt vorwärts, versuchte, ein Gefühl für die wahren Dimensionen des Raumes zu bekommen, und drehte sich dann langsam um sich selbst. Die imaginären Gitterwerktüren der Kabinettschränke waren halb geöffnet und boten verlockende Ausblicke auf Borde, voll gestopft mit den Alltagsgegenständen des Quattrocento: Kerzenhalter, ein Tintenfass, ein Paar Augengläser, sorgfältig zusammengelegt und in einem Kästchen verstaut – im warmen Glanz des gedämpften Lichts erschien all das so wirklich wie in einem Wachtraum. Sie sah Bücher in Hülle und Fülle neben Handschriften, von denen eine ausgerollt dalag, als ob derjenige, der darin gelesen hatte, nur kurz aus dem Raum gerufen worden wäre und jeden Moment wieder zurückkehren konnte. Daneben eine Vielzahl von Musikinstrumenten – Lauten und Zithern neben Tamburinen und Trommeln. Ein sichelförmiges Horn aus Elfenbein hing an einem Haken, und auf dem nächsten Regal lag eine Harfe. Der feine Draht einer losen Saite wand sich in engen Spiralen empor, und darunter hatte jemand wohl überlegt einen Stimmschlüssel aufgehängt, der einen zarten Schatten warf.

In einem weiteren Schrank stapelten sich Rüstungen und Waffen – ein schonungsloser Hinweis auf die Quelle des Reichtums, der diesen Raum ermöglicht hatte. Im Schatten hockte mit herausfordernd ausgebreiteten Schwingen ein Adler auf einem Helm; er hielt einen Schild in seinen Fängen und hatte den Schnabel zu einem stummen Schrei geöffnet.

Im Inneren eines Schrankes, neben einem Alkoven, der kaum genug Platz bot für ein kleines Fenster, entdeckte Sally einen Vogelkäfig. Ein Papagei, dessen Gefieder an das blasse Grün und Rot getrockneter Blüten erinnerte, hockte hinter dem filigranen Maßwerk der Gitterstäbe. Wie verzaubert ging sie einen Schritt darauf zu und streckte ihre Hand aus, um den Käfig zu berühren. Doch ihre Finger stießen auf eine unnachgiebige Wand. »Holz«, sagte sie überrascht und blickte sich im Raum um. »Es ist gar nicht gemalt, es ist alles aus Holz.«

»Intarsien«, meinte Matt. »Die Florentiner waren berühmt dafür.«

»Es ist einfach unglaublich.« Langsam schritt sie den Raum noch einmal ab; dann wandte sie sich zu ihm um. »Wir müssen gehen. Könntest du das kurz halten?«, fragte sie und gab ihm ihren Mantel. »Ich bin gleich wieder da.«

Matt schritt langsam durch den Raum und betrachtete unverwandt die Wandtafeln, während seine Hände Sallys Mantel umklammerten. Ein anderes Paar schaute kurz herein, ging aber sofort wieder und ließ ihn allein in der Stille des Raums zurück. Die Holzvertäfelung dämpfte die letzten, von außen hereindringenden Geräusche des Empfangs, der nun unendlich weit entfernt schien. Matt ging von Tafel zu Tafel, bis er schließlich vor der Längswand gegenüber des Alkovens stand. Zur Seite blickend stellte er fest, dass die Schränke leicht verzerrt wirkten, so als ob er sie aus dem Augenwinkel betrachten würde. Daraufhin bewegte er sich langsam seitwärts bis zur Mitte der Wand und trat dann ein paar Schritte zurück. Als er bemerkte, dass er zu weit zurückgegangen war, bewegte er sich ein Stück vorwärts und blieb dann wie angewurzelt stehen, völlig fasziniert von dem Anblick, der sich ihm bot. Die Wand war verschwunden, und die dahinter liegende Welt zeigte sich ihm so klar und deutlich, als hätte er ein Fenster geöffnet. Die Bücher schienen nun förmlich darauf zu warten, dass er sie in die Hand nahm – ebenso wie die Kerze angezündet und die Harfe gespielt werden wollte. Matt hatte den Fluchtpunkt gefunden, den Punkt, an dem alle perspektivischen Linien zusammenliefen. Er schloss die Augen, öffnete sie dann langsam wieder und genoss das leichte Schwindelgefühl, das dieses perfekte Spiel mit der Illusion in ihm auslöste.

Täuschend echt war auch die umlaufende Sitzbank gearbeitet, die unterhalb der Wandschränke um den ganzen Raum lief. Direkt vor ihm lag, ebenfalls in Intarsien gefertigt, ein karierter Reif auf der Bank, ein facettierter Holzring von der Größe eines Männerkopfs – ein Mazzocchio, die hölzerne Form, um die ein Mann von Welt damals den Stoff seines kunstvollen Kopfschmucks wickelte. Matt konnte nun sehen, dass der Reif genau auf die vertikale Achse der eingelassenen Szenerie ausgerichtet war. Und genau gegenüber erkannte Matt einen weiteren, wesentlich kleineren Reif, der an einem Wandhaken zu hängen und aus gesäumtem Stoff zu bestehen schien. Daran war mit einer Schnalle ein Band befestigt, gekrönt von einer schimmernden Perle.

Natürlich, dachte Matt, was wäre besser für den Fluchtpunkt geeignet als das Symbol des Hosenbandordens, des elitärsten Ritterordens der Renaissance? Federico war von König Edward dem Vierten von England zum Ritter ernannt worden und hatte dies immer als die höchste Auszeichnung seiner Laufbahn betrachtet. Doch irgendetwas passte nicht. Der Blick auf das Hosenband brachte Matt aus dem Gleichgewicht – es war, als ob er um eine Ecke zu schauen versuchte. Er sah nach unten auf den Mazzocchio und dann wieder auf das Samtband. Das Hosenband schien unrund zu sein. Aber warum? Die Schöpfer dieses Raumes waren wahre Meister gewesen – warum hatten sie den Brennpunkt der gesamten Wand falsch platziert? Und dort war auch noch irgendetwas anderes, etwas an der Wand hinter dem Hosenband: Wie ein Echo des Stoffkreises hob sich ein schwarzer Schatten vor dem dunklen Hintergrund ab. Dieser Schatten bildete den wahren Fluchtpunkt. Matt starrte auf diesen Punkt, blickte nun, da er ihn gefunden hatte, verunsichert vom Hosenbandorden zu dessen Schatten. Zwei Kreise, der eine dunkel, der andere hell, Muster vor den Schatten, Schwarz und Weiß, Quadrate – der Mazzocchio. Seltsam, dachte Matt. Ich habe auf das Hosenband geschaut und habe plötzlich den Mazzocchio vor Augen. Vor ihm stand eine Bank, und darauf lag ein Mazzocchio, und auf der Wand, hinter der Wand, im Inneren des Schrankes, hing an einem Haken ein Hosenband, das er sehen konnte, mit einer Perle und einer silbernen Schnalle, und einem Schatten, der ihn anzusehen schien.

Er erinnerte sich daran, wie er einmal an einem Abteilfenster saß und darauf wartete, dass der Zug losfuhr. Sein Blick war auf den benachbarten Wagen gerichtet gewesen, der ebenfalls regungslos auf den Gleisen gestanden hatte – Quadrate aus Licht vor dem Dunkel der Nacht. In Gedanken versunken hatte er plötzlich bemerkt, wie der andere Zug sich in Bewegung setzte, nur um schließlich festzustellen, dass der Zug, in dem er selbst saß, langsam vorwärts rollte und den anderen regungslos zurückließ. Die leuchtenden Quadrate verschwanden hinter ihm, während sein Zug Fahrt aufnahm und die Lichter immer schneller und schneller flackerten – wie Sonnenlicht, das durch das Blätterdach hoch über ihm hindurchbrach. Schatten und Licht, ein erhobenes Schwert, ein grelles Lachen, das sich in ein tiefes, dissonantes Heulen verwandelt, wie das Geheul eines Wolfs …

»Fertig?« Sally hatte wieder den Raum betreten. »Matt?«, fragte sie und berührte ihn vorsichtig am Arm.

Matt stand wie versteinert da, entspannte sich aber schließlich und sah sie an. »Was ist?«, fragte er.

»Alles in Ordnung?«

»Ja, ja. Mir geht's gut.«

»Irgendwas bedrückt dich doch. Was ist los?«

»Nichts. Nur ein Traum, der immer wiederkehrt.«

»Wovon handelt er?«

»Ach, das Übliche. Man versucht wegzulaufen und kommt doch keinen Meter vorwärts.«

»Weiß du was, Matt, ich glaube wir beide müssen dringend mal hier raus. Und wir sollten nicht mehr allzu lange damit warten.«

Kapitel 2

Schräg gegen eine kalte Regenbö gestemmt, liefen Sally und Matt das kurze Stück über die Straße bis in die ruhige Halle von Charles' Apartmenthaus. Während sie auf den Fahrstuhl warteten, schüttelte Matt den Regenschirm aus. Er war immer noch durchnässt von ihrer langen Suche nach einem Taxi vor dem Museum.

»Lass uns nach Italien fahren«, meinte Sally und fuhr sich rasch mit den Händen durch ihr zerzaustes Haar, wobei sie ihr Spiegelbild in den blank polierten Messingtüren betrachtete.

»Dann könnten wir Gubbio besuchen«, antwortete Matt. »Es hat einen wundervollen Palazzo, aus dem das Studiolo stammt, und der Mai wäre ein wunderbarer Monat für einen Besuch. Zwar gibt es kaum sehenswerte Kunst dort, aber du wirst die Stadt lieben. Sie stammt zum größten Teil noch aus dem Mittelalter«, fügte er hinzu und folgte ihr in die kleine Kabine. Er drückte den Knopf für Charles' Etage. »Überall nur Stein und schmale, gewundene Gassen, und hoch oben auf dem Hang der Palast. Kurz vor der Stadt gibt es ein altes römisches Amphitheater, das zu den am besten erhaltenen in ganz Italien zählt«, fuhr er fort und dachte dabei an seinen letzten Besuch dort. Eines Morgens war er kurz vor Sonnenaufgang erwacht, und weil er nicht mehr einschlafen konnte, hatte er beschlossen, sich endlich einmal den Sonnenaufgang über dem Tal anzusehen. Die Nacht war kühl gewesen, und im aufsteigenden Dunst würden die alte Stadt und das antike Theater einen unvergesslichen Anblick bieten.

Er hatte die Ruhe des frühen Morgens genossen, die erfüllt war vom frischen Duft der noch feuchten Steine und der Pappeln am Fluss, welcher durch eine enge Schlucht mitten durch die Stadt ins Tal rauschte. Als er ein gutes Stück den Hang hinaufgegangen war und die Schatten der Häuser in der Dunkelheit vage Formen annahmen, hörte er das Geräusch von Hufen, die von oben herab auf ihn zukamen; ihr Echo wurde von den Pflastersteinen und den schweigenden Häusern zurückgeworfen. Kurz darauf tauchte ein alter Bauer auf, der einen mit Bündeln beladenen Esel führte. Der Esel hielt den Kopf gesenkt, und auch der alte Mann gönnte Matt keinen einzigen Blick, während er an ihm vorüberging. Doch auf dem Rücken des Esels, mit beiden Händen festgeklammert, als säße er auf dem größten Elefanten der Welt, hockte ein kleiner Junge und schenkte Matt ein breites Lächeln. Matt schaute ihnen nicht nach, nachdem sie ihn passiert hatten – es wäre ihm wie ein Verrat vorgekommen.

»Aber Licht und warmes Wasser haben sie schon dort?«, unterbrach Sally seine Gedanken.

»Ja natürlich, aber es kommt einem vor, als hätte sich seit der Römerzeit nichts verändert«, erzählte er weiter. »Dort oben geht man immer noch auf Wildschweinjagd. Einmal habe ich sogar einen Wolf gesehen, während einer Wanderung durch die Berge oberhalb der Stadt. Als ich im Hotel davon berichtete, war man überhaupt nicht verwundert.«

Inzwischen standen sie vor dem Apartment; an der Tür erschien eine Frau, die Matt bekannt vorkam, die er aber nicht genau einordnen konnte. Ursprünglich war er neidisch darauf gewesen, dass Charles einen so großen Freundeskreis hatte, aber mittlerweile fragte er sich, wo dieser die Kraft hernahm, all diese Bekanntschaften aufrechtzuerhalten und zu pflegen – von der Zeit ganz zu schweigen.

Ein Glas Wein in der freien Hand, winkte die Frau sie herein. »Das Essen ist zwar noch nicht fertig«, meinte sie, »aber der Alkohol fließt schon in Strömen. Ihr habt nicht zufällig unseren Gastgeber gesehen?«

»Er muss nur noch ein paar Sponsoren um den Bart gehen«, erwiderte Sally. »Er meinte, er würde bald nachkommen.«

In der Küche herrschte bereits reges Treiben, die Kühlschranktür öffnete und schloss sich im Sekundentakt, und jeder bediente sich selbst.

»Hier, Renaissance-Mann«, sagte eine dünne Frau mit kurzem blonden Haar und knochigen Handgelenken zu Matt und gab ihm ein Champagnerglas, an dessen Stiel Schaumperlen hinunterrannen. Sie trug eine schwarze Jacke mit aufgerollten Ärmeln; das Rayonfutter schimmerte blau und grün im hellen Licht der Küche. »Du siehst aus, als könntest du eins gebrauchen.« Sie schenkte ein weiteres Glas ein und reichte es Sally.

»Danke, ich heiße übrigens Sally.«

»Karen«, erwiderte die Frau freundlich.

»Wie läuft es in der Galerie?«, fragte Matt. Er hatte Karen zuletzt vor ein paar Monaten bei der Eröffnung einer Ausstellung gesehen, die sie zusammen mit Kent organisiert hatte. Der Künstler, ein Buddhist aus Los Angeles, der wechselweise in Fez und in New Mexico lebte, war dadurch berühmt geworden, dass er Holzscheite auf dem Boden zu Kreisen arrangierte. Als Matt ahnungslos von Feuerholz gesprochen hatte, hatte Kent ihn scharf korrigiert. Das sei kein Feuerholz. Holz ja, aber nun wirklich kein Feuerholz. Natürlich appellierte es in einem heuristischen Sinn an die gemeinschaftliche Vorstellung von Feuer, die jeder in sich trug, aber diese Installation beschäftigte sich einzig und allein mit dem Thema Transformation. Der Künstler hatte bei den Pueblo-Indianern gelebt, die, wie Matt sicherlich wusste, ihre Kunst im Freien zurückließen, weil sie sie als einen Teil der Natur verstanden und weil ihre Vergänglichkeit als eigenständiges Objekt im größeren Kontext der Permanenz illusorisch war. Es ginge vor allem darum, was zuvor dort gewesen sei und was nachher dort sein würde. Es ginge um ungefähr achtzigtausend Dollar, hatte Matt nach einem Blick auf die Preisliste erwidert. Das Werk sei bereits vom Whitney Museum of American Art angekauft worden, hatte Kent eisig entgegnet.

»Nächste Woche ist die Eröffnung einer Gruppenausstellung«, erwiderte Karen. »Zeitgenössische Arbeiten der Chicagoer Frauenkooperative. Ich schicke dir eine Einladung. Sind sie nicht schön?«, fragte sie, hielt ihr Glas gegen das Licht und betrachtete den Strom der aufwärts treibenden Luftblasen. »Wie ein Wasserfall zum Himmel. Die Gesetze der Schwerkraft sind aufgehoben.«

Aus dem Wohnzimmer drang lautes Gelächter, eine Stimme erhob sich über alle anderen, und dann bog Kent um die Ecke. Er schwebte zwischen den Anwesenden hindurch wie eine Gazelle durch hohes Steppengras. »Mein Gott, das ganze Essen«, rief er, nachdem er Karen erreicht und ihr einen Kuss auf die Wange gehaucht hatte. »Hallo Matt«, sagte er, »Sally.« Er nahm das Glas, das Karen für ihn gefüllt hatte. »Also wirklich, Karen«, Kent schüttelte den Champagnerschaum von seinen Fingern, »diese

Tropfensache ist ja ganz niedlich, aber auch nicht mehr neu. Schon mal was von Jackson Pollock gehört? Alton, halt das mal.« Er reichte sein Glas einem jungen Mann, der ihm durch die Menge gefolgt war und jetzt neben ihm stand. Obwohl Altons Gesichtsfarbe dunkel genug war, um seine kurzen Dreadlocks nicht affektiert erscheinen zu lassen, hatte er die beruhigende Ausstrahlung eines Oberschülers. Galerist und Künstler – sie wirkten wie ein Gedeck, wie Messer und Gabel, stilvoll und jederzeit erkennbar. Alton beäugte eine Platte Penne mit Basilikum auf der Anrichte neben ihm. »Ich hab vielleicht einen Hunger, Mann«, sagte er mit einem englisch angehauchten Akzent. »Ich hab den ganzen Tag noch nichts gegessen.«

»Essen?«, fragte Kent. »Warum willst du etwas essen? Feste Nahrung ist so ineffizient. Womit werden Autos betrieben? Oder Flugzeuge? Mit Flüssigkeit. Feste Nahrung macht dich nur langsamer.«

»Raketen werden mit Festbrennstoffen angetrieben«, warf Sally ein.

»Ja, aber sie fliegen auch in den Weltraum«, erwiderte Kent. »Das Ganze erscheint mir, als ob man in die Vororte ziehen würde. Wer feste Nahrung zu sich nimmt, darf sich nicht wundern, wenn er sich plötzlich in einer Doppelhaushälfte in Scarsdale wiederfindet, und jeden Samstag den Rasen mäht.«

»Mir gefällt der Gedanke, in ganz Manhattan Luftblasen hinterherzujagen«, meinte Matt und hielt sein Glas Karen entgegen, die es wieder auffüllte. »Da ist Charles ja endlich.«

Die Gäste in der Küche brachen in Applaus und laute Jubelrufe aus. Charles errötete und hob beschwichtigend die Hände. »Essen«, sagte er. »Konzentrieren wir uns auf das Wesentliche.« Er kam zu Matt und Sally herüber.

»Also war es ein Riesenerfolg?«, fragte Kent.

»Egal was es war – jetzt ist es auf jeden Fall vorbei«, erwiderte Charles und stürzte ein Glas Champagner herunter. »*È finito.*«

»Ich liebe es, Charles«, sagte Karen. »Ich werde eins für die Galerie bauen lassen.«

»Ein Studiolo?«, fragte Charles.

»Ja. Als du es mir vor ein paar Wochen gezeigt hast, habe ich angefangen, darüber nachzudenken. Über das, was wir haben und was wir nicht haben. Früher hatte jedes Haus einen solchen Raum; damals nannte man ihn Bibliothek. Ich musste an das Haus meines Großvaters denken, mit der Holzvertäfelung und den ganzen Büchern, und daran, wie still es dort war. Aber was ist passiert? Zuerst Fernseher und Plattenspieler, dann Videorecorder und Computer und CDs und Playstations. Medienzentren. Und jetzt DVD und Breitband und Streaming. Aber das Zen? Kein Zen. Das haben wir verloren.«

»Zen ist der Schlüssel«, meinte Alton und häufte sich einen Teller mit Penne voll.

»Genau – der Schlüssel«, wiederholte Karen. »Die Inneneinrichtung für das neue Millennium: das Studiolo.«

»Niemand könnte sich heutzutage so etwas leisten, nicht einmal einer unserer Computerbarone«, widersprach Charles. »Sie haben vielleicht das Geld – aber die Geduld? Es hat zehn Jahre gedauert, diesen Raum zu bauen.«

»Altes Denken, Charles. Neues Jahrtausend. Holz ist nicht mehr zeitgemäß, und es geht sowieso nicht um Wände. Um das Kontinuum schon, aber nur im Geist. Alton, erzähl ihm von unserer Idee.«

»Alton, das ist Charles«, sagte Kent.

»Hallo«, meinte Charles.

Alton erwiderte den Gruß, indem er seinen Teller leicht anhob. »Es ist eigentlich ziemlich einfach. *What you see is what you get.* Was in deinem Kopf ist, ist auch auf den Wänden. Farben, Muster, aber auch Bilder. Aus einer Datenbank. Alles, was du willst – alte Fotos, Filmausschnitte, ganz egal was.«

Charles lachte. Er sah Karen an und dann Kent. »Das soll doch wohl ein Scherz sein.«

»Das wird gigantisch«, erwiderte Karen. »Einfach gigantisch.«

»Ich denke es hier, und es zeigt sich dort?«, fragte Charles und deutete mit seinem Glas erst auf seinen Kopf und danach auf die Wand. »Das ist unmöglich.«

»Die Technologie ist schon längst vorhanden«, meinte Alton mit einem Schulterzucken.

»Genau wie die Software«, ergänzte Kent. »Alton hat es vor einem Jahr an der New School demonstriert. Dort habe ich ihn auch kennen gelernt.«

Charles gönnte Alton jetzt einen etwas längeren Blick. »Vor einem Jahr.«

»Stimmt«, erwiderte Alton und schüttelte den Kopf. »Kommt einem vor wie die Steinzeit. Damals habe ich noch einen Fernseher benutzt und Elektroden, um Veränderungen der Körpertemperatur und der Gehirnströme aufzunehmen. Heute kann man das alles mit Infrarot machen. Und die Wände – das ist das Beste: Plasma-Flachbildschirme vom Boden bis zur Decke. Einfach perfekt.«

»Das virtuelle Studiolo«, sagte Karen. »Was denkst du, Charles?«

»Ich denke, ich könnte einen Martini gebrauchen«, erwiderte Charles und griff in den Schrank hinter sich, auf der Suche nach einem neuen Glas.

»Habe ich dir nicht gesagt, dass ihm die Idee nicht gefallen würde?«, fragte Kent.

»Du hängst da also auch mit drin?«, erkundigte sich Charles.

»Was glaubst du wohl, wessen Idee es war?«

»Ich hätte es wissen müssen.« Charles nahm die Wodkaflasche aus dem Tiefkühlfach und goss sich gute zwei Finger breit ins Glas. »Wirklich eine tolle Idee, keine Frage«, sagte er mit einem Lachen, während er einen Spritzer Wermut und eine Olive hinzufügte. »Wie wollt ihr es nennen?«

»TRaumA«, erwiderte Karen, »für Technologie – Raum – Ausstellung.«

»Das ist gut. Das gefällt mir«, sagte Charles. »TRaumA. Was denkst du, Matt?«

»Ich denke, ich nehme meinen mit Zitrone.«

Später am Abend saß Matt in dem alten Lederarmsessel in einer Ecke von Charles' Arbeitszimmer. Mit verschränkten Armen betrachtete er völlig versunken eines seiner Lieblingsbilder, eine Waldlandschaft, eingefasst in einen vergoldeten Rahmen. Es war typisch für Charles, seinen wertvollsten Besitz in die hinterste Ecke eines Zimmers zu hängen, wo man ihn leicht übersehen konnte. Er hatte dieses Gemälde in einer Galerie in Florenz entdeckt, auf die er während eines nachmittäglichen Spaziergangs durch die stillen Seitenstraßen des Oltrarno, ganz in der Nähe der Boboli-Gärten gestoßen war. Charles brachte das Bild mit ins Museum und restaurierte es, was ihn kaum Zeit kostete, da es sich in verblüffend gutem Zustand befand. Sämtliche Untersuchungen ergaben, dass es sich um ein Original handeln musste, wobei die Frage nach dem Künstler jedoch unbeantwortet blieb. »Umkreis Paolo Uccello« lautete die allgemeine Überzeugung, und mit seinen gedämpften Farbtönen und der Aufsehen erregenden zeichnerischen Verkürzung zeigte das Werk sehr deutlich den Einfluss dieses berühmten Quattrocento-

Malers und Wiederentdeckers der Perspektive. Ohne eine reine Kopie zu sein, erinnerte die Szene stark an Uccellos *Die Jagd bei Nacht,* das mittlerweile im Ashmolean Museum in Oxford hing. Doch hier war eine Jagd am Tage dargestellt, tief in den Wäldern, und Matt betrachtete fasziniert das Gewirr von Reitern und Hunden, die durch das Unterholz stürmten. Die Beute – ein Eber oder ein Wolf – war bereits außer Sicht, doch Matt hatte Stunden damit zugebracht, die halb im Dickicht des Waldes verborgenen Figuren zu untersuchen und war dabei immer wieder auf neue Details gestoßen, die ihm zuvor entgangen waren. Wie ein Blitz aus Farben, kaum zu sehen, versteckt hinter den Baumstümpfen auf der Anhöhe im Bildhintergrund – was war es nur? Er beugte sich vor, um den Punkt genauer zu betrachten. Eigenartig, dachte er; es sieht aus wie ein Tier. Federn, leuchtend blau und grün, mit gelben Spitzen. Ein Flügel, aber zu groß für einen Vogel. Aber da war noch etwas, kaum zu erkennen im Dunkel der Bäume. Hinterläufe wie bei einem Löwen, Muskeln, die sich anspannten, während sich das Wesen durch das Unterholz wand, zu fliehen versuchte, Muskeln – doch nicht von Fell, sondern von Schuppen bedeckt. Matt blinzelte: Hatte es sich bewegt? Offensichtlich gewöhnten seine Augen sich langsam an das Licht. Jetzt konnte er es besser erkennen. Der Flügel war mit dem Rumpf verwachsen; dahinter entdeckte er die Spitze eines zweiten.

Der Lärm der Party verstummte, als Matt sich konzentrierte. Im Wald war kein Windhauch zu spüren, die Bäume standen regungslos, nur das Kläffen der Hunde und das Wiehern der Pferde erfüllte die Luft. Er lauschte aufmerksam. Es stimmte – er hatte tatsächlich das trockene Kratzen von Klauen auf Stein gehört. Dazu heftiges Atmen, das Schlagen von Flügeln: Es versuchte zu entkommen. Der Schwanz peitschte herum und pendelte aus, während das Tier zurückwich. Schuppen blitzten auf im trüben Licht; es war der Schwanz einer Echse, der in einer breiten, abgeflachten Spitze endete. Ein schriller Schrei wie der eines Adlers durchschnitt das Dunkel. Matt starrte das Wesen an, fasziniert, ungläubig – der stolze Kopf, hoch erhoben auf einem schuppenbewehrten Hals, geblähte Nüstern, weit aufgerissene schwarze Augen, der Drachen seiner Träume. Mein Gott, dachte er. Ein Manticora.

Die Hunde, rasend vor Erregung, fielen fast übereinander, dicht gefolgt von den Jägern, die ihren Pferden zornig die Sporen gaben. Aufgeregte Rufe, der Klang der Hörner – und erneut der Schrei des Tieres. »Los doch«, flüsterte Matt, »lauf, lauf.« Er fühlte eine unsichtbare Bedrohung in der Luft. Der Manticora fand einen festen Stand und sprang mit einem Satz den steilen Hang hinauf, wobei ihm, endlich befreit, seine mächtigen Flügel den nötigen Auftrieb verliehen. Die Hunde konnten ihm nicht folgen; sie kläfften hysterisch und drehten sich wie von Sinnen um sich selbst. Matt blieb angespannt. Er spürte die Gefahr – aber nicht schnell genug. Plötzlich legte sich eine behandschuhte Hand um seinen Hals, schlug seinen Kopf gegen die rissige Baumrinde und hob ihn höher und höher, während sich die Hand immer fester um seine Kehle schloss. Ein schwarzer Helm mit blankem Visier, dessen schmaler, dunkler Sehschlitz wie von einem Schwerthieb geschlagen schien, beugte sich über ihn, und der bronzefarbene Adler, der mit gespreizten Schwingen auf dem Helm prangte, nickte ihm zu. Gleichzeitig ertönte ein grollendes Lachen, das immer stärker anschwoll, bis es Matt in den Ohren schmerzte, um sich schließlich in das raue Heulen eines Wolfs zu verwandeln, ein Ton, der tief in ihm widerhallte, ihn erstarren ließ …

Als eine Hand seinen Hals berührte, wich er entsetzt zur Seite.

»Matt!«

Es war Sally. Matt lehnte sich schwer im Sessel zurück. Er schloss die Augen und strich sich über das Gesicht; seine Haut fühlte sich heiß und verschwitzt an. Er tastete vorsichtig nach seinem Hals, aber alles war in Ordnung.

»Du bist ja schweißgebadet.« Sally legte ihre Hand auf seine Stirn. Sie fühlte sich kühl an. »Hast du Fieber?«

Matt öffnete die Augen. Das Gemälde. Er stand auf und stützte sich mit den Händen zu beiden Seiten des Bildes an der Wand ab, bis sein Gesicht nur noch Zentimeter vom Holz der Tafel entfernt war. Die Reiter, die dunklen Bäume, die Hunde, aber in der Ferne auf der Anhöhe – kein Fabelwesen. Nichts. Kein Gelb oder Blau, keine Federn, keine aufblitzenden Schuppen im trüben Licht.

»Matt, bitte, sag was mit dir ist.«

»Warte einen Moment.« Matt warf noch einen Blick auf das Bild. »Ein Manticora hat keine Flügel.«

»Wie bitte?«

»Nichts«, sagte Matt. Ein Manticora hatte einen Menschenkopf und den Körper eines Löwen. Was er gesehen hatte, waren zwar Körper und Beine eines Löwen, aber mit Flügeln und Schuppen, ähnlich wie bei einem Greif, und außerdem besaß das Tier einen drachenartigen Kopf und einen Echsenschwanz. Warum war er sich dann so sicher, dass dies hier ein Manticora gewesen war?

Er spürte, wie sich Sallys Arme um ihn legten und ihn vorsichtig zurückzogen. Langsam drückte er sich von der Wand ab. Als er sich umdrehte, blickte er genau in Sallys Augen, die ihn voller Sorge betrachteten. Er zog sie an sich und küsste sie so fest er konnte.

»Wow«, murmelte sie als er sie freigab. »Martinis und Kunst – eine gefährliche Mischung.«

»*Du* bist gefährlich«, sagte er und lachte. »Keine Ahnung, was es war. Lass uns hier verschwinden. Ich brauche dringend frische Luft.«

Kapitel 3

In der Stille seines Arbeitszimmers, nur durchbrochen vom gleichmäßigen Ticken der Uhr, lehnte sich Matt mit dem Gemälde in der Hand im Sessel zurück. Er betrachtete das Gesicht, das er im Laufe der vergangenen zwei Monate besser kennen gelernt hatte als sein eigenes; in dieser Zeit war es allmählich aus den Schatten aufgetaucht, die es Jahrhunderte lang verschleiert hielten. Mit äußerster Vorsicht hatte er immer neue Malschichten entfernt und sich dabei langsam von den Rändern zur Bildmitte vorgearbeitet. Als Wegweiser diente ihm dabei ein winziger Splitter des Gemäldes, der ihm, nachdem er ihn unter dem Mikroskop fixiert und von der Seite fotografiert hatte, jede einzelne Schicht offenbart hatte – so klar und deutlich lesbar wie die Gesteinslagen einer freiliegenden Felsklippe für einen Geologen. Unter einer Reihe von Firnisschichten, die im Laufe der Zeit aufgetragen worden und durch hauchdünne Lagen von Schmutz und Staub voneinander getrennt waren, stieß er auf den ursprünglichen Firnis, dessen Öl sich durch Oxidation goldgelb verfärbt hatte. Darunter lag das eigentliche Gemälde. Nachdem Matt geduldig die leeren Weiten eines Ozeans aus grünen Blättern und Pflanzen durchquert hatte, stieß er letztendlich auf Land: die Rundung eines Ohrläppchens, so zart wie eine Meeresmuschel. Behutsam folgte er der Linie des Kiefers. Die Pinselstriche waren so fein, dass sie von nahem nur ein raffiniertes Spiel von Licht und Schatten ergaben; erst als er das Porträt der Frau auf Armeslänge von sich hielt, vereinigten sie sich zu einer lieblichen Rundung. Besonders viel Zeit nahm er sich für ihre Mundpartie: Vorsichtig bürstete er Schmutz und Staub ab und legte die Lippen frei. Bei ihren Augen hielt er erneut inne. Tief liegend unter den Brauen erschienen sie beinahe schwarz; doch als er sie durch eine Uhrmacherlupe betrachtete, entdeckte er in ihnen eine ganz neue Welt. Als studiere er eine weit entfernte Galaxie durch ein besonders starkes Teleskop, fand er in ihnen pulsierende Farben – ein dunkles, leuchtendes Grün, in dem Streifen von Rot und Gold aufblitzten. Danach traten eine edle Schläfe und schließlich ihr rehbraunes Haar hervor, das sie zurückgekämmt und hinten hochgesteckt trug, ungezwungen und intim zugleich.

War es der Zufall gewesen, fragte er sich, der seine Hand an jenem Tag im Magazin geführt hatte? Damals hatte er in den labyrinthischen Katakomben tief unter dem Museum Gemälde durchgesehen. Er war auf der Suche nach einem Bild, das laut Katalog aus der Schule von Pollaiuolo stammte, als er plötzlich im Hintergrund verborgen etwas entdeckte. Es hatte zwar nicht die richtige Größe, aber dennoch hatte er gezögert, zwischen die anderen Gemälde gegriffen und es wie ein Kätzchen, das sich hinter einem Sofa versteckt hielt, vorsichtig hervorgezogen. Ein glücklicher Zufall – was hätte es sonst sein sollen? Ein erster Blick auf das Bild – und ihn durchzuckte ein Blitz der Erinnerung. Unter dem harten Neonlicht der Deckenbeleuchtung fand er sich plötzlich, fünf Jahre zuvor, wartend im Louvre wieder, während der Kurator eine Kiste öffnete und ihm feierlich wie ein Priester, der eine Reliquie des Kreuzes Christi in Händen hält, eine Zeichnung überreichte. Es war kein Papier, sondern Pergament, und sehr schwer – es fühlte sich an wie ein Stück Haut, und plötzlich hatte Matt das Antlitz der Schönheit in seinen Händen gehalten. Es war ein Gefühl, als ob er am Ziel seiner Reise angekommen wäre, als ob alles bisher Erlernte und Erlebte in diesem einen Augenblick gipfelte. Leonardo hatte diese Skizze mit Silberstift angefertigt, dem schwierigsten aller Malmedien, und zwar als Vorstudie für eine Madonna. Das wurde zumindest behauptet, und Matt wusste nun auch, warum: Ein Blick genügte, und er begriff, was es bedeuten musste, eine Mutter zu sein. Er folgte ihrem Blick, der auf ihr unsichtbares Kind gerichtet war, spürte ihre Freude, ihre Trauer – all das lag in ihren Augen, in der Haltung ihres Kopfes, geneigt voll Liebe und Nachsicht.

Damals im Magazin unter dem Metropolitan Museum hatte Matt außer einer dicken, nachgedunkelten Schicht Firnis auf einer Holztafel kaum etwas erkennen können. Doch ihm war schlagartig klar, dass der vage Schatten darunter ein Kopf sein musste, dazu die Haltung, die gleiche Neigung ... sie war es. Matt wusste ohne jeden Zweifel, dass er sie wiedergefunden hatte.

Doch wer war sie? Er hatte sich die Frage schon tausende Male gestellt. Eine junge Mutter. Wie jung? Nicht älter als zwanzig, entschied er. Dabei galten in jener Zeit Sechzehnjährige als jung. Mit einundzwanzig war man im besten Alter, und die meisten Menschen starben vor ihrem vierzigsten Geburtstag. Lorenzo der Prächtige, der größte aller Medici, war zweiundvierzig Jahre alt geworden, und damals hieß es, er hatte ein langes Leben gehabt. Wieder betrachtete er die Frau, den sanften Schwung ihrer Wangen, den nachdenklichen Zug um ihren Mund, und stellte sich vor, wie sie lächelte; dann dachte er darüber nach, wie ihre Stimme geklungen hatte, was sie gesagt haben könnte. Eine Haarsträhne fiel ihr locker ins Gesicht. Den Blick auf das Bild gerichtet, das nun im Licht des späten Nachmittags vor ihm lag, verspürte er den Drang, ihr diese Strähne aus dem Gesicht zu streichen. Das würde sie aus ihrer Versunkenheit reißen, und sie würde aufschauen, einen kurzen Augenblick verwirrt sein, und dann lächeln. Oder nicht? Was würde dann in ihren Augen stehen?

»Störe ich?«

Matt erschrak und blickte von dem Gemälde hoch. »Nein, keineswegs«, erwiderte er und setzte sich in seinem Sessel auf.

»Kann ich Ihnen behilflich sein?«

»Johannes Klein«, sagte der Mann und hielt Matt seine Hand entgegen.

»Dr. Klein«, erwiderte Matt überrascht. Das war nicht der Mann, den er in Begleitung Petrocellis auf dem Empfang zur Ausstellungseröffnung für das Studiolo gesehen hatte; Petrocellis Gast war jung gewesen und fast schon zu untadelig in seiner Kleidung. Obwohl genauso vollendet gekleidet, umgab Klein jedoch die Aura eines Mannes in Eile; er schien ständig in Bewegung, als wären seine Konturen nicht vollkommen klar umrissen. Seine markanten Züge und die tiefen Falten, die sich wie Schluchten in eine Wüstenlandschaft in sein Gesicht gegraben hatten, betonten die fast schwarzen Augen; sein silbernes Haar reichte ihm beinahe bis zu den Schultern – was bei jedem anderen affektiert gewirkt hätte, an ihm aber so natürlich erschien wie der Rahmen bei einem Porträt von Tizian.

»Ich freue mich, Sie kennen zu lernen«, sagte Matt. Schnell stellte er das Bild auf die Seite seines Tisches und achtete darauf, es möglichst unauffällig zu platzieren. »Das Studiolo hat sich zu einem meiner Lieblingsplätze entwickelt.« Das war keine Übertreibung; er besuchte den kleinen Raum fast jeden Tag. Er liebte die Stille darin; jedesmal, wenn er eintrat, verblasste die Welt hinter ihm. Karen hatte mit ihren Worten auf Charles' Party ins Schwarze getroffen, dachte er: Der Mensch hatte die Stille verloren. Manchmal, wenn er in Gedanken verloren vor den Intarsien stand, erwachte Matt plötzlich und stellte fest, dass eine ganze Stunde vergangen war. Doch so sehr er sich auch bemühte: Er konnte sich nie daran erinnern, was ihm in dieser Zeit durch den Kopf gegangen war oder wo er sich befunden hatte.

»Ich habe dies hier mitgebracht«, sagte Klein und überreichte Matt einen flachen Pappkarton, der mit einem Band verschlossen war. »Charles meinte, dass Sie das interessieren müsste. Ah, Sie fechten auch«, stellte er mit einem Blick auf die lange glänzende Scheide fest, die an der Wand lehnte.

»Ja.«

»Hätten Sie nicht Lust, sich uns anzuschließen? Wir treffen uns einmal die Woche im Fechtsaal der Columbia University.«

»Ich bin leider nicht sehr gut.«

»Was bringt Sie zu der Überzeugung, dass wir besser seien?«

Während Matt das Band der Transportbox löste, sah Klein sich in seinem Büro um. Die Hände hinter dem Rücken verschränkt, schlenderte er zur hinteren Wand und betrachtete die Gemälde, die Matt dort aufgehängt hatte. »Jetzt verstehe ich, was Charles gemeint hat«, sagte er mit einem gequälten Lacheln.

»Also waren Sie derjenige, der gegen uns geboten hat«, meinte Matt, nachdem er die Holztafel aus dem Karton gezogen hatte und sie in den Händen hielt. Es handelte sich um das Bild einer Schwalbe. Mit gegabeltem Schwanz und schlanken Flügeln durchschnitt der kleine Vogel einen klaren blauen Himmel.

»Ich fürchte ja«, erwiderte Klein. »Ich hoffe, dass ich dadurch keinen Ihrer Pläne durchkreuzt habe.«

»Wie hätten Sie das wissen können? Schließlich wollten wir unser Interesse so lange wie möglich geheim halten. Das war die einzige Möglichkeit, wie wir es uns leisten konnten.« Matt erhob sich und ging hinüber zu Klein. »Es passt genau hier hinein«, sagte er, hielt die Holztafel zwischen zwei der an der Wand hängenden Gemälde und verdeckte damit das vergrößerte Foto aus einem Auktionskatalog, das er mit Klebeband an dieser Stelle befestigt hatte. In einer Reihe von Bildern stieg eine Schwalbe in einen gemalten Himmel auf, dessen Farben vom kühlen Blau des Morgens in den goldenen Glanz des Nachmittags wechselten.

»Sie ist wunderschön«, meinte Klein.

»Nicht wahr? Und außerdem einzigartig.«

»Wieso das?«

»Zum einen, weil es sich um einen Vogel handelt. Bis gegen Ende des 16. Jahrhunderts wurden keine Tierdarstellungen angefertigt – ich meine damit Porträts, keine Ausschnitte aus größerformatigen Werken. Doch diese Schwalbe hier ist ein Jahrhundert früher entstanden. Quattrocento, Norditalien.«

»Aber mein Bild wurde im Katalog als flämische Schule des späten 16. Jahrhunderts beschrieben«, wandte Klein ein.

»Darum war es auch so günstig zu haben«, erwiderte Matt. »Nur weil sich jemand als Experte bezeichnet, muss er noch lange keiner sein. Sehen Sie, wenn diese Kerle wirklich ihr Handwerk verstünden, würden sie nicht für ein Auktionshaus arbeiten, sondern selbst mit Kunst handeln. Denn dabei kann man mit Fachkenntnis das große Geld machen.«

»Und woher wissen Sie, dass dieses Bild aus dem 15. Jahrhundert stammt? Und aus Norditalien?«

»Wissen wäre zu viel gesagt. Ich weiß es nicht, so wie Sie wissen, dass diese Wand hier aus Gips besteht. Es gibt hierbei auch keine eindeutigen Beweise. Aber in diesem Fall ergeben die Indizien ein ziemlich schlüssiges Bild.«

»Welche Indizien?«

Matt nahm das erste Gemälde der Serie von der Wand. »Pyramidenpappel«, sagte er, drehte es um und gab es Klein. »Dieser Baum schießt wie Unkraut aus dem Boden – Sie finden ihn überall im Piemont. Das Holz wächst schnell, ist leicht zu bearbeiten und vor allem spottbillig. Ideal für Künstler. Sie benutzen immer die billigsten Materialien, entweder weil sie arm sind oder sparsam. Und selbst wenn sie Erfolg haben, greifen sie noch darauf zurück, weil sie sich daran erinnern, wie es ist, arm zu sein. Das Holz ist weich, also kann man keine dünnen Bretter daraus schneiden, und es verzieht sich leicht und reißt. Auch die Würmer lieben es, aber zum Malen genügt es gerade noch. Wenn Sie ein Gemälde auf Pyramidenpappelholz in der Hand halten, stammt es aus Norditalien – denn niemand sonst hätte sich die Mühe gemacht, dieses Holz zu benutzen. Darf ich?«

Matt nahm die Holztafel und hielt sie, immer noch umgedreht, so gegen das Licht, dass die Unebenheiten der Oberfläche sichtbar wurden. Die raue Rückseite trug die Spuren eines Hohlmeißels. »Sehen Sie das?«, fragte er. »So etwas gab es nur in Italien. Nördlich der Alpen wurden die Bildrücken ebenso sorgfältig abgearbeitet wie ein Rahmen. Wirklich hervorragende Arbeit, aber in Italien findet sich so etwas nur äußerst selten. Wahrscheinlich interessierte es niemanden sonderlich. Warum die ganze Arbeit, wenn sie sowieso niemand zu sehen bekam?« Er hängte das Bild wieder zurück an die Wand und richtete es an einer Ecke genau waagerecht aus.

»Und die Datierung?«, fragte Klein.

»Irgendwann zwischen 1478 und 1483. Ich bin mir fast sicher, dass es 1478 sein muss, aber Vertrauen ist gut, Kontrolle ist besser, nicht wahr?«

Klein warf ihm einen Blick zu und zog eine Augenbraue leicht hoch.

»Es sind die Ringe«, erklärte Matt. »Es steckt kein besonderer Trick dahinter, sondern Baumringchronologie. Man datiert ein Stück Holz anhand seiner Jahresringe. Manche Baumarten wachsen schnell, andere fast gar nicht, aber relativ gesehen nehmen sie Jahr für Jahr im selben Maß an Stärke zu. Dadurch konnten Zeitlinien aufgestellt werden, die bis in die Bronzezeit zurückreichen. Man misst die Jahresringe eines beliebigen Stücks Holz und vergleicht es so lange mit der Zeitlinie, bis man eine Übereinstimmung gefunden hat. Der letzte Jahresring dieser Tafel stammt aus dem Jahr 1478.«

Klein dachte kurz nach, die Augen leicht zusammengekniffen. »Aber das Holz könnte auch in jedem anderen Jahr danach verwendet worden sein, oder?«

»Das stimmt«, gab Matt zu. »Genau genommen wissen wir nur, dass das Gemälde nicht vor 1478 entstanden sein kann, weil der Baum im Jahr davor noch in der Erde stand.«

»Und wie kommen Sie dann darauf, dass es 1478 gemalt wurde?«

»Wie ich schon sagte: Ich habe keinen eindeutigen Beweis; es ist einfach nur die Menge der Indizien, die dafür spricht. Man muss die Bilder in einen Gesamtzusammenhang stellen. Pappel war kein wertvolles Holz, das man sorgfältig lagerte und trocknete. Es wurde für fast alle Zwecke verwendet, und was übrig blieb, landete im Ofen. Wenn also der letzte Jahresring dieser Holztafel auf 1478 datiert werden kann, ist die Wahrscheinlichkeit groß, dass sie innerhalb eines Jahres benutzt wurde. Dazu kommt, dass die meisten Künstler in ihren Arbeitsmethoden sehr beständig sind. Dieses Bild ist 1478 entstanden. Und das nächste? 1479«, sagte er und deutete mit dem Finger darauf, während er sich an der Wand entlang bewegte. »Genau wie dieses hier – es stammt übrigens vom selben Stück Holz. Dann kommt ein Sprung ins Jahr 1483, und das letzte Bild datiert aus 1484. Sehen Sie? Man erkennt ein gewisses Muster. Allerdings unterscheiden sich die letzten beiden Bilder von den anderen.« Er nahm eines der beiden von der Wand und gab es Klein.

Klein wog es prüfend in den Händen, drehte es um und betrachtete die Rückseite. »Das ist kein Holz«, meinte er, »sondern Leinwand.«

»Stimmt«, erwiderte Matt.

»Wie können Sie es dann mithilfe der Baumringchronologie datieren? Leinwand hat keine Jahresringe.«

Matt lächelte.

»Natürlich!«, meinte Klein plötzlich und drehte das Bild erneut um. »Der Rahmen.«

»Eben«, sagte Matt. »Ich hätte mir fast nicht die Mühe gemacht, ihn zu überprüfen, weil ich mir einfach nicht vorstellen konnte, dass es sich dabei um ein Original handeln könnte. Aber das Holz schien zu passen, die Nägel waren von Hand geschmiedet, und ich fand in der Leinwand keine weiteren Löcher an den Stellen, an denen man sie zuvor hätte aufspannen können. Es handelt sich um Rotfichte, 1484 – ein Volltreffer. Aber es gibt auch noch andere Hinweise. Auch die Art der Leinwand stimmt – Leinen, nicht Baumwolle, da Baumwolle aus Amerika kommt und es damals noch kein Amerika gab. Außerdem von Hand gewebt, mit einer Fadenzahl, wie sie zur damaligen Zeit üblich war.«

»Ein wasserdichter Fall«, gab Klein zu. »Als Geschworener würde ich jetzt für Schuldig stimmen.«

»Aber es gibt noch einen viel schwerer wiegenden Aspekt«, fuhr Matt fort. »Denn hier zeigt sich der wahre Grund für die Einzigartigkeit dieser Serie.«

»Und der wäre?«, fragte Klein.

Matt deutete auf die ersten drei Gemälde, zu denen auch Kleins Bild gehörte. »Holztafeln, bemalt mit Eitempera. Die anderen beiden dagegen«, sagte er und wies nach rechts, »sind Öl auf Leinwand. Davor und danach. In einer einzigen Serie sehen Sie vor sich den größten Einschnitt in der Geschichte der Malerei, seit der Mensch mit Holzkohle auf eine Höhlenwand zu kritzeln begann.«

»Also eine völlig neue Technologie. Wie der Verbrennungsmotor.«

»So könnte man es nennen. Eitempera ähnelt den Plakatfarben – es ist einfach herzustellen und zu verarbeiten, aber begrenzt in seinen Ausdrucksmöglichkeiten. Die Oberfläche bleibt flach, zweidimensional. Mit Ölfarbe verhält es sich jedoch völlig anders. Sie besitzt einen sehr hohen Brechungsindex, was bedeutet, dass die Pigmente durchscheinend werden.«

»Genau wie ein Stück Glas im Wasser verschwindet«, bemerkte Klein.

»Genau so. Man kann mit Lasuren arbeiten, Schichten anlegen, und das Licht bricht sich in den Farben und schafft so eine wahrhaft dreidimensionale Welt. Davor hatte man zunächst Umrisse gezeichnet und diese dann mit Farben ausgefüllt. Botticelli zum Beispiel. Leonardo dagegen benutzte die *sfumato*-Technik – Licht und Schatten –, um seine Figuren zu schaffen. Sie wirken nicht mehr wie ausgeschnittene Schablonen, die auf einem Hintergrund kleben. Sie treten aus dem Bild hervor, sind organischer Teil des Ganzen.« Das war es, dachte Matt; das war der Grund, warum er sofort an Tizian gedacht hatte, als er Klein zum ersten Mal sah. Er hatte irgendetwas an sich, das an ein *sfumato* erinnerte – die Aura einer Existenz, die nur langsam zum Vorschein kommt. »Leonardo fand heraus, auf welche Weise man die Bildfläche durchbrechen musste. Er hat die Welt um eine neue Dimension bereichert. Es war ein gewaltiger Einschnitt: Nach dem Betrachten seiner Bilder sahen die Menschen die Welt mit anderen Augen. Und so etwas ist im Verlauf der Geschichte nur sehr selten vorgekommen. Sie sind Physiker, ist das richtig?«

»Im Grunde genommen schon. Mein Spezialgebiet ist die Akustik.«

»Sicher hat es auch in Ihrem Fach jemanden gegeben, der einen ähnlichen Einschnitt bewirkt hat. Newton vielleicht, oder Einstein.«

»Wenn ich Sie recht verstehe, meinen Sie damit eine Entdeckung, die unsere Wahrnehmung der Welt völlig verändert hat.«

»Genau«, erwiderte Matt, erfreut darüber, dass seine Frage dem Wissenschaftler zu denken gegeben hatte.

»Michael Faraday«, meinte Klein nach einiger Überlegung. »Interessant – unter diesem Gesichtspunkt habe ich es eigentlich noch nie betrachtet, aber ohne Zweifel ist es Michael Faraday.«

»Wer?«, fragte Matt.

Klein lachte. »*Sic transit gloria mundi*. Er war der größte Wissenschaftler aller Zeiten, aber die meisten Menschen kennen noch nicht einmal seinen Namen. Faraday fand heraus, dass Magnetismus, Elektrizität, Licht und sogar Töne allesamt unterschiedliche Ausprägungen ein und derselben Kraft sind: der Schwingung. Was in gewisser Weise sehr passend ist.«

»Wie das?«

»Die Geburtsstunde der Wissenschaft schlug mit Pythagoras' Entdeckung, dass die Tonhöhe abhängig ist von der Länge einer Saite. Schwingung. Die Welt der Natur war durch bestimmte Ordnungsprinzipien strukturiert, und diese konnten mithilfe der Mathematik ausgedrückt werden. Auf dieser Grundlage entstand eine ganze Kosmologie.«

»Die Harmonie der Sphären.«

»Ganz genau. Und wieder einmal scheint sich ein Kreis zu schließen: Der neueste Versuch einer Weltformel, die uns die Funktionsweise von Materie erklären will, nennt sich String-Theorie. Danach wird Materie nach wie vor als Energie gesehen, aber der beste Weg zur Nachbildung des Verhaltens subatomarer Teilchen ist eine vibrierende Saite.«

Ein Klopfen an der Tür unterbrach sie.

»Matt, ich brauche unbedingt die Akte ...« Charles kam herein und hielt inne, als er Klein sah. »Hallo Johannes«, sagte er herzlich und streckte ihm die Hand entgegen. »Was führt dich denn hierher? Ach ja, natürlich – die Schwalbe.«

»Ich habe kurz in deinem Büro vorbeigeschaut, aber du warst nicht da. Also war ich so frei, mich selbst vorzustellen.«

»Wunderschön«, meinte Charles mit einem Blick auf die Wand. »Du hattest Recht, Matt – es passt genau. Wir hätten länger mitbieten sollen. Naja, es gibt ja noch ein weiteres Bild.«

»Ein weiteres?«, fragte Klein.

»Genau hier dazwischen«, erwiderte Matt und legte seine Hand auf die Wand neben Kleins Holztafel. Der

Bogen, in dem die Schwalbe aufstieg, zeigte zwischen dem dritten und vierten Bild einen abrupten Sprung.

»Ich wollte euch nicht unterbrechen«, sagte Charles. »Ich brauche nur die Akte über das Duccio-Diptychon.«

»Sie liegt dort drüben«, meinte Matt und nickte in Richtung seines Schreibtischs. »Ganz oben.« Eine Mappe aus braunem Papier lag auf einem Haufen von Büchern mitten auf dem Tisch. »Warte, ich gebe sie dir«, fügte Matt hastig hinzu. Das Porträt ...

»Bemüh dich nicht«, meinte Charles. »Ich sehe sie schon.« Er ging bereits hinüber zum Tisch und griff nach der Mappe. Das Porträt stand direkt daneben; ihr Gesicht war nur wenige Zentimeter von seinem Handrücken entfernt. Charles musste nur einen Blick zur Seite werfen. Wieso sah er es nicht?

»Vogelteilchen«, meinte Klein plötzlich.

»Wie bitte?«, fragte Matt und warf erneut einen verstohlenen Blick hinüber zu Charles. Er stand jetzt genau vor dem Tisch, hielt etwas in der Hand und untersuchte es gründlich. Hatte er das Porträt entdeckt? Blickte er gerade in ihr Gesicht? Die Duccio-Akte lag noch immer unberührt auf dem Bücherstapel.

Mit der eleganten Geste eines Dirigenten zeichnete Klein den Flug der Schwalbe von Tafel zu Tafel nach. »Ein Vogel im Flug ist Bewegung, eine kontinuierlich angeregte Welle im Himmel. Es gibt eine unendliche Zahl von Orten, an denen man dies zu jeder beliebigen Zeit erleben kann. Aber was geschieht, wenn ein Maler eine solche Welle sieht und zu malen versucht? Sie verschwindet, und stattdessen bleibt das hier übrig: separate Elementarteilchen. Fünf kleine Vögel. Wie ein Stein, der über das Wasser hüpft. Uns bleibt nicht der Stein, sondern die Kreise im Wasser an den Stellen, an denen er die Oberfläche berührt hat. Der Stein ist verschwunden – und das Gleiche gilt für den Vogel. Wir haben fünf Vögel und doch keinen einzigen.«

Matt blickte auf die Schwalbe, die vor seinen Augen wie ein Pfeil in den Himmel zu schießen schien. Dann sah er aus dem Augenwinkel eine deutlich realere Bewegung: Charles verließ den Raum. Er bemerkte, dass Matt den Kopf drehte, winkte kurz mit der Akte und verschwand.

»Entschuldigen Sie mich bitte einen Moment«, murmelte Matt. Ihm war bewusst, dass er Klein gegenüber unhöflich wirken musste, aber er konnte einfach nicht anders, als so schnell wie möglich einen Blick auf seinen Tisch zu werfen. War das Porträt bewegt worden? Es war schwer zu sagen. Als Klein hereingekommen war, hatte er es seitlich auf den Tisch gestellt. Er überlegte, wie er das Bild abgesetzt hatte – aber dies war in letzter Zeit so häufig vorgekommen, dass er sich nicht genau erinnern konnte. Dann erregte eine winzige Bewegung auf dem Schreibtisch seine Aufmerksamkeit – irgendetwas blitzte kurz auf wie Staub, der durch einen Sonnenstrahl schwebt. Die Schneekugel. Unter einer Glaskuppel stand ein Clown mit weit ausgebreiteten Armen, der den Applaus eines unsichtbaren Publikums entgegennahm. In einer Hand die Geige, in der anderen den Geigenbogen, mit leuchtend roten Sternen auf seinen Wangen und passenden grünen Sternen auf seinem gelben Anzug, grinste er so breit, dass sein Gesicht von seinen apfelrot geschminkten Lippen in zwei Hälften geteilt zu werden schien. Rund um den Clown schwebte eine funkelnde Wolke aus winzigen silbernen und goldenen Noten sanft zu Boden. Matt lächelte erleichtert. Immer wenn Charles vorbeischaute, schüttelte er die Schneekugel – es war sein liebstes Ausstellungsstück im ganzen Museum, behauptete er immer. Sie war also nicht gestört worden; Charles hatte sie nicht gesehen. Matt beugte sich vor und nahm das Porträt in die Hand. Jedesmal, wenn er sie ansah, sah er sie neu, fand etwas über sie heraus, dass er zuvor noch nicht gewusst hatte.

Klein. Matt hatte seine Anwesenheit völlig vergessen. Er wirbelte herum, die Entschuldigung schon auf den Lippen, doch der Raum war leer. Klein musste gegangen sein. Matt lief zur Tür, doch er sah ihn nicht mehr. Verdammt, dachte er, und ging, die geballten Fäuste tief in den Taschen, zurück in sein Büro. Dort ließ er sich in den Sessel sinken. Egal. Wenigstens hatte Klein seine Schwalbe dagelassen. Auf dem Tisch grinste der Clown, die Arme ausgestreckt, knietief in einem Haufen glitzernder Noten.

Kapitel 4

»Oregano. Ich weiß, dass er hier irgendwo sein muss.« Matt schob die Gefäße auf dem Regalbrett hin und her. »Basilikum, Zimt, Safran, Thym... Wieso habe ich zwei Gläser mit Thymian?«

Sally blickte von dem Stapel aus Büchern und Karten auf, die vor ihr auf dem Tisch lagen. »Soll das überkochen?«, fragte sie, mit einem Seitenblick auf den Herd.

Hastig griff Matt nach dem Topf, aus dem eine Dampfwolke mit dem Duft von Muscheln aufstieg, als er den Deckel abnahm. Nachdem sich der Dampf verzogen hatte, schaute er vorsichtig hinein und verkündete: »Perfekt.«

»*Perfetto, signore*«, sagte Sally. »Warte mal.« Mit dem Daumen blätterte sie den Sprachführer durch. »*A che oro mangiamo sta sera?*«

»*Oro?*«, fragte Matt. »*Oro di mare*. Das Gold des Meeres«, übersetzte er, als er ihren leicht verwirrten Gesichtsausdruck bemerkte.

Sally suchte weiter. »*Ora*«, korrigierte sie sich selbst, »*Che ora*. Also gut, wann essen wir?«

»*Ah, bene*«, erwiderte Matt und fügte in schnellem

Stakkato hinzu: »*Dipende, signora, se lei ha voglia di mangiare.*«

»*Oui*«, meinte Sally verständnislos. »Ich meine *si*. Ach hör schon auf!« Verärgert griff sie wieder nach einem fleckigen Notizbuch mit Eselsohren, das sie schon zuvor gründlich studiert hatte. »Wer ist Ginevra?«, fragte sie schließlich misstrauisch.

»Wer?«, wollte Matt wissen, der gerade dabei war, eine Muschel aus ihrer Schale zu lösen. »Verflucht, ist das heiß.«

»Ginevra«, wiederholte Sally. »In deinem Tagebuch. Kannst du dich nicht mehr an sie erinnern? Sie hat ein Gedicht für dich geschrieben.«

»Oh. Ja. Eine wunderschöne Frau. Verheiratet, aber nicht mit dem Mann, den sie liebte.«

»Sie hat dich geliebt.«

»Mich? Das würde ich nicht so sehen.«

»Sie hat ein Gedicht für dich geschrieben.«

»*Chieggo merzede e sono alpestre tygre*«, zitierte Matt. »Wunderschön, nicht wahr? ›Ich bin ein Berglöwe, und ich bitte um Gnade.‹ Ginevra war eine Dichterin, aber von allem, was sie schrieb, ist nur diese eine Zeile übrig geblieben.«

»Vielleicht war der Rest es ja auch nicht wert, dass man sich daran erinnert. Nein, ich meine das nicht negativ. Es ist eher eine Leistung, nicht? Eine perfekte Zeile, die in deinem Geist weiterlebt – das ist mehr, als die meisten Dichter sich erträumen können, selbst wenn sie einen ganzen Stapel von Gedichtbänden geschrieben haben. Wenn man bedenkt, was man alles gelesen und sofort wieder vergessen hat. Sätze, die einen verblüfften, die das Leben veranderten. Und was weiß man davon noch? Los, zitiere eine Zeile von Chaucer. Oder Wordsworth, Baudelaire, such dir was aus. Meinetwegen Shakespeare; oder besser nicht, das wäre zu einfach. Ginevra hat einen Menschen, eine ganze Geschichte, eine Beziehung destilliert – in einer einzigen Zeile! Das ist wunderbar. Ich denke, sie hat dich sehr geliebt.«

»Ich war nicht ganz ihr Niveau, fürchte ich. Sie konnte wirklich bessere Männer haben.«

»Welcher Mann könnte besser sein als ein junger amerikanischer Kunststudent mit einem Treuhandvermögen?«

»Lorenzo de' Medici zum Beispiel.«

»Lorenzo ...«, setzte Sally an. »Ah, sehr lustig.«

»Es hieß, sie war seine Geliebte.«

»Brauchst du vielleicht Hilfe?«

»Ich wollte dich eigentlich von der Gefahr fern halten«, erwiderte Matt und wedelte mit dem Messer, mit dem er beim Würfeln des Muschelhaufens auf dem Schneidbrett einen wahren Trommelwirbel verursacht hatte. »Hier«, sagte er und reichte ihr eine Muschel herüber, die das Schlachtfest überlebt hatte. »Erinnerst du dich an den Leonardo, den wir in Washington gesehen haben? Das einzige seiner Bilder außerhalb Europas?«

»Hmmmm«, erwiderte sie, »lecker. Ja, ich erinnere mich. Was ist damit?«

»Ginevra de' Benci. Das war sie.«

»Ja richtig!«, rief Sally. »Ich wusste doch, dass ich den Namen schon einmal gehört hatte. Ginevra.«

»Du hast damals gar nicht richtig hingesehen.«

»Dein Hintern hat mich abgelenkt.«

»Na klar. Ich glaube eher, es war der Anruf, auf den du die ganze Zeit gewartet hast.«

»Darüber haben wir doch schon lang und breit gesprochen, Matt«, meinte Sally scharf. »Oder? Du warst einverstanden, und ohne Telefon hätte ich überhaupt nicht mit dir kommen können.«

»Schon gut – es war nur ein Scherz, okay? Das ist nun mal der Fluch der Technik.«

»Sie wirkte irgendwie katzenhaft«, meinte Sally und richtete ihre Aufmerksamkeit wieder auf das Tagebuch. »Aber nicht wie eine Löwin, sondern eher wie eine Abessinierkatze. ›Das Licht, in das die Sonne den westlichen Himmel über den Dächern auf der anderen Seite des Arno taucht – ich bin verzaubert, überwältigt vom Unbeschreiblichen‹«, las sie laut. »Überwältigt vom Uhn-bäh-schreib-lisch-en«, wiederholte sie langsam, mit vorgetäuschtem Akzent. »Ist das das italienische Wort für Analphabet?«

»Ja, ja, schon gut – schließlich war ich jung«, verteidigte sich Matt. »Ich würde auch gern mal einen Blick in deine Tagebücher aus den guten alten Collegezeiten werfen.«

»Ich hab kein Tagebuch geführt; ich habe Memos geschrieben«, antwortete sie geistesabwesend und blätterte eine Seite um. Plötzlich hielt sie inne. »Matt, das ist wunderschön.« Sie warf schnell einen Blick auf die nächste Seite, betrachtete dann die folgende. »Hast du die gemacht? Sie sind großartig.«

Matt beugte sich über die Anrichte, um zu sehen, was sie entdeckt hatte. »Die habe ich ganz vergessen«, meinte er. »Sie sind aus Gubbio.«

»Du solltest sie rahmen lassen«, meinte Sally. »Oder zumindest auf Karton aufziehen. Sie sind wirklich wunderschön. Die Linien, die Art und Weise, wie du das Licht wiedergegeben hast.«

»Ich liebe Zeichnungen«, sagte Matt. »Sie sind die Grundlage für alles andere. Wie du schon sagtest, Destillation – Gemälde sind Romane, aber Zeichnungen sind Poesie. Und das Zeichnen selbst ... es gibt einfach nichts Vergleichbares. Nichts.«

»Warum hast du dann damit aufgehört?«

»Womit?«

»Du weißt, was ich meine. Du hast ein großartiges Talent.«

Matt rührte in den Muscheln, gab etwas Wein und dann die Petersilie hinzu. »Wo hast du die letzten Jahre gelebt? Frag Kent. Oder Karen; sie wird es dir sagen. Gegenständliche Kunst ist tot. Die Welt gehört jetzt den Altons.«

»Was für ein Quatsch! Willem de Kooning hat Millionen gemacht. Oder sieh dir Jeff Koons an. Er tut nichts anderes, als sein Maul aufzureißen, und verdient sich damit dumm und dämlich.«

»Bei Jeff Koons dreht sich mir der Magen um. Und wir beide wissen doch genau, dass das Ganze nichts mehr mit Kunst zu tun hat, sondern damit, wie man jemanden am besten über den Tisch zieht. Nur darauf kommt es an. Wie bei einer Benefizveranstaltung im Museum: Die Kunst dient nur noch als Vorwand.«

»Na und?«, lachte Sally. »Das ist die Realität, Matt. Glaubst du wirklich, dass es jemals anders war? Dass Rembrandt in einem Paradies gelebt hat und malen konnte, was er wollte? Wenn du wirklich malen willst, dann spiel das Spiel mit. Gib ihnen, was sie wollen, damit du tun kannst, was du tun willst.«

»Das ist nicht meine Welt«, erwiderte Matt. »Fernsehmonitore und Installationen und Neon und Plastik. Gott, wie ich das alles hasse. Die Kunst geht unter in endlosem Geschwätz, sie verliert ihre Bedeutung, ihr Eigenleben.«

»Es ist ein Geschäft, Matt, ein Geschäft wie jedes andere. Das ist meine Welt; ich weiß, wovon ich spreche. Wenn ich mit jemandem in Verhandlungen trete, achte ich immer darauf, dass ich es bin, die die Bedingungen festlegt«, sagte Sally. »Ich versuche, den Ablauf vorzugeben; du musst selbst die Bedingungen festlegen, Matt. Du willst malen? Du willst ein Künstler sein? Dann konzentriere deine Kräfte darauf und tu es.«

»Du meinst, ich soll meinen Lebensunterhalt damit verdienen? Ich muss arbeiten, Sally. Ich bin nicht finanziell unabhängig. Ich kann mir das nicht erlauben.«

»Aber ich.«

»Du machst Witze.«

»Nein, ich meine es ernst. Ich unterstütze dich. Es ist ein ganz normales Geschäft. Du hast das Talent, und ich glaube, dass ein Markt dafür vorhanden ist.«

»Nein.«

Sie zuckte die Achseln. »Allein gegen den Rest der Welt, wie? Also gut, dann nicht. Mein Angebot steht auf jeden Fall.«

»Warum?«

»Du meinst abgesehen von der Tatsache, dass ich dich liebe?« Sie drehte das Tagebuch um und legte es offen auf die Anrichte. »Darum.«

Die Schatten spiegelten die eleganten Bögen der Arkaden wider, die ein wenig Schutz vor der Sonne boten. Er hatte den Wasserspeier gezeichnet, der unter ihnen in die Mauer des Palazzo eingelassen war. Es war ein heißer Sommernachmittag gewesen, die ruhige Luft erfüllt vom Plätschern des Wassers und der wohltuenden Kühle, die aus dem Brunnen aufstieg – Matt konnte sie förmlich spüren und roch wieder den Duft von Thymian und wildem Rosmarin. Die Stille im Innenhof wurde unterbrochen vom schrillen Zirpen der Zikaden, das sich wie ein gregorianischer Gesang über ganz Italien auszubreiten schien.

Matt war froh darüber, im kühlen Schutz der Arkade zu stehen. Das Wasser strömte aus dem grünen Marmormund eines Gorgonenhaupts mit weit aufgerissenen

Augen und floss über die glänzenden Mauersteine hinunter in das tiefe, kühle Becken. Matt erinnerte sich, an einem Fluss, der durch eine Schlucht hinunterstürzte, ein ähnliches Becken gesehen zu haben – mit glatter, fast unberührter Wasseroberfläche und so klar, dass er die Steine am Grund wie durch eine Lupe betrachten konnte. Um welchen Fluss hatte es sich gehandelt? Er versuchte, sich zu erinnern. War das auch in Gubbio gewesen? Er sah den Fluss vor sich, wie er sich durch die alte Stadt aus Stein in die Tiefe ergoss. Nein, es hatte kein Becken dort gegeben, keinen ruhigen, unberührten Fleck – keinen sonnigen Nachmittag, wie er ihn jetzt so deutlich vor seinem inneren Auge sah. Ein Feigenbaum ... damals hatte er einen Feigenbaum dort gesehen ... immer noch blühend, erhob er sich über das hohe Gras an einer Seite der Lichtung, auf der sie ihr Picknick veranstalteten. Er ging den Pfad zwischen den Bäumen entlang, betrachtete das Glitzern des Wassers im Licht der späten Morgensonne, hinter sich Stimmengewirr und Lachen und Vogelgezwitscher. Und dann hörte er es wieder, diese schreckliche Dissonanz, den gellenden, durchdringenden Wolfston, den er nicht vergessen konnte ...

»Matt!«, rief Sally. »Die Pasta ...«

Sie schob sich an ihm vorbei und drehte die Gasflamme unter dem Topf mit Nudeln aus, in dem sich ein Berg aus weißem Schaum gebildet hatte.

Schwindlig stützte Matt sich auf die Theke; der Marmor unter seinen Händen fühlte sich glatt und kühl und beruhigend solide an.

»Matt, ist alles in Ordnung?«, fragte Sally und berührte ihn am Handgelenk.

»Mir geht's gut«, sagte er. »Nur dieser Traum schon wieder.«

»Was ist denn los?«

»Ich weiß es nicht. Er ist so ... so echt, und dann ... bin ich im Wald. Die Sonne scheint. Wundervoll. Doch dann ist da dieser Schatten und dieses schreckliche Geräusch ...«

»Hast du das früher schon mal gehabt?«

»Ja«, sagte Matt. »Ich hab dir davon erzählt ... auf der Party. Als ich Charles' Gemälde betrachtete.«

Sally sah ihn ruhig an, als wartete sie darauf, dass er fortfuhr.

»Das Gemälde mit der Jagdszene, in seinem Arbeitszimmer ...« Matt brach ab. Es war offensichtlich, dass sie nicht die geringste Ahnung hatte, wovon er sprach. »Ich gieße besser die Pasta ab«, sagte er schließlich.

»Lass mich das machen«, erwiderte Sally. »Setz dich hin. Ich denke, du hast zu viel gearbeitet.«

»Ja«, stimmte Matt ihr zu und ließ sich auf einen Hocker sinken. »Wir haben beide zu viel gearbeitet. Ich weiß nicht, ob ich noch bis Mai warten kann.«

»Was ist denn im Mai?«, fragte Sally, während sie die Nudeln in ein Sieb gleiten ließ.

»Wir fahren nach Italien«, sagte Matt.

»Ach. Tun wir das?«, fragte Sally. Sie stellte das Sieb ab und legte die Arme um Matt. »Das ist eine wundervolle Idee. Wie lange hast du das schon geplant? Mai. Ich hoffe, ich kann mir noch Urlaub nehmen.«

»Also, auf die Gefahr hin, wie der reaktionärste Bilderstürmer aller Zeiten zu klingen«, begann Matt nach den ersten Bissen. Vielleicht half es, wenn er an einem früheren Punkt ihres Gesprächs wieder ansetzte – unter Umständen lag es ja an ihm. Es ging gar nicht darum, dass manche Dinge keinen Sinn ergaben, sondern vielmehr darum, dass das, was keinen Sinn ergab, so verwirrend war. Es schien alles gleichermaßen glaubwürdig. Hatten sie nun diese Reise nach Italien geplant oder nicht?

Er wusste, dass sie sie geplant hatten, aber jetzt, in diesem Moment, wusste er auch, dass sie sie nicht geplant hatten. Erst das Gemälde und jetzt die Reise – ja und nein, es war beides möglich, er erinnerte sich sehr genau. Wenn er also noch einmal auf das Thema zurückkam und irgendeine Verbindung zu finden versuchte …

»Nein, nein. Keineswegs. Du hattest Recht mit Koons.«

»Aber ich kann nichts dagegen tun«, sagte Matt, erleichtert, dass er sich wieder auf vertrautem Gebiet befand. »Ich bin ständig von großer Kunst umgeben. Das ist mein Leben. Du hast davon gesprochen, den Ablauf vorzugeben – und genau das ist der Punkt. Er ist bereits festgelegt, und zwar mithilfe von Begriffen wie Damals und Heute, Alt und Neu. Aber große Kunst ist für mich zeitlose Kunst. Nimm als Beispiel das Porträt von Anna. Sie könnte genauso gut heute leben. Ich sehe sie nicht an und denke ›Quattrocento‹. Für mich ist sie einfach ein wunderschönes junges Mädchen, festgehalten in einem Augenblick, mit dem jeder von uns etwas verbinden kann – sie betrachtet ihr Kind.«

»Anna?«, fragte Sally leise.

»Das ist nur der Name, den ich benutze«, meinte Matt. »Er gibt dem Bild etwas Persönliches. Schließlich habe ich in den letzten beiden Monaten viel Zeit mit ihr verbracht.«

»Ach wirklich.«

Matt sah sie an. »Du bist eifersüchtig«, stellte er fest.

»Überhaupt nicht.«

»Oh doch, du bist eifersüchtig auf ein Gemälde. Glaubst du vielleicht, ich habe mich in sie verliebt?«, lachte Matt. »Wie die Wache im Louvre. Hab ich dir je von ihm erzählt? Der Mann verliebte sich in die Mona Lisa. Aber was noch schlimmer ist – er war fest davon überzeugt, dass sie sich auch in ihn verliebt hätte. Das

Ganze nahm solche Formen an, dass er den Besuchern befahl, sie sollten sie nicht so anstarren, weil es ihr nicht gefiel und sie davon ganz nervös würde. Sie mussten ihn entlassen.«

»Können wir jetzt bitte das Thema wechseln?«

Matt starrte sie völlig überrascht an. »Ich kann es nicht glauben.«

»Anna. Klingt wundervoll. Warum fährst du nicht mit ihr nach Italien?«

»Das ist doch lächerlich!«, reagierte Matt verärgert, während sich seine Befürchtungen und Verwirrung langsam in Wut verwandelten.

»Nein, das ist es nicht! Was soll ich deiner Meinung nach denn denken, Matt? Ich weiß nicht, was mit uns passiert. Du bist so distanziert geworden; es scheint, als ob ich für dich überhaupt nicht mehr existiere. Ich bin nicht eifersüchtig auf ein Gemälde, weil ich nämlich gar nicht glaube, dass sie nur ein Gemälde für dich ist! Stattdessen glaube ich, dass du diese gemeinsame Reise nach Italien nur aus einem Schuldgefühl heraus geplant hast.« Sally bedeckte ihr Gesicht. »Tut mir Leid, das war nicht fair. Ich hab es nicht so gemeint.«

Sie weint, dachte Matt. Ich glaube das alles nicht. Was zum Teufel hab ich denn getan?

»Ich weiß einfach nicht, was los ist, Matt«, sagte Sally schließlich. »Ich liebe dich. Aber das scheint überhaupt keine Rolle zu spielen.«

Ich weiß, wollte Matt antworten. Ich weiß; es scheint wirklich keine Rolle zu spielen, und dabei sollte es das doch.

Kapitel 5

Leicht auf den Fußballen balancierend, die Knie gebeugt und den Körper seitwärts in Richtung seines Gegners gedreht, wartete Matt auf das Signal. Die dünnen Klingen der Florette schwebten in der Luft; ihre Spitzen berührten einander fast – ein Spiegelbild in Weiß, mit silbernen Ovalen an den Stellen, an denen normalerweise Gesichter zu sehen waren. Als ein lautes Summen erklang, gingen beide Männer noch etwas tiefer in die Knie, und ihre Klingen begannen einander zu umkreisen wie nervöse Libellen bei einem Paarungstanz. Matt ließ seinen Gegner vorrücken, mit kurzen Schritten, und wartete auf den Ausfall. Als er kam, warf eine schnelle Drehung seines Handgelenks die heranschnellende Klinge beiseite, und dann stürmte er vor, so schnell er konnte, nur um seinerseits abgelenkt zu werden, kurz bevor er treffen konnte. Mit einer schnellen Kreisbewegung befreite sein Gegner seine Klinge und zog sich zurück. Matt setzte die Attacke fort, unternahm mit gestrecktem Arm einen Ausfall. Doch eine geschickte Bewegung lenkte seine Klinge in die Leere zwischen Rumpf und Arm seines Gegners, und Matt kam abrupt zum Stillstand, als er spürte, wie eine stumpfe Spitze gegen seine Brust drückte, nur Zentimeter von seinem Herzen entfernt. Erneut ertönte der Summer.

Noch zweimal wiederholte sich der Tanz, jedesmal mit dem gleichen Ende, doch nur einmal war es Matts Klinge, die den Treffer setzte. Das letzte Summen ereilte ihn mitten in einem Verzweiflungsangriff, im Versuch, nach Punkten gleichzuziehen. Er unterbrach seine Bewegung, richtete sich auf und salutierte. Kühle Luft strich über seine schweißnasse Stirn, als er die Maske abnahm. Das Florett und die Maske unter einen Arm geklemmt, schüttelte er herzlich Kleins ausgestreckte Hand.

»Beim nächsten Mal«, sagte Klein.

»Sie sind ja noch nicht einmal ins Schwitzen gekommen«, protestierte Matt.

»Ökonomie der Bewegung«, erwiderte Klein und warf einen Blick auf die Uhr. »Es ist noch recht früh. Möchten Sie vielleicht die Zeichnung sehen, die ich erwähnt habe?«

»Natürlich«, sagte Matt, dessen Neugier geweckt war. Klein hatte nicht viele Worte über diese Zeichnung verloren, sie nur erwähnt und gemeint, dass Matt sie bestimmt interessant finden würde – was auch immer das zu bedeuten hatte.

Nach der feuchten Wärme des Fechtsaals wirkte die Kälte vor der Halle sehr erfrischend. Schneeflocken schwebten aus dem schwarzen Nachthimmel auf sie herunter und lösten sich im Nichts auf, bevor sie den Bürgersteig erreichten. Während die beiden Männer den steilen Hügel zum Riverside Drive hinuntergingen, fuhr eine vom Fluss kommende Bö durch die hohen Bäume des Parks und wirbelte die Flocken durch die hellen Lichtkegel der Straßenlaternen. Als Klein die Tür zu seinem Apartment öffnete, hörte Matt im Hintergrund ein Klavier; doch erst als er beim Ablegen seines Mantels eine leichte Temposchwankung bemerkte, wurde ihm klar, dass es sich nicht um eine Aufnahme handelte. Die Töne hatten ein träumerisches Timbre; sie klangen weniger real, vielmehr wie eine schwache Erinnerung. Das Apartment war schlicht und modern eingerichtet, es wirkte fast schon kahl. Der Eingangsbereich war völlig leer, bis auf eine Reihe von Fotografien, die in Chromrahmen an den weißen Wänden hingen, und einen schmalen blau gemusterten Teppich auf dem Holzboden. Während er Klein in das Wohnzimmer folgte, konnte Matt durch eine geöffnete Tür gegenüber der Diele einen schnellen Blick auf einen Billardtisch werfen. Die Wände des Wohnzimmers endeten in der Nacht – ein gläserner Vorhang rahmte die Lichter der Stadt und die weite Leere des Flusses ein. Der Schnee verwandelte den Ausblick in eine Lithographie, eine kräftig strukturierte Abstraktion aus Grau und Schwarz, die sich ständig bewegte und veränderte.

Auf dem Klavierhocker saß ein junger Mann mit kurzem schwarzem Haar, das an den Spitzen silbern glänzte. Seine Finger glitten zart und voller Anmut über die Tasten und schienen sie kaum zu berühren. Bach?, fragte Matt sich, obwohl er ahnte, dass er wahrscheinlich daneben tippte, denn für ihn klang jedes barocke Musikstück wie Bach. Nun wurde ihm auch klar, warum die Töne so weit entfernt und ätherisch geklungen hatten: Bei dem Instrument handelte es sich gar nicht um ein Klavier, sondern um einen seiner Vorgänger – ein Cembalo vielleicht. Der dunkle Korpus umschloss zwei übereinander angeordnete Tastaturen, deren weiße Tasten nicht aus Elfenbein, sondern aus einem honigfarbenen alten Holz bestanden. Das Innere des hochgeklappten Deckels war mit einer Landschaft von idyllischer Pracht bemalt.

Während sie beide einen Moment stehen blieben und dem Spiel des jungen Mannes zuhörten, der sie bis jetzt noch gar nicht bemerkt hatte, drang langsam die Erkenntnis zu Matt durch, dass irgendetwas hier nicht stimmte. Aber was? Es lag nicht an falschen Noten; man musste kein Experte sein, um zu hören, dass die Musik den richtigen Fluss hatte. Auch das charakteristische Timbre des Klangs störte ihn nicht, denn er hatte sich schnell daran gewöhnt. Das Instrument war verstimmt. Daran lag es – er hörte es genau in diesem Moment, als eine lange Tonfolge in den oberen Lagen erklang – das Instrument war schlicht und einfach verstimmt. Er zuckte zusammen und warf einen Blick hinüber zu seinem Gastgeber. Unglaublich: Den Kopf zur Seite gelegt, einen verträumten Blick in den Augen, schien Klein die dissonanten Töne überhaupt nicht wahrzunehmen.

Die Türglocke läutete, und sofort brach die Musik ab; der Pianist stand auf, drehte sich um, doch der Anblick von Matt und Klein ließ ihn innehalten.

»Ausgezeichnet«, bemerkte Klein.

Der junge Mann nickte und verließ den Raum. Klein ging hinüber zu dem Instrument und setzte sich. Er reckte sich, rieb sich kurz die Hände und attackierte dann die Tasten. Eine Explosion von Tönen stieg auf, die in einer Serie fließender Läufe gipfelten. Matt hörte, wie die Tür geöffnet wurde und eine vertraute Stimme sagte: »Hallo Seemann. Bist du fertig? Dann mal los.« Er beobachtete Kleins Hände, die rhythmisch über die Tasten glitten, plötzlich abhoben und in eine krachende Folge von Akkorden übergingen, die den zierlichen Korpus auf seinen dünnen, gedrechselten Beinen ins Wanken brachten. Dann folgte eine schnelle Schlusskadenz.

»Weiß unser Freund Charles davon?«, fragte Klein in die sich ausbreitende Stille hinein; seine Hände lagen immer noch auf den Tasten.

»Er will es nicht wissen«, erwiderte Matt. »Er sagt,

dass Kent nicht sein Schoßtier ist tun und lassen kann, was er will.«

»Aha.« Kleins linke Hand begann spielerisch einen Ton anzuschlagen. »Ehe ich es vergesse«, sagte er, während seine Rechte eine Melodie hinzufügte, »es hängt an der Wand hinter Ihnen.«

Matt drehte sich um. Ein Rahmen mit einer Zeichnung darin, in brauner Tinte gehalten. Muster, die ihm vage bekannt vorkamen. Es konnte nicht wahr sein – aber er wusste, dass es stimmte. Wie verzaubert betrachtete er die wirbelnde Kraft der Zeichenstriche, das Blatt hätte leicht für einen abstrakten Entwurf gehalten werden können. Es war nichts dergleichen, wie Matt wusste, sondern die genaue Wiedergabe eines Wasserstrahls, der aus einer Speidüse in ein Becken floss. Aber woher hatte Klein die Zeichnung? Soweit er wusste, befand sich keine einzige von Leonardos Zeichnungen zur Erforschung der Wasserkraft in Privatbesitz.

Kleins Spiel ging nahtlos in einen Beatles-Song über. »*What would you think if I sang out of tune …*« Das alte Instrument verlieh der vertrauten Melodie etwas Herzzerreißendes, so als ob sie aus einer Spieldose kommen würde. Matt drehte sich zu Klein um und versuchte, ihm ins Gesicht zu sehen. Das muss ein Witz sein, dachte er – hier ist nicht der Gesang verstimmt, wie es im Text hieß, sondern das Instrument. Wenn ich es hören kann, hört jeder andere es auch; trotzdem scheint er es noch nicht einmal zu bemerken. Klein unterbrach sein Spiel. »Haben Sie schon Pläne für heute Abend?«, fragte er.

»Nein«, erwiderte Matt. Sally war nicht in der Stadt. Es hätte sowieso keinen Unterschied gemacht, dachte er; ihre Abneigung gegen Klein war in letzter Zeit immer stärker geworden. Sally war einfühlsam genug, um zu spüren, dass das höfliche und aufmerksame Verhalten

Kleins ihr gegenüber letztlich nur verbarg, dass er in ihr nichts sah, was sein Interesse hätte wecken können.

»Einige meiner Freunde kommen heute zum Essen. Vielleicht hätten Sie ja Lust, sie kennen zu lernen?«

»Gern, das klingt großartig.«

»Ich werde mal nachsehen, was Tante Lisl uns zum Abendessen dagelassen hat«, sagte Klein. »Ich bin sofort wieder zurück.«

Matt ging zum Fenster und betrachtete die Aussicht. Die Lichter der Stadt blitzten durch seinen eigenen Schatten hindurch, der schwebend in der Nacht auf ihn selbst zurückblickte. Ein weiterer Schatten tauchte auf. Matt drehte sich um und sah Klein, der mit zwei Gläsern Wein zurückkehrte.

»Ich habe Ihre Zeichnung zuerst nicht erkannt«, sagte Matt und nickte in Richtung des Leonardo, während er ein Glas entgegennahm. »Damit hätte ich wirklich am allerwenigsten gerechnet. Woher haben Sie es?«

»Das Ergebnis einer genealogischen Laune, fürchte ich. Ich bin der letzte Überlebende, also blieb die Zeichnung bei mir. Sie hat mich schon immer fasziniert. Wann immer man ein Becken betrachtet, in das Wasser hineinfließt, sieht man Schaum. Man benötigt eine Kamera, um die Bewegungen so festzuhalten wie auf dieser Zeichnung. Das Auge ist dafür einfach nicht schnell genug. Ich kann mir nicht erklären, wie er sie gemacht hat.«

Matt studierte die Zeichnung ein weiteres Mal. Das Wasser strömte mit einer Kraft aus der Düse, die beinahe fühlbar war, bis es spritzend tief unten im Becken auftraf und als Blasen und Schaum an die Oberfläche trat.

»Genau das gleiche ist ihm auch mit Vögeln gelungen«, sagte Klein. »Die Zeichnungen einer Möwe im Flug. Sie sind Ihnen bekannt, nehme ich an?«

»Ja.«

»Exakt das gleiche Phänomen.« Er führte Matt zurück in den Eingangsbereich, vor einen der Chromrahmen. Es war eine Serie von Fotografien, die den vollen Flügelschlag eines Vogels in einzelnen Bewegungen zeigten. »Er hat den Vogelflug in Perfektion festgehalten, aber ohne Kamera kann man es nicht sehen.«

Die Türglocke erklang erneut. »Entschuldigen Sie mich bitte«, sagte Klein und ging zur Tür. Neugierig betrachtete Matt die anderen Bilder an der Wand. Neben den Aufnahmen des Vogels sah er einen Rahmen mit einer weiteren Serie von Fotos, insgesamt zwölf Bildern. Es handelte sich um ein Salzprint aus den Anfangstagen der Fotografie. Am unteren Rand fand er eine Bildunterschrift, in eleganten Lettern: *Faraday – Magnetische Störfelder*. Es sah aus wie eine Vielzahl eigentümlicher geometrischer Formen, wie die Grundrisse eines Architekten, der nur Räume ohne Türen oder Fenster gezeichnet hatte. Von ihnen schienen sich in alle Richtungen Haare auszubreiten, die die Ränder wie stachlige Wimpern säumten. Die Serie begann mit einem Quadrat; dann wurden die Formen zunehmend komplexer. Ein Bild zeigte ein völlig asymmetrisches Gebilde ohne rechte Winkel, bei dem an einer der Längsseiten ein kleines Quadrat herausragte. Wo hatte er es schon einmal gesehen? Je länger er es betrachtete, umso stärker wurde das Gefühl der Vetrautheit. Schließlich war er sich ganz sicher, dass er es kannte.

Die letzte Aufnahme war Matt noch besser bekannt – so gut, dass er sie unter anderen Umständen vielleicht gar nicht wahrgenommen oder ignoriert hätte wie ein Werbefoto in einer Zeitschrift. Ein Doppeldecker, leicht zu einer Seite geneigt, mit weißen Tragflächen, erhob sich von einer schmalen Holzrampe am Strand von Kitty Hawk. Wie eingefroren lag der Pilot an den Steuerknüppeln des Doppeldeckers, und alle Bewegung auf dem Bild ging von dem Mann an der Seite aus, der sich schwarz gegen den grauen Sand und den eintönigen Himmel abhob: Wilbur Wright stand leicht vorgebeugt, die Tragfläche eben gerade losgelassen. Er hatte aufgehört zu laufen und sah dem Flugzeug nach, wie es aus einer Welt emporstieg, um in einer anderen zu landen.

Kapitel 6

Matt hörte Töne aus einem der Tasteninstrumente aufsteigen, die in der langen Galerie in der Abteilung für Musikinstrumente des Museums aufgereiht nebeneinander standen. Während die Hände des Pianisten die Musik erschufen und den glatten Tasten vorsichtig federleichte Töne entlockten, fragte Matt sich, wie es sein konnte, dass in einem Gebäude, in dem sich zu jeder Tageszeit Tausende von kunstinteressierten Menschen aufhielten, außer ihm nur ein einziger weiterer Zuhörer anwesend war – und zwar ein Hund.

»Wunderschön«, sagte Matt, nachdem der letzte Ton verklungen war.

Der Pianist nickte dankend.

»War das Brahms?«

»Nicht schlecht geraten, aber es handelt sich um ein Impromptu von Sibelius. Welch eine Ironie des Schicksals: Er hasste das Klavier. Aber Mozart verabscheute die Flöte, und zwei seiner besten Stücke waren Kompositionen für ein Flötenquartett. So, das hier ist fertig.« Er legte sein Werkzeug in den Kasten neben sich auf dem Schemel und stand auf, eine Hand noch immer auf der Tastatur. Der Hund hob seinen Kopf und spitzte fragend die Ohren. Der Mann nahm den Werkzeugkasten und tastete sich mit den Fingern entlang des Ebenholzgehäuses zum nächsten Instrument in der Reihe, einem schweren Bösendorfer.

»Dürfte ich Sie etwas fragen?«, wandte Matt sich an den Mann. »Ich habe meinen Freund Walter aus dieser Abteilung gefragt, und er meinte, dass ich Glück hätte, weil Sie heute im Haus wären und mir meine Frage am ehesten beantworten könnten.«

»Ich kann es zumindest versuchen«, erwiderte der Pianist und hob den Deckel des Flügels an, unter dem ein schwerer Messingrahmen sichtbar wurde. Er nahm ein Werkzeug in Form eines überdimensionalen Schlüssels und setzte es auf einen der Wirbel, um die die Stahlsaiten gewickelt waren.

»Warum würde jemand ganz bewusst ein Klavier verstimmen?«

»Das ist schnell beantwortet: Alle Klaviere sind verstimmt.«

»Das hat Walter auch gesagt. Aber als ich ihn fragte, was er damit meine, erzählte er irgendetwas über Pythagoras und ein Monochord und irgendwelche mathematischen Berechnungen, die mich vollständig verwirrten. Er meinte, ich solle besser Sie fragen.«

Der Klavierstimmer lachte. »Na, herzlichen Dank, Walter. Ich kann zwar erklären, wie das hier vor sich geht, aber das heißt noch nicht, dass man es wirklich versteht. Das Problem ist, dass Musik einerseits mathematisch ist, Tonleitern andererseits aber die einfachsten Gesetze der Mathematik missachten. Das Ganze ist nicht gleich der Summe seiner Teile. Weil … meine Güte, ist das schwierig.« Er dachte einen Moment nach. »Am besten zeig ich's Ihnen.« Er stand auf, öffnete den großen Deckel des Flügels ganz, stellte ihn fest und setzte sich wieder. »Schauen Sie einfach zu«, sagte er und schlug einen Ton an, wobei er das Pedal trat, so dass der Ton nachhallte. »Sehen Sie, welche Saite schwingt?«

»Ja, diese hier«, sagte Matt.

»Ein tiefes C. Und jetzt dieser Ton«, sagte er und schlug eine andere Taste an. »Das ist das nächsthöhere C, eine ganze Oktave. Sehen Sie die Saite?«

»Ja.«

»Ungefähr halb so lang, richtig? Tatsache ist, dass sie genau der Hälfte der unteren Saite entspricht. Und an dieser Stelle kommt Pythagoras ins Spiel. Was Sie hier sehen, ist die Grundlage der modernen Wissenschaft, die erstmalige Entdeckung, dass ein natürliches Phänomen – in diesem Fall die Schwingungen einer Saite – auf einer mathematischen Grundlage basiert. Eine nur halb so lange Saite schwingt exakt doppelt so schnell.« Er spielte beide Töne gleichzeitig. »Eine Oktave.«

»Klingt perfekt gestimmt«, sagte Matt, während er zusah, wie die Saiten schwangen.

»Das ist es auch.«

»Und was ist dann das Problem?«

»Warten Sie, ich zeig's Ihnen.« Er schlug zwei weitere Tasten an. »Eine große Terz. Das grundlegende Intervall in der Musik. Die beiden Töne liegen drei Schritte voneinander entfernt, weshalb man sie als Terz bezeichnet. Aber es gibt drei davon in einer Oktave, und da liegt das Problem. Drei Drittel ergeben noch kein Ganzes. Und jetzt kommen wir zu Walters mathematischen Berechnungen.« Der Mann spielte die beiden Töne erneut und ließ sie mithilfe des Pedals noch länger schwingen. »Sehen Sie das? Die höhere ist kürzer, aber nicht wesentlich. Man erhält sie, indem man die lange Saite in fünf Stücke unterteilt und einen Teil davon wegnimmt, sozusagen ein Frequenzverhältnis von Fünf zu Vier herstellt. Da es drei dieser Terzen gibt, muss man alles hoch drei rechnen, um zu einer Oktave zu kommen. Auf diese Weise erhält man ein Verhältnis von 125 zu 64. Wie wir aber bereits vorhin gesehen haben, handelt es sich bei einer Oktave um ein Frequenzverhältnis von Zwei zu Eins, also 128 zu 64. Sehen Sie jetzt das Problem? Drei Drittel ergeben hier kein Ganzes; es fehlen 3/64.«

»Verstehe«, sagte Matt, obwohl er kein Wort verstand. Aber da er nicht vorhatte, in nächster Zeit ein Klavier zu bauen, schien ihm das Wichtigste daran die Tatsache, dass die einzelnen Teile keine ganze Summe ergaben. »Aber das macht doch keinen so großen Unterschied, oder?«

»Es genügt, um manche Töne vollkommen dissonant klingen zu lassen. Einen solchen Ton bezeichnet man als Wolfston, da er im wahrsten Sinne des Wortes wie das Heulen eines Wolfs klingt. Über die gesamte Klaviatur betrachtet, taucht dieser Ton auch innerhalb der Quarten und Quinten auf. Man hat alles versucht, um ihn zu beseitigen. Natürlich kann man die störenden Noten einfach weglassen, aber das schränkt die Bandbreite der Musik, die man komponiert, enorm ein. Und sicherlich lassen sich ein paar Töne hier und da beugen, um die Missklänge zu verteilen, so dass der Wolfston nicht so sehr aus dem Rahmen fällt. Das nennt man übrigens temperieren. Erinnern Sie sich an Bach und sein *Wohltemperiertes Klavier*? Er schrieb diese Komposition, um ein Stimmsystem voranzutreiben, das er für das beste hielt. Ein weiterer, häufig verwendeter Kniff bestand darin, das Ganze mitteltönig zu temperieren, aber es gibt so viele unterschiedliche Stimmungen wie Tasteninstrumente in diesem Raum.«

Der Klavierstimmer steckte den Schlüssel auf den nächsten Wirbel und begann, die Saite zu stimmen. »Wir benutzen heute die gleichschwebende Stimmung«, sagte er, »was bedeutet, dass ich jede Note leicht verstimme, damit keine als besonders falsch heraussticht. Das hat den Vorteil, dass jeder Ton in jeder Tonart benutzt werden kann. Der Wolf wurde verbannt. Er ist ausgestorben. Aber um welchen Preis? Wir haben eine Welt erschaffen, die völlig verstimmt ist – und es fällt niemandem auf. Das Ergebnis klingt nur deshalb richtig, weil es dem entspricht, was wir kennen.« Wieder schlug er eine Taste an, lauschte zufrieden, und setzte den Schlüssel am nächsten Wirbel an. »Aber nun haben Sie zum ersten Mal reine Tonhöhen gehört und wissen, wie Musik wirklich klingt. Es geht Ihnen wie dem Mann in Platons Höhlengleichnis: Sie sind aus der Höhle gestolpert und haben die Sonne gesehen. Und selbst wenn Sie jetzt in die Höhle zurückkehren, wissen Sie, dass Sie nichts als Schatten sehen. Aber hüten Sie sich vor dem Wolf. Schon in der Antike kannte man seine Macht. Sie war so stark, dass es als Sünde galt, diesen Ton zu spielen oder nur davon zu sprechen. Man nannte ihn *diabolus in musica.*«

»Ist es wirklich so schlimm?«, fragte Matt. »Ich habe nichts gehört, was wie das Heulen eines Wolfs klang.«

Der Klavierstimmer lächelte. Dann fuhr er mit dem Schlüssel leicht über die Stimmwirbel, bis er die längsten Seiten am unteren Ende des Instruments erreicht hatte. Doch anstatt eine Taste anzuschlagen, stand er auf und griff in den Korpus. Er zupfte so leicht an der Saite, dass Matt keinen Ton hörte, und nahm mit dem Stimmschlüssel einige Anpassungen vor. Plötzlich hob der Hund seinen Kopf von den Pfoten. Seine Ohren richteten sich auf, und er sprang auf die Füße, senkte den Kopf und begann zu knurren.

»Ruhig, Pablo.« Der Hund legte sich unwillig wieder hin, während sein Herr sich an die Tasten setzte und die Hände im Schoß gefaltet hielt. Nach einem kurzen Augenblick hob er sie und begann ohne ein weiteres Wort zu spielen.

Matt, der etwas Schreckliches erwartet hatte, hörte überrascht zu. Es klang zwar merkwürdig, aber die einzelnen Töne waren brillant und klar, und sie begannen auf eine Weise miteinander zu schwingen, die ihm vollkommen neu war. Entspannt genoss er die Musik, sodass ihn die Modulation, als sie schließlich einsetzte, umso unvorbereiteter traf. Die gekrümmten Finger des Klavierstimmers fuhren nach unten, und das Stück endete in einem einzelnen Grauen erregenden Ton, der klirrend im Raum nachhallte. Matt spürte, wie sich förmlich seine Nackenhaare aufrichteten. Der Pianist fügte weitere Töne zu einem Akkord zusammen, wobei er das Pedal trat, sodass sie lange nachhallten und die schreckliche Dissonanz Matt durch Mark und Bein ging. Der Klang eines Jagdhorns, tief im Wald, den Blicken entzogen. Und dann im Schatten unter den Bäumen, der Wolf ...

Matt bemühte sich, den Anschluss an die Jagdgesellschaft nicht zu verlieren. Er ritt hinauf und hinab, durch steinige Hohlwege, vorbei an Lichtungen und dunklen Teichen, bis er völlig die Orientierung verloren hatte. Schließlich hielt er an und suchte den steilen Hang vor sich ab. Ein Blitz aus Farben, rauschende Flügel – dann lag er ohne Vorwarnung auf dem Boden. Mit zusammengekniffenen Augen blinzelte er durch die Baumkronen hoch zur Sonne, als sich gegen die Zweige ein Schatten abzeichnete, in den erhobenen Händen ein Schwert, bereit, herabzustoßen ...

Matt setzte sich kerzengerade auf. Sally lag ruhig neben ihm. Sie hatte das Gesicht abgewandt und beide Hände unter ihre Wange geschoben. Das Mondlicht warf einen blassen Schein über das Bett und färbte ihr Haar silbern.

Er rieb sich über das Gesicht und dachte darüber nach, ob er versuchen sollte, wieder einzuschlafen. Reine Zeitverschwendung, eine Stunde wach zu liegen und an die Decke zu starren im Versuch, nicht zu denken – also schwang er seine Beine aus dem Bett und stand vorsichtig auf, um Sally nicht zu wecken. Er schlüpfte in seinen Morgenmantel und fragte sich, wie es ihr gelungen war, ihm das Oberteil seines Pyjamas auszuziehen, ohne dass er es bemerkt hatte. Nicht, dass es ihm viel ausgemacht hätte, es fühlte sich an ihr sowieso besser an.

In der Wohnung war es völlig still; von der verlassenen Straße drang kein Laut herauf. Lange Rechtecke aus blassem Weiß ergossen sich über die Möbel und den Boden – Mondlicht gemischt mit dem seelenlosen Schein der Straßenbeleuchtung. Wie spät war es? Matt hatte nicht die leiseste Ahnung, und es war ihm auch egal; zu früh für einen Kaffee jedenfalls. Er wollte sowieso noch nicht, dass der Morgen anbrach.

Er setzte sich an den Tisch, schaltete den Computer ein und wartete bis der Rechner hochfuhr. Ein paar Mausklicks, und schon hatte er sie vor sich. Dies war Anna, wie sie ausgesehen haben musste, als sie für ihr Porträt Modell saß. Matt hatte den Computer ein dreidimensionales Modell von ihr berechnen lassen und danach stundenlang Anpassungen vorgenommen, um sie so genau wie möglich wiederzugeben; aber die Mühe hatte sich gelohnt. Er bewegte die Maus, und ihr Kopf drehte und senkte sich; schließlich sah sie ihn an. Noch konnte sie nicht lächeln; das würde noch einige Zeit in Anspruch nehmen, und wieder einmal fragte er sich, wie ihre Stimme wohl klingen würde. *Buona sera*, dachte er und musste über sich selbst grinsen.

Danach klickte er sich ins Internet und überprüfte seine E-Mails. Der Brief, den er halb erhofft, halb befürchtet hatte, war endlich eingetroffen, und er öffnete ihn erwartungsvoll.

»Matt?« Sally stand in der Tür. »Wie spät ist es?« Sie kam näher und stellte sich hinter ihn. »Halb vier!«, rief sie, nach einem Blick auf den Bildschirm.

»Ich konnte nicht schlafen«, verteidigte er sich.

»Du solltest es wenigstens versuchen, sonst wirst du morgen völlig fertig sein.« Sie strich über seine Schulter. »Das FBI?«, fragte sie, nachdem sie den Briefkopf des Dokuments gelesen hatte.

»Eine Überprüfung des Porträts.« Anna beobachtete sie beide von einer Ecke des Bildschirms aus.

»Das Bild wird vom FBI gesucht? Also bist du nicht der Einzige, der hinter ihm her ist.«

»Sally …« Er unterbrach sich, als ihre Hand von seiner Schulter glitt, seine Wange umfasste und sein Gesicht dem ihren zudrehte. Ihr langes, offenes Haar hüllte ihn ein, während sie sich hinunterbeugte und ihn leidenschaftlich küsste. Ihre andere Hand fuhr seine Brust hinab, unter seinen Morgenmantel, und Matt lehnte sich zurück, erwiderte ihren Kuss und ihre Berührung. Ihre Zunge spielte weiter mit ihm, suchend, forschend, während sie sich vor ihn schob. Er versuchte zu sprechen, aber sie presste ihre Lippen nur noch fester auf seinen Mund, rang ihn förmlich nieder, drückte ihn auf seinen Stuhl zurück und erhob sich dann leicht, um ihn in sich einzuführen. Matt ergab sich ihrem Drängen und hielt sie an den Hüften fest, während sie sich auf ihm hob und senkte. In ihren Bewegungen lag ein Ungestüm, eine Hingabe, wie er sie bisher noch nie erlebt hatte. Hemmungslos erkundete ihr Mund sein Gesicht. Ihr heißer Atem ging stoßweise, während sie sich härter und härter auf ihm bewegte. Matt öffnete die Augen und fand ihren Blick auf sich gerichtet, kaum zu erkennen in den tiefen Schatten. Dann konnte er sich nicht länger beherrschen – die Hände an ihre Hüften gepresst, ließ er sich in ihr treiben. Sie entspannte sich auf ihm, und schließlich sank ihr Kopf erschöpft auf seine Schulter.

Nach einer Weile richtete Sally sich auf und schaute ihn an. Seine Augen lösten sich eine Sekunde zu spät vom Bildschirm, der hinter ihr schimmerte wie ein Mond. »Du hast sie angesehen, nicht wahr?« Als er nicht antwortete, stand sie mit einem Ruck auf und verließ das Zimmer. Wenige Augenblicke später kam sie vollständig angekleidet aus dem Badezimmer. In der Hand hielt sie ihre kleine Reisetasche. Sie ging ohne ein Wort zu sagen, nahm sich nur noch die Zeit, ihren Mantel aus dem Schrank zu nehmen.

»Das war's dann wohl«, sagte Matt, nachdem die Tür hinter ihr ins Schloss gefallen und wieder Stille eingekehrt war. Die gemeinsame Reise nach Gubbio im Mai würde dann eben nicht stattfinden. Gut, wenn sie es nicht anders wollte. Wenn sie so dumm war, auf eine Frau in einem Gemälde eifersüchtig zu sein, dann war das ihr Problem – nicht seins. Außerdem lag sie völlig falsch. Er hatte sich nicht in eine Frau in einem Gemälde verliebt. Möglicherweise hatte er sich in das Gemälde verliebt, ja, vielleicht, aber was sollte daran so ungewöhnlich sein? Er hatte es vor dem Vergessen bewahrt und es wieder zum Leben erweckt. Er hatte ganze Monate damit verbracht. Das Gemälde war für ihn wie ein Kind. Aber Anna? Das war doch lächerlich.

Aber lag Sally wirklich so weit daneben? Sie hatte ihn geliebt, daran bestand kein Zweifel. Und er hatte sie auch einmal geliebt. Während er das Porträt betrachtete, zwang er sich, darüber nachzudenken, was er genau sah. Sally hatte Recht, so schwer ihm dieses Eingeständnis auch fiel. Er sah nicht das Porträt einer Frau, er sah die Frau selbst – eine Frau, die einst einen Namen, ein Leben, eine Vergangenheit und eine Zukunft gehabt hatte. Eine Seele. Anna. Niemand verliebt sich in eine Frau in einem Gemälde, ermahnte er sich. Also, was macht das aus mir?, fragte er sich. Einen Niemand.

Matt las die E-Mail ein weiteres Mal. Es war so, wie er es befürchtet hatte. Er hatte es die ganze Zeit über gewusst, seit dem Augenblick, in dem er die Holztafel zum ersten Mal gesehen hatte, damals unter den grellen Lichtern im Magazin. Das Gemälde war echt. Und es gab keine Möglichkeit, das, was nun folgen würde, zu vermeiden. Allein der Gedanke daran erfüllte ihn mit Trauer.

Kapitel 7

Matt starrte auf das Glas Wasser, das vor ihm auf dem Tisch stand; das erregte Stimmengewirr im Raum drang kaum zu ihm durch. Das Glas glänzte unter den starken Scheinwerfern des Fernsehstudios, das Wasser glitzerte wie elektrisiert, und er griff sehr vorsichtig danach, fast so, als ob er einen Schlag erwartete. Es schmeckte nach nichts. Er stellte das Glas wieder ab und vermied bewusst einen Blick auf die überfüllten Zuschauerränge.

»Können wir beginnen?«, fragte Silvio Petrocelli. Seine Stimme klang wie für ein Mikrofon gemacht – voll, wandlungsfähig und mit einem Hauch von europäischem Akzent, der dieser Veranstaltung das nötige internationale Flair verlieh.

Beginnen? Matt lächelte, während er langsam das Glas hin und her drehte und dabei geistesabwesend seine Finger betrachtete, die – durch die Brechung verzerrt – anwuchsen und wieder schrumpften wie Fische in einem Aquarium. Beginnen? Es war zu Ende. Er tauchte seinen Finger kurz in die Flüssigkeit, feuchtete ihn an, und fuhr über den Rand des Glases. Ein heller Ton erfüllte die Luft. Charles, der neben ihm saß, warf ihm einen raschen Blick zu, und Matt verringerte den Druck seines Fingers, bis der Ton so leise war, dass man ihn kaum noch hören konnte. Es schien niemand anderem aufzufallen, und auch Charles konzentrierte sich wieder auf Petrocelli. Matt konnte den Klang fast so gut in seinem Finger spüren, wie er ihn hörte, klar und von perfekter Reinheit.

Jetzt war Charles an der Reihe. Er beugte sich vor und sah seine Zuhörer über den Rand seiner Brille an: »Die genaue Datierung eines Objekts gehört zu unseren wahrscheinlich schwierigsten Aufgaben«, erklärte er. »Natürlich stellen sich auch Fragen der Zuordnung, aber darüber können wir noch nicht einmal ansatzweise nachdenken, solange wir nicht wissen, ob es für manche Künstler überhaupt möglich war, eine bestimmte Arbeit anzufertigen. Dagegen lassen sich einige Materialien mit großer Genauigkeit datieren, wie beispielsweise das Holz der Tafel.«

Die Holztafel, dachte Matt. Vier Stücke Pyramidenpappel, zusammengefügt und grob glatt gehobelt. Er liebte Pappeln: Sie stiegen an den steilen Hängen der terrassierten Hügel des Apennin in die Höhe wie die Seelen der Vergessenen. Später am Tag, wenn das goldene Licht die Luft und die Hügel zu einem Fresko aus gebranntem Umbra verschmolz, hoben sich die Pappeln scharf gegen den Hang ab und verliehen dem Traum Gestalt, der zusammen mit dem Nebel aus den Tälern aufstieg. Es war kein Traum, dachte er; dann nahm er langsam seinen Finger vom Glas und fragte sich, wie leicht er den Glasrand berühren könnte, bevor der Kontakt völlig abriss und der Ton davonschwebte. Es war kein Traum, all die gedankenverlorenen Nachmittage zusammen mit Anna. Wie das Meer im August hatte die Stille sie umgeben und sanft vor der Außenwelt geschützt. Und all die Dinge, von denen er wusste, dass sie ihr in der Zukunft unausweichlich widerfahren würden, blieben außer Sicht, weit hinter den Horizont verbannt.

Es war der letzte Freitag im Mai gewesen, und obwohl der Kalender behauptete, dass bis dahin noch ein ganzer Monat vergehen müsste, hatte für die Vögel und die frühmorgendlichen Jogger im Park bereits der Sommer begonnen. Es sollte ein kurzer Arbeitstag werden, denn er wollte früh Schluss machen, damit er sich noch vor den anderen Urlaubern auf die lange Fahrt nach Watch Hill machen konnte, um dort die traditionelle Saisoneröffnung mitzuerleben. Schwungvoll stürmte er in sein Büro, warf seine Jacke über den Stuhl und hielt plötzlich inne. Anna war verschwunden. Wie betäubt starrte er auf den Tisch, auf dem er die Tafel am Abend zuvor so zurückgelassen hatte, wie er sie eigentlich jeden Abend zurückließ – mit dem Gesicht in Richtung der Sitzecke. Aus seiner Glasglocke starrte der Clown ihn mit leerem Grinsen an, als wollte er sagen: Ich habe damit nichts zu tun. Matt fühlte sich, als ob er aus einem Flugzeug fallen würde. Genau hier hatte sie gestanden, hier hatte er sie hingestellt. Oder doch im Regal? Hektisch suchte er sämtliche Flächen ab, auf die er die kleine Holztafel gelegt haben konnte, die ganze Zeit beherrscht von der Übelkeit erregenden Gewissheit, dass er sie bisher immer nur an diesem einen, jetzt verwaisten Platz zurückgelassen hatte. Ihm wurde abwechselnd heiß und kalt, und nach Atem ringend blieb er wie angewurzelt mitten im Raum stehen. Denk nach! Er würde das Sicherheitspersonal alarmieren müssen. Nein. Zuerst musste er mit Petrocelli reden. Bei dem Gedanken daran, wie er es ihm beibringen sollte, wurde ihm zum ersten Mal die Ungeheuerlichkeit des Verlusts bewusst, und er sackte fast in sich zusammen. Er griff nach seiner Jacke, er fühlte den Stoff in seiner Hand und betrachtete das Muster des Tweeds. Dann schlüpfte er hinein und verließ den Raum.

Matts Stimme klang seltsam gepresst in seinen Ohren, als er die Sekretärin fragte, ob Petrocelli zu sprechen sei. Aber offensichtlich schien ihr nichts aufzufallen, denn sie antwortete ihm mit der gleichen geistesabwesenden Freundlichkeit wie immer. Als er das Büro betrat, sah Petrocelli auf und warf ihm aus tintenschwarzen Augen einen Blick über den Rand seiner Halbbrille zu. Charles hatte es sich auf dem Stuhl neben dem Schreibtisch bequem gemacht, die langen Beine auf Knöchelhöhe gekreuzt und den Laborkittel halb geöffnet. Mit dem Ellbogen auf dem Tisch und nach oben gerichteter Handfläche blickte er sich über die Schulter um – ganz wie jemand, der mitten im Satz unterbrochen worden war.

»Ah, da sind Sie ja«, sagte Petrocelli, als ob er Matt erwartet hätte.

Sprachlos starrte Matt ihn an. Petrocelli hielt eine kleine Holztafel in den Händen.

»Setzen Sie sich«, fuhr Petrocelli fort, bevor er seine Aufmerksamkeit wieder der Tafel zuwandte.

Charles drehte seinen Stuhl herum. Matt brachte gerade noch ein Nicken in seine Richtung zustande, bevor er sich wie betäubt auf einen Stuhl fallen ließ. Dann kehrte Stille im Raum ein; die Sekunden verrannen wie schmelzendes Eis. Traumverloren saß Petrocelli vor dem Gemälde. »Bemerkenswert«, sagte er schließlich und lächelte. Die strengen Züge seines Gesichts lösten sich und wurden weicher, und einen Augenblick lang erlebte Matt ihn, wie er ihn noch nie erlebt hatte – als einen Mann, der völlig in der Betrachtung eines einzigartigen Kunstwerks aufging.

Petrocelli legte das Gemälde beiseite und griff nach einer einfachen Aktenmappe. Matt erkannte sie sofort, sah seine eigene Handschrift auf dem Reiter: ANNA, in kräftigen, leicht schrägen Großbuchstaben. Er fühlte sich hintergangen. Woher wusste Petrocelli davon?

Charles griff nach der Holztafel, während Petrocelli die Dokumente durchsah, die Matt zusammengestellt hatte, Stück für Stück, im Lauf der vergangenen sechs Monate. Er studierte sorgfältig ein Blatt nach dem anderen und legte es danach vorsichtig mit dem Gesicht nach unten zur Seite. »Also gut«, meinte Petrocelli schließlich und nahm seine Brille ab. »Sie haben letzte Woche die National Gallery in Washington besucht.«

Matt spürte plötzlich, wie seine Kehle trocken wurde, und schluckte. »Ja.«

»Sie hatten einen freien Tag genommen?«

»Das stimmt. Ich habe Freunde besucht.«

Petrocelli erwiderte nichts, blickte ihn nur an, und Matt redete weiter, stotternd wie ein Auto mit beschädigtem Getriebe »Ich habe das Porträt mitgenommen, um es mit einigen Werken aus ihrer Sammlung zu vergleichen. Wo ich schon einmal in der Gegend war ...«

»Einige Werke?«

»Mit der Ginevra, hauptsächlich.«

»Und was haben Sie herausgefunden?«

Matt räusperte sich. »Tja«, begann er und warf Charles einen Blick zu, der scheinbar unbeteiligt an der Unterhaltung fasziniert das Bild betrachtete, »es gibt eine Reihe von Gemeinsamkeiten.«

»Das konnte ich diesen Unterlagen bereits entnehmen«, meinte Petrocelli und klopfte kurz mit seiner Brille auf die Mappe. »Aber um dies zu überprüfen, hätten Sie das Bild nicht mitnehmen müssen. Die Ergebnisse all dieser Tests sind durchaus eindeutig.«

»Ich wollte mir die Holztafel einmal ansehen.« Matt hatte in der Werkstatt der National Gallery gestanden, die Gemälde mit dem Gesicht nach unten vor sich, neben ihm sein Freund Reynolds. Er wäre bei diesem Vergleich zwar am liebsten allein gewesen, aber Reynolds ließ sich nicht erweichen: Ohne den Kurator der Abteilung im Haus hätte er es vielleicht riskiert, das Gemälde aus der Ausstellung zu entfernen, aber unter keinen Umständen hätte er das Bild auch nur einen Moment aus den Augen gelassen. Außerdem war sein Interesse geweckt. Als Matt die beiden Holztafeln nebeneinander legte, fügte sich deren Maserung so nahtlos zusammen wie eine geschlossene Tür. Aus zwei einzelnen Holzstücken wurde plötzlich eines.

»Mein Gott«, sagte Reynolds.

»Zwei Bilder aus einer Werkstatt«, beeilte Matt sich zu sagen. »Leonardo verwendete einen Teil des Holzes, bevor er nach Mailand ging. Also hat jemand anderes aus Verrocchios Werkstatt die andere Tafel benutzt. Du weißt doch – wahrscheinlich hat sie irgendwo im Atelier gestanden und nur darauf gewartet, bemalt zu werden. Ich tippe auf Lorenzo di Credi.«

Danach drehte er die Bilder um und legte sie nebeneinander. Auf der einen Seite Ginevra, umrahmt von einem üppig sprießenden Wacholderbusch, der eine Anspielung auf ihren Namen darstellte. Und daneben Anna. Sie waren Schwestern – aber nur ihre Eltern oder Geschwister hätten dies erkennen können, so sehr unterschieden sie sich in Erscheinung und Haltung. Ginevra, mit ihren strengen Zügen und einem ans Eigensinnige grenzenden Mund, wirkte wie eine junge Frau, die daran gewöhnt ist, ihren Willen durchzusetzen – anspruchsvoll und kapriziös, aber charmant, wenn es die Situation erforderte. Und dagegen Anna, ruhig, aufmerksam, mit edlen

Zügen, geduldig. Was sie miteinander verband, waren ihre Augen. Ginevras so schwarz wie Obsidian, Annas von einem dunklen Grün, aber beide erfüllt von Lebhaftigkeit, Geist und einer Klugheit, die ihre gemeinsame Herkunft verriet.

»Mein Gott«, wiederholte Reynolds leise.

»Lorenzo di Credi«, erwiderte Matt.

»Glaubst du wirklich?«, fragte Reynolds zweifelnd, ohne die Augen von den Porträts abzuwenden.

»Symington, alter Junge«, antwortete Matt leise. »Versprich mir, dass du bis auf weiteres niemandem davon erzählst, okay?«

»Meine Lippen sind versiegelt«, hatte sein Freund damals geantwortet.

»Dir ist doch klar, Matt«, begann Charles und schaute von dem Gemälde auf, »dass das Ganze ein wenig eigenartig wirkt, oder? Du hast keinerlei Ausleihvermerk ausgefüllt, aus dem klar hervorgeht, dass du das Bild aus dem Museum mitnehmen wolltest ...«

Ungläubig wandte Matt sich ihm zu. »Du glaubst, dass ich es stehlen wollte?«, fragte er.

»Tja ...« Charles fühlte sich deutlich unwohl unter seinem Blick.

Petrocellis Lippen waren so dünn wie das Papiermesser auf dem grünledernen Tischüberzug vor ihm. Er antwortete nicht.

»Ich will sofort einen Anwalt sprechen«, verkündete Matt gepresst und erhob sich.

»Das ist doch lächerlich«, sagte Charles. »Du übertreibst. Setz dich wieder.«

»Ich musste es durch einen Telefonanruf erfahren.« Petrocellis Stimme war voll kalter Wut. »›Herzlichen Glückwunsch zu Ihrer Entdeckung.‹ Ein Leonardo, um Himmels willen! Ein Leonardo in meiner eigenen Abteilung, und ich musste es durch einen Telefonanruf erfahren!«

»Es ist vielleicht ein wenig ungewöhnlich …«, warf Charles ein.

»Ungewöhnlich?«, unterbrach Petrocelli ihn wütend.

»Es ist kein Leonardo«, meinte Matt. »Zwar aus der Werkstatt von Verrocchio, aber nicht von Leonardo. Vielleicht Lorenzo di Credi.«

Petrocelli warf ihm einen finsteren Blick zu. Dann tippte er auf den Ordner. »Sämtliche Tests sagen etwas anderes. Der Stil ist identisch, die Untermalung, die Verwendung von Bleiweiß, das Craquelé, einfach alles.«

Matt fand keine Antwort. Er musste zugeben, dass Petrocelli Recht hatte. Kein Fälscher der Welt hätte dieses Gemälde erstellen können.

Petrocelli blätterte in dem Ordner. Als er das Blatt fand, das er gesucht hatte, drehte er es um und schob es quer über den Tisch, wo es vor Matt liegen blieb. Es war der Bericht des FBI.

»Das ist wirklich brillant, Matt«, meinte Charles. »Ein wahrer Geniestreich.«

»Im Jahre 1482 verließ Leonardo Florenz und ging nach Mailand.« Im Saal war es still, das Publikum hing an Petrocellis Lippen. »Wir wissen aus seinen persönlichen Notizen, und bestätigt durch einen Mönch, mit dem er einen Teil seiner Reise zusammen zurücklegte, dass er zwei Madonnen in seinem Gepäck mitführte. Eine davon war bereits fertig gestellt; dabei handelte es sich um die Madonna Benois, heute in der Eremitage in Sankt Petersburg. Das andere Bild war jedoch noch unvollendet, als der Mönch es zu sehen bekam. Leonardo hatte nur die Unterzeichnung fertig gestellt, aber der Mönch beschrieb es als die perfekteste Wiedergabe der Mutterliebe, die Gott in seiner Güte ihn jemals hatte sehen lassen. Bisher ist man immer davon ausgegangen – aufgrund dieses Berichts und der Tatsache, dass Leonardo eine zweite Madonna mit sich führte –, dass es sich bei beiden Madonnen um ein und dasselbe Motiv gehandelt haben muss. Stattdessen wurde nun deutlich, dass Leonardo eigentlich ein Porträt anfertigen wollte. Aber dieses Bild ein Porträt zu nennen – ganz egal, wie schön es auch ist –, würde bedeuten, seine weitaus größere Bedeutung einfach zu übersehen. Es handelt sich im wahrsten Sinne des Wortes um einen Meilenstein der Malerei, denn dieses Gemälde markiert den Beginn des Zeitalters des Humanismus. Leonardo hat die Madonna säkularisiert; er fand Göttlichkeit in den Zügen einer Sterblichen.«

Bei diesen Worten wurde die Staffelei plötzlich in einen Lichtkegel getaucht. Matt blickte sich um und war nicht überrascht, dass der Spot sorgfältig so ausgerichtet worden war, dass die Fernsehkameras bei der Enthüllung des Gemäldes nicht von irritierenden Glanzlichtern gestört wurden. Petrocelli nickte Charles zu, der daraufhin aufstand und langsam zu der Staffelei hinüberschritt. Vorsichtig lüftete er das Tuch, das die Holztafel bedeckte, und trat dann einen Schritt zur Seite. Die Stille, die im Moment der Enthüllung eingetreten war, schlug um in eine Woge von Applaus, in den Petrocelli und schließlich auch Charles einfielen, während sich ein zufriedenes Lächeln auf ihren Gesichtern ausbreitete. Matt spürte, wie ihn der Beifall überspülte und ihn immer weiter von Anna wegtrug. Sie wirkte so klein, so verletzlich. Sie konnte ihn noch nicht einmal sehen, weil sie genau in die blendenden Lichter schauen musste, hilflos den unverwandten Augen der Kameras ausgesetzt. Was hatte er getan?

Der Applaus ebbte ab. Petrocelli wandte sich dem

Publikum zu, eine Hand auf dem Rednerpult. »Wie Sie alle wissen, umfasste Leonardos Œuvre bisher nur dreizehn gesicherte Gemälde. Diesem Kanon ein weiteres Werk hinzuzufügen, erfordert mehr als nur Wissen oder Intuition, sondern auch Beweise, die über jeden Zweifel erhaben sind. Und um Ihnen diese zukommen zu lassen, möchte ich Ihnen den Mitarbeiter unseres Hauses vorstellen, dem wir diese außergewöhnliche Entdeckung verdanken: Matthew O'Brien.«

Es gibt einen Augenblick zwischen Aufstieg und Fall, dachte Matt, in dem das Objekt in der Bewegung verharrt, während die Welt sich weiter dreht. Erneut sah er den weißen Doppeldecker vor sich, genau in dem Moment, in dem er sich in die Luft erhob, und daneben einen Mann, der in diesem Moment der Balance zwischen zwei Welten an seiner Seite stand. Wo wird er landen, fragte er sich, und was ist mit der Welt geschehen, die er gerade verlassen hat?

»Matt?« Charles berührte seinen Arm.

»Ja?« Matt warf ihm einen überraschten Blick zu. »Oh ja«, begann er, »Leonardo war einer der ersten Künstler in Italien, der mit dem neuen Medium Öl arbeitete.«

»Lauter«, kam ein Ruf aus dem Publikum. Charles stellte sein Mikrofon vor Matt.

»Können Sie mich jetzt hören? Gut. Öl ist ein großartiges Malmedium. Tempera trocknet sehr schnell und ist daher wesentlich weniger flexibel. Ölfarben dagegen eröffneten den Künstlern eine völlig neue Welt, weil man sie schichtweise aufbauen, mischen und weiche Übergänge schaffen kann. Man benötigt noch nicht einmal einen Pinsel – Leonardo arbeitete gelegentlich mit den Fingern und hinterließ sogar einige Papillarlinien. Können wir den Projektor einschalten?« Zwei Bilder leuchteten Seite an Seite auf der Leinwand hinter ihm auf. Matt drehte sich seitwärts, um einen Blick auf die Leinwand werfen zu können, während er ins Mikrofon sprach. »Fingerabdrücke, wie Sie sehen können. Keiner von ihnen ist vollständig, aber ein Leutnant der New Yorker Polizei erklärte mir einmal, dass er bei seinen Fällen auch nur selten bessere Abdrücke zu sehen bekäme. Niemand nimmt ein Glas in die Hand, stellt es wieder ab und achtet dabei sorgfältig darauf, seine Fingerabdrücke nicht zu verschmieren. Er meinte, was ich hier hätte, würde jederzeit für eine positive Identifizierung ausreichen. Ich habe eine schrägstehende Lichtquelle benutzt – auf diese Weise konnte ich die Pinselstriche genauer erkennen, die so charakteristisch sind wie eine Unterschrift. Der Abdruck auf der rechten Seite stammt von dem Gemälde, das wir hier im Museum haben.«

»Anna«, unterbrach Petrocelli erläuternd.

»Genau«, stimmte Matt ruhig zu. »Anna. Zuerst nahm ich an, ich hätte einen meiner eigenen Fingerabdrücke auf einer der von uns angefertigten Mikrofotografien hinterlassen. Aber dann stellte sich heraus, dass diese Linien sich auf dem Gemälde befanden, und zwar noch unter einer der ursprünglichen Lasurschichten, sodass die Abdrücke nicht von einem Restaurator oder einem späteren Besitzer stammen konnten. Der Abdruck, den Sie auf dem linken Bild sehen, stammt vom Porträt der Ginevra de' Benci, das in der National Gallery hängt.«

»Die National Gallery of Art in Washington, die zur Smithsonian Institution gehört«, unterbrach ihn Petrocelli erneut. »Bei der wir uns an dieser Stelle für ihre ungeheure Großzügigkeit und Kooperation bedanken möchten.«

»Da es sich um eine frühe Arbeit handelt«, fuhr Matt

fort, »war ich mir nicht sicher, ob Leonardo sich mit dem neuen Medium bereits vertraut genug fühlte, um es derartig frei zu behandeln. Aber offensichtlich war dies der Fall, denn die Arbeit stellte sich als echt heraus. Ich – wir – schickten beide Bilder dem FBI, nur um sicherzugehen, und sie sagten uns das gleiche: Linker Quadrant des linken Zeigefingers. Gleicher Eindruckwinkel. Oder, um es mit den Worten des Leutnants zu sagen: ›Der gleiche Modus operandi – jetzt habt ihr ihn im Sack. Jeder Staatsanwalt würde damit eine Verurteilung durchkriegen.‹ Wären Sie bitte so freundlich?«, fragte Matt. »Danke«, fügte er hinzu, während sich die beiden Bilder langsam aufeinander zu bewegten, in einem Gewirr von Linien aufeinanderprallten und sich dann, wie durch ein Wunder, in einen einzigen Fingerabdruck verwandelten, der sich klar und deutlich vor dem weißen Hintergrund abzeichnete.

Noch einmal brandete eine Woge von Applaus auf. Helfer schwärmten in der Halle aus und verteilten das frisch gedruckte offizielle Bulletin des Museums. Hunderte von Annas auf der Suche nach einer neuen Heimat – auf dem Kopf stehend, ein kurzer Blick aus ihren Augen, unter einen Arm geklemmt, eine Hand auf ihren Wangen, neugierige Blicke, bevor man sie in eine Tasche warf. Ganze Stapel von ihr, und Millionen weitere würden folgen. Poster und Kaffeetassen und Sammelaktionen. Warum fühlte Matt sich so leer? Schließlich hatte er nur seine Arbeit getan. Seine Zukunft war gesichert, er würde berühmt sein; man behandelte ihn schon jetzt anders als zuvor. Das Flugzeug stieg auf und schwebte davon in Richtung des entfernten Donnerns der Brandung ... er musste hier raus. Matt stand auf.

»Wo willst du hin?«, flüsterte Charles und griff nach seinem Arm.

»Auf die Toilette. Ich bin sofort zurück«, wisperte Matt in sein Ohr. Dann verließ er den Raum, bahnte sich seinen Weg vorbei an den Ehrengästen auf dem Podium. Außerhalb des Saals wanderte er ziellos hin und her und versuchte, nicht an die Interviews zu denken, die ihn erwarteten, sobald Petrocelli geendet hatte. Die Pressekonferenz würde im gleichen Raum stattfinden, in dem auch der Empfang für das Studiolo ausgerichtet worden war, vor dem majestätischen Hintergrund der gepanzerten Ritter und Schlachtrösser aus der Abteilung Waffen und Rüstungen. Auf einer Seite befand sich der wuchtige Durchgang zum Studiolo. Müde und erschöpft ging Matt darauf zu. Er konnte sich nicht mehr daran erinnern, wann er das letzte Mal eine Nacht durchgeschlafen hatte. Das Studiolo lockte ihn, ein ruhiger Zufluchtsort vor einer Zukunft als berühmter Restaurator und Kunsthistoriker, von der Matt immer geträumt hatte, und die ihn nun, da sie vor ihm lag, mit Angst erfüllte.

Beim Betreten des Studiolo spürte er einen vertrauten Luftstrom an seiner Wange, roch den warmen Duft von geöltem Holz. Er versuchte sich daran zu erinnern, warum er seine Besuche eingestellt hatte, aber plötzlich war es ihm vollkommen unbegreiflich, dass er diesen Raum so lange nicht aufgesucht hatte. Der Papagei hockte immer noch in dem Käfig mit der geöffneten Tür; die Waffen und Rüstungen lehnten an den Regalen, und die Bücher lagen aufgeschlagen – bereit für jeden, der darin lesen wollte. Er drehte sich langsam um sich selbst, glücklich darüber, die vertrauten Bilder wiederzusehen, und versuchte dabei, seinen Kopf zu leeren und die Stille und die innere Ruhe wiederzufinden; aber die verstärkte Stimme des Kurators dröhnte aus der Entfernung weiter. Plötzlich kam der Raum ihm seltsam vor – wo hatte er diese eigenartigen Proportionen schon einmal gesehen? Hier jedenfalls nicht. Licht fiel in den Raum, aus einem Oberlicht hoch oben hinter ihm, das er bisher noch nie bemerkt hatte. Vielleicht ist es neu, dachte er. Aber was könnte neu sein in einem Raum, der fünfhundert Jahre alt ist? Ich jedenfalls nicht, entschied er. Ich bin nicht neu. Ich bin alt, die Wände sind alt, und während er sich weiterbewegte, glitt sein Schatten lautlos über die Schränke. Er beobachtete, wie der runde Schatten seines Kopfes sich immer weiter in Richtung seines Gegenstücks schob, dem Schatten des Hosenbands, Herzstück und Mittelpunkt des Raumes. Er spürte das Licht aus dem Obergadenfenster auf seinem Rücken, als wollte es ihn näher zum Fluchtpunkt schieben. Und während er sich ihm immer weiter näherte, bemerkte er zum ersten Mal die Schwingungen. Lag es an dem Licht, fragte er sich und fühlte, wie sich die Vibrationen aus der Luft in seinen Füßen und Beinen ausbreiteten, sie pulsierten in ihm wie ein mächtiger Generator und durchströmten ihn wie das Blut in seinen Adern. Fasziniert beobachtete er, wie der Schatten seines Kopfes mit dem des Hosenbandordens verschmolz; die gleichmäßigen Schwingungen wurden immer stärker, bis er nicht mehr sicher war, ob er sie nur fühlte oder auch hören konnte. Benommen blickte er auf die Wand, die sich vor ihm öffnete und eine Welt innerhalb der Welt freigab. Er sah den weißen Vogel mit doppelten Schwingen in dem Augenblick, in dem er sich in die Luft erhob, er hörte das schrille Krächzen des Papageis hinter sich, spürte die Wärme der sommerlichen Brise, die nach Rosmarin und Pferden duftete. Die Schwingungen waren überwältigend, beinahe hypnotisch. Der Schatten des Hosenbands schwebte als schwarzer Ring vor seinen Augen. Aber als er vornüberfiel, klang die elektrisch verstärkte Stimme des Kurators aus der Entfernung immer penetranter in seinen Ohren, wie ein misstönendes Grollen, das ihn verfolgte – und weiter vor sich, in der Finsternis, erkannte er die roten Augen des Wolfs, der auf ihn wartete …

Kapitel 8

Matt spürte die Wärme der Mittagssonne auf seinem Nacken. Er hielt seine Hand in den Lichtstrahl und beobachtete, wie das Licht die Venen und Finger in eine Wüstenlandschaft mit tiefen Schatten verwandelte. Schließlich drehte er seine Hand um und versuchte den Sonnenstrahl zu umfassen.

Das Klappern von Hufen auf Kopfsteinpflaster, gefolgt vom hohen Wiehern eines Pferdes, schallte von der schmalen Gasse durch das hohe Fenster bis in das Studiolo hinauf. »Ercole«, rief eine entfernte Stimme.

Matt befühlte den Stoff des Wamses, das er am Körper trug. Leinen. Weich. Darunter ein seidenes Hemd. Und an den Beinen eine Kniehose. Seltsam, dachte er. Sehr seltsam. Nicht die Kleidung, sondern die Tatsache, dass sie sich vollkommen natürlich anfühlte. Ihre leuchtenden Farben. Indigo, woher es wohl stammte? Behutsam glitten seine Finger über die silberne Nadel, die den Mantel zusammenhielt. Ich stehe in einem Raum, dachte er, während er sich umsah. Ich stand vorher in einem Raum und stehe auch jetzt noch in einem Raum. Er blickte hinab auf seine Füße, die unverändert auf den gleichen achteckigen Terrazzoplatten standen – nun aber in Lederstiefeln steckten, mit weichen braunen Filzstulpen, die auf der Rückseite bis zu seinen Waden hinaufreichten.

Das Studiolo war genauso, wie er es kannte. Die gleichen Intarsienpaneele – die Waffen, die Instrumente, die Bank mit dem Mazzocchio. Und darüber der Hosenbandorden. In seinem Kopf hallte noch ein fernes Echo, wie dumpfes Gewittergrollen, das anschwoll, als er den leeren schwarzen Kreis hinter dem Hosenband betrachtete. Eine Erinnerung an etwas, was er einmal gewusst hatte – aber als er versuchte, es zu fassen, verflüchtigte sich das Gefühl sofort, und der Kreis nahm wieder die Form eines Schattens aus Holzintarsien an.

Matt blickte weiter nach oben, zu der lateinischen Inschrift, die oberhalb der Holzpaneele um die Wand lief. Das Studiolo war unverändert, und doch erschien es ihm anders: Eine Reihe allegorischer Gemälde schmückte die Wände über dem Fries, ein vollständiger Zyklus, der die *Artes liberales*, die sieben freien Künste repräsentierte. Zwei dieser Künste, Musik und Rhetorik, hatte er bei seinem letzten Besuch in London gesehen. Und dort, über der Tür, entdeckte er die Astronomie – der kniende Ptolemäus, dem eine Armillarsphäre überreicht wurde. Dabei kannte Matt das Gemälde nur von einer Fotografie, da das Original, das sich im Kaiser Friedrich-Museum befunden hatte, im Krieg zerstört worden war. Aber was Matt am meisten verwunderte, war die Tatsache, dass er in einem vollständig möblierten Studiolo stand.

Vor sich sah er einen kleinen Tisch neben einem Lehnstuhl mit schweren Holzschnitzereien. Matt ließ seine Hand über die Tischoberfläche gleiten und hob dann die Kugel aus rotierenden Metallreifen an, die hinter einem dicken, ledergebundenen Buch lag. Eine Armillarsphäre, bei der die Umlaufbahnen von Sonne und Mond besonders hervorgehoben waren. Matt stellte sie zurück und schlug den Deckel des Buchs auf. Eine Miniaturansicht der Sonne, mit Strahlen wie Krummsäbel, kräuselte das dicke Pergament durch die Vergoldung. *Geographia* – der Titel prangte in eleganten, von Hand geschriebenen Buchstaben. Matt ließ den Deckel wieder zufallen.

Wieder warf er einen Blick auf die verschlossene Tür. Er konnte hier im Raum bleiben. Er konnte sich einfach hinsetzen; niemand zwang ihn, sich von diesem Ort fortzubewegen. So müde und erschöpft wie er war, erschien ihm der Gedanke sehr verlockend, aber die Tür übte eine magische Anziehungskraft auf ihn aus. Was lag wohl dahinter? Er fand es erstaunlich, dass er keinerlei Anzeichen von Eile oder Furcht verspürte, sondern nur eine erwartungsvolle Neugierde, als wüsste er bereits, was jenseits dieses Raums auf ihn wartete. Er ging zur Tür, über der das Wappen des Herzogs von Urbino in Holzintarsien eingelegt war, drückte sie auf und trat hinaus.

Vor ihm lag der lange Saal der herzoglichen Bibliothek, die sich über die gesamte Breite des Palazzos erstreckte. Regale mit Büchern, nur unterbrochen von Wandteppichen und Gemälden, bedeckten die Wände des hohen Raums vom Boden bis zur Decke. In der Mitte standen zwei massive Holztische, übersät mit dicken Folianten. Matt betrachtete ein Gemälde, das in seiner Nähe hing – eine Waldszene mit einer badenden Frau und einem Wesen, halb Hirsch, halb Mann, das sich gegen eine Hundemeute zur Wehr setzte.

Plötzlich wurde sich Matt bewusst, dass er nicht mehr allein war. Jemand stand in der Tür zur Bibliothek. Matt drehte sich um und sah einen Mann, gehüllt in die lange, rote Robe eines Gelehrten, aber mit breiten Schultern und kurzen, stämmigen Beinen, die eher zu einem Ringer gepasst hätten. Auch das Gesicht des Mannes erinnerte an eine Kämpfernatur: Die Augen standen weit auseinander, und seine Nase musste vor langer Zeit einmal zertrümmert worden sein – fast wie eine Steinmauer, die zum Einstürzen gebracht und nie repariert worden war.

»Aktäon und Diana«, sagte Matt, als der Mann sich neben ihn stellte. »Van Eyck. Ich habe es in Brüssel gesehen.«

»Der Herzog hat es gerade erst erworben. Ich bin Rodrigo de Aranjuez, der Bibliothekar des Herzogs. Und wer seid Ihr?«

»Matt. Matt O'Brien.«

»Darf ich fragen, woher Ihr kommt? Ich kann Euren Akzent nicht zuordnen. Aus Irland?«, fragte er und warf einen Blick auf den Ring an Matts Finger. Ein Geschenk seiner Eltern, das von Generation zu Generation weitergereicht worden war – ein Rubin in einen keltischen Knoten aus Gold eingefasst.

»Nein«, erwiderte Matt. »Von einer Insel westlich von Irland.«

»Das ist interessant«, sagte Rodrigo. »Ich wusste gar nicht, dass es dort irgendwelche Inseln gibt.«

»Die Farben sind so leuchtend und klar«, sagte Matt und betrachtete das Bild erneut. Selbst im restaurierten Zustand hatte das Gemälde nicht annähernd die Farbenpracht und Transparenz besessen wie das Bild, das jetzt vor ihm hing.

»Van Eycks Geheimnis, heißt es.«

»Nein. Das hat man zwar immer angenommen, aber das war nur eine Mär. Tatsächlich lag es an seiner Technik, am Öl und an der Art und Weise, wie er die verschiedenen Schichten aufbaute.«

Der Mann warf einen Blick auf das Gemälde und sah dann wieder zu Matt. »Ihr kennt Euch mit Ölfarben aus?«

»So weit ist das doch allgemein bekannt.«

»Keineswegs«, sagte Rodrigo und fügte nach einer

nachdenklichen Pause hinzu: »Ich werde heute abreisen, um mich dem Herzog anzuschließen. Ich glaube, Ihr solltet mich begleiten. Würdet Ihr ihm gerne vorgestellt werden?«

»Wem? Federico?«

»Das ist meines Wissens der einzige Herzog von Urbino. Fühlt Ihr Euch nicht wohl?«

Gestützt von Rodrigo, versuchte Matt sein Gleichgewicht wiederzuerlangen. Die Kleidung, die Gemälde, die italienische Sprache – Matt hatte diese Epoche so sorgfältig studiert und so viel Zeit in diesem Land verbracht, dass es ihm zur zweiten Natur geworden war. Doch die Vorstellung, Federico zu treffen, den berühmten Herzog … Er wusste nicht, wie oder warum es geschah, aber es war zweifellos real. Merkwürdigerweise wurde Matt erst in dem Moment, in dem Rodrigo den Herzog erwähnte, schlagartig bewusst, wo er sich befand. Es schien, als wäre er aus einem Traum erwacht – doch statt zu Hause fand er sich an einem Ort wieder, der ihm ebenso vertraut schien.

Nach vier Tagen erreichten sie die Villa. Matt konnte sie in der Ferne ausmachen, lange bevor er den Weg sah, der über den gegenüberliegenden Hügelrücken, durch das schmale Flussbett hindurch und an sorgfältig bestellten Feldern vorbei zum Anwesen hinaufführte. Der Hang stieg nicht gleichmäßig an, sondern bildete tiefe Falten mit Tälern und Anhöhen, sodass der Ritt viel länger dauerte, als er zunächst angenommen hatte. Den Feldern folgten Olivenbäume, die sich in knorriger Üppigkeit über Reihen von Rebstöcken erhoben. Ein weinrotes Meer aus Trauben schwappte über eine sonnenbeschienene Backsteinmauer, die den dahinter gelegenen Garten neugierigen Blicken entzog. Das Einzige, was sie erkennen konnten, während sie dem Pfad folgten, der sich entlang der Mauer wand, waren die obersten Zweige von Obstbäumen und umherschwirrende Singvögel, die jedoch keine Notiz von ihnen nahmen.

Sie trafen erst am späten Nachmittag ein, nachdem die Jagdgesellschaft bereits zurückgekehrt war und die Knechte die Pferde auf dem gepflasterten Hof gestriegelt und zu den Ställen gebracht hatten. Die schlichte Fassade, die ihnen den Weg durch die Hügel gewiesen hatte, strafte die wahre Größe des Anwesens Lügen. Der staubige Pfad führte sie zunächst seitlich heran und endete dann in einer geschwungenen, mit Pappeln gesäumten Allee, die im letzten Stück von massiven, moosbewachsenen Marmorurnen unterbrochen wurde. An die Fassade der dreistöckigen Villa schloss sich eine Terrasse an, die Rückseite flankierten mehrere kleinere Nebengebäude, Ställe und Wirtschaftsräume. Auf dem Weg zur Anhöhe waren sie an den Truppen des Herzogs vorbeigekommen, die unten im Tal ihr Lager aufgeschlagen hatten, aber seine Ehrengarde hatte hier oben Quartier bezogen: An der Stallmauer lehnten ihre langen Piken, deren Wimpel in der windstillen Luft schlaff herabhingen.

Entfernte Gesänge der Abendmesse wehten aus der Villa herüber, während sie abstiegen und ihre steifen Muskeln streckten. Schatten fielen schräg über den Vorhof und boten einen willkommenen Schutz vor der Hitze.

»Lasst uns nachsehen, wer alles hier ist«, sagte Rodrigo und eilte in Richtung Küche, die sich auf der rechten Seite der Villa befand.

Der Raum war überraschend groß, wesentlich größer, als Matt von außen vermutet hätte. Ein offener Kamin, in dem man hätte stehen können, und zwei Steinöfen nahmen eine der Küchenwände ein. An Haken hingen mehrere glänzende Messingtöpfe, und an einem Spieß brutzelte ein zart gebräuntes Schwein, dessen Fetttropfen zischend auf den glühenden Kohlen verdampften. Eine ganze Wiese getrockneter Kräuter hing von den Deckenbalken herab – dicke Bündel Rosmarin und Thymian, daneben Knoblauchstränge und Girlanden aus karminroten Peperoni. Ein schwerer Tisch beherrschte den Raum; seine dunkle Oberfläche, auf der sich Speisen und Esswaren stapelten, trug die Gebrauchsspuren unzähliger Jahre. Ein riesiger Käselaib, ausgehöhlt wie ein Berghang in Carrara, ruhte neben achtlos aufeinander getürmten Broten. Daneben standen Schalen mit Trauben und Oliven und leuchtend bunte Majolikakrüge, auf denen in kräftigen Buchstaben der Name ihres Inhalts prangte.

»Antonio, wenn du die Glut ausgehen lässt, dann mache ich dir Feuer unterm Hintern«, rief eine kräftig gebaute Frau, während sie mit einem hölzernen Brotschieber in einem der Öfen hantierte. Ihr Italienisch bekam durch ihren deutschen Akzent eine harte Note.

Antonio, ein großes Kind, dessen aufgesperrter Mund und leerer Gesichtsausdruck darauf schließen ließen, dass er so viel Verstand besaß wie der Eimer Kohlen in seinen Händen, starrte den Bibliothekar unverwandt an. Rodrigo legte einen Finger auf seine Lippen, nahm die Kohlenschütte und stellte sich direkt hinter die Frau.

»Antonio«, rief sie erneut in scharfem Ton. »Dieser verflixte Junge«, murmelte sie schließlich, riss den Brotschieber aus dem Ofen und hielt ihn wie eine Keule, während sie sich umdrehte, um nach dem unglückseligen Küchenjungen Ausschau zu halten. Stattdessen erblickte sie Rodrigo, der sie freundlich angrinste. »Ach nein!«, rief sie, fing sich aber sofort wieder und fragte energisch: »Habt Ihr an meine Nelken gedacht?«

Rodrigo lachte, umarmte sie und gab ihr einen Kuss auf die Wange. »Lisl, *amore mia*, ich muss doch sehr bitten. Warum, glaubst du, habe ich den langen Weg hierher gemacht?«, fragte er und ließ ein kleines Leinensäckchen vor ihren Augen baumeln.

»Ich weiß, weswegen Ihr gekommen seid. Wegen eines guten Mahls«, erwiderte die Köchin trocken, schob seine Hand von ihrer Hüfte und strich die Schürze glatt, die ihr schlichtes blaues Kleid bedeckte.

»Ach, Lisl«, seufzte Rodrigo. »Die unerwiderte Leidenschaft ist ein Vergnügen in sich selbst. Was sie jedoch von allen anderen Regungen der Seele unterscheidet, ist der Umstand, dass es das einzige Vergnügen ist, das ewiglich andauert. Wenn die Sehnsucht die Flamme nährt, wird das Feuer niemals ausgehen. Das hier ist übrigens Matteo«, fügte er hinzu, als er sah, wie sie seinen Begleiter scharf musterte. »Er kommt mit einem edlen Anliegen aus den entlegensten Teilen der Erde. Während Diogenes bei Arm und Reich nach einem ehrlichen Mann suchte, hat mein lieber Freund Matteo sich sogar ein noch höheres Ziel gesetzt: Denn er sucht nicht um seiner selbst willen, sondern um die Sehnsucht seiner Landsleute zu stillen. In den kalten und schrecklichen Wintern seines trostlosen Heimatlandes, gepeitscht von den tosenden westlichen Meeren, hocken die Menschen in Höhlen aus Torf und drängen sich dicht um qualmende Feuerstellen …«

»Seid Ihr Ire?«, fragte Lisl misstrauisch.

»Im Geiste«, erwiderte Matt.

»… selbst der großartige Helios«, fuhr Rodrigo fort, »in seinem goldenen Feuerwagen flieht vor diesen unerschrockenen Seelen in wärmere Gefilde – kaum sichtbar am Horizont zieht er seine Bahn, das Morgengrauen geht in die Abenddämmerung über wie das flirrende Liebesspiel der Libelle. Der süße Busen von Mutter Erde, die uns mit all ihren Gaben nährt, ist dort eine vertrocknete

Zitze. Die Menschen ernähren sich von Stockfisch und rohen Eiern, die sie den schlafenden Vögeln im Schutze der Nacht rauben.«

»Hah!«, schnaubte Lisl. »Ein Schotte.«

»In der Tat ein wenig von beidem«, gab Matt zu.

»Und doch haben diese Menschen Zuversicht«, fuhr Rodrigo fort. »Und Träume. Und sie erzählen sich voller Ehrfurcht von einer seit Generationen überlieferten Legende, eingehüllt in den Nebel längst vergangener Zeiten, seit die zurückkehrenden Kreuzfahrer die Kunde an die entlegenen Küsten dieses unwirtlichen Landstriches trugen. Schiffbruch, Entführung, Piraterie – all dies hat er während seiner unermüdlichen Suche überstehen müssen.« Antonio starrte Matt mit einer Mischung aus Furcht und Respekt an, die Augen so groß wie ein Pecorinolaib. »Und er wird nicht ruhen, bis er es gefunden hat«, setzte Rodrigo wieder an. »Und was ist das Objekt dieses glorreichen Unterfangens?« Er legte eine kunstvolle Pause ein, um dann fortzufahren: »Steinpilze. Als ich ihn fand, war er auf dem Weg nach Siena.«

»Also bitte!«, knurrte Lisl, während sie den Teig knetete und ihn dabei so kräftig auf den Tisch knallte, dass Matt zusammenzuckte.

»Genau!«, rief Rodrigo. »Bei der letzten Belagerung katapultierten die Florentiner die verwesenden Überreste verendeter Maultiere über die Mauern von Siena, um in der Stadt Pestilenz und Seuchen zu verbreiten«, erklärte er Matt. »Eine übliche Strategie. Aber die Sieneser? Was machten die Sieneser? Sie aßen sie! Selbst heute noch ist die am höchsten geschätzte Speise Sienas der Rattenbraten. Mit Erbsen geschmort«, fügte er beiläufig hinzu. »Mulis und Nagetiere, aber nicht ein einziger kleiner Steinpilz. Ich erklärte Matteo, dass der Norden die einzig richtige Himmelsrichtung auf dem Steinpilzkompass sei und bewahrte somit unseren umherirrenden Pilger vor dem schrecklichen Schicksal einer unvermeidlichen kulinarischen Kreuzigung.«

Antonio bekreuzigte sich erschaudernd.

»Ziemlich viele Worte«, sagte Lisl, und grub die Fäuste in den Teig. Sie unterbrach ihre Tätigkeit kurz, aber nur, um eine Locke zurückzustecken, die sich aus ihrem Haar gelöst hatte. »Für Euch sind sie wie Mehl«, fuhr sie fort, während sie den Teigballen anhob und die Tischoberfläche mit Mehl bestäubte. »Aber wenn ich fertig bin, habe ich einen Laib Brot. Und was habt Ihr? Pustekuchen.«

Antonio, der nur Kuchen verstand, nickte eifrig, ein breites Lächeln auf dem Gesicht.

»Steinpilze«, warf Matt ein, »wären nicht schlecht. Aber wofür ich jetzt wirklich meine Seele geben würde, das wäre ein Strudel.«

»Oh ja, Strudel«, wiederholte Lisl wehmütig. »Apfelstrudel. Du lieber Gott. Nur leider gibt es hier keine anständigen Äpfel.«

»Wir haben die besten Äpfel der ganzen Welt«, sagte ein Junge, der unbemerkt hinter Matt in der Tür aufgetaucht war. Irgendetwas an dem Jungen kam ihm bekannt vor, dachte Matt, während dieser an den Tisch herantrat und ein Stück Käse in die Hand nahm. Aber was? Sein Gesicht war es jedenfalls nicht – obwohl die Kontur seines Kinns und die Form seiner Augen eine Erinnerung an jemanden wachriefen, den er einst gekannt hatte. Der Junge musste etwa zehn Jahre alt sein, schätzte Matt, aber er besaß das selbstsichere Auftreten eines Menschen, der es eher gewohnt ist, Befehle zu erteilen als sie entgegenzunehmen.

»Nicht jetzt, Orlando, du verdirbst dir bloß den Appetit«, ermahnte Lisl den Jungen.

»Aber das ist es doch, was ich möchte«, erwiderte

Orlando. »Ich habe jetzt Hunger. Welchen Sinn hat es, zu warten? Wie kommt es nur, dass das Verzehren von Speisen zu einem bestimmten Zeitpunkt – der, soweit ich es beurteilen kann, völlig wahllos festgelegt ist – den Appetit befriedigt, ihn aber zu allen anderen Zeiten verdirbt? Der Käse ist derselbe, ich bin derselbe; der einzige Unterschied besteht darin, dass die Sonne an einem anderen Punkt am Himmel steht, und ich glaube nicht, dass es die Sonne kümmert.« Er warf einen Blick auf den kleinen Jungen, der in seinem Schatten stand und eifrig nickend zustimmte. »Cosimo, darf ich dir etwas Käse anbieten?«, fragte Orlando.

Der Kleine erbleichte, gefangen zwischen der Scylla seiner Loyalität gegenüber seinem Freund und der Furcht erregenden Charybdis in Person von Lisl. Er blickte von einer zur anderen, unfähig, auch nur ein Wort herauszubringen.

»Du gestattest?«, sagte Orlando mit ausgesuchter Höflichkeit, wie ein Gastgeber, der ein Weinglas nachfüllt. Dann reichte er Cosimo ein Stück Käse, das er mit einer raschen Bewegung seines Messers abgeschnitten hatte, noch bevor der Junge seine Sprache wiederfand. Zögernd nahm Cosimo den Käse entgegen, wobei er vorsichtig in Lisls Richtung schielte, es jedoch vermied, ihr in die Augen zu schauen. Matt sah, dass Rodrigo Mühe hatte, ein Lachen zu unterdrücken. »Dieser Gast in meinem Hause ist hungrig«, teilte Orlando Lisl mit. »Als Gastgeber ist es meine Pflicht, seinen Wünschen nachzukommen. Erst gestern lehrte Padre Bonifacio mich dies, als wir Lucullus lasen. ›Für den wahren Gastgeber ist es von äußerster Bedeutung, vor allen anderen Verpflichtungen die Wünsche und Bedürfnisse seines Gastes zu berücksichtigen, denn die Art und Weise, wie wir jene behandeln, die von unserer Mildtätigkeit abhängen, ist der wahre Spiegel unserer Humanität‹«, zitierte er mit lauter Stimme und imitierte dabei seinen Tutor. Dann nahm er sich selbst ein Stück Käse. »Und daher wäre es besonders unhöflich, mich ihm nicht anzuschließen. Er ist schließlich ein Gast und nicht irgendein dahergelaufener Bettelmönch. Komm, lass uns hier verschwinden«, sagte er hastig und zog seinen Freund in Richtung Tür als er Stimmen hörte, die sich der Küche näherten.

»... das hängt davon ab, wann alle anderen aufgestanden sind«, sagte eine junge Frau, während sie die Küche betrat. Ihre Worte richteten sich an einen Mann, der ihr in den Raum folgte. Mit ihrem kastanienbraunen Haar, das zu einem französischen Knoten hochgesteckt war, wirkte sie jung und lebendig. Über ihrem weißen Unterkleid trug sie ein hellrotes Gewand aus fein gewebtem Leinen, und auf der Schulter ihres blauen Umhangs prangte ein goldener Stern, von dem züngelnde Flammen ausgingen. Abgesehen von dem dünnen Goldreif, der ihre Stirn zierte, bestand ihr einziger Schmuck aus einer kleinen Brosche an ihrem Kleid – drei Schwertlilien mit goldeingefassten Smaragd- und Azuritblüten auf silbernen Stielen.

Eine Villa, dachte Matt. Das war es, was Rodrigo gesagt hatte. Wir werden dort den Herzog auf dem Weg nach Mantua treffen. Aber er hatte nicht gesagt, um wessen Villa es sich handelte oder wer der Hausherr war. Matt hätte es in dem Moment wissen müssen, als er Orlando sah, denn nun war die Ähnlichkeit unverkennbar. Die junge Frau war Anna, aber sie erschien ihm völlig anders, als er sie sich vorgestellt hatte. Sie wirkte jünger und zeichnete sich durch eine Lebhaftigkeit und ein Temperament aus, das ihn zugleich faszinierte und beunruhigte. Denn sie zeigte nicht die geringste Spur dieser nachdenklichen Ruhe, die er aufgrund des Gemäldes als einen ihr eigenen Wesenszug angenommen hatte. Und während er keinerlei Zweifel daran hegte, dass auch dies ein Teil von ihr war, wusste er bereits im selben Moment, dass es sich dabei nicht um ihr normales Naturell handelte.

»Orlando!«, rief sie, als die beiden Jungen sich zwischen den Frauen hindurchzwängten, die Anna gefolgt waren. »Padre Bonifacio sucht schon nach dir ...« Aber die beiden waren bereits durch die Tür verschwunden. »Dieser Junge!«, seufzte sie und wandte sich dann an die Frau hinter ihr. Diese war etwas älter als Anna und strahlte eine ruhige Aufmerksamkeit aus. Sie trug ein dunkelblaues, schlichtes Kleid, das nur am rechteckigen Ausschnitt und am Saum mit einer einfachen Goldlitze eingefasst war. Matt fiel auf, dass sie die einzige in der ganzen Gruppe war, die von seiner und Rodrigos Anwesenheit Notiz nahm.

»Francesca«, richtete die Jüngere in höflichem, aber bestimmtem Ton das Wort an sie, wodurch ihr Verhältnis untereinander für Matt deutlich wurde. »Ich wünsche Padre Bonifacio direkt nach dem Essen zu sprechen.« Dann wandte sie sich an die Köchin: »Lisl, wir werden am Freitag zu Vergils Grotte reiten. Die Gesellschaft wird zwanzig Personen umfassen. Der Herzog ist sehr erbaut von deiner Forelle, besteht vielleicht die Möglichkeit, dass du uns welche zubereitest? Wir werden im Laufe des Vormittags losreiten.« Dann kostete sie die Sauce in einem der Töpfe, die neben dem Feuer hingen. »Sehr gut. Könnte ein bisschen mehr Honig vertragen, findest du nicht?« Auch ihre Stimme war anders als Matt sie sich vorgestellt hatte. Lebhaft, mit einem humorvollen Unterton, aber auch mit einer Spur von Autorität.

»Gegen Ende der Kochzeit«, erwiderte Lisl geduldig und teilte den Teig mit einem riesigen Messer zuerst in zwei Hälften, dann in Viertel und diese wiederum in immer kleinere Stücke. »Wenn ich den Honig jetzt hinzufüge, zerkocht die Sauce. Gebe ich ihn jedoch am Ende hinzu, dann bekommt die Sauce das beste Aroma, ohne zu verklumpen. Wenn Ihr es jedoch wünscht, füge ich den Honig jetzt hinzu.«

»Keineswegs. Du wirst es schon wissen. Zimt. Meines Erachtens müsste noch mehr Zimt dazu. Du hast gut daran getan, nur ein Zicklein zu verwenden.«

»Drei, Contessa.«

»Drei?«

»Ja. Außerdem gibt es noch Pasteten«, fügte sie hinzu und deutete mit dem Kinn auf die Reihe von Schüsseln, die auf dem Bord am Fenster standen.

»Ich verstehe«, erwiderte die Frau widerstrebend. »Nun gut, wir sind immerhin zu zwanzig. Das ist genauso, als müsste man eine ganze Armee durchfüttern.«

Ein tiefes grollendes Lachen entstieg der Brust des Mannes, der sie in die Küche begleitet hatte. »Es ist eine ganze Armee«, sagte er mit rauer Stimme, die an eine Schaufel in knirschendem Kies erinnerte. Seine Gesichtszüge waren so kräftig und dunkel wie seine Stimme, und er lehnte mit der verborgenen Kraft eines gespannten Bogens am Tisch. Er war von Kopf bis Fuß in schwarze Kleidung gehüllt. »Wir werden morgen auf die Jagd gehen«, wandte er sich an Lisl. »Hättest du gern einen Keiler oder lieber einen Hirsch?«

Die Köchin zuckte kurz die Achseln, ohne dabei den Blick vom Teig zu nehmen, den sie zu runden Laiben formte. »So oder so«, entgegnete sie. »Was auch immer der Pfeil trifft. Ihr nehmt es aus, und ich bereite es zu. Aber verwahrt die Innereien«, befahl sie, während sie einen der Laibe auf den Brotschieber schob. »Gebt sie diesmal bitte nicht den Hunden.«

»Sie erwarten sie aber.«

»*Ich* erwarte sie.«

»Dann sollst du sie auch bekommen«, erwiderte der Mann mit einer Verbeugung. »Wir werden bei Tagesanbruch aufbrechen«, fügte er hinzu.

Anna lachte. »Wenn das Morgenlicht stark genug ist, um die Toten aufzuerwecken, dann vielleicht. Der Schlaf des Gerechten ist nichts verglichen mit dem Schlaf des Übernächtigten, und Eure Jagdgesellschaft hat die Angewohnheit, die Nacht zum Tage zu machen.«

»Wir werden bei Tagesanbruch aufbrechen«, wiederholte der Mann noch einmal gegenüber Lisl.

»Ja, Euer Exzellenz«, erwiderte die Köchin, wobei ihr starker deutscher Tonfall die Derbheit ihrer Worte kaschierte.

»Lieber Rodrigo ...« Matt hielt den Atem an, als sich Anna zum Bibliothekar umwandte, aber sie nahm ihn selbst nicht wahr. »Ihr habt heute noch nicht viel gesagt. Das sieht Euch gar nicht ähnlich.«

»Contessa«, entgegnete Rodrigo mit einer tiefen Verbeugung, »der bloße Gedanke an den Tagesanbruch ließ mich verstummen.«

»Also werdet Ihr nicht an der Jagd teilnehmen?«

»Das wäre keine gute Idee«, erwiderte er. »Eingedenk der Feststellung des heiligen Augustinus, derzufolge man ist, was man isst, muss ich gestehen, dass ich eher Beute denn Jäger bin.«

Anna warf Matt einen Blick zu. Genauso, dachte er, genauso habe ich sie mir vorgestellt – silbergrüne Augen, wie Sonnenlicht, das durch Bäume fällt. Ich bin ein Berglöwe, und ich bitte um Gnade – Ginevra de' Benci musste sie kennen, dachte er plötzlich. Schließlich befanden sie sich nicht weit von Florenz entfernt. Möglicherweise waren sie sogar befreundet.

»Madama la Contessa Amoretti de Cavalcaselle«, verkündete Rodrigo. »Matteo O'Brien«, fügte er hinzu und legte eine Hand auf Matts Schulter, »er begleitete mich von Gubbio hierher.«

Während Matt Annas ruhigen Blick erwiderte, spürte er, wie Rodrigos Hand ihn leicht nach vorne drückte. Er nahm sich zusammen und verbeugte sich, wobei er mit einer Hand eine schwungvolle Geste machte, so wie Rodrigo es ihn gelehrt hatte.

»Leandro Castellano da Montefeltre«, fuhr Rodrigo fort.

Der Mann lehnte noch immer am Tisch und verneigte sich andeutungsweise in Matts Richtung. »Aus Irland?«, fragte er.

»Nein«, erwiderte Matt. Und wer bist du?, fragte er sich. Da Montefeltre – das bedeutete, dass er zur direkten Familie des Herzogs gehörte. Der Herzog hatte zwei Söhne, die das Erwachsenenalter erreichten, einen legitimen Sohn namens Guidobaldo, der nach dem Tod seines Vaters den Titel übernehmen sollte, aber als Condottiere nicht so erfolgreich gewesen war wie sein Vater. Der andere Sohn Antonio, ein Bastard, starb im Dienst eines benachbarten Herzogtums während einer Schlacht. Aber Leandro? Den Namen hatte er noch nie gehört.

»Wir müssen gehen«, sagte Anna zu Leandro. »Wenn die Fleischbrühe für den Conte bereit ist, werde ich sie ihm bringen«, wandte sie sich dann an die Köchin, die mit raschen Bewegungen eine Schale mit Suppe füllte, sie abdeckte und mit etwas Brot auf ein Tablett stellte.

»Antonio«, rief sie, so dass der Junge wie ein aufgescheuchtes Kaninchen aus seiner dunklen Ecke hervorgeschossen kam, in die er sich zurückgezogen hatte, als Anna und die anderen die Küche betraten. Er nahm das Tablett und folgte der Gruppe durch die Tür.

»Auch wir müssen dich jetzt verlassen, Lisl«, sagte Rodrigo.

»Das bricht mir das Herz.«

»Tröste dich, Liebchen – es ist nur für kurze Zeit. Denn wir werden so lange hier bleiben, bis der Herzog, wie die von Geisterhand hinterlassene Wandinschrift, weiterzieht. *Mene, mene tekel upharsin.*«

»Ein bewegliches Freudenfest«, sagte Lisl.

»Freudenfest oder Versorgungsnotstand, so ist nun mal der Lauf der Welt – und verglichen mit dieser Oase des Überflusses herrscht überall anderswo ein Versorgungsnotstand. Komm lass uns gehen und unser Quartier aufsuchen«, wandte er sich an Matt. »Bis zum Abendessen dauert es sicher nicht mehr lange.«

»Das ist also Anna«, sagte Matt, mehr zu sich selbst, als sie die Küche verließen.

»Die Contessa?«, fragte Rodrigo. »Woher kennst du ihren Namen?«

»Du musst ihn irgendwann einmal erwähnt haben«, erwiderte Matt leicht nervös, als er feststellte, dass sie tatsächlich Anna hieß.

»Habe ich das?«, fragte Rodrigo. »Ich kann mich nicht daran erinnern ... Nein, nicht das!«, rief er unvermittelt den Dienern zu, die Anstalten machten, auch das letzte der Reitpferde von seiner Gepäcklast zu befreien. Das große graue Zugpferd trug eine einzelne große Eichenkiste auf seinem Rücken.

»Hilf mir bitte mal«, wandte er sich an Matt, während er auf das Pferd zueilte.

»Hat der heilige Augustinus das wirklich gesagt?«, fragte Matt. »Man ist, was man isst?«

»Ganz ohne Zweifel«, erwiderte Rodrigo, während er einen der starken Lederriemen löste, mit denen die Kiste befestigt war. »Dieser Ausspruch ist jedoch verloren gegangen oder nie niedergeschrieben worden. Eine Schande, wirklich. So wenig von dem, was ein Mensch sagt – und sei es auch jemand von solch epochaler Bedeutung, wie der heilige Augustinus es war –, findet Eingang in die Geschichte.«

»Und woher weißt du dann, dass er das wirklich gesagt hat?«

»Das liest man doch aus allem, was er sonst gesagt hat. Fertig?«, fragte er. Gemeinsam hoben sie die Kiste an und ließen sie behutsam auf den Boden sinken. Erneut fragte Matt sich, was wohl in der Kiste war, dass sie mit so viel Sorgfalt behandelt werden musste. Während Rodrigo jede seiner Fragen über Gott und die Welt beantwortet und auch sonst viele Dinge kommentiert hatte, die Matt nicht zu fragen gewagt hätte, war er sehr wortkarg geworden, als Matt sich für die solide gebaute Kiste mit den schweren Messingbeschlägen interessierte. Während der ganzen Reise hatte er sie wie reinstes Gold behandelt und sorgfältig darauf geachtet, dass niemand sie anfasste und dass sie von einer bewaffneten Eskorte begleitet wurden, sobald die Reisegesellschaft die befestigten Straßen verließ. Dennoch konnte diese Kiste kein Silber oder Gold enthalten, dachte Matt, denn eine mit Goldbarren bestückte Kiste wäre viel zu schwer zu transportieren gewesen. In Gedanken vertieft nahm er seine Tasche und folgte Rodrigo in den Innenhof der Villa.

Kapitel 9

Im Haus war es völlig still; die ersten wärmenden Strahlen der Sonne drangen in die schattigen, mit kühlen Terrazzoplatten gefliesten Räume und Säle. Matt lehnte an der Fensterbank im Treppenhaus, das hinunter in das erste Geschoss führte, und genoss die frische Morgenluft. Die Jagdgesellschaft befand sich bereits im Tal unterhalb der Villa, preschte durch die Felder und hinterließ eine Schneise aus umgeknickten Weizenhalmen, wie eine Flotte winziger Schiffe auf dem Weg durch unbekannte Gewässer. Rodrigo hatte sich ihr nicht angeschlossen; er lag noch schlafend in dem Bett, in das Matt am frühen Abend müde hineingesunken war. Völlig erschöpft von der ungewohnten Bewegung, hatte Matt tief und fest geschlafen, ausnahmsweise nur mit Rodrigo als Bettgenossen – im Gegensatz zu den letzten Nächten in den Herbergen, in denen sich bis zu sechs Personen ein Lager teilen mussten. Glücklicherweise war das Bett frei von Flöhen und Wanzen; diese hatten ihm in der ersten Woche ständig zugesetzt, wodurch er schlecht schlief und den Muskelkater und die wunden Stellen, die ihm das tagelange Reiten bescherte, umso stärker verspürte.

Neugierig auf die weiteren Gebäude, die die Villa umgaben, beschloss Matt, sich ein wenig umzusehen. Bevor er eingeschlafen war, hatte Rodrigo ihm noch mitgeteilt, dass die erste Mahlzeit des Tages nach der Morgenmesse gereicht würde. Das Anwesen war um einen Innenhof errichtet worden, wobei sich die eigentlichen Wohnbereiche im ersten Geschoss befanden. Ihre Kammer lag im zweiten Stockwerk und besaß nur ein winziges Fenster, was bei schwülem Wetter schlaflose Nächte versprach. Doch obwohl der Raum sehr klein war, hatte er den Vorteil, dass er zumindest nicht im völlig überfüllten Dachgeschoss lag und sie somit nicht direkt beim Gesinde wohnen mussten.

Matt ging am Speisesaal vorbei, der jetzt still und dunkel dalag und in dem er am Abend zuvor am Ende eines Tischs im hinteren Bereich gesessen hatte. Er hatte den Abend noch genau vor Augen: Anna, deren Lachen er gelegentlich aus dem Gewirr von Stimmen und Musik heraushören konnte – auf der Galerie spielten zwei Laute- und ein Theorbespieler schwungvolle Tänze –, saß am Kopfende des Saals zwischen dem Herzog und Leandro. Dass zwischen Anna und diesem Leandro irgendeine Verbindung bestand, dachte Matt, zeigte sich umso deutlicher an der Art und Weise, wie offensichtlich sie dies zu verbergen versuchten. Während Anna ihrem Begleiter den Rücken zukehrte und dem Herzog aufmerksam zuhörte, neigte sie leicht den Kopf, sobald jener sich vorbeugte und eine kurze Bemerkung fallen ließ, jedoch ohne sie dabei anzusehen. Glaubten sie wirklich, dass die anderen im Saal dies nicht bemerkten?

»Er ist der leibliche Sohn des Herzogs«, sagte Rodrigo.

»Wer?« Matt war überrascht, dass Rodrigo ihn durchschaut hatte. Er hatte geglaubt gleichmütig auszusehen. Bis er mehr über die Verhältnisse wusste, hielt er es für klüger, seine Neugier zu verstecken.

Rodrigo warf ihm einen amüsierten Blick zu. »Leandro. Der Mann, den du schon den ganzen Abend beobachtest. Du könntest versuchen, vielleicht ein wenig diskreter zu sein«, fügte er hinzu und lehnte sich zu Matt hinüber. »Übertriebenes Interesse an einer Person wird manchmal falsch verstanden. Leandro zählt nicht zu den Männern, die ihren Hosenlatz ausstopfen, mein lieber Freund. Er denkt mit dem Schwert, also sei auf der Hut.«

»Meine Aufmerksamkeit galt dem Herzog«, protestierte Matt. »Er ist eine berühmte Persönlichkeit.«

»Aha«, erwiderte Rodrigo mit einem unverbindlichen Nicken.

»Schöne Musik«, bemerkte Matt.

»Tromboncino, eine seiner netten kleinen Barzelletten«, sagte Rodrigo. »Sehr beliebt heutzutage. Das bringt mich auf eine interessante Frage. Wie kommt es, dass das Mittelmaß so häufig die gleiche Anerkennung erfährt wie ein wahres Meisterwerk? ›Oh Himmel, oh Schicksal, behandle mich gut oder schlecht, ganz wie es dir beliebt.‹ Nicht gerade Dante, aber diese Zeile ist allgemein sehr beliebt und wird mit der gleichen tief empfundenen Überzeugung zitiert wie die großartigen Canzone. Dieses verfälschte Versmaß, der künstliche Rhythmus – *piace, audace, capace* – diese abgedroschenen Metaphern. ›Ich fliehe die Wunden der Liebe.‹ Er hat übrigens seine Frau umgebracht, als er herausfand, dass sie untreu war. Daher könnte man annehmen, dass er weiß, wovon er spricht, aber unglückseligerweise gehört Wahrheitsliebe nicht zu den Ingredienzen eines Kunstwerks. Das macht die Musik nicht besser und die Worte nicht lyrischer. Aber sieh sie dir an – sie lieben es. Genau wie in der Liebe ist es das entfachte Gefühl und nicht das Objekt selbst, was zählt.«

»Nicht alles muss das Werk eines Genies sein«, erwiderte Matt.

»Natürlich nicht. Ich spreche gar nicht von dem Werk, sondern von der Reaktion, die es hervorruft. Nimm zum Beispiel eine andere Gefühlsregung, die mindestens so stark wie die Liebe sein kann: Furcht, blinde Angst. Das schönste Schwert oder die gröbste Axt: Beide erzeugen den gleichen Grad an Schrecken, wenn sie mit der gleichen aggressiven Kraft geführt werden. Oder eine Leidenschaft, die vielleicht noch verzehrender als die Liebe ist und die Angst bezähmt – der Rausch. Der Effekt bleibt der gleiche, egal ob der Wein gut oder schlecht ist.«

Die Diener beugten sich über ihre Schultern und nahmen die großen, saucetriefenden Brotlaibe vom Tisch, die als Servierschalen für das gebratene Fleisch gedient hatten. Sie brachten sie nach draußen, wo sich die Hunde und Bettler darum streiten konnten, und stellten anschließend glasierte Schüsseln mit parfümiertem Wasser und Rosenblütenblättern vor jeden Gast.

»Aber reduzieren wir die Ursache noch weiter und zwar auf das rein Physische«, fuhr Rodrigo fort und wusch seine Hände in einer Schüssel. »Wärme. Ob es sich bei dem Stimulus nun um ein Feuer handelt oder um die Sonne, eine Stunde in den Armen der Geliebten oder den Zustand der Verliebtheit, das Ergebnis ist immer das gleiche: Wir empfinden Wärme. Von den einfachsten Bedürfnissen bis zu den nobelsten Gefühlen – es spielt keine Rolle. Der Reiz mag variieren, aber die Reaktion ist immer die gleiche. Selbst wenn es um Schönheit geht.«

»Nicht bei der Schönheit«, sagte Matt, während er seinen Blick von Anna abwandte, die lächelnd dem Herzog lauschte. »Exquisite Schönheit ist ohnegleichen.«

»Damit hast du natürlich vollkommen Recht«, sagte Rodrigo. »Und darüber hinaus exquisit formuliert. Ich muss dich loben. In der Tat ohnegleichen. Dennoch will ich dir die folgende Frage stellen: Exquisite Schönheit nach wessen Maßstab? Jeder Mensch preist seinen eigenen goldenen Apfel. Deine Begeisterung angesichts einer seltenen griechischen Statue ist die gleiche, die der Bauer beim Anblick seiner preisgekrönten Sau empfindet. Jeder Jungvermählte sieht in seiner Braut die schönste Frau der Welt, und jeder reisemüde Wanderer kehrt in das schönste Fleckchen Erde auf Gottes Welt zurück. Wir glauben gerne, dass wir immer kultivierter werden und unsere Fähigkeit verbessern, Vortrefflichkeit in allen Dingen zu erkennen, aber die Wahrheit ist viel prosaischer: Wir sehen uns satt und sind irgendwann gelangweilt. Der Reiz ist am Anfang am stärksten. Doch im Laufe der Zeit und mit der Wiederholung lässt er nach. Wir werden nicht kultivierter – unsere Sinne stumpfen nur ab. Ob gut oder schlecht: Wir sind gesättigt und wenden uns anderen Dingen zu.«

Rodrigo nahm eine Dolde Weintrauben von der großen Obstplatte vor ihm. »Meines Erachtens ist derjenige der glücklichste, der gerade *nicht* kultiviert ist. Denn seine Freude ist universal. Und die umfassendste. Tatsächlich könnte man sogar sagen, er ist der universal kultivierteste, denn er steht allen Erfahrungen gleichermaßen offen gegenüber.«

»Oder gleichermaßen verschlossen.«

»Probier die mal«, sagte Rodrigo und bot Matt eine Schale mit kleinen, kugelförmigen Knabbereien an, die an leuchtend gelbes Weingummi erinnerten, bevor er sich selbst ein paar davon nahm. »Die Kultivierung des Geschmacks – wie wir es nennen – ist eine Einschränkung unserer Perspektive und keine Erweiterung. Die Welt verkleinert sich, während wir sie erfahren. Während sich die Welt der Dinge, die wir wissen, möglicherweise etwas vergrößert, wird die größere Welt des Unbekannten erheblich reduziert. Das, was wir noch lernen müssen, ist ein unerforschter Kontinent, ein Afrika der Phantasie; aber die einmal erlernten Dinge – und seien sie auch noch so exotisch – werden aus dem Reich der Phantasie verbannt und erscheinen uns banal. Das Staunen ist der Horizont, nicht die Erfahrung, und Wissen ist der Tod des Staunens. Nichts für dich?«, fragte er, als er sah, dass Matt zögerlich kaute.

»Doch, doch«, versicherte Matt. »Interessantes Aroma. Sind das Nüsse?«

»Kandierte Heuschrecken«, erwiderte Rodrigo und nahm sich eine weitere Hand voll. »Ich liebe sie, aber heutzutage serviert sie ja kaum noch jemand.« Er hielt Matt die Schale erneut entgegen.

»Danke, nein«, lehnte Matt höflich ab. »Im Augenblick nicht.«

»Wie du willst«, erwiderte Rodrigo mit einem Achselzucken. »Leandro ist übrigens der rechtmäßige Erbe des Herzogs, es sei denn, Federico vermählt sich erneut, was natürlich jederzeit möglich wäre.«

»Und was ist mit Guidobaldo?«, fragte Matt, dessen Neugierde über seine ohnehin vergeblichen Bemühungen siegte, desinteressiert zu scheinen. Plötzlich wurde ihm klar, dass dies auch nicht ratsam war; schließlich wollte er so viel wie möglich in Erfahrung bringen – und wen konnte er besser fragen als Rodrigo, der ihn sicher durch den Irrgarten höfischer Intrigen geleitete? Außerdem sagte er doch nichts Verkehrtes, nichts, was nicht schon jeder wusste. Zwar leiblicher Sohn, aber dennoch ein Bastard, mussten alle Hoffnungen Leandros auf den herzoglichen Titel hinter den Ansprüchen eines legitimen Erben zurücktreten.

Rodrigos Miene verdüsterte sich schlagartig, und er lehnte sich zurück.

»Guidobaldo ist doch der Erbe«, fuhr Matt verwirrt fort. »Er ist der eheliche Sohn des Herzogs.«

»War«, entgegnete Rodrigo scharf und sah sich rasch um, um sicherzugehen, dass niemand sie hörte. »Hast du völlig den Verstand verloren?«

»Entschuldigung«, erwiderte Matt. Was meinte Rodrigo mit »war«? Guidobaldo war genauso berühmt wie der Herzog selbst. Er musste etwa in Orlandos Alter sein. Matt hatte angenommen, dass das der Grund war, warum der Herzog nach Mantua reiste – um seinen Sohn in der berühmten Schule von Vittorino da Feltre zu besuchen, wo der Herzog sich als Kind selbst intensiv mit den Lehren eines aufkeimenden Humanismus beschäftigt hatte. Nach dem Tod seines Vaters hatte Guidobaldo den Titel übernommen, geheiratet und sich bis ins hohe Alter bester Gesundheit erfreut. Wenn diese Heuschrecken nicht so knusprig und süß geschmeckt hätten oder die Betten, in denen er und Rodrigo übernachten mussten, nicht so unbequem und verlaust gewesen wären, hätte Matt möglicherweise geglaubt, dass er das alles nur zusammenträumte. Eine Frau, die aus einem Gemälde heraustrat und der von einem Mann der Hof gemacht wurde, der seinerseits nie existiert hatte und der einen rechtmäßigen Erben verdrängte, welcher vor seiner Zeit verschwunden war … Aber Matt wusste, dass dies kein Traum sein konnte. Zunächst einmal hätte er Anna niemals in Begleitung eines Ehemanns erträumt und ganz bestimmt nicht an der Seite eines Verehrers – noch dazu eines so beeindruckenden Verehrers wie der, der jetzt links neben ihr saß.

»Wo ist eigentlich der Conte?«, fragte er irritiert. Orlando, Annas Sohn, saß auf dem Platz, den sein Vater hätte einnehmen sollen, rechts neben dem Herzog. Er trug ein kurzes grünblaues Obergewand mit floralen Goldstickereien auf den Ärmeln und einer silbernen Schleife am Halsausschnitt, die das Gewand zusammenhielt. Er wirkte wesentlich älter als am Tag zuvor, und unter den weichen, kindlichen Zügen seines Gesichts konnte Matt schon die Konturen des Mannes erkennen, der bald zum Vorschein kommen sollte.

»Bettlägerig«, erwiderte Rodrigo. »Die Ärzte sagen, dass es sich um eine schleichende Krankheit orientalischer Natur handelt, bei der ihnen die Hände gebunden sind. Die Wahrheit ist – falls es dich interessiert –, dass er die unendlichen Freuden eines Getriebenen entdeckte, der sich gestattet, zur Ruhe zu kommen. Schon bald wird er von der Quelle Lethe trinken und sich von Charon über den Fluss bringen lassen, in die Arme seiner Zukünftigen, der Todesgöttin Mors.«

Leandro sah zu ihnen hinüber. Matt wandte rasch seinen Blick ab, aber es war schon zu spät. Mit einem Ruck schob der mächtige Mann seinen Stuhl nach hinten und richtete sich zu voller Größe auf.

»Na wunderbar«, sagte Rodrigo und starrte entschlossen ein Loch in die Luft, während Leandro um den Tisch herumging und auf sie zusteuerte. »Hab ich dich nicht gewarnt? Aber du wolltest ja nicht hören.«

Matt zuckte zusammen, drehte sich aber nicht um, als eine große Hand die Rückenlehne seines Stuhls packte. Die andere Hand fiel ebenso schwer auf Rodrigos Schulter nieder, wodurch Matt sich zumindest an die schwache Hoffnung klammerte, dass die Strafe ihn nicht allein ereilen würde.

»Rodrigo«, knurrte Leandro.

Matt atmete im Stillen auf.

»Euer Exzellenz?«, fragte Rodrigo.

»Habt Ihr sie mitgebracht?«

»Ja, Euer Exzellenz«, erwiderte Rodrigo. »Das ist der Grund für meine verspätete Ankunft. Komplikationen bei der Versiegelung der Nahtstellen.«

Matt fuhr zusammen; irgendetwas Kaltes, Feuchtes presste sich in seine Seite. Er sah nach unten und entdeckte die massige Schnauze von Leandros Hund, der seinen Schoß beschnüffelte.

»Aber Ihr habt sie dabei?«

»Ja, und ich denke wir haben auch das Problem mit dem austretenden Gas in den Griff bekommen.«

Der Hund schüttelte den Kopf und hinterließ eine Spur warmen Speichels auf Matts Oberschenkel.

»Braves Hundchen«, sagte Matt und schob den Kopf des riesigen Tiers zur Seite. Der Hund knurrte bösartig, zog sich aber zurück.

»Ausgezeichnet«, sagte Leandro zu Rodrigo. »Morgen in der Frühe«

»Ich habe noch etwas anderes im Gepäck, das Euch sicher sehr interessieren wird.«

»Überrascht mich«, erwiderte Leandro, und kehrte mit einem letzten Druck auf Rodrigos Schulter an das Kopfende des Tisches zurück. Sein Hund folgte ihm wie die Rauchfahne eines schwelenden Feuers.

Kurze Zeit später war die Abendtafel schließlich aufgehoben worden. Matt setzte seinen Erkundungsgang durch die Villa fort. Hinter dem Speisesaal entdeckte er einen weiteren großen Raum, dessen Wände ebenfalls mit Tapisserien geschmückt waren, wodurch der Saal eine Atmosphäre der Ruhe atmete, als läge er in tiefem Schlaf. Matt ging langsam durch den Saal und sah, wie Zeus in Gestalt eines Goldregens zu Danae hinabstieg und wie ihr Sohn Perseus Andromeda von dem Fels befreite und zur Frau nahm. Matt hatte sich mit Tapisserien nie beschäftigt. Ob diese wohl aus Flandern stammten? Automatisch suchten seine Augen die Wand in der Nähe der Tür ab; schmunzelnd musste er jedoch feststellen, dass dort keine kleine Plakette mit Angaben zum Entstehungsdatum und Herkunftsland hing. Er wollte gerade den Raum verlassen, als sein Blick auf eine Truhe fiel und ihn abrupt innehalten ließ. Das Dekor auf der Vorderseite, ein Gemälde, kam ihm bekannt vor. Nein – das konnte unmöglich sein.

Matt beugte sich vor, um das Bild genauer zu betrachten. Mein Gott, dachte er, es war möglich. Eine bunte Jagdgesellschaft unter dem gewölbten Blätterdach hoher Waldbäume. Männer in leuchtend roten und blauen Gewändern schwangen lange Stöcke und folgten aufmerksam den Hunden, die über die Lichtung schnellten. In der Ferne preschten Reiter durch das Dickicht. Wie viele Stunden hatte Matt über exakt diesem Gemälde gebrütet? Er kannte es, kannte jeden Quadratzentimeter: Die beiden Hunde in der Mitte, braun und schwarz; den einzelnen Reiter, der sich weit zurücklehnt, während er die Zügel straffzieht; und hoch oben, kaum sichtbar durch eine Öffnung im Blätterdach, Sterne und die feine Sichel eines bleichen Mondes.

Matt war auf die Knie gesunken und staunte über die Leuchtkraft der Farben, die von der Zeit völlig unberührt waren.

»Ist Euch nicht gut?«

Aus seinen Betrachtungen gerissen, drehte Matt sich um und blickte auf. Dann rappelte er sich rasch hoch und versuchte, ein leichtes Schwindelgefühl zu bekämpfen. Anna stand in der Tür und musterte ihn mit einer Mischung aus Neugierde und Besorgnis. Sie war allein.

»Doch, doch, durchaus«, erwiderte Matt. Nervös klopfte er sich den Staub von seinem Wams. »Eine interessante Szenerie«, sagte er und deutete auf die Truhe.

»Sie gehörte meiner Mutter«, erwiderte Anna. Sie war nicht ganz so locker frisiert wie auf dem Porträt und hatte ihr rehbraunes Haar zu einem formvollendeten französischen Zopf geflochten, wobei ihr Gesicht auf beiden Seiten von feinen Locken gerahmt wurde. Ihr blaues Damastkleid, das mit kunstvollen floralen Goldstickereien und Perlen verziert war, fiel unter dem goldenen Gürtel in dichten Falten bis auf den Boden. Ein schmaler Silberreif mit einer einzelnen Perle schmückte ihre Stirn und hielt ihre Haare zurück. Die Brosche mit den goldgefassten Schwertlinien steckte in ihrem Ausschnitt.

»Paolo Uccello«, bemerkte Matt.

»Ja«, sagte Anna und sah ihn interessiert an. »Woher wisst Ihr das?«

»Sein Stil ist sehr charakteristisch. Er verwendet die gleichen Bildmotive in vielen seiner Gemälde. Der Reiter hier, der sich auf seinem Pferd zurücklehnt, gleicht dem in der *Schlacht von San Romano* bis aufs Haar.«

»In welchem Bild?«, fragte Anna.

»Das, welches …« Matt verschluckte den Rest des Satzes. Welches im Louvre hängt, hatte er sagen wollen. Zu dem Zeitpunkt, als Matt die drei Teile der berühmten Schlacht gesehen hatte, hingen sie voneinander getrennt in der National Gallery in London, im Pariser Louvre und in den Uffizien in Florenz. Aber ursprünglich hatten sie die Wände in Lorenzo de' Medicis Palast in Florenz geschmückt. »Die linke Tafel, meine ich«, beeilte sich Matt, seinen Satz zu vollenden.

»Ich habe Lorenzo seit Ostern nicht gesehen. Wie geht es ihm?«

»Ich habe ihn nicht angetroffen«, erwiderte Matt, rasch improvisierend.

»Er war ein merkwürdiger alter Mann«, sagte Anna, während sie das Bild auf der Truhe betrachtete. »Uccello, meine ich. Er erinnerte eher an eine alte Krähe als an einen kleinen Vogel«, fuhr sie fort und spielte dabei auf die Bedeutung seines Namens an. »Verbittert und traurig. Nicht sehr freundlich.«

»Ihr kanntet Ihn?«

»Ich war damals noch ein kleines Mädchen. Er malte ein Fresko in unserem Haus, aber er hat es nie fertig gestellt.«

»Ihr dürft Euch glücklich schätzen, ihn gekannt zu haben. Mehr als jeder andere Maler war er der Meister der modernen Perspektive.«

»Seid Ihr ein Künstler?«

»Nein«, erwiderte Matt.

»Wir sind uns doch schon einmal begegnet«, sagte Anna plötzlich unerwartet.

»Viele Menschen denken das«, sagte Matt, darauf bedacht, ihr nicht zu widersprechen. »Ich scheine sie häufig an jemand anderen zu erinnern.«

»Vielleicht habe ich mich geirrt. Orlando!«, rief sie, als sie das eilige Trappeln von Füßen auf der Treppe am Ende des Ganges hörte. »Wenn Ihr mich jetzt bitte entschuldigen wollt«, sagte sie.

Matt verbeugte sich, als Anna davoneilte.

Kapitel 10

In der Hoffnung, dass es vielleicht schon Zeit für das Frühstück war, stieg Matt die Treppen wieder hinauf, um nach Rodrigo zu suchen. Er öffnete die Tür zu der kleinen Kammer und fand den Bibliothekar, der ihm den Rücken zukehrte und in einer der Taschen herumwühlte, die sie mitgebracht hatten.

»Da sind sie!«, rief Rodrigo und richtete sich auf. Dann drehte er sich um und blieb abrupt stehen, als er Matt sah.

»Bist du nicht schon ein bisschen zu alt, um mit Puppen zu spielen?«, fragte Matt, folgte dann aber Rodrigos Blick durch das Zimmer und errötete vor Verlegenheit.

Am Fenster stand Francesca und schloss gerade den silbernen Gürtel unter dem Ausschnitt ihres langen grünen Leinenkleides. Sie nahm die beiden kleinen, exquisit gekleideten Figuren an sich, die Rodrigo in den Händen hielt. »Sie sind wunderschön«, sagte sie. »Ich werde sie ihr sofort bringen. Auch Euch einen guten Morgen«, fügte sie ungerührt hinzu, als sie an Matt vorbeiging.

Er hielt ihr die Tür auf und sah dann Rodrigo an.

»Kannst du nicht anklopfen?«, fragte Rodrigo, während er sein Hemd in den Hosenbund stopfte.

»Du hättest mich vielleicht vorher warnen können«, erwiderte Matt.

Rodrigo griff nach seinen Stiefeln und ließ sich auf das Bett sinken. Während er die Stiefel überzog, meinte er: »Wir müssen uns beeilen, sonst kommen wir zu spät.«

»Wohin gehen wir denn?«, fragte Matt überrascht.

»Ich habe jetzt keine Zeit, dir das zu erklären.« Rodrigo schloss achtlos den Gürtel um die Hüfte seines karminroten Obergewands. Dann langte er nach seinem Hut, einem schwarzroten Stoffhaufen, der auf seinem dunklen Lockenkopf thronte wie ein Stapel ungefalteter Bettwäsche. Zusammen mit Rodrigos markanten Zügen erzielte der Hut einen erstaunlich feschen Eindruck, allerdings wirkte Rodrigo auf diese Weise noch mehr wie ein Faustkämpfer, der seinen neu errungenen Wohlstand genoss. »Du wirst es noch früh genug herausfinden. Lass uns gehen.«

»Und was ist mit dem Frühstück?«, protestierte Matt.

»Lisl wird uns irgendetwas einpacken; das können wir dann unterwegs essen. Komm schon«, kommandierte er und schob Matt durch die Tür.

Als sie die große Treppe vom ersten Stock zum Erdgeschoss hinuntergingen, sahen sie Anna, die sich im Gang angeregt mit Francesca unterhielt. Sie hielt die beiden kostümierten Puppen in der Hand und gab eine ihrer Hofdame zurück. »Diese hier«, hörten sie sie sagen, während sie an ihnen vorbeigingen, *»c'est très charmant«*. Francesca schaute hoch und fing Rodrigos Blick auf. Matt erkannte die Spur eines Lächelns, das um ihre Lippen spielte, und sah, wie sie eine Augenbraue leicht nach oben zog. Rodrigo erwiderte ihr Lächeln, runzelte aber dann die Stirn, als er Matts Blick auf sich ruhen sah.

»Eine solche Geldverschwendung«, sagte Rodrigo. »Den ganzen Weg von Paris bis hierher. Die Mode ist eine ungnädige Göttin. Der Himmel stehe den armen Seelen bei, die unter ihre Herrschaft geraten. Wenn du jemals Zweifel daran hegen solltest, dass niedere Begierden eine Vorrangstellung gegenüber dem gesunden Verstand besitzen«, fuhr er fort, als sie die Küche betraten, »dann denke nur einmal an den Anblick, den eine wohlgebildete, kluge und auch sonst ausgesprochen praktisch veranlagte Frau bietet, wenn sie mit den neuesten Entwürfen französischer Schneider konfrontiert wird. Lisl, mein Herz ist für immer dein«, wandte er sich an die Köchin, während er einen Laib Brot und ein ansehnliches Stück Käse an sich nahm und zusätzlich eine dicke Wurst in seine Tasche steckte.

»Es wäre jedoch kein schöner Zug gegenüber dem schöneren Geschlecht, zu behaupten, die Verlockungen der Mode beschränkten sich ausschließlich auf ihre zarten Seelen«, fuhr Rodrigo fort, während sie zum Stall gingen. Er warf einen Blick auf Matts Frisur. »Diese Haartracht mag zwar der letzte Schrei sein, und ich habe durchaus bemerkt, dass sie die Aufmerksamkeit der Damen erregt, aber ich persönlich würde mich ja nackt fühlen wie ein frischgeborener Welpe.«

Matt fuhr mit einer Hand durch sein Haar, und ihm wurde schlagartig bewusst, dass er wahrscheinlich der einzige Mann in ganz Italien war, der seine Haare nicht in die Stirn frisiert trug und dessen Ohren nicht bedeckt waren.

»Es gibt einen guten Grund dafür, dass wir Haare haben«, fuhr Rodrigo fort, während er die Gurte überprüfte, die die versiegelte Kiste auf dem Rücken des grauen Pferdes hielten, und anschließend selbst aufstieg. Mit zwei Soldaten als Nachhut, setzte sich die kleine Gruppe in Bewegung. Als sie den Vorhof verließen, lenkte Matt sein Pferd neben Rodrigo und stellte angenehm überrascht fest, dass es sich wie das Natürlichste der Welt anfühlte, wieder im Sattel zu sitzen. Die steifen Glieder und Muskelschmerzen der ersten Woche waren verschwunden. Der süßliche Geruch des Pferdes, der Ruck an den Zügeln, als die Stute ungeduldig ihren Kopf schüttelte, gefolgt von einem prustenden Schnauben und dem Klirren des Zaumzeugs – all das war ihm vertraut geworden.

»Der Schädel bietet dem Auge im Grunde kein erfreuliches Bild«, nahm Rodrigo das Gespräch wieder auf, »und die Natur hat sich auf diese Weise fortentwickelt, um uns vor diesem Anblick zu schützen. Das gleiche gilt für die Ohren. Die männlichen Ohren, um genau zu sein. Denn sie unterscheiden sich von den Ohren einer Frau wie eine Meeresmuschel von einem Schneckenhaus.«

»Und warum rasieren wir uns dann?«, fragte Matt, der plötzlich das Gefühl hatte, dass seine Ohren auf die Größe von Eselsohren anwuchsen. »Pfuschen wir der Natur da nicht ins Handwerk?«

»Das bezeichnet man als freien Willen. Männliche Züge sind so geformt, dass sie das weibliche Geschlecht anziehen, damit wir die vorrangigste Aufgabe, die der Herr uns auftrug, erfüllen können – gehet hin und bevölkert die Erde. Einige sind anziehender als andere; daher hat die Natur uns mit der Möglichkeit ausgestattet, ihre Wirkung zu mäßigen, falls wir dies wünschen.«

»Frauen rasieren sich nicht, und ihre Gesichtszüge sind manchmal alles andere als anziehend.«

»Sie haben andere charakteristische Züge, die ungeachtet ihrer Form immer anziehend wirken.«

»Der Reiz mag variieren, aber die Reaktion ist immer die gleiche.«

»Sehr schön formuliert«, bemerkte Rodrigo.

Die kleine Gruppe hatte die Straße hinter sich gelassen

und folgte einem steil ansteigenden Weg, der den Hang hinter der Villa hinaufführte. Das Anwesen, das Matt hin und wieder durch das Dickicht sehen konnte, sah von hier aus wie eine Ansammlung von Spielzeugklötzchen. Der Schatten der noch tief am Horizont stehenden Sonne nahm das Karree der Villa wieder auf und unterstrich das flache Rechteck der Nebengebäude. Und das leuchtende Rostrot der Dachziegel bildete einen warmen Kontrast zu den exakten Linien der saftgrünen Gartenhecken, an die sich die weiten Getreidefelder der Hügellandschaft anschlossen.

Kaum hatte Matt dies alles wahrgenommen, versperrte ihm das Dickicht bereits wieder die Sicht. Sie hatten den Höhenrücken erreicht und machten sich auf der anderen Seite des Hügels an den Abstieg. Die nächste Stunde war ein ständiges Auf und Ab: über eine Lichtung und durch einen Bach und einen schmalen Pfad entlang, der sich durch weitere Felder wand. Kleiner und weniger üppig in ihren engen Tälern, schienen diese tapfer gegen den Wald anzukämpfen, der reglos und schweigend dalag.

Noch bevor sie dem Knick des Pfads gefolgt waren und die große, offene Lichtung entdeckten, schlug ihnen der beißende Geruch von verwesendem Kot entgegen. Die breite Waldschneise stieg am hinteren Ende an und wurde von einem niedrigen Gebäude mit einem hohen, qualmenden Kamin begrenzt. Wie der keuchende Husten eines Riesen drang das Geräusch rhythmischer Hammerschläge aus dem Inneren der dicken Lehmmauern hervor. Davor dampften mehrere große gusseiserne Kessel über einem Feuer. Matt folgte Rodrigo, der am Rand eines Feldes entlangritt, um sich möglichst weit von dem bestialischen Gestank fern zu halten. Der beißende Ammoniakgeruch brannte in ihren Augen und verschlug ihnen den

Atem. Matt hatte sich an die Gerüche des Quattrocento gewöhnt, an den Duft von Schweiß, Abfall, exotischen Gewürzen und das süßliche Aroma von Parfüm, das man großzügig über einfach alles goss, sogar über die Pferde – aber dieser Gestank übertraf selbst seine kühnsten Vorstellungen. Ein Hirte sah ihnen mit trübem Blick nach, während seine Ziegen sich fröhlich meckernd auf der Wiese tummelten.

Als sie das Gebäude erreicht hatten, erhaschte Matt einen kurzen Blick auf ein Kalb, das im Schatten angepflockt war und den Harnisch eines Streitrosses trug. Die viel zu großen Teile der Rüstung, die aus nicht zu einander passenden Reststücken gefertigt war, rasselten und klapperten wie der Karren eines Kesselflickers, als das Kalb sich schüttelte, um die herumschwirrenden Fliegen zu vertreiben. Eines seiner Augen blinzelte durch eine Öffnung in dem Helm, den man auf seinem Schädel befestigt hatte. Vor dem Gebäude waren bereits mehrere Pferde an einem Pfostenzaun festgebunden. Das prachtvolle schwarze Schlachtross des Herzogs stand neben Leandros Pferd, nur durch eine Blesse auf der Stirn von dem anderen Tier zu unterscheiden.

Matt stieg ab und folgte Rodrigo, der mit großen Schritten zu den dampfenden Kesseln hinüberging. Ein kleiner, hagerer Mann gestikulierte heftig mit einer Hand, während er mit der anderen mit einem Stab in einem der stinkenden Kessel rührte. Sein schreiend gelbes Obergewand ließ ihn wie einen rastlosen Papagei erscheinen, der trotz gestutzter Flügel unermüdlich vom Boden abzuheben versucht. Neben ihm stand ein Priester, die Hände hinter dem Rücken verschränkt, und nickte zu den Kommentaren, mit denen der Mann seine Handlungen begleitete.

»Ah, da seid Ihr ja!«, rief der Hagere, als Rodrigo sich

ihm näherte. »Ihr hattet Recht mit dem Harn. Welch ein Unterschied! Ich habe Eure Rezeptur jedoch ein wenig verbessert, und die Ergebnisse sind phantastisch. Der Harn eines Weintrinkers, Rodrigo. Aber jetzt kommt das Geheimnis ... nicht irgendein Wein!« Er legte eine Kunstpause ein. »Könnt Ihr es erraten?«, fragte er dann.

»Tommaso, woher soll ich das denn wissen?«, erwiderte Rodrigo.

»Ratet!«

»Vernaccia.«

»Hah!« Der Mann winkte schadenfroh ab. »Nicht Vernaccia – oder falls doch, dann spielt es jedenfalls keine Rolle. Der Padre wirkte auf den Bischof ein, dass dieser uns *deo gracias et profundis maximus* gnädigerweise eine Phiole seines eigenen Harns zukommen ließ! Aber der Weinschlauch, mein Freund, spielt eine ebenso große Rolle wie der Wein selbst, deshalb sei er zwiefach gepriesen!«

»Die Wege des Herrn sind unergründlich«, sagte der Priester.

»Ihr habt sie mitgebracht!«, rief Tommaso, als er die Kiste auf dem Rücken des grauen Pferdes entdeckte. »Vorsicht!«, ermahnte er zwei Gehilfen, die aus dem Gebäude herausgekommen waren und jetzt die Kiste sorgsam losbanden.

»Dann können wir ja jetzt gehen«, sagte Matt.

»Du willst weg?«, fragte Rodrigo erstaunt. »Warum?«

»Wir haben die Kiste abgeliefert. Jetzt können wir zurückreiten.«

»Zur Villa? Gibt es irgendeinen Grund, warum du unbedingt zurück willst?«

»Nein«, erwiderte Matt und dachte an Anna, wie sie sich im Gang mit Francesca unterhalten hatte. »Nein, keinen besonderen Grund.«

»Wo ist der Herzog?«, fragte Rodrigo.

»Der Herzog?« Tommaso war einen Moment verwirrt. »Oh, der ist drinnen.«

»Ich bin mir zwar nicht ganz sicher«, sagte Rodrigo zu Matt, als Tommaso zu dem Pferd lief und die Männer überwachte, die die Kiste auf den Boden ließen, um dann im nächsten Augenblick wieder zu ihnen zurückzueilen. »Aber ich vermute, dass es das Quecksilber ist. Dabei habe ich ihm gesagt, er solle vorsichtig sein. Andererseits heißt es, er sei schon als Junge nicht viel anders gewesen.«

Matt zog den Kopf ein, um nicht gegen den niedrigen Sturz der Tür zu stoßen. Das Hämmern im Inneren war ohrenbetäubend. Vor einer Maschine im hinteren Bereich des Raumes standen vier Jungen: jeder vor einem Pfeiler, der sich langsam hob – während sie wie wild an einem Rad kurbelten – und dann wie eine Pfahlramme mit einem dumpfen Dröhnen nach unten fiel. Einer der Jungen bückte sich zu einem Haufen schwarzer Ziegel und nahm den obersten herunter. Als sein Kolben den höchsten Punkt erreichte und im Begriff war, sich im nächsten Moment herabzusenken, öffnete der Junge eine Tür im unteren Teil der Maschine, stieß rasch einen Ziegel hinein und schob den Riegel in dem Moment vor, als der schwere Kolben nach unten donnerte. Dann nahm er den unter der Maschine platzierten Eimer und entleerte ihn in einen Behälter, der neben ihm stand.

Tommaso brüllte Rodrigo etwas zu, aber die Worte gingen in dem Lärm unter. Rodrigo schüttelte den Kopf, packte den Mann schließlich an der Schulter, brachte seinen Mund direkt an dessen Ohr und schrie aus voller Brust etwas hinein. Tommaso nickte und ging zu den Jungen, denen er jeweils einen Schlag zwischen die Schulterblätter versetzte. Einer nach dem anderen unterbrach seine Tätigkeit an der Kurbel, so dass der Lärm langsam abnahm, bis die Rammen schließlich zum Stehen kamen.

»Seht Ihr?«, fragte Tommaso, hob einen Ziegel auf und zeigte ihn Rodrigo, der ihn prüfend in die Hand nahm, daran roch und schließlich anerkennend nickte. »Und seht Euch dies hier einmal an!« Tommaso griff in den Behälter und brachte eine Hand voll kleiner Steine zum Vorschein. Dann zog er mehrere flache Schubfächer unter dem Behälter hervor. »Hier«, sagte er stolz, griff hinein und hielt eine kleine Menge schwarzer Körner in der Hand.

»Nicht schlecht.« Rodrigo ließ einige Körner von einer Hand in die andere rieseln. »Für die Arkebuse?«

»Ja.«

»Gekörntes Pulver«, erklärte Rodrigo, als er Matts verständnislosen Blick sah.

»Gekörntes was?«

»Schießpulver. Wir haben es ursprünglich lose verwendet, wie Mehl ...«

»Eine totale Katastrophe!«, fiel Tommaso ihm ins Wort. »Dann hat man keinerlei Kontrolle darüber. Stopft man das Pulver zu fest, schießt die Büchse nicht. Stopft man es zu locker, dann explodiert es.«

»Außerdem zersetzt es sich in seine Bestandteile«, ergänzte Rodrigo.

»Ja, in dem Moment, indem man es benutzen will, hat sich der Schwefel am Boden abgesetzt, die Holzkohle kommt nach oben und das Salpeter befindet sich in der Mitte. Was hat das für einen Sinn? Das Letzte, was man auf dem Schlachtfeld gebrauchen kann, ist ein Fass mit Schießpulver, das erst noch geschüttelt werden muss. Nur ein bisschen Staub und es macht BUMM!«, rief er und fuchtelte mit den Armen.

»Deshalb nimmt man das Pulver und feuchtet es an«, sagte Rodrigo. »Dann mischt man es mit etwas Wein ...«

»Lässt es zu Ziegeln trocknen, pulverisiert diese in der Maschine und fertig ist die Munition.«

»Absolut sicher und jederzeit verwendbar.«

»Und doppelt so wirksam. Da ist ja der Herzog«, fügte Rodrigo hinzu und warf einen Blick auf die Gruppe von Männern, die am anderen Ende des Gebäudes standen.

»Rodrigo«, begrüßte der Herzog sie, als sie zu ihm hinübergingen. Sein kurzer roter Mantel, der um die Hüften von einem goldenen Gürtel zusammengehalten wurde, bestach durch seine Schlichtheit, und seine hohen Stulpenstiefel waren alt und abgewetzt. »Habt Ihr die hier schon gesehen?«, fragte er und zeigte Rodrigo die Büchse, die er in den Händen hielt. Sie hatte einen schweren Lauf, und der dicke hölzerne Schaft hing wie der wuchtige Schwanz eines Drachens herab. Der glänzend polierte Lauf schimmerte im trüben Licht. Leandro stand neben dem Herzog. Der Priester, der ihnen gefolgt war, beäugte die Büchse unbehaglich und bekreuzigte sich.

Rodrigo nahm die Waffe und wog sie prüfend in der Hand. »Ist sie das?«, fragte er Tommaso, der aufgeregt nickte. »Dann wollen wir mal sehen, was sie so alles kann«, sagte er.

Kapitel 11

Die Männer verließen das Gebäude, allen voran Rodrigo mit der Büchse in der Hand.

»Wie steht's mit dem Salpeter?«, fragte der Herzog und blieb vor einem der dampfenden Kessel stehen.

»Schon besser«, beeilte Tommaso sich ihm zu versichern. »Aber er ist immer noch nicht so rein wie der indische.«

»Ja, dafür kostet er aber auch nur einen Bruchteil des indischen«, erwiderte der Herzog. »Dung gibt es schließlich umsonst.«

»Die Läuterung ist schwierig«, sagte Rodrigo. »Wir können ihn reinigen und aufkochen, so viel wir wollen, aber die Kristalle bleiben verunreinigt. Das Problem sind die anderen Salze.«

»Wenn Ihr die anderen Salze entfernen wollt, warum versucht Ihr es dann nicht mit Pottasche?«, fragte Matt. »Pflanzenasche«, fügte er hinzu, als die Männer ihn verständnislos ansahen. »Wie bei der Verarbeitung von Krapp, der Färberröte. Man kocht die klein gehackten Wurzeln mit Lauge und fügt dann Pottasche hinzu, damit die Salze sich niederschlagen.«

»Ihr habt Erfahrung auf dem Gebiet?« Der Herzog sah Matt forschend an.

»Ich habe es ein paar Mal ausprobiert.« Matt bemühte sich, dem Blick standzuhalten. Federicos Nase, einem gewaltigen Erker, der unterhalb der zerfurchten Stirn zwischen hohlen Wangen herausragte, fehlte ein großes Stück des Nasenhöckers – das Werk einer Lanze während eines Turniers, das Federico als junger Mann ausgetragen hatte. Aber die Deformation seines Profils war nichts im Vergleich zu dem Anblick, den der Herzog von Angesicht zu Angesicht bot. Denn er weigerte sich, eine Augenklappe zu tragen, und der leere Krater in seiner rechten Gesichtshälfte reichte, um selbst den tapfersten Mann zum Schweigen zu bringen.

»Und dann gibt man den Harn hinzu«, ergänzte Tommaso aufgeregt. »Natürlich, das ist es!«

»Ich weiß nicht, ob das funktioniert«, sagte Matt. »Harn ist reich an Salzen.«

»Tommaso, der Harn ist für die Herstellung der Ziegel und nicht für den Salpeter«, sagte Rodrigo.

»Oh.« Tommaso war zerknirscht. Dann beugte er sich über den Kessel und sah hinein. »Aber es funktioniert doch!«, protestierte er. »Riecht Ihr das denn nicht? Es funktioniert!«

Die Gruppe ging hinaus auf das Feld. Rodrigo reichte die Waffe einem der Soldaten, der sie geschickt lud, wobei er etwas Pulver in den Lauf gab, dann einen kleinen Leinenpfropfen hinterherschob und schließlich die Kugel mit kräftigen Stößen einer Eisenstange tief in den Lauf rammte.

»Zielt er etwa darauf?«, wandte sich Leandro an Tommaso und deutete auf ein kleines weißes Quadrat, das in einiger Entfernung an einem Pfosten befestigt war. »Völlig unmöglich. Das ist doppelt so weit, wie eine Büchse schießen kann.«

Der Soldat bereitete die Pfanne vor, legte die bereits

entzündete Lunte über den Hahn und hob die Büchse an. Die Stille, die nun eintrat, als er am Lauf vorbeizielte, wurde nur vom Zischen und Knistern der Lunte unterbrochen. Der Priester sprach ein Gebet und bekreuzigte sich erneut. Der Soldat zog den Abzug, und die Lunte fiel in die Pfanne, aus der eine leuchtend rote Flamme aufschoss. Plötzlich stiegen zwei weiße Rauchfahnen auf und der Soldat schwankte durch den Rückstoß der schweren Waffe rückwärts.

Ein kleiner Junge schoss hinter einem Bretterzaun hervor, griff nach der Zielscheibe, rannte zu Tommaso und übergab sie ihm. Der Waffenschmied klopfte dem Soldaten auf die Schulter und überreichte dem Herzog das weiße Quadrat, das in der Mitte von einem runden Loch in der Größe einer Walnuss durchbohrt war.

»Pures Glück«, sagte Leandro.

»Er trifft das Ziel in neun von zehn Fällen.« Der Stolz in Tommasos Stimme war nicht zu überhören.

»Ihr wisst doch, dass Pfeile weiter und gerader fliegen, wenn man die Federn anwinkelt?«, fragte Rodrigo. »Auf diese Weise dreht sich der Pfeil in der Luft um seine eigene Achse. Ich habe vor kurzem dem Büchsenmacher dabei zugesehen, wie er den Zug eines Laufs mit Rillen versah, und plötzlich kam mir der Gedanke, sie spiralförmig anzulegen, damit die Kugel wie ein Pfeil rotiert. Warum das funktioniert, weiß ich nicht, aber es funktioniert.«

»Das ist das Werk des Teufels«, mischte sich der Priester in das Gespräch ein und nickte eifrig. »Ein Pfeil hat Federn, wie ein Engel ... ein Racheengel, wenn er im Namen des Herrn verwandt wird, so wie es bei jeder Waffe sein sollte. Die Büchse ist dagegen ein Abgesandter des Teufels. Das sagt der Heilige Vater. Und wer Augen hat zu sehen und Ohren zu hören, erkennt dies auch selbst, denn sie spuckt Feuer und Schwefel. Und im Kreischen der verfluchten Kugel kann man die Stimme des Teufels hören. Sie verrät sich selbst! Aber diese Büchse ...«, er machte einen Schritt nach vorne und strich mit der Hand über den Lauf, »... hat den Teufel abgeschüttelt. Ihr sagt, dass die Kugel rotiert. Der Teufel kann also nicht auf ihr reiten! Das ist auf Erden so wie im Himmel. Die Sterne sind rein, denn sie drehen sich, und der Teufel findet keinen Halt; aber hier auf der Erde, die sich nicht bewegt, ist der Teufel überall um uns herum.« Er nickte ernst. »Ein Wunder. Wir wurden Zeugen, wie der Teufel entthront und vertrieben wurde. Dank der Gnade des Allmächtigen werden wir die Feinde Christi vernichten.«

»Ehre sei Gott in der Höhe«, sagte Leandro. »Ist es schwierig, diese Rillen einzukerben?«

»Nein, der Büchsenmacher muss den Lauf einfach nur drehen, während er die Rillen in den Zug einritzt«, erwiderte Rodrigo. »Es macht keinerlei Mühe.«

»Aber wir hatten noch eine andere Idee!«, rief Tommaso, griff in sein Obergewand und zog einen Bogen Papier hervor, der mit Zeichnungen bedeckt war. »Das müsst Ihr gesehen haben.« Die Gruppe scharte sich um ihn, während sich der Soldat gelangweilt auf die Büchse stützte und in die Ferne starrte. »Damit werden wir das Luntenschloss an der Büchse ersetzen. Wir nennen es das ›Radschloss‹«, erklärte er und artikulierte jedes Wort sorgfältig, als sei seine Zuhörerschaft ein wenig begriffsstutzig. »Das wird Euch gefallen. Eine einfache, aber geniale Idee. Man spannt diese Feder mit einem Schlüssel, und zieht man dann diesen Hahn, kommt der Arm hier herunter und hebt jenen wiederum hoch, der den Verschluss öffnet, welcher seinerseits die Feder hält. Auf diese Weise wird die drehbare Eisenscheibe in Bewegung gesetzt, so dass ihre Zähne Funken aus dem Stück Schwefelkies schlagen, die das Pulver in der Pfanne entzünden!«, sprudelte er einen Schwall von Worten hervor. »Einfach!«

»Einfach?«, fragte Leandro.

»Man braucht keine Lunte mehr«, erklärte Rodrigo. »Bedenkt nur, was das bedeutet. Der Soldat muss keine brennende Lunte mehr mit sich führen. Er wird nicht länger von der Gnade des Wetters abhängig und nicht mehr dem Risiko einer versehentlichen Explosion ausgesetzt sein. Und in der Dunkelheit wird man ihn erst dann sehen, wenn er feuert.«

»Und wie viel soll das kosten?«, fragte Leandro.

Tommaso tauschte einen raschen Blick mit Rodrigo. »Etwas mehr als das Luntenschloss. Wir wissen es nicht genau; das hier sind nur Zeichnungen. Die Kosten kennen wir erst, wenn wir selbst eines gebaut haben.«

»Stammen diese Zeichungen von Leonardo?«, riet Matt.

Rodrigo sah ihn überrascht an. »Du kennst ihn?«, fragte er.

»Der Freund eines Freundes«, erwiderte Matt. Es wäre wohl genauer gewesen, wenn er gesagt hätte, dass er die Zeichnungen kannte, bei denen es sich um fast exakte Kopien der Zeichnungen in Leonardos *Codex Atlanticus* handelte.

»Er ist ein guter Freund von mir«, sagte Rodrigo,

»Vergesst es«, winkte Leandro ab. »Es ist zu kompliziert. Seht Euch diesen Mechanismus an. Es würde einen erfahrenen Büchsenmacher Wochen kosten, ein solches Schloss zu fertigen. Und wenn einmal ein Teil zerbricht, wovon wir mit Sicherheit ausgehen können, wer repariert das dann? Wir müssten diese Schlösser zu einem hohen Preis kaufen und jeweils einen Büchsenmacher mitnehmen, der sie während der Schlacht reparieren kann. Und Ihr wisst, wie viel Lohn sie verlangen. Von mir aus fertigt solch einen Mechanismus an, aber das Ganze hat keine Zukunft.«

»Es ist eine kluge Idee«, wandte der Herzog ein.

»Die Kosten sind zu hoch«, erwiderte Leandro. »Und dann muss man das Ganze noch mal tausend nehmen. Das zahlt sich nicht aus. Gut, mit der alten Methode verlieren wir mehr Männer. Aber Männer sind billig und mühelos zu ersetzen. Es gibt bessere Wege, dem Feind gegenüber einen Vorteil zu erringen. Aber wir verschwenden unsere Zeit. Lasst uns endlich weitermachen.« Damit kehrte Leandro der Gruppe den Rücken, und Tommaso lief wieder zu dem Gebäude hinüber.

»Das war wirklich faszinierend«, wandte Matt sich an Rodrigo. »Aber ich sterbe vor Hunger. Kommen wir nicht zu spät zum Mittagsmahl?«

»Was für ein Mittagsmahl?«, fragte Rodrigo.

»In der Villa«, sagte Matt.

»In der Villa?«, wiederholte Rodrigo. »Was hast du nur dauernd mit der Villa?«

»Ich will nicht unhöflich erscheinen. Erwartet man uns denn nicht?«

»Nein. Außerdem haben wir uns doch etwas zu essen mitgebracht. Du erinnerst dich?«

In diesem Moment erschien hinter dem Haus ein Pferdegespann, das einen schweren Karren mit einem darauf montierten, langen Kanonenrohr zog. Die Männer begaben sich zu der Kanone, während der Kutscher das Geschirr löste und die Pferde wieder hinter das Gebäude führte.

Das lange Rohr war aus Bronze gegossen, die dicke Kanone selbst zierte das florale Emblem Ludwigs, des Königs von Frankreich.

»Woher hast du die?«, fragte der Herzog.

»Es war nicht leicht«, erwiderte Leandro. »Und auch nicht billig. Sie wurden zu Hunderten für Ludwig hergestellt. Das ist die Waffe, die wir brauchen, und nicht dieses Kinderspielzeug.«

»Das?« Der Herzog zog spöttisch die Augenbrauen hoch. »Das Ding ist zu klein, um auch nur irgendeinen Schaden anrichten zu können. Damit kann man keine Kugeln abfeuern, die eine Mauer zu Fall bringen sollen.«

»Es ist ein Feldgeschütz. Sehr manövrierfähig und so leicht, dass wir statt der Ochsen Pferdegespanne zum Transport verwenden und es mit dem Heer mitführen können. Und dann ist da noch das hier …«, Leandro deutete auf das Ende des Rohrs, das gegen einen Pflock lehnte, »… zieht man diesen Zapfen heraus, lässt sich die Position verändern. Damit kann man die Kanone für jede beliebige Schussweite einsetzen.«

In der Zwischenzeit hatten zwei Männer die versiegelte Kiste, die Rodrigo so eifersüchtig gehütet hatte, neben der Kanone abgestellt.

»Aha!«, rief Tommaso. Er zerschnitt die Gurte mit einem Messer und hebelte den Deckel auf. Dann entfernte er mehrere Hand voll Stroh, bis sechs runde Bronzekugeln zum Vorschein kamen. Vorsichtig nahm er eine Kugel heraus; in seinem Gesicht spiegelte sich große Ehrfurcht, als hielte er einen goldenen Kelch in den Händen. »Wundervoll«, seufzte er. »Die Naht ist perfekt«, fügte er hinzu und betrachtete das Eisenband, das die Messingkugel in zwei Hälften teilte. »Und das ist die Zündschnur.« Er berührte die Kordel, die wie ein winziger verkümmerter Schwanz aus einem kleinen Eisenrohr auf einer Seite der Kugel heraushing, und legte die Kugel behutsam in die Kiste zurück.

Als Matt ein Muhen hörte, blickte er auf und sah, wie das Kalb in seinem Harnisch zum anderen Ende des Feldes geführt und mitten in der Ziegenherde angepflockt wurde. Nachdem er das Pulver und den Pfropfen in das Rohr gerammt hatte, legte Tommaso eine der Kugeln in die Öffnung des Kanonenrohrs und schob sie mit einem

Ladestock an ihren Platz. Dann bearbeitete er den Pflock mit schweren Hammerschlägen, bis sich das Rohr langsam senkte. »Alles klar«, verkündete er und nahm die glimmende Lunte von seinem Gehilfen entgegen – ein langes Seil, das in seiner Hand zischte und zuckte wie eine von Medusas Locken.

Matt folgte Rodrigo und den anderen, die sich in sichere Entfernung zurückzogen. Ihr Blick war auf das Kalb in seiner Rüstung am Ende des Feldes gerichtet.

Tommaso führte die Lunte an den Geschützverschluss. Mit einem lauten Knall sprang die Kanone ruckartig zurück und entsandte einen Strahl weißen Rauch in die Luft. Matt verfolgte die Kugel mit den Augen, während sie in einer flachen Flugbahn über das Feld segelte und kurz vor der grasenden Herde landete. Sie hüpfte mehrfach auf und rollte langsam bis zu den Tieren, wo sie schließlich zum Liegen kam. Das Kalb zog seinen Kopf ein und muhte unsicher. Stille kehrte ein.

»Also …«, setzte der Herzog an, als er plötzlich von einem hellen Blitz und einem lauten Knall unterbrochen wurde. Die Gruppe duckte sich instinktiv und beobachtete, was weiter geschah: Wie auf Kommando fielen alle Tiere um, lediglich eine einzelne Ziege hielt sich noch auf den Beinen, torkelte im Kreis und meckerte jämmerlich, als sie über eine ihrer toten Gefährtinnen stolperte.

»Frohlockt und preiset den Herrn!«, jubelte Tommaso und hüpfte vor Freude auf und ab.

»Seht die Granate«, wandte Rodrigo sich an den Herzog. »Eine hohle Schale, die mit Schießpulver und Kugeln gefüllt ist. Wie ein Granatapfel.«

»Und eine Rüstung bietet keinerlei Schutz«, stellte Leandro fest. »Welche Schussweite können wir damit erzielen?«

»Ich zeige es Euch«, erwiderte Tommaso, der sich ihnen wieder angeschlossen hatte. Er lief zurück zur Kanone, öffnete eine andere Kiste und begann erneut, die benötigte Menge Schießpulver abzumessen.

»Stellt Euch zwanzig dieser Geschütze in einer Reihe auf dem Schlachtfeld vor«, erklärte Leandro dem Herzog. »Das ist, als hätte man weitere fünftausend Soldaten. Und erst die Wirkung auf den Feind ... sie werden davonrennen wie aufgeschreckte Kaninchen.«

»Und die Kosten ...« erwiderte der Herzog.

»Ich weiß aus zuverlässiger Quelle, dass Ludwig Hunderte von diesen Geschützen anfertigen lässt«, fuhr Leandro fort. »Wenn er sie hat und wir nicht, sind wir erledigt.«

Matt sah Rodrigo hinterher, der zu Tommaso hinüberging, um ihm beim Laden der Kanone zu helfen.

»Er befindet sich in Frankreich«, gab der Herzog zu bedenken.

»Glaubt Ihr denn, dass er dort bleiben wird?«, fragte Leandro.

Rodrigo schloss sich ihnen wieder an. »Er ist so weit. Rasch hier hinter«, fügte er hinzu und schob sie hinter die Steinmauer eines kleinen Schuppens.

»Aber von hier aus können wir nichts sehen«, protestierte der Herzog.

»Ihr werdet sicherlich genug sehen«, erwiderte Rodrigo respektvoll, ohne sich jedoch von der Stelle zu bewegen.

»Fertig!«, rief Tommaso aus einiger Entfernung.

Es folgte ein Moment der Stille, dann der Knall der abgefeuerten Kanone und schließlich eine gewaltige Explosion. Erschrocken sahen die Männer einander an, als sie eine ganze Reihe weiterer Explosionen hörten, die in kurzen Abständen erfolgten.

»Hol's der Teufel«, fluchte Rodrigo und riskierte einen vorsichtigen Blick auf das Feld.

»Was ist passiert?«, fragte der Herzog.

»Ich habe ihm noch gesagt, er soll kein gekörntes Pulver verwenden«, erwiderte Rodrigo. Die anderen folgten ihm um die Ecke des Schuppens herum und blieben abrupt stehen, als ihr Blick auf das fiel, was von der Kanone noch übrig war – einige schwere, schwarz angelaufene Bronzebrocken und die schwelenden Reste des hölzernen Karrens. Die Kiste mit den Kugeln war verschwunden, und Tommaso schien wie vom Erdboden verschluckt. »Das Pulver ist zu stark, aber er wollte ja nicht hören«, schimpfte Rodrigo weiter.

»Rodrigo!«, begann Leandro wütend. »Habt Ihr eine Vorstellung davon, was das Ding gekostet hat?«

»Was sollte ich machen? Er ist der Waffenschmied, nicht ich«, erwiderte Rodrigo. »War, meine ich.«

Der Priester bekreuzigte sich, als Tommasos Gehilfen, die beim Knall der ersten Explosion rasch hinter dem Schuppen hervorgekommen waren, nun sorgfältig das Feld durchkämmten.

»Wir sollten uns wieder auf die Jagd begeben«, wandte Leandro sich an den Herzog, wobei er die Trümmer der Kanone ignorierte. Einer der Soldaten saß mit glasigem Blick im Gras und ließ seinen Kopf bandagieren, aus dem das Blut in einem dicken Rinnsal strömte. Plötzlich blieb Rodrigo stehen, hob einen abgetrennten Arm auf, der noch in einem gelben Leinenärmel steckte, und wickelte ihn in seinen Umhang.

»Wir sind wieder auf florentinischem Boden«, verkündete Rodrigo, als ihre Pferde den schmalen Fluss durchquerten und das andere Ufer erklommen. Die Villa lag unmittelbar hinter dem nächsten steilen Hügelrücken.

»Ich wusste gar nicht, dass wir den verlassen hatten«, meinte Matt, der direkt hinter ihm ritt.

»Wir waren im Herrschaftsgebiet des Herzogs, im Herzogtum Urbino. Seine Pulvermühle liegt direkt an der Grenze. Das ist einer der Gründe, warum er so gerne seinen alten Freund, den Conte besucht. Und die Tatsache, dass die gewaltigen Ländereien des Conte den Einflussbereich des Herzogs auf florentinisches Gebiet ausdehnen würden, trägt in nicht geringem Maße dazu bei, dass Leandro die Contessa so verlockend findet. Und die Barschaft des Conte käme ebenfalls nicht ungelegen. Mit dessen Bank könnte er mehr Kanonen kaufen als er je benötigen wird.«

»Meinst du, dass sie das weiß?«

»Was verleitet dich zu der Annahme, dass nicht auch sie eigene Ziele verfolgt?«, erwiderte Rodrigo. »Für sie und ihre Familie würde es einen gewaltigen Schritt bedeuten, wenn sie Herzogin von Urbino würde. Und ich bezweifle, dass Leandros Pläne nicht noch weit höher hinaus gehen. Er ist ehrgeizig. Weißt du, was er als Kopfkissen verwendet?«

»Die *Ilias*«, riet Matt wild drauflos. Es war das Einzige, was er sich statt eines Kissens als Schlafunterlage vorstellen konnte, da die Legenden, die sich um Alexander den Großen rankten, behaupteten, dass ihm eine Ausgabe von Homers Werk als Kopfkissen gedient hatte.

»Ja. Woher weißt du das?«

»Ich wusste es nicht. Ich habe nur gescherzt. Das ist doch nicht dein Ernst?«

»Alexander ist sein großes Vorbild. Der junge Krieger, der aus dem Nichts kam und die Welt eroberte. Bei offensichtlichen Parallelen bin ich immer äußerst misstrauisch. Häufig dient eine perfekte Metapher nur dazu, etwas Neues in das starre Bett seiner eigenen Erfahrungen zu zwängen. Aber Leandro erinnert mich an Alexander und an Konstantinopel.«

»Konstantinopel?«, fragte Matt verwirrt. »Ich wusste gar nicht, dass Alexander jemals dort gewesen ist.«

»Wie sollte er auch?« Rodrigo warf Matt einen seltsam prüfenden Blick zu. »Damals gab es doch noch gar kein Konstantinopel.«

»Ich weiß«, sagte Matt, erleichtert darüber, dass die Geschichte – zumindest in groben Zügen – noch so war, wie er sie in Erinnerung hatte.

»Ich dachte an den Untergang der Stadt.«

»Was genau meinst du?«, fragte Matt. Er erinnerte sich, dass die heiligste aller heiligen Stätten, das Zentrum des gesamten Reichs, nur wenige Jahrzehnte zuvor von den Türken erobert worden war.

»Die Stadt galt jahrhundertelang als uneinnehmbar, aber die Kanonen des Sultans fegten die Mauern innerhalb eines Monats hinweg. Die Tage der befestigten Städte sind endgültig gezählt. Kriege werden auf dem Schlachtfeld gewonnen. Die Einnahme einer Stadt ist mit dem Aufbrechen der Schatulle vergleichbar, um an den Schatz zu kommen. Das weiß jeder. Zumindest der Herzog weiß es – er war einunddreißig, als Konstantinopel fiel. Aber Leandro kam erst ein Jahr später zur Welt. Und das ist der entscheidende Unterschied. Für ihn ist es nie anders gewesen. Hast du die beiden heute gehört? Der Herzog sah die Kanone und dachte sofort daran, wie effektiv man sie gegen Festungsmauern einsetzen könnte. Aber Leandro verschwendete daran nicht einen Gedanken. Er sah die Kanone und überlegte, wie sie den Verlauf einer Schlacht beeinflussen könnte. Und wie erreichte Alexander seine Ziele? Durch Mobilität. Auf den Feldern vor Issos und Gaugamela schlug er Dareios vernichtend, lange bevor er die Mauern von Susa und Persepolis erreichte. Leandro hat dies verstanden. Er muss es nicht erst lernen, es ist seine Welt.«

»Aber es gibt noch eine andere Übereinstimmung. Alexanders Weltsicht reichte weit über die Grenzen Griechenlands hinaus. Ich finde es sehr interessant, dass Leandro Ludwig als die vorrangigste Gefahr einschätzt, und nicht Mailand oder Venedig.«

»Das stimmt«, sagte Rodrigo.

Sie ritten schweigend weiter.

»Was ist los?«, fragte Rodrigo nach einer Weile.

»Nichts«, erwiderte Matt.

»Irgendetwas beschäftigt dich doch.«

»Alexander eroberte die Welt, aber um welchen Preis?«, fragte Matt. »Große Städte wurden dem Erdboden gleichgemacht, ganze Zivilisationen zerstört und nichts an ihrer Stelle hinterlassen. Und wenn ich mich recht erinnere, dann bestand die erste Amtshandlung von Muhammad II. – nachdem er Konstantinopel überrannt hatte – doch darin, seinen jüngeren Bruder zu ertränken und seine Mutter mit einem Sklaven zu vermählen. Er ist doch noch der regierende Sultan?«

»Ja«, erwiderte Rodrigo.

Die beiden Männer brachten ihre Pferde für eine kurze Rast zum Stehen, als die Villa tief unter ihnen in Sicht kam. Rodrigo nahm einen Schluck aus einem Lederbeutel und reichte ihn Matt. Der Wein war mit Honig gewürzt und schmeckte süßlich-scharf. Obwohl er warm war, fand Matt ihn sehr erfrischend. Die Sonne stand direkt über ihnen und wusch alle Farben aus den Höfen und Feldern und überzog sie mit einem weißen Schleier aus flirrender Hitze.

»Es heißt, dass auch Federico beim Tod seines Bruders die Hand im Spiel hatte«, bemerkte Matt.

Rodrigo warf einen raschen Blick auf ihre Eskorte, aber

die Soldaten befanden sich außer Hörweite. »Sein Bruder war eine Bestie«, sagte er, »er bestahl und vergewaltigte seine eigenen Untertanen. Die Einwohner von Urbino haben ihn getötet. Federico hatte nichts damit zu tun. Bei seiner Ankunft ließ man die Stadttore erst öffnen, nachdem er versprochen hatte, dass keinem der Beteiligten ein Haar gekrümmt würde.«

»Die Ländereien des Conte gehen direkt an Orlando, richtig?«

»Das ist in der Tat korrekt. Der Conte hat keine weiteren Familienmitglieder oder Kinder.«

»Aber falls Orlando etwas zustoßen sollte, fiele das Vermögen an Anna.«

»Es bedürfte einer päpstlichen Intervention, aber auch das ließe sich mit Geld regeln.«

»Und danach an Annas Kinder. Und Leandros. Aber nicht an einen Stiefsohn.«

»Was willst du damit sagen?«

»Wie der Vater, so der Sohn. Kennt man diesen Ausdruck auch in dieser Gegend?«

»Vorsicht, alter Freund«, sagte Rodrigo. »Mit solchen Mutmaßungen handelst du dir nichts als Ärger ein.«

Matt beugte sich vor; ein Farbtupfer, der unterhalb des Weges aufblitzte, hatte seine Aufmerksamkeit erregt. »Da war die Contessa«, rief er.

»Wo?«

»Da unten.«

»Ich sehe nichts«, erwiderte Rodrigo.

»Jetzt ist sie ja auch weg. Hast du sie wirklich nicht gesehen? Francesca war auch bei ihr.«

Rodrigo zuckte mit den Achseln und gab seinem Pferd die Sporen.

Matt folgte ihm. Er hatte sie sicher gesehen. Mit Francesca. Blau und grün – das waren die Kleider, die sie am

Morgen getragen hatten. Wo mochten sie nur hingehen? Es war Mittagszeit, da rührte sich normalerweise niemand aus dem Haus. Aber genau das ist es ja, dachte er und spürte, wie ein plötzlicher Anfall blinder Eifersucht seinem Herzen einen Stich versetzte, als er sich daran erinnerte, wie eilig Leandro es hatte, zur Jagdgesellschaft zurückzukehren.

»Sie haben keine Begleitung bei sich«, sagte Matt. »Was ist, wenn sie überfallen werden?«

»Niemand würde auch nur im Traum daran denken, ihnen auf ihrem eigenen Grund ein Haar zu krümmen«, sagte Rodrigo.

»Es ist trotzdem nicht ungefährlich«, protestierte Matt. »Wohin gehen sie zu dieser Stunde?«

Rodrigo brachte sein Pferd so plötzlich zum Stehen, dass Matts Stute gegen dessen Flanken stieß, wieherte und scheute. »Hast du vollkommen den Verstand verloren?«, zischte er. »Kümmere dich nicht darum.« Dann nahm er die Zügel fest in die Hand und galoppierte den Hang hinunter.

Kapitel 12

Ein herrlicher Tag«, verkündete Leandro. Auf seinem Falknerhandschuh saß ein großer Wanderfalke mit schiefergrauem, auf der Bauchseite weißlichem Gefieder. Leandro trug den zwanzig Pfund schweren, ausgewachsenen Vogel mit einer Leichtigkeit, wie Matt vielleicht eine Armbanduhr getragen hätte.

Es ist wirklich ein herrlicher Tag, dachte Matt. Und welch ein wunderbares Land. Er fühlte sich eins mit der Landschaft, die trocken in der flirrenden Sommerhitze lag. Das waren seine Wolken, seine grün und silbern im Wind wogenden Getreidefelder, sein schweißfeuchtes Pferd, das seine Mähne schüttelte und an den Zügeln zog. Ohne festes Ziel und ohne Zukunftspläne hätte er sich eigentlich verloren fühlen müssen, stattdessen erfüllte ihn eine Mischung aus Ruhe und Erregung. Dies war das Land der unbegrenzten Möglichkeiten, und es gab keinen anderen Ort – weder in dieser noch in einer anderen Welt –, an dem er jetzt lieber gewesen wäre.

»Er ist prachtvoll«, sagte Matt.

»Ja, nicht wahr? Der beste Beizvogel, den ich je hatte.« Leandro strich leicht über die gekräuselte Brust des Falkens. »Sie heißt Athena.«

»Ein Hagard?«, riet Matt. Er hatte einmal gehört, dass ein Hagard ein Beizvogel war, der zum Zeitpunkt der Gefangennahme bereits das Alterskleid trug. Ein aus einem Horst genommener Jungvogel war wesentlich leichter zu zähmen, konnte es aber weder im Hinblick auf den Jagdstil noch in puncto Wildheit mit einem Hagard aufnehmen. Matt wusste, dass Leandro ebenso wenig mit einem Nestling jagen würde, wie er einen Wallach geritten hätte.

»Ja. Ich habe sie seit zwei Jahren. Es hat mich viel Zeit gekostet, ihren Willen zu brechen, aber das war es wert. Neulich hat sie ganz allein einen Reiher zur Strecke gebracht.« Das Federbüschel auf der Haube des Falkenweibchens spielte im Wind, als es seinen Kopf hierhin und dorthin neigte. »Was jagt Ihr?«, wandte Leandro sich an Matt.

»Ich jage nicht.«

»Ihr beizt nicht?«

»In meinem Land ist das nicht üblich.«

»Ihr beizt nicht«, wiederholte Leandro noch einmal voller Verwunderung. »Was tut Ihr dann?«

»Zum Vergnügen?«

»Ja.«

»Wir spielen Golf.«

»Golf?«, fragte Anna und wandte ihre Aufmerksamkeit jetzt Matt zu. Bis zu diesem Moment hatte sie das Dickicht beobachtet, in dem die Diener verschwunden waren, um das Federwild aufzuschrecken. Sie ritt neben Leandro auf einer weißen Stute und hielt einen kleinen, seltenen Turmfalken auf ihrem Arm. »Davon habe ich noch nie gehört. Was ist denn die Beute?«

»Es gibt keine Beute. Man verwendet einen Schlagstock, um einen kleinen Ball über ein Feld mit mehreren Löchern zu treiben. Jeder Teilnehmer hat seinen eigenen

Ball und seinen eigenen Schlagstock. Derjenige, der die wenigsten Schläge benötigt, um seinen Ball in die Löcher zu befördern, gewinnt.«

»Und das ist ein Sport?« Leandro zog halb spöttisch, halb ungläubig die Augenbrauen nach oben.

»Wie weit liegen die Löcher auseinander?«, fragte Anna.

»Ungefähr die Breite dieses Feldes, manchmal sogar noch weiter. Insgesamt gibt es achtzehn Löcher.«

»Warum achtzehn?«

»Ich weiß es nicht«, erwiderte Matt. »Tradition.«

»Das ist, als würde man das gleiche zweimal sagen«, sagte Anna. »Wie eine Raupe, die sich in einen Schmetterling verwandelt ... Wann verwandelt sich das demütige ›Ich weiß es nicht‹ in die unendlich viel größere ›Tradition‹? Spielen Frauen auch Golf?«

»Dieses Spiel erfordert sehr viel Geduld, Konzentration, Finesse und eine außerordentlich gute Körperbeherrschung. Frauen sind meist ganz hervorragend darin.«

»Ich würde es gerne einmal versuchen«, sagte Anna.

»Klingt wie ein angenehmer Zeitvertreib, für Frauen wohl geeignet«, gab Leandro zu.

Sie hatten auf einem großen Feld angehalten, das seit dem Frühjahr brachlag und jetzt von Wildblumen übersät war. Der Herzog saß auf der anderen Seite von Anna auf seinem Pferd und hörte interessiert dem Reiter neben ihm zu, der, mit einer Hand gestikulierend, leise auf ihn einredete. Matt fand das Aussehen des Mannes faszinierend. Er war in ein langes weißes Gewand gehüllt, das schwarze Haar fiel ihm in weichen Wellen bis auf die Schultern herab, und ein Spitzbart betonte die adlerartigen Züge des dunklen Gesichts. Auf seinem Kopf kringelte sich eine zusammengerollte Satinschlange aus leuchtend roten und blauen Bändern. Prinz Kamal al-

Rashidiyah war – wie Rodrigo Matt erklärt hatte – ein Gesandter des Schahs von Persien und in geheimer Mission auf dem Weg zum Papst. In Urbino hatte er seine Reise unterbrochen, um sich mit dem Herzog zu beraten, bevor er nach Rom weiterreiste. Hinter dem Herzog hatte sich seine Ehrengarde postiert, deren Wimpel sich an den silbernen Lanzenspitzen in der leichten Brise hin- und herbewegten.

Als aus dem nahe gelegenen Wald eine Reihe von Schüssen erklang, stob plötzlich ein Bündel leuchtender Federn aus dem Dickicht hervor. Das aufgeregte Flattern von Flügeln war zu hören, als der Fasan sich schwerfällig in die Lüfte erhob. Rasch nahm der Herzog dem schweren Beizvogel, der auf seinem Handschuh hockte, die Haube vom Kopf und löste die Langfesseln. Der Falke blinzelte einmal mit seinen tiefgelben Augen und breitete dann die Schwingen aus. Zunächst stieg er nur langsam auf, schraubte sich dann aber mit zunehmender Geschwindigkeit höher und höher, bis er nur noch ein winziger Fleck am Himmel war. In dem Moment, in dem Matt den Falken entdeckte, klappte der auch schon seine Flügel zusammen und stieß herab. Schneller und schneller stürzte der immer größer werdende Falke wie ein Racheengel auf den Fasan zu, der verzweifelt flatternd die Sicherheit des Waldes zu erreichen suchte. Erbarmungslos schlug der schwere Beizvogel zu, versetzte dem Fasan den Todesstoß, sodass dieser wie ein Stein zu Boden fiel und seine leuchtenden Federn zwischen den Wildblumen verschwanden. Einer der Diener lief los, um den erlegten Vogel zu holen.

»Rodrigo erzählte mir, dass Ihr ein Künstler seid«, wandte sich Federico, der Anna auf seinem prachtvollen Schlachtross überragte, an Matt.

»Nein, Eure Exzellenz«, antwortete Matt. »Ich bin ein

großer Freund der Künste, aber das ist etwas ganz anderes.«

»Seid Ihr schon einmal in Flandern gewesen?«, fragte der Herzog.

»In einigen flandrischen Städten.«

»Und seid Ihr vertraut mit den Gemälden von van Eyck?«

»Durchaus«, sagte Matt. »Der van Eyck, den Ihr besitzt, ist jedem anderen Gemälde, das ich gesehen habe, ebenbürtig ... das Bildnis der badenden Diana in Eurer Bibliothek in Gubbio.«

»Da ist er wieder«, rief eine der Damen hinter Anna und deutete zum Himmel.

»Das ist dieser verdammte Milan«, knurrte Leandro, als ein leises Murmeln durch die Gruppe ging.

Matt blickte suchend nach oben. Der Gerfalke hatte sich höher und höher geschraubt, bis er wieder nur ein winziger Punkt am Himmel war. Aber über dem Falken, in noch größerer Höhe, kreiste ein zweiter Vogel, ein großes, schwarzes Wesen mit langen, abgewinkelten Schwingen, das drohend im Aufwind emporstieg.

»Die erstaunliche Tiefe seiner Farben fasziniert mich immer wieder«, sagte der Herzog, ohne die Vögel aus den Augen zu lassen.

»Ein prächtiges Tier«, stimmte Leandro ihm zu.

»Ich meinte van Eyck«, sagte der Herzog. »Seine Pigmente. Ich würde wirklich zu gerne wissen, woher er sie bezog, aber ich fürchte, dass er das Geheimnis mit ins Grab genommen hat.«

»Dabei gibt es kein Geheimnis«, erwiderte Matt. »Er hat lediglich die beste Qualität verwendet, aber es handelt sich um das gleiche Ultramarinblau oder Zinnoberrot, das auch hier erhältlich ist.«

Die beiden winzigen Schatten über den Köpfen der

Jagdgesellschaft schoben sich übereinander, um dann im nächsten Moment auseinander zu schießen. Mit ausgestreckten Fängen und weit ausgebreiteten Schwingen fielen sie steil durch den Himmel, stießen wieder zusammen und trennten sich erneut.

»Es fällt mir schwer, das zu glauben.« Der Herzog hatte sich für das Thema erwärmt.

»Piero verwendete die gleichen Pigmente und noch dazu recht großzügig«, erklärte Matt und bezog sich dabei auf den Hofmaler des Herzogs, Piero della Francesca. »Aber das dürfte Eurer Exzellenz ja sicherlich bekannt sein, Ihr wart es doch, der ihm seine Materialien bezahlte.«

Der Herzog lachte kurz auf. »Wie wahr, wie wahr. Die Geldforderung für das Ultramarin war ungeheuerlich. Die Unze teurer als Blattgold. Ich habe es abgelehnt, diesen Betrag zu begleichen. Aber worin lag dann van Eycks Geheimnis?«

»Die Art und Weise, wie er die Pigmente auftrug«, sagte Matt.

Der größere Vogel stieg nun höher und höher und schlug mit zunehmender Verwegenheit auf den anderen ein. Von dem Kampf über ihren Köpfen völlig gebannt, starrte die Gruppe schweigend nach oben. Der Milan brachte dem Gerfalken in rascher Folge mehrere Schläge bei, von denen der letzte dem kleineren, weißen Vogel den Todesstoß versetzte: Kopfüber trudelte er mit gespreizten Schwingen zur Erde hinab, bis er schließlich mit großer Wucht auf dem Boden aufschlug – ein stiebender Haufen blutgetränkter Federn bedeckte das Gras. Der Milan glitt nahezu verächtlich über das Federbüschel hinweg, bevor er sich träge vom Aufwind gen Himmel tragen ließ.

»Und wie?«, fragte Anna.

»Wie bitte?«, fragte Matt.

»Seine Exzellenz, der Herzog, möchte gerne wissen, wie er das machte.«

Matt hörte das Klingeln eines Glöckchens und warf gerade noch rechtzeitig einen Blick hinüber, um Athena zu sehen, die sich von Leandros Arm abgestoßen hatte.

»Dabei handelt es sich nicht nur um einen einzigen Aspekt. Auf das Zusammenspiel kommt es an. Das Öl, die Lasuren, der Malgrund – jeder einzelne Schritt.«

»Ja?« Anna lächelte ihn an. »Und weiter?«

»Nun ...«, Matt warf einen unsicheren Blick in Richtung des Herzogs.

»Ja, bitte fahrt fort«, ermunterte ihn dieser.

»Bedenkt nur einmal, wie sehr das Licht die Wirkung eines Gemäldes beeinflusst«, sagte Matt. »Mit Ei gebundene Farben sind lichtundurchlässig. Das Licht beleuchtet die Farbe und wird dann reflektiert. Ölfarben wirken dagegen wie ein geschliffenes Glas. Das Licht dringt durch das Öl hindurch und wird von ihm in die Farben des Regenbogens zerlegt. Und dann tritt es durch das Öl wieder aus und wird noch einmal gebro...«

Seine Worte gingen im aufgeregten Jubel der Jäger unter, denn inzwischen hatte der Wanderfalke den Milan erreicht und attackierte den viel größeren Vogel mit scharfen Hieben, bevor er unter ihm wegtauchte. Die beiden Vögel vollführten einen wütenden Tanz am Himmel, wobei sie abwechselnd die Führung übernahmen.

»Auch Piero verwendet Ölfarben«, sagte der Herzog, »aber seine Gemälde unterscheiden sich sehr von den Werken van Eycks.«

»Es liegt an der Technik. Genau wie Botticelli oder Ghirlandaio zum Beispiel zeichnete er eine Figur und füllte die Konturen dann mit einer Farbe aus. Van Eyck modellierte mit seinen Lasuren. Ihr wisst doch, wie Pieros Figuren leuchten? Oder Botticellis? Sie lassen den

Malgrund weiß und häufen dann die Farben darauf. Van Eyck dagegen versah den Malgrund mit einer farbigen Untermalung. Und dann trug er die Farben in dünnen, transparenten Schichten auf und ließ seine Figuren aus dem Spiel von Licht und Schatten entstehen.«

Der Milan kreiste jetzt am Himmel, während der Wanderfalke ihm in kurzem Abstand folgte. Plötzlich breitete der schwarze Vogel seine Schwingen weit aus und vollzog um eine Flügelspitze drehend eine Wende. Für den Falken kam dieses Flugmanöver unerwartet, er konnte nicht mehr ausweichen, und der Milan fiel wie eine Furie über ihn her. Sekunden später stürzte das kleine Federbündel, das einmal der Wanderfalke gewesen war, zu Boden.

Matt warf einen Blick zu Leandro hinüber. Völlig regungslos beobachtete er den Fall seines Falkenweibchens, bis dieses auf der Erde aufschlug und im hohen Gras am anderen Ende des Feldes verschwand.

»Ein Jammer«, sagte Anna. »Sie hat uns einen so schönen Kampf geliefert.«

»In der Tat.« Leandro quittierte ihre Bemerkung mit einer leichten Verbeugung.

Al-Rashidiyah beugte sich vor und sprach leise mit dem Herzog, der zustimmend nickte. Auf ein Fingerschnalzen des arabischen Prinzen lief ein Junge zu einem abgedeckten Käfig, nahm einen Vogel heraus und brachte ihn seinem Herrn. Der Falke ließ sich auf dem Arm des Prinzen nieder, der ihm beruhigend zusprach, während er die Haube löste. Das schwarz gefleckte Tier hatte fast die Größe eines Gerfalken und blickte jetzt mit durchdringenden Augen auf der Suche nach Beute umher.

»Ein Saker«, rief Orlando. Matt sah sich zu dem Jungen um, der mit seinem Freund Cosimo auf etwas kleineren Reittieren der Gruppe gefolgt war. Die Aufregung spiegelte sich in ihren strahlenden Gesichtern. Orlando balancierte einen kleinen Habicht, der eine Haube trug und ruhig auf seinem Arm saß. »Ein Würgfalke«, erklärte er Matt, stolz darauf, sein Wissen unter Beweis stellen zu können.

»Den habe ich schon immer mal sehen wollen«, erwiderte Matt und versuchte sich nicht anmerken zu lassen, dass er dies bereits wusste. Während er sich umdrehte, sah er Leandro, dessen Blick ebenfalls auf Orlando ruhte. Als Leandro Matts Aufmerksamkeit auf sich gerichtet spürte, wandte er seine Augen von dem Jungen ab und rang sich ein Lächeln über Orlandos kindliche Begeisterung ab. Aber Matt hatte einen kurzen Moment lang sein ursprüngliches Mienenspiel erkennen können: Sein Gesicht zeigte den gleichen Ausdruck wie der Würgfalke – die Beute fest im Blick.

Der große Falke knetete mit seinen Fängen den Falknerhandschuh und stieß einen schrillen Schrei aus, als Kamal die Fesseln löste. Mit einem raschen, kräftigen Flügelschlag stieß sich der Vogel ab.

Binnen kurzem hatte der Saker den Milan erreicht, zog jedoch an ihm vorbei und schraubte sich der Sonne entgegen, während der Milan ihm zu folgen versuchte. Ohne auch nur einen Moment zu zögern, machte der Saker eine Kehrtwende und stürzte sich aus kürzester Entfernung auf den Milan. Dann drehte er sich um eine seiner Flügelspitzen, griff den größeren Vogel erneut an und sauste unter ihm hindurch, um dann plötzlich aus dem Nichts wieder aufzutauchen und ein weiteres Mal zuzuschlagen. Der Milan setzte sich mit harten, brutalen Hieben zur Wehr, die selbst den Zuschauern am Boden durch Mark und Bein gingen. Plötzlich aber löste sich der Würgfalke, schraubte sich nach oben, nur um im Sturzflug wieder herabzustoßen. Unter der Wucht dieses Aufpralls sackten die langen Flügel des schwarzen Milans zusammen, sein Genick hing schlaff herab und der riesige Vogel stürzte in einer langen Spirale zu Boden.

Der Saker strich über die Köpfe der Gruppe hinweg und ließ sich schließlich auf einem Ast in einem nicht weit entfernten Baum nieder. Dort wartete er und breitete mehrfach seine Schwingen aus, während sich die Gesellschaft um Al-Rashidiyah versammelte und ihm gratulierte. Matt war neugierig, wie Leandro auf den Erfolg eines anderen reagieren würde, und suchte ihn mit den Augen, konnte ihn aber nirgendwo entdecken. Als er sich umschaute, sah er den großen Ritter auf seinem schwarzen Hengst über das Feld galoppieren. Am anderen Ende angekommen, brachte Leandro sein Pferd abrupt zum Stehen und verschwand kurzfristig aus Matts Blickfeld. Er erschien wieder, diesmal zu Fuß. In der einen Hand hielt er etwas, mit der anderen führte er sein Pferd zu einem alten Ahornbaum am Waldrand. Eine Klinge blitzte auf, und dann stieg er wieder in den Sattel und kehrte zur Gruppe zurück. Matt starrte hinüber zu dem alten Baum. Etwas Weißes heftete am dunklen Stamm – der schlaffe Körper des unglückseligen Wanderfalken, von einem Dolch durchbohrt. Matt wandte sich ab, als sich ihre Blicke trafen. Der dunkle Prinz lächelte.

Kapitel 13

Du brauchst irgendetwas, um dir die Zeit zu vertreiben«, sagte Rodrigo in Matts Richtung, der mit hinter dem Rücken verschränkten Händen am Fenster stand und hinausschaute. Eine leichte Brise ließ die Blätter an den Bäumen sanft hin und her schaukeln und strich durch die Getreidefelder unterhalb der Villa. Es war kurz nach Mittag und kein Mensch weit und breit zu sehen.

»Was denn zum Beispiel?«, fragte Matt.

»Das musst du entscheiden«, erwiderte Rodrigo, der sich auf seine Werkzeuge konzentrierte. »Schließlich ist es deine Zeit und nicht meine.« Die rasiermesserscharfe Klinge schnitt tief durch die Haut, die er mit einer Zange packte und zurückzog. Der Hautstreifen bot zunächst Widerstand, dehnte sich dann aber und gab schließlich zögernd den Blick auf das Gewirr aus Muskeln und Adern frei. »Könntest du vielleicht ein Stück zur Seite gehen? Du stehst mir im Licht.«

Matt rückte gehorsam ein wenig nach rechts, blickte jedoch nach wie vor auf die Felder hinaus.

»Wie wär's mit einem Buch?«, fragte Rodrigo.

»Das *Dekameron* habe ich schon zweimal gelesen. Für

heute ist mein Bedarf an paradiesischen Zuständen gedeckt.«

Mit einer Reihe rascher Schnitte begann Rodrigo, das Netz aus kleineren Muskeln freizulegen. Dann hob er jeden einzelnen Muskelstrang mit der Zange hoch, zog ihn vorsichtig zur Seite und steckte ihn durch die Reste des gelben Leinenärmels hindurch auf der Tischplatte fest. »Tommaso, alter Freund, du bist auf deine alten Tage doch noch ziemlich schlüpfrig«, murmelte er leise, während er in der Masse aus Muskeln und Knochen herumstocherte. »Na also, hab ich dich endlich.« Er zog behutsam eine lange, dünne Sehne aus der schwammigen roten Masse und ließ sie locker über den gelben Stoffrest hängen, wie ein Band zum Schnüren eines Unterkleides. »Stimmt irgendetwas nicht?«, fragte er, als er Matts Blick auf sich ruhen spürte.

»Doch, doch«, beteuerte Matt. »Alles in Ordnung.« Er sah weg und ging wieder zum Fenster. »Doch, es gibt da etwas. Ich brauche Geld.«

»Irgendetwas Besonderes, was du kaufen willst?«

»Ich meine ein Einkommen«, sagte Matt. »Ein Vermögen.«

»Ich kann mir exakt drei Gründe vorstellen, wozu ein Mann ein Vermögen braucht«, sagte Rodrigo und entfernte die Überreste des Deltamuskels, unter dem sich die Ansätze des Bizeps und des Trizeps befanden. »Erstens, um einen Kardinalstitel zu erlangen.« Langsam legte er den Bizeps frei und stach eine Nadel durch die Sehne, um ihn auf dem Tisch zu fixieren. »Zweitens, um eine Expedition für die Suche nach der Westpassage auszustatten. Und drittens …« Rodrigo legte das Messer beiseite und griff nach der langen Feder, die auf dem Tisch lag, »um eine gute Partie zu machen«, fuhr er fort, während er die Spitze des Federkiels zuschnitt.

»Ich möchte meinen Platz im Leben finden«, sagte Matt. »Das genügt mir als Grund.«

»Denkst du an etwas Bestimmtes?«

»Nein«, sagte Matt. »Lass mich das machen«, fügte er hinzu und setzte sich neben Rodrigo. Er nahm ein Stück farbige Kreide und skizzierte die Konturen des Arms. Anschließend tauchte er den von Rodrigo zugeschnittenen Federkiel ein und begann zu zeichnen. In einvernehmlichem Schweigen saßen die beiden nebeneinander und arbeiteten ruhig Seite an Seite.

»Sehr gut«, sagte Rodrigo mit einem Blick auf Matts halb fertig gestellte Zeichnung. Er streckte sich und rieb seine breiten Schultern. »Dieses Verfahren, von dem du gesprochen hast – das zur Herstellung von Krapplack ...«

»Ja, was ist damit?«, fragte Matt und studierte die vor ihm ausgebreiteten Knochen des Handgelenks.

»Weißt du, wie man Echtorange herstellt?«

»Natürlich. Hast du schon einmal von Chrom gehört?« Matt tauchte den Federkiel erneut ein und widmete sich nun den Details. »Nein? Na gut, dann eben Zinnsalz. Mit Chrom geht es zwar leichter, aber Zinnsalz ist sowieso besser. Das Chromabwasser ist nämlich ein äußerst gefährliches Gift. Man braucht eine große Menge Wasser, um einen solchen Farbstoff herzustellen.«

»Wärst du in der Lage, es herzustellen?«

»Das ist ganz einfach«, erwiderte Matt. »Jeder könnte das. Willst du damit sagen ...«

»Ich will damit sagen, dass du Unrecht hast. Noch lange nicht jeder wäre dazu in der Lage. Weißt du auch, wie man andere Farben herstellt?«

»Ja«, sagte Matt. »Ich meine, ich müsste in Ruhe darüber nachdenken und mal sehen, woran ich mich noch erinnern kann ...«

»Der Herzog hat mich gestern wieder darauf angesprochen. Er wollte unbedingt wissen, wie viel du davon verstehst.«

»Glaubst du, er wäre daran interessiert, von mir hergestellte Farben zu kaufen?«

Rodrigo schüttelte den Kopf. »Mit dem Verkauf von Alizarin an den Herzog kannst du kein Vermögen machen. Er will die Farben selbst herstellen. Wie in einer Pulvermühle, aber für Farben. Zunächst sprach er davon, dich anzuwerben, wie Tommaso, aber ich habe ihm gesagt, dass du den Gedanken allein schon als Beleidigung empfinden würdest. Ein Unternehmen, eine Kooperation wäre jedoch etwas anderes ... Darauf hat er zwar nichts gesagt, aber ich konnte spüren, dass er von der Idee fasziniert war. Wir könnten eine Menge Geld machen.«

»Wir?«, fragte Matt.

»Das ist wie eine Schatzsuche, du hast die Karte, und ich habe den Kompass. Und der Herzog hat das Geld, um uns auf den Weg zu schicken.«

»Ich bezweifle, dass du einen Kardinalstitel anstrebst«, sagte Matt. »Und du hast mir selbst gesagt, dass deine Überfahrt von Spanien hierher die letzte Seereise war, und dass sie das auch bleiben sollte. Bleibt also nur Nummer drei übrig, eine gute Partie.«

»Auch ich möchte meinen Platz im Leben finden.«

»Wir brauchen Wasser. Jede Menge Wasser.«

»Wasser haben wir im Überfluss.«

»Es wäre machbar.« Matt klopfte nachdenklich mit dem Federkiel in seine linke Hand. »Um die Färberröte müssen wir uns keine Gedanken machen, die wächst hier wie Unkraut. Bist du sicher, dass es überhaupt einen Bedarf gibt?«

»Zurzeit muss alles importiert werden. Das kostet ein Vermögen. Und auf die Qualität kann man sich so sehr verlassen wie auf einen Venezianer.«

»Das Ganze hätte durchaus Erfolgschancen«, meinte Matt und legte den Federkiel beiseite. Er stand auf und ging zum Fenster. Ihm gefiel der Gedanke, Weber und Künstler mit den benötigten Materialien zu versorgen und auf diese Weise zur Entstehung berühmter Meisterwerke beizutragen statt sie nach jahrhundertelanger Vernachlässigung immer nur zu restaurieren. Ruhelos wanderte er auf und ab, während er über die Idee nachdachte. »Woher weiß ich, dass du mich nicht ausstichst, sobald das Unterfangen erst einmal läuft?«, fragte er nach einiger Zeit.

Rodrigo lachte so schallend, dass er das Messer weglegen musste. »Kaum einen Monat in Italien, und du denkst schon wie ein Toskaner. Und woher weiß ich, dass du mich nicht ausstichst und direkt zum Herzog gehst?«

»Du kannst dich darauf verlassen, weil du mein Freund bist.«

»Du wirst noch ein richtiger Meister«, sagte Rodrigo, nachdem er voller Bewunderung die Zeichnung betrachtet hatte. »Das ist wirklich gut.«

»Ja, ziemlich genau getroffen, was?«, sagte Matt. Auf einmal war der Gedanke, Anna zu gewinnen, nicht länger nur ein Traum. Genauso wie sie für ihn Realität geworden war, hatte sich auch jetzt die Möglichkeit ergeben, sie für sich zu gewinnen. Es würde allerdings Zeit erfordern. Ob sie wohl warten würde? Nachdem, was Rodrigo ihm erzählt hatte und was er selbst aus zufällig mit angehörten Gesprächen erfahren hatte, lag der Conte im Sterben. Plötzlich konnte Matt es kaum erwarten, an die Arbeit zu gehen; er hatte keine Zeit zu verlieren. Annas Herz gewinnen …, dachte er, während er aus dem Fenster blickte und die prächtigen Felder, Täler und Hügel betrachtete, die blau in der Mittagssonne schimmerten. Als hätten seine Gedanken sie herbeigerufen, erschien sie plötzlich auf dem Weg, der am oberen Feld entlang führte. An ihrer Seite ritt Francesca. »Da ist die Contessa wieder!«, rief Matt.

»Sie ist heute ein wenig spät dran«, bemerkte Rodrigo.

»Was denkt sie sich nur dabei?«, fragte Matt verwundert. »Am helllichten Tag. Sie ist doch eine verheiratete Frau!«

»Und du bist nicht ihr Gatte. Also, was geht es dich an, wohin sie geht?«

»Es ist einfach nicht richtig.« Selbst aus dieser Entfernung konnte Matt erkennen, dass sie das hellrote Kleid trug, das ihm besonders gut gefiel, weil sie es bei ihrer ersten Begegnung in der Küche getragen hatte. Lag das wirklich erst eine Woche zurück? Es schien ihm wie ein ganzes Leben. »Nenn mich ruhig altmodisch, aber was ist mit der Vorstellung von Treue? Mit den Zehn Geboten?«

»Schwebt dir ein bestimmtes vor?«

»Wie wär's mit ›Du sollst nicht begehren deines Nächsten Weib‹?«

»Ich bezweifle, dass sie sich dessen schuldig macht.«

»Sehr lustig«, entgegnete Matt verärgert.

»Wenn Ehebruch keine so weit verbreitete Unsitte wäre, hätte es wohl niemand für nötig erachtet, ein Verbot dessen in Stein zu meißeln. Und falls es sich tatsächlich um Ehebruch handeln sollte, dann kann man es wohl kaum so bezeichnen, denn jeden Moment könnte sich das Ganze in einfache Unzucht verwandeln. Ihr Gatte steht schließlich schon mit einem Fuß im Grab. Außerdem hatte er noch nie etwas für Frauen übrig.« Rodrigo hatte die Sektion des Muskels beendet und wischte sein Messer an einem alten Lumpen ab. Wie die Äste eines abgestorbenen Baumes ragten die starren Finger der leblosen Hand in die Luft.

»Deine lockere Einstellung dazu überrascht mich nicht im Geringsten.«

»Wie das?«

»Deine Geliebte reitet ja direkt neben ihr.«

»Du solltest vielleicht ein wenig vorsichtiger sein.« Rodrigos Stimme klang gefährlich ruhig.»Du könntest sehr leicht missverstanden werden.«

»Es tut mir Leid«, erwiderte Matt. »Ich wollte dich wirklich nicht beleidigen. Ich bin ein Narr. Wie du schon selbst gesagt hast – es ist die Reaktion, die zählt, der Reiz ist unerheblich. Liebe und Furcht, Axt oder Schwert, wen kümmert das schon?«

»So etwas habe ich nie gesagt.«

»Doch, hast du. Neulich beim Abendessen.«

»Da sprachen wir über ein Lied!«

»Liebe ist eine Kunst, genau wie ein Lied. Und genau wie bei jeder anderen Kunst ist es ihr einziges Bestreben, eine Wirkung zu erzielen. Aber wenn es sich nicht um den richtigen Zeitpunkt oder Ort handelt, ist sie eine einzige Last.«

»Etwas rein Philosophisches wortwörtlich anzuwenden – das widerspricht jeder Vernunft.«

»*Miracolo d'amore*«, sagte Matt. »Was ist das Wunder der Liebe? Ich werde es dir verraten.« Er nahm die Finger der toten Hand, zählte sie einzeln ab. »Erstens: gegen seine eigenen Interessen zu handeln. Zweitens: den Weg der Vernunft zu verlassen. Drittens: alles aufzugeben, auf der Jagd nach dem Unerreichbaren. Und viertens: sich selbst den Launen der Gefühle auszuliefern.« Abschätzig versetzte er der toten Hand einen Stoß. »So definiert man auch Wahnsinn. Nein, wenn es irgendein Wunder in der Liebe gibt, dann ist es die Beharrlichkeit, mit der die Menschen schon an ihre reine Existenz glauben.«

»Das klingt nicht so, als ginge es hier um eine Frage des Glaubens. Enttäuschung ist kein anderes Wort für Unglaube, sondern gerade der Beweis des Glaubens«, sagte Rodrigo. »Ich glaube, du brauchst etwas frische Luft. Am Waldrand gibt es eine alte Kirche; die solltest du dir einmal ansehen.«

»Ich will mir aber keine alte Kirche ansehen. Ich habe schon genug alte Kirchen gesehen.«

»Es gibt ein paar Wandmalereien.«

»Oh, wunderbar – dadurch unterscheidet sie sich von allen anderen Kirchen Italiens.«

»Diese Fresken sollen aber von einem bedeutenden Künstler stammen.«

»Bestimmt von Giotto.« Wenn Giotto wirklich jedes ihm zugeschriebene Kunstwerk gemalt hätte, dann hätte er sein ganzes Leben Tag und Nacht ohne Unterbrechung durcharbeiten müssen.

»Nein, es war ein anderer Name. Mit M, glaube ich. Du hast den Namen erwähnt, als wir uns über Florenz unterhielten.«

»Masaccio?«, fragte Matt. Das war unmöglich. Masaccio war in jungen Jahren gestorben, nachdem er gerade einmal eine Hand voll Kunstwerke geschaffen hatte. Die Chancen, dass es in einer unbedeutenden Provinzkirche Fresken von seiner Hand geben sollte, standen gleich null.

»Genau der.«

»Unmöglich. Bist du sicher?« Matt drehte sich um und sah Rodrigo direkt an. »Masaccio?«

»Ja. Ist das nicht derjenige, dessen Werke du so sehr schätzt?«

»Wo liegt diese Kirche?«

Als Matt den Rand des Waldes erreichte, sah er bereits die verwitterte schmucklose Kirche wie einen Fels aus der Wiese emporragen. Von ihrem Vorbau, falls es je einen gegeben hatte, waren nur noch die abgenutzten Stufen übrig, die zu einer schlichten Holztür führten. Die Heiligennische darüber war genauso leer wie der Glockenturm, wodurch die Kirche die Atmosphäre eines Ortes ausstrahlte, der zwar nicht vergessen war, aber auch nie aufgesucht wurde. Auf der linken Seite des Eingangs wuchsen drei knorrige Feigenbäume, die wie einsame Wächter wirkten. Das Ganze sah nicht sehr viel versprechend aus, aber er wusste genau, dass er die Hoffnung nicht so leicht aufgeben durfte: Die bescheidensten Kirchen besaßen manchmal die größten Schätze. Als er sich der Tür näherte, hörte er plötzlich das leise Wiehern eines Pferdes, das von der anderen Seite der Kirche herüberklang. Irgendjemand musste dort sein. Immer auf der Hut vor Straßenräubern, drückte er sich gegen die verwitterte Steinmauer und blinzelte vorsichtig um die Ecke. Annas weiße Stute rupfte ein paar Grashalme, Francescas Fuchs stand am Baum daneben angebunden. Von den beiden Frauen war weit und breit nichts zu sehen; sie mussten also in der Kirche sein. Aber wo war Leandros Pferd? Wahrscheinlich hatte er es irgendwo in der Nähe gelassen und war dann zu Fuß hierher gekommen. Matt lehnte sich an die Mauer, unentschieden, ob er sich leise zurückziehen oder lieber warten und die Kirche besichtigen sollte. Die Kirche besichtigen, dachte er – wem will ich denn etwas vormachen? Als er sich gerade entschlossen hatte, wieder zurückzugehen, hörte er, wie die Kirchentür knarrend geöffnet wurde. Mit einem Satz rettete er sich hinter einen der alten Feigenbäume.

»... wenn wir noch länger trödeln, kommen wir zu spät.« Das war Annas Stimme. Die leise gesprochene

Antwort verlor sich zwischen den Bäumen, als sie und ihre Begleitung um die Ecke bogen und verschwanden. Wenige Augenblicke später tauchten sie wieder auf – Anna ritt vorweg, gefolgt von Francesca.

Matt, der sich bewusst war, dass der Baum nicht breiter war als er selbst, konzentrierte sich darauf, sich möglichst dünn und unauffällig zu machen. Die beiden Frauen ritten rasch davon, ohne ihn zu bemerken. In welche Richtung würde Leandro reiten? Wenn er sich nach rechts wandte und den Weg nahm, den die Frauen eingeschlagen hatten, bestand für Matt die Chance, unentdeckt zu bleiben. Aber wenn Leandro nach links ritt, musste er direkt an diesen Bäumen vorbei, und Matt wäre ihm so schutzlos ausgeliefert wie der Fasan dem Falken des Herzogs. Er widerstand dem Impuls, sich aus dem Baumschatten zu lösen und davonzulaufen, da er wusste, dass man seine Schritte auf dem trockenen Lehmboden hören würde. Wie lange würde er wohl warten müssen? Es kam ihm jetzt schon wie eine halbe Ewigkeit vor. Eine Brise zog auf und rauschte im trockenen Laub der Feigenbäume. Die Tür knarrte, und er erstarrte, umklammerte die raue Rinde, bis seine Finger schmerzten. Niemand erschien. Kein Geräusch von schweren Stiefeln.

Die Tür knarrte erneut, wobei sich das hohe Quietschen immer mehr in die Länge zog, bis es schließlich erstarb und sofort wieder anhob. Noch immer war niemand zu sehen. Zeit verrann; zwischen den Blättern tanzte das Sonnenlicht und hinterließ kleine wellenartige Lichtreflexe auf dem Gras. Vom langen Stehen ermüdet, spürte Matt, wie seine Ungeduld wuchs. Und schließlich kam er sich lächerlich vor. Leandro konnte nicht in der Kirche sein. Es war völlig ausgeschlossen, dass er sich auch nur für einen Moment in einer ausgestorbenen Kirche aufhalten konnte. Aber was hatte dann Anna in der

Kirche gemacht, wenn Leandro überhaupt nicht hier gewesen war? Leandro hatte das Rendezvous verpasst. Das musste es sein … Wahrscheinlich hatten sie keine Möglichkeit, den anderen davon in Kenntnis zu setzen, wenn etwas zwischen ihre Treffen kam.

Vorsichtig näherte Matt sich der Kirche und stieg die flachen Stufen hinauf. Der Riegel war nicht vorgeschoben, und die Tür quietschte leise in der leichten Brise. Das war es also gewesen – der Wind. Matt stieß die Tür auf und blieb einen Moment auf der Schwelle stehen, während er in der kühlen Stille den Atem anhielt und darauf wartete, dass sich seine Augen an die Dunkelheit gewöhnten. Durch die schmalen Fenster, kaum breiter als ein Schlitz in der Wand, fielen dünne Sonnenstrahlen, die den Steinboden und die massiven Pfeiler mit einem feinen Streifenmuster überzogen. Es roch nach alten Ziegeln und Zedern und nach einem Hauch von Weihrauch. Die Kirche lag vollkommen leer vor ihm.

Nicht gerade der ideale Ort für ein Liebesnest, dachte Matt. Das Mittelschiff hatte man bis auf eine einzelne verstaubte Holzbank geräumt, die schräg neben einem der Pfeiler stand, als hätte jemand sie hinausziehen wollen. Auch der Altar war leer, der grobe Granitstein ohne jede Verzierung. Hinter dem Altar, in der halbrunden Apsis, entdeckte Matt eine kleine, niedrige Öffnung in der Mauer, von der schmale Stufen ins Dunkel führten. Dort musste die Krypta sein, oder die ursprüngliche Sakristei. Aber an dieser Stelle endete seine Neugier, erstickt von einer noch aus Kindestagen stammenden Furcht vor dunklen, engen Räumen, von der er sich nie hatte befreien können. Und warum sollte er auch? Er misstraute allen Erwachsenen, die behaupteten, sämtliche Schrecken aus der Kindheit überwunden zu haben.

Wo waren die Fresken, von denen Rodrigo gesprochen hatte? Im Kirchenschiff jedenfalls nicht. Matt stand in einem Durchgang, von dem er annahm, dass er zu einer kleinen Kapelle führte, stellte dann aber fest, dass es sich um einen Zugang zu einem kleinen Klosterhof handelte. Der Garten innerhalb des Kreuzgangs war vollständig von Wildblumen und hohem Gras überwuchert, in dem es von Zikaden und Heuschrecken nur so wimmelte. Unter den verwitterten Kragsteinen der anmutigen Kreuzgangbögen nisteten Schwalben, die hin und her schwirrten und Matt vollkommen ignorierten. Matt folgte dem Kreuzgang, und als er um die Ecke bog, stieß er überraschend auf einen kleinen Raum, der vom Kreuzgang durch eine niedrige Mauer und Säulen getrennt und dank des wuchernden Gartens neugierigen Blicken entzogen war. Zwei Säulen in der Mitte trugen Fächergewölbe, die kreuzweise von schmalen Steinrippen durchzogen waren. An der Rückwand ließ eine Reihe hoher Fenster genügend Sonne hinein, um den Raum mit Licht und Wärme zu erfüllen. Im Gegensatz zur Kirche war dieser Raum möbliert. Hier kommt sie also jeden Tag hin, dachte Matt verblüfft. Das also war Annas Geheimnis; ihr verstecktes Liebesnest, der Ort, den sie, nur begleitet von ihrer engsten Hofdame, aufsuchte, wenn alle anderen sich zur nachmittäglichen Ruhe zurückzogen.

Die Möbel wirkten schlicht und nicht im Geringsten so kostbar, wie Matt es für eine Frau von Annas Stand erwartet hätte. Ein Hocker, ein langer Tisch unter der Fensterreihe, ein breites Bord über einer Kommode und ein Stuhl mit Armlehnen und einem Kissen. Auf dem Bord leuchtete ein Regenbogen aus Farben in kleinen Glasgefäßen. Daneben standen hohe Karaffen mit verschiedenen Ölen, hell bis dunkelgelb, sowie einige verschlossene Phiolen. Er nahm eine mit einer farblosen Flüssigkeit in die Hand, entkorkte sie und schnupperte daran. Lavendelöl. An der Wand lehnten leuchtend weiße Rechtecke in unterschiedlichen Größen, deren Oberflächen so glatt und makellos waren wie feinster Carraramarmor. Matt ging zu einer kleinen Holzbank hinüber und hob das Rechteck hoch, das leicht angeschrägt darauf lag. Nur ein kleiner Teil des Malgrunds schimmerte noch in einem gebrochenen Weiß; die restliche Fläche füllten ein blauer Himmel und die schlanke Form einer Schwalbe im Flug.

Auf dem Tisch standen mehrere kleine Schalen, die leuchtende Temperafarben enthielten, und eine Hand voll noch feuchter Pinsel in einem Glas. Matt legte die Tafel beiseite und nahm die Skizze in die Hand, die an der Wand lehnte. Eine Silberstiftzeichnung auf schwerem Papier mit einer Reihe von Vogelflugstudien – sowohl rasche Entwürfe als auch fertige Detailzeichnungen. Anna war keine Amateurin, die sich an der laienhaften Wiedergabe idyllischer Landschaften versuchte. Dies war das Werk einer ernsthaften Künstlerin. Matt erinnerte sich daran, wie sie darauf gedrängt hatte, dass er mit seinen Erklärungen fortfuhr, als der Herzog sich nach der Technik der Ölmalerei erkundigte. Und er entsann sich ihrer lebhaften Kindheitserinnerung an einen Mann, der im Hause ihrer Eltern ein Fresko gemalt hatte.

Als er sich weiter umsah, entdeckte Matt einen Stapel fertiger Gemälde, die neben der Kommode an der Wand lehnten. Rasch sah er den Stapel durch, warf jeweils nur einen kurzen Blick auf jedes Bild – Engel, Allegorien, Waldszenen, ein halbfertiges Porträt –, bis er schließlich die beiden Tafeln fand, die er gesucht hatte. Er zog sie hervor und stellte sie nebeneinander auf das Bord. Dann nahm er die Tafel von der Holzbank und platzierte sie rechts neben die beiden anderen. Ja, dachte er und betrachtete die drei Bilder mit Genugtuung. Von links nach rechts, von Tafel zu Tafel, genau wie in seinem Büro im Museum, stieg eine Schwalbe immer höher in einen klaren blauen Himmel auf.

Kapitel 14

Zum kurzen Tage und groß gemessen Schatten, dachte Matt, während er den Weg entlangging und seine Schuhe auf dem Kies knirschten, weh! bin ich kommen und Weißem an den Bergen / da sich verlieret alle Farbe an Kraute: / deshalb mein Sehnde ... Wie ging das mit der Sehnsucht noch mal weiter? Vergeblich zermarterte er sein Hirn. Spricht seinen Zauber ... nein. Deshalb mein Sehnde ... Frustriert blieb er stehen und öffnete den schmalen Band, den er in der Hand hielt. Deshalb mein Sehnde doch nicht tauscht sein Grün. Natürlich. So schwierig war das doch gar nicht. Leise rezitierte er die Zeilen und setzte seinen Weg fort. Als er schließlich um die Ecke der sorgfältig geschnittenen Hecke bog, blieb er wie angewurzelt stehen. Dort hinten war sie.

Im Schatten der hohen Pappeln, die den Weg säumten, saß Anna auf einer Steinbank und las. Botticelli hätte sie so malen können, in ihrem weißen Kleid im warmen Licht der Morgensonne. Die Luft war erfüllt vom betörenden Duft von Rosmarin und Lavendel, Pfirsichen und Zitronen, die an Spalierbäumen vor der hohen Ziegelsteinmauer wuchsen, welche den Garten zum Norden hin abgrenzte. Ihr Kleid hatte einen Umlegekragen mit einer silberschwarz bestickten Borte, die weiten, geschlitzten Ärmel ließen ein weißes Unterkleid hindurchschimmern.

Matt nahm seinen Spaziergang wieder auf und tat so, als sei er so sehr in seine Lektüre vertieft, dass er seine Umwelt gar nicht wahrnahm.

»Was lest Ihr?«, sprach Anna ihn an, als er sich ihr näherte. Francesca, die in der Nähe auf einer Bank saß, blickte von der Stickarbeit in ihrem Schoß auf.

»Wie bitte?«, fragte Matt in gespielter Überraschung. »Ah, Contessa«, fügte er mit einer tiefen Verbeugung hinzu. »Dante. Aus seiner Sammlung von Gedichten.« Er las die ersten Zeilen laut vor. »Zum kurzen Tage und groß gemessen Schatten / weh! bin ich kommen und Weißem an den Bergen / da sich verlieret alle Farbe an Kraute ...«

»Welch traurige Gedanken an einem solch schönen Sommertag«, prostestierte Anna lachend.

»Aber was für ein wundervolles Gedicht«, entgegnete er. »Deshalb mein Sehnde doch nicht tauscht sein Grün«, fuhr er fort, »also verwurzt ists in den harten Stein / der spricht und weset recht als wärs ein Fraue ...« Seine Stimme wurde leiser und erstarb schließlich. Dabei hatte er das Ganze anfangs für eine ziemlich gute Idee gehalten. So machte man das schließlich: In den fruchtbaren Boden eines schönen Sommermorgens gelegt und genährt von den wärmenden Strahlen einer gütigen Sonne, musste die Saat der Poesie doch aufgehen und die zarten Sprösslinge der Liebe hervorbringen. Und was wäre da besser geeignet als eines von Dantes großartigen Canzone? Leider erwies sich die Komplexität der Verse als Problem. Denn das Gedicht sandte eine mehrdeutige Botschaft aus, was nicht in Matts Absicht lag. Er hätte besser einen der Knittelverse wählen sollen, die Rodrigo in satirischer Form verfasste. Deren Botschaft war immerhin recht eindeutig.

»Ihr habt Recht. Es ist wunderbar. Aber als Frau habe ich diese Passage immer als etwas merkwürdig empfunden«, sagte Anna und machte es ihm dadurch nicht leichter. »Harter Stein. Wer möchte schon mit einem harten Stein verglichen werden?«

»Ein gutes Argument«, erwiderte Matt. »Aber ich glaube nicht, dass er wirklich eine Frau meint. Ich denke, er schreibt über den Winter.«

»Das ist eine nördliche Sichtweise. Müsst Ihr denn immerzu an Eis und Schnee denken? Und erinnert mein Kleid Euch auch an einen Schneesturm?«

Einen Moment war Matt versucht, ihr einzugestehen, dass die Konturen ihres Schenkels unter der zarten Seide ihn tatsächlich an einen sanften Hügel unter einer frisch gefallenen Schneedecke erinnerten. Stattdessen sagte er: »Es lässt mich an Fra Angelico denken.«

»Ich erinnere Euch an einen Mönch?«

»An eines seiner Gemälde«, sagte er schnell, wobei ihm schlagartig bewusst wurde, dass er dadurch vielleicht alles nur noch schlimmer machte. Aber Anna schien seine Bemerkung nicht misszuverstehen.

»An welches?«, fragte sie.

»An den Engel aus Fra Angelicos Verkündigung, die sich in einer der Mönchszellen in San Marco befindet.«

»Ich habe dieses Fresko noch nicht zu Gesicht bekommen.«

»Warum fragt Ihr nicht Lorenzo? Er sollte in der Lage sein, Euch Zutritt zu verschaffen. Er besitzt dort selbst eine Mönchszelle.«

»Ich habe ihn bereits gefragt. Aber dort leben Dominikaner; sie meinen es ernst, wenn sie sagen, dass Frauen der Zugang verwehrt ist.«

»Wenn also nicht der Winter gemeint ist, wie deutet Ihr dann Dantes Worte?«

»Ich glaube, dass er das menschliche Herz beschreibt.«
»Daran hatte ich noch gar nicht gedacht«, sagte Matt.
»Ihr seid auch nicht aus hartem Stein gemacht.«
»Wisst Ihr, der Gedanke gefällt mir. Es ergibt einen Sinn.«Matt las das Gedicht erneut. »Diese Stelle hier … ›Wann auch von Bergen falle schwarzer Schatten / schöne unterm Grün ein edel junge Fraue / macht dass er schwinde, als Stein ist unter Kraute.‹«
»Wollt Ihr Euch nicht setzen?«, fragte Anna.
»Mit dem größten Vergnügen.« Matt ließ sich neben ihr auf der Bank nieder. Der Duft, der sie umgab – vertraut und nicht zu süß, wie Geißblatt oder wilde Rosen – vermischte sich mit dem Wohlgeruch der Blüten und dem würzigen Aroma der Eibenhecke. Matt konnte ihr feines Haar sehen und die Nähe ihres Beines spüren. Er war nicht in der Lage, ihrem Blick auszuweichen und fürchtete sich zugleich vor diesem Moment.
Hastig fragte er: »Und was lest Ihr gerade? Etwas zur Jahreszeit Passendes?«
Anna schlug ihr Buch auf. »Jung bin ich, und in diesen Frühlingsstunden / ergötz ich singend mich und mit Behagen«, begann sie zu rezitieren.
»Weil ich die Lieb in tiefer Brust empfunden«, beendete Matt die Strophe für sie. »Geht es nicht so?«
»Ja. Ihr kennt es.« Anna blickte ihn erstaunt an.
»Der Neunte Tag. Das ist eine meiner Lieblingsstellen. Mit dem *Dekameron* habe ich die toskanische Sprache gelernt. Erst vor kurzem habe ich es noch einmal in die Hand genommen. Aber den Rest habe ich vergessen.«
»Wandle ich durch die Frühlingspracht der Auen / der tausend Blüten bunten Farbenglanz / der Lilie Schnee, die Ros im Dornenkranz …«
»Und was ist mit der Farbe Blau?«, unterbrach er sie.
»Zu traurig.«

»Aber diese Blumen …« Matt deutete auf das Schwertlilienbeet auf der anderen Seite des Weges. »… sind auch blau. Wirken sie traurig auf Euch? Mir erscheinen sie heiter.«

»Das ist das Gelb in ihren Blüten.«

»Ich beuge mich einer höheren Autorität«, sagte Matt. »Ihr seid mit Schwertlilien besser vertraut als ich.«

»Wie kommt Ihr darauf?«

»Euer Emblem.« Matt deutete auf die Brosche, die er bereits bei ihrer ersten Begegnung bemerkt hatte. Sie trug sie als ihr persönliches Symbol – ein bei den jungen Männern und Frauen weit verbreiteter Brauch. Wieder bewunderte er die drei Schwertlilien mit den goldeingefassten Smaragd- und Azuritblüten auf silbernen Stielen.

»Drei Blüten mit jeweils drei Blättern«, fuhr Matt fort. »Die Heilige Dreifaltigkeit. Aber auch die drei Bedeutungen der Schwertlilie – Tapferkeit, Weisheit und Glaube.«

»Ihr wisst sehr viel darüber. Seid Ihr ein Gärtner?«

»Nein. Dafür habe ich weder die Zeit noch die Geduld. Ein gut gepflegter Garten ist eine Kunst für sich.« Matt krümmte sich innerlich. Hatte er das wirklich gesagt? Deshalb unterhielt er sich nie mit jemandem über Kunst. Seine Vorstellungen, die ihm so natürlich erschienen – eigentlich handelte es sich eher um eine Sichtweise als um eine Vorstellung –, klangen unweigerlich banal und schwülstig, sobald er sie in Worte fasste. Offensichtlich schien Anna das Gleiche zu denken, denn sie schwieg. Verzweifelt zermarterte er sein Hirn nach einer beiläufigen Bemerkung, die seinen Ausspruch hätte mildern können.

»Ihr habt Recht«, sagte Anna, bevor er weitersprechen konnte. »Man könnte sogar behaupten: Die Gartenkunst ist eine der höchsten Kunstformen, da sie die Elemente aller anderen in sich vereint.«

»O ja, das stimmt«, erwiderte Matt und warf einen

raschen Blick auf ihr Gesicht. Zog sie ihn auf oder meinte sie es ernst? »Genau wie die Malerei basiert sie auf Farbe und Komposition.«

»Und wie die Bildhauerei auf Volumen und Raum.«

»Und Musik.«

»Musik?« Anna lachte. »Und wie wäre es dann mit dem Tanz? Oder der Lyrik? Auch dort findet man Klang, das versichere ich Euch. Der Brunnen. Und die Vögel und der Wind. Ich vermute, dass man auch sie als musikalisch bezeichnen könnte.«

»Nein, ich meinte es wörtlich. Musikalische Ideen, visuell zum Ausdruck gebracht. Thema und Harmonie.«

»Harmonie?«

Matt dachte rasch nach. War die Harmonielehre nicht schon erfunden worden? Er versuchte sich zu erinnern, aber Musikgeschichte zählte zu den Fächern, in denen sein Wissen bestenfalls rudimentär war. Polyphonie. Pergolesi. Er wusste ungefähr, wie das Ganze funktionierte, aber nicht, in welcher Zeit es stattgefunden hatte. »Verschiedene Stimmen arbeiten unabhängig voneinander und dennoch zusammen. Wichtig ist das zusätzliche Element, der Faktor Zeit. Die Malerei ist zweidimensional, Bildhauerei dreidimensional und Musik vierdimensional. Aber in einem Garten schreitet die Zeit so langsam voran, dass man es im Augenblick des eigentlichen Geschehens nicht sehen kann. Erst später, wenn man die Gesamtwirkung betrachtet.«

»Aber auch die Malerei und Bildhauerei kennen das Element der Zeit. Zumindest diejenigen, die die Kunstwerke schaffen. Es ist das Gefühl für ein Vorher und Nachher, ein aus der Zeit herausgerissener Moment. Ein scheinbar schwebender Augenblick – so flüchtig, dass man ihn kaum einfangen kann. Aber ich fürchte, ich habe es nicht sehr präzise beschrieben.«

»Nein, nein. Ihr habt es perfekt erfasst.« Gerne hätte Matt ihr gesagt, dass auch sie diesen Moment eingefangen hatte, in dem Bild der Schwalbe, das er in ihrem geheimen Atelier gesehen hatte. »Gemälde sind der Grund, warum ich mich mit Pflanzen auskenne«, fügte er hinzu. »Ich meine, ihre Symbolsprache. Wenn man sie nicht kennt, geht so vieles von dem verloren, was sich in den Gemälden findet.« Fast hätte er *in den Gemälden dieser Epoche* gesagt, konnte sich aber noch rechtzeitig zurückhalten. »Woran liegt es nur, dass gerade sie so viel Bedeutungsvolles in sich vereinen?«

»Wahre Schönheit muss eine Bedeutung haben – anderenfalls wäre sie so Furcht einflössend wie das Böse.«

Wahre Schönheit, dachte Matt, der Annas Nähe mit jeder Körperfaser spürte, wahre Schönheit ist ein Prisma, das all das bricht, was sich in seinem Innersten befindet. Es ist das Gefühl eines eingefangenen Moments, von dem sie sprach – das, was zuvor war und das, was noch in der Zukunft lag und all das, was jetzt war. »Sie sind nicht ganz von dieser Welt, das ist richtig«, sagte Matt. »Sie stehen irgendwo dazwischen ... ein Bindeglied zu einer größeren Welt. Wie der Augenblick zwischen Schlafen und Wachen.«

Orlandos knabenhafte Stimme klang vom unteren Garten herauf, und wenige Momente später erschien er selbst mit zerzausten Haaren und geröteten Wangen. Er rannte zu Anna und drängte sich hinter ihr zwischen die Eiben, wobei sein grüner Umhang mit dem dichten Blattwerk verschmolz. In dem Moment brach Cosimo durch die Hecke und verlangsamte seine Schritte, als er Matt und Anna sah. Bedächtig ging er auf sie zu.

»Guten Morgen, Contessa«, sagte er respektvoll.

»Guten Morgen, Cosimo«, erwiderte sie mit ebensolcher Feierlichkeit.

»Habt Ihr vielleicht ...«, hob er an, unterbrach sich aber, als er Orlando lachen hörte, der sich durch die Hecke zwängte. Sofort nahm Cosimo die Verfolgung auf, und der Kies spritzte unter seinen Füßen zur Seite, als er wie ein geölter Blitz um die Eibenhecke bog.

»Ein interessanter Mann, dieser Matteo O'Brien«, unterbrach Anna die darauf folgende Stille. »Ihr könnt einen Hagard von einem Nestling unterscheiden, und doch beizt Ihr nicht. Ihr kennt die Geheimnisse der flämischen Maler so gut, dass Ihr behauptet, es gäbe überhaupt kein Geheimnis, und doch seid Ihr kein Künstler. Ihr versteht von Pflanzen mehr als mein eigener Gartenmeister, und doch seid Ihr kein Gärtner. Gibt es vielleicht noch etwas, was Ihr nicht seid?«

»Ein Ehemann«, erwiderte Matt.

»Und Ihr seid hier nicht zu Hause. Habt Ihr ein Zuhause?«

»Wer hat das nicht? Mein Zuhause liegt sehr weit weg von hier.«

»Erzählt mir von Eurer Heimat.«

Matt dachte darüber nach, wo er anfangen sollte. »Also, da wäre zunächst einmal ...«

»Wartet«, unterbrach Anna ihn.

»Ja?«

»Ich habe eine bessere Idee.«

»Und was könnte das sein?«

»Ihr seid ein Meister der Poesie«, sagte Anna und legte ihre Hand auf das Buch, das noch in seinem Schoß lag. »Lasst mich eines Eurer eigenen Gedichte hören. Das ist der beste Weg, einen fremden Ort kennen zu lernen, meint Ihr nicht?«

»Aber ich bin kein ...«

»Kein Dichter, ich weiß. Gut, dann ein Gedicht aus Eurem Heimatland.«

Derart unvorbereitet getroffen, durchforstete Matt fieberhaft sein Hirn nach einem Gedicht. Welch eine Ironie, dachte er, dass die einzigen Gedichte, die er studiert hatte, diejenigen waren, die auch sie kannte – Dante, Petrarca, Boccaccio oder die Sonette von Lorenzo Il Magnifico. Aber aus seinem eigenen Land? Das einzige, was ihm einfiel, war ein nonsense-Gedicht aus Lewis Carolls *Jabberwocky*. Er hatte es als Kind so lustig gefunden, dass er es auswendig gelernt hatte.

»Es brillig war«, sagte er.

Anna wartete, dass er fortfuhr.

»Es brillig war«, setzte er erneut an. »Die schlichte Toven wirrten und wimmelten in Waben. Und aller-mümsige Burggroven die mohmen Räth ausgraben«, fuhr er fort und rezitierte das gesamte Gedicht, selbst überrascht, dass er es noch vollständig aufsagen konnte.

»Was bedeutet es?«, fragte Anna.

»Es bedeutet ... es bedeutet ... Also, es ist nicht so leicht, die richtigen Worte zu finden. Manche Dinge lassen sich einfach nicht übersetzen.«

»Mir gefällt es«, sagte sie. »Es klingt amüsant, lustig. Allein schon der Klang, ganz egal, was die Worte bedeuten. Wie ich sehe, habt Ihr kein Emblem«, fügte sie hinzu.

»Doch, doch, ich trage es nur nicht«, erwiderte Matt.

»Und was ist es? Ein ... Burggroven? Ist es das?«

»Eine Schwalbe.«

»Und was symbolisiert diese Schwalbe? Versteht Ihr Euch auf Vögel ebenso gut wie auf Pflanzen?«

»Meine Schwalbe steht für Liebe und Freundschaft.«

»Ich dachte, sie stünde für Freiheit«, sagte Anna leise. »Habt Ihr jemals ...«, setzte sie an, unterbrach sich aber, als sie das Geräusch schwerer Stiefel auf dem Kiesweg hörte. Leandro bog um die Ecke und verbeugte sich vor

Anna. In Matts Richtung schickte er nur die Andeutung eines Kopfnickens.

»Leandro«, begrüßte Anna ihn. »Habt Ihr Glück gehabt?«

»Glück?«, erwiderte er. »Das war eine Jagd und kein Spiel. Ein kapitaler Hirsch. Ein sauberer Schuss. Den Rest haben die Hunde erledigt.«

»Armer Aktäon«, sagte Matt.

Anna lachte. Leandro warf Matt einen durchdringenden Blick zu.

»Was wolltet Ihr mich gerade fragen, Contessa? Habt Ihr jemals ...?«, wandte Matt sich wieder an Anna.

»Es ist mir entfallen«, entgegnete Anna. »Ist es schon Zeit?«, fragte sie Leandro. »Wenn Ihr uns bitte entschuldigen würdet ...« Sie nickte Matt zu, der sich mit einer höflichen Verbeugung verabschiedete.

»Wenn sie das Haupt beflochten hat mit Kraute«, zitierte Matt laut, während er den beiden nachsah, als sie um die Ecke bogen und hinter den Eibenhecken verschwanden. »Macht dass er schwinde, als Stein ist unter Kraute.«

Kapitel 15

Auf zerriebenem Azurit aufgetragen, reichte selbst die kleinste Menge Ultramarin bereits völlig aus. Der Trick bestand darin, das Pigment zusammen mit Leim zu verwenden, selbst wenn der Rest des Gemäldes in Tempera oder Öl ausgeführt war. Auf diese Weise wirkte das Blau besonders lebendig. Matt sah sie bereits vor sich: In einer Majolikavase würden die Schwertlilien förmlich glühen. Für das Grün würde er Grünspan verwenden; er musste es nur richtig einsetzen, da es nicht sehr lichtbeständig war und im Laufe der Zeit zu einem tiefen Rotbraun nachdunkelte. Aber wen kümmerte es schon, wie die Farben später einmal aussahen? Was zählte, war das Hier und Jetzt – wenn Anna das Bild sehen konnte, wenn die Farben noch frisch und leuchtend wirkten und so klar wie ein Teich im Wald.

Was er jedoch wirklich benötigte, war das Ultramarin. Anna würde es bestimmt nicht vermissen, dachte er, während er die winzige Menge auf der Messerspitze balancierte. Und außerdem, so sagte er sich, als er das Pulver in die kleine Glasflasche füllte, stahl er die Farbe ja gar nicht: Er würde sie ihr schließlich als fertiges Gemälde wieder zurückbringen. Er verschloss die Phiole mit einem

Stöpsel und ließ sie in seine Tasche gleiten. Sonst noch irgendetwas, wo er schon mal hier war? Nein. Die Holztafeln waren natürlich sehr verlockend; es erforderte eine Woche harter Arbeit, sie so vorzubereiten. Aber er wollte ja sowieso auf Kupfer malen. Ihm schwebte ein kleines Gemälde vor, fast schon eine Miniatur; schließlich war das Bild nur für sie bestimmt. Er konnte es bereits vor sich sehen: Die Blumen in der Vase auf einem Bord vor einer weißen Wand, in der Nähe eines für den Betrachter unsichtbaren Fensters. Drei schlanke, einander überlappende Stiele, eine Blüte zum Fenster geneigt – welche? Tapferkeit, Weisheit oder Glaube? –, die beiden anderen zur Hälfte im Schatten.

Er blieb stehen und warf einen raschen Blick auf die Schwalbe. Das Bild näherte sich seiner Vollendung; die Unterseite des Vogels wirkte runder, und die feinen Federn waren nur mit winzigen Pinselstrichen aufgebaut. An den Wolken hatte sich nicht viel verändert, sie ähnelten eher einem Klecks Schlagsahne; es mangelte ihnen noch an schwereloser Fülle. Keine leichte Aufgabe, aber Anna hatte sie bei den früheren Gemälden gemeistert. Allerdings war ihr das beim zweiten Bild besser gelungen als beim ersten.

Matt stellte die Tafel wieder genauso auf die Bank wie er sie vorgefunden hatte und sah sich noch einmal um, um sicherzugehen, dass er keine Spuren seiner Anwesenheit hinterließ. Plötzlich wurde ihm bewusst, wie weit der Mittag bereits vorangeschritten war, und er eilte hastig durch den Gang in die Kirche, um sich davonzuschleichen, bevor Anna zu ihrem täglichen Besuch erschien. Als er gerade das Mittelschiff erreichte, hörte er das verräterische Quietschen der Kirchentür. Der messerbreite Lichtspalt dehnte sich zu einem weißen Dreieck aus, das langsam von den Umrissen eines Schattens ausgefüllt wurde.

Ohne lange nachzudenken, sprang Matt mit einem Satz hinter den Altar und drückte sich in die willkommene Dunkelheit des niedrigen Durchgangs, der zum Gewölbekeller der alten Kirche führte. Er konnte es nicht riskieren, entdeckt zu werden. Was hätte er auch sagen sollen? Während er versuchte, seinen Atem anzuhalten und sein wild rasendes Herz zu beruhigen, bemühte er sich gleichzeitig angestrengt, etwas zu hören. Vorsichtig streckte er seine Hand aus, um sich an der Wand abzustützen, da die schmalen Stufen der gewundenen Treppe, die sich in der Dunkelheit verloren, wenig Halt boten. Statt der erwarteten rauen Steinmauer trafen seine Finger jedoch auf eine seltsam geschwungene Oberfläche, glatt und rund und kühl. Daneben befand sich die gleiche Form noch einmal und daneben eine weitere – in der Größe von Melonen. Seine Hand tastete sich weiter, fand eine gezackte Kante. Zähne. Und direkt daneben etwas Pelziges, Warmes, das sich mit einem wütenden Quieken und dem Kratzen winziger Krallen aus seiner Hand befreite. Ein Schädel fiel von der Nische in der Mauer, aber als er hohl scheppernd auf dem Boden auftraf, war Matt schon verschwunden.

Mit einem Satz war er beim Mittelschiff, rutschte jedoch auf dem glatten Steinboden aus und stürzte krachend gegen die Wand. Er schlang seine Arme um seinen Körper, schloss die Augen und lehnte sich gegen die kühle Mauer. Ratten. Gott, wie er Ratten hasste. Diese Kreatur war über seinen Arm geklettert; er spürte jetzt noch ihre Krallen. Vielleicht hatte sie ihn sogar gebissen. Plötzlich erinnerte er sich, dass Ratten den schwarzen Tod übertrugen, und ihm lief eine Gänsehaut über den Rücken. Ratten. Große, mittelalterliche, schwarze Exemplare mit grobem Fell und gelben Zähnen und blankem Hass in ihren bösen, roten Augen – und eine hatte ihn gekratzt. Er untersuchte seinen

Arm, inspizierte ihn eingehend im Licht. Alles in Ordnung, die Haut war nicht beschädigt. Er würde leben. Mit einem Seufzer der Erleichterung drückte er sich von der Wand ab, drehte sich um und machte erneut einen Satz, wobei er einen Aufschrei gerade noch unterdrücken konnte. Vor dem Durchgang zum Kloster stand Anna, mit vor Überraschung weit aufgerissenen Augen. Dahinter erkannte er Francesca.

»Ratten«, sagte er und deutete mit einer Hand auf den Eingang zum Gewölbe. »Nichts außer Ratten, dort unten in den Katakomben. Ein paar alte Schädel, aber sonst nichts von Bedeutung.«

Die beiden Frauen starrten ihn weiterhin an, als sei er vom Himmel gefallen.

»Man hat mir gesagt, es gäbe hier einige Fresken von Masaccio«, stammelte er unbeholfen.

»Hier unten?«, fragte Anna und sah auf die Stufen, die ins Dunkel hinabführten. Der Spott in ihrer Stimme war nicht zu überhören.

»Ich sollte mich jetzt aber wirklich auf den Weg machen.« Mit einer Verbeugung versuchte Matt, sich an den Frauen vorbeizudrücken. In dem Moment fiel die Phiole mit dem Ultramarin, die ihm bei seiner überstürzten Flucht aus den Katakomben halb aus der Tasche gerutscht war, mit einem leisen Klirren auf den Steinboden und zersprang in winzige Splitter aus glitzerndem Glas und brillantem Blau. Hilflos warf er einen Blick darauf; dann sah er zu Anna hinüber. »Die besten Ergebnisse erzielt man, wenn man es zusammen mit Leim aufträgt«, sagte er verlegen.

»Die besten Ergebnisse erzielt man aber bestimmt nicht dort auf dem Boden«, erwiderte sie und fügte mit einem Seufzer hinzu: »Kommt mit.« Francesca im Schlepptau, folgte Matt ihr durch den Klostergang zu ihrer Werkstatt.

Anna nahm die kleine Flasche Ultramarin aus dem Regal und reichte sie Matt zusammen mit einem dünnen Spatel.

»Eure Fragen über die Malerei …«, setzte er an, als er die Flasche auf der Bank neben ihr abstellte. Sie rührte in einem der kleinen Schälchen mit Temperafarbe. Die grüne Flüssigkeit schimmerte in der weißen Keramikschale. »Eure Fragen haben mich zum Nachdenken angeregt. Ich habe schon ziemlich lange keinen Pinsel mehr in der Hand gehalten und dachte, ich könnte es vielleicht mal wieder versuchen.«

»Ich dachte, Ihr seid kein Künstler«, sagte sie.

»Ich hatte vergessen, dass ich einst einer war«, erwiderte er.

»Und wer hat Euch von diesen angeblichen Fresken erzählt?« Sie nickte, als Matt einen raschen Blick auf Francesca warf. »Ich verstehe.« Nach einem Moment wandte sie sich erneut an ihn: »Und wo wolltet Ihr Euer Gemälde fertig stellen?«

»In meinem Zimmer«, erklärte Matt. »Es soll nur ein ganz kleines Gemälde werden. Niemand wird es bemerken.«

»Nein«, sagte Anna. »Das wird nicht gehen.« Nachdenklich rührte sie die Farbe durch. Dann wischte sie den Stab ab und ging zur nächsten Schale mit einem helleren Grünton. »Wenn Ihr schon malen müsst, dann solltet Ihr es besser hier tun«, sagte sie schließlich.

»Aber …«, setzte Francesca an.

»Vielen Dank, Francesca«, unterbrach Anna sie, »das wäre dann alles.«

»Benötigt Ihr noch irgendetwas anderes?«, fragte Anna am nächsten Tag und sah von ihrem Gemälde auf.

»Papier«, erwiderte Matt und schaute sich suchend um. »Ich möchte ein paar Zeichnungen anfertigen.«

»Dort drüben.« Anna deutete mit dem spitzen Ende des Pinsels auf eine Kommode an der Wand.

»Zweite Schublade«, fügte sie hinzu, während sie sich wieder ihrem Bild zuwandte und geschickt die Glanzlichter auf die Flügel der Schwalbe setzte.

Die oberste Schublade stand halb offen, und Matt wollte sie gerade schließen, als sein Blick auf eine Zeichnung fiel. Er zog die Schublade vollständig heraus, um den Papierbogen mit den Skizzen ganz sehen zu können – eine Reihe von raschen Entwürfen, die die fertige Studie eines Engels umgaben. Aber nicht irgendeines Engels, sondern des berühmtesten Himmelsboten der Renaissance: Masaccios Wächter des Paradieses aus der Brancacci-Kapelle der Kirche Santa Maria del Carmine in Florenz. Das Schwert in der erhobenen Hand, wacht er über die Vertreibung Adams und Evas aus dem Garten Eden und sieht ungerührt zu, wie die beiden gramvollen Sünder das Paradies verlassen.

»Habt Ihr es gefunden?«, fragte Anna und sah kurz auf. »Nächste Schublade.« Als Matt nicht reagierte, stand sie auf und ging zu ihm hinüber, um zu sehen, was seine Aufmerksamkeit so sehr fesselte.

»Es tut mir Leid«, sagte er, als er plötzlich aus seiner Versteinerung erwachte und erkannte, dass sie neben ihm stand. »Habt Ihr das gezeichnet? Es ist phantastisch. Ich hätte schwören können, dass Masaccio die Zeichnung selbst angefertigt hat.«

»Das hat er auch. Ihr schmeichelt mir, wenn Ihr glaubt, dass ich etwas Derartiges hätte zeichnen können.«

»Aber das ist unmöglich«, sagte Matt. »Keine seiner Zeichnungen ist erhalten.

»Diese hier stammt aber von ihm.«

»Ich kann es einfach nicht glauben!«

»Ich konnte es auch nicht. Es war purer Zufall, dass

ich davon hörte. Und es kostete viel Mühe, sie ausfindig zu machen. Der Enkel von Masaccios Bruder ...«

»Lo Scheggio«, warf Matt ein. Giovanni di Ser Giovanni, Lo Scheggio – der Splitter – genannt, war ebenfalls Maler und hatte sich auf die Anfertigung traditioneller Tafeln zur Feier einer Geburt spezialisiert.

»Ja. Sein Enkel war ein alter Trunkenbold, ein Advokat, der unter erbärmlichen Umständen lebte, sich aber als harter Verhandlungspartner erwies. Ich habe leider nicht gut genug verstecken können, wie viel mir an den Zeichnungen lag.«

Zeichnungen. Anna hatte definitiv den Plural benutzt. Matt wagte es kaum zu hoffen und hielt den Atem an, während er den Bogen aus der Schublade nahm. Er traute seinen Augen kaum, als er die Zeichnung sah. »Der Zinsgroschen«, flüsterte er voller Ehrfurcht.

»Habt Ihr das Gemälde gesehen?«, fragte Anna.

»Ich habe viel Zeit davor verbracht«, erwiderte Matt. Ganze Tage lang hatte er die Fresken studiert, sie selbst gezeichnet – wie Generationen von Künstlern vor ihm, die die Wallfahrt zur Kapelle angetreten hatten, um das erstaunliche Meisterwerk dieses jungen Malers zu bewundern. Masaccio hatte auf dem Vermächtnis Giottos aufgebaut und etwas noch nie Dagewesenes geschaffen: Die Wände dieser kleinen Kapelle stellten die Wiege der Renaissance dar.

»Santa Maria del Carmine war unsere Pfarrkirche«, sagte Anna. »Ich habe die Gemälde jeden Tag gesehen. Die Brancacci waren Freunde unserer Familie. Natürlich nur, bis Felice verbannt wurde.«

»Die Evangelisten müssten noch vorhanden sein«, meinte Matt aufgeregt. »An der Decke. Und auch die Lünetten, mit Christus, der über den See wandelt, und die Berufung des heiligen Petrus.«

»Natürlich sind sie noch da«, erwiderte Anna verwundert. »Warum auch nicht? Wann wart Ihr das letzte Mal dort?«

»Das liegt mindestens zehn Jahre zurück«, erwiderte Matt.

»Möglicherweise habe ich Euch damals schon einmal gesehen«, sinnierte Anna.

»Möglicherweise«, log Matt, als er erkannte, dass zehn Jahre zurück für Anna fünfhundert Jahre in der Zukunft bedeuteten. Ehrfürchtig nahm er die Zeichnung heraus und legte sie auf die Kommode. »Eine wundervolle Arbeit«, sagte er, als sein Blick auf die darunter liegende Zeichnung fiel.

»Die stammt von mir.«

»Ja, ich weiß«, entgegnete Matt. »Ihr habt ihn sehr gut getroffen.« Und tatsächlich erweckte der Neophyt, der auf seine Taufe wartete, den Eindruck, als sei ihm wirklich kalt.

Anna zuckte kurz die Achseln und nahm die Zeichnung rasch an sich.

»Nein, ganz ehrlich. Es ist eine bestimmte Art der Betrachtung, und Ihr besitzt diese Sichtweise ebenfalls. Warum betrübt Euch das?«

»Er war ein großer Künstler.«

»Und das bedeutet, dass Ihr niemals eine Künstlerin sein werdet? Ich verstehe. Oh, mein Gott«, stieß er atemlos aus, als er die Zeichnung sah, die unter ihrer lag. Die Vertreibung aus dem Paradies. Adam, der sein Gesicht mit den Händen verdeckt. Und Eva. Man konnte ihren qualvollen Aufschrei förmlich hören. War es wirklich möglich? Matt konnte es noch immer nicht glauben, aber es gab keinen Zweifel. Ein Blick auf die Zeichnung genügte, und er wusste, dass es sich um Masaccios eigenhändige Vorstudie zu dem berühmtesten Gemälde der Frührenaissance handelte. Matt strich prüfend über das Papier. Kein Zweifel möglich.

»An diesen Wänden«, sagte Anna, »sah ich zum ersten Mal das Antlitz Gottes … Wusstet Ihr übrigens, dass Filippino zur Zeit daran arbeitet?«, fügte sie rasch hinzu, als geniere sie sich dafür, dass sie einen kurzen Moment lang ihre Deckung aufgegeben und sich ihm offenbart hatte.

»Ich bin einmal gefragt worden, wohin ich ginge, wenn ich nur noch vierundzwanzig Stunden zu leben hätte«, erwiderte Matt. »Darüber musste ich nicht lange nachdenken. Zur Brancacci-Kapelle, habe ich ohne zu zögern geantwortet.«

»Ist das Euer Ernst?«

»Tags darauf bin ich dann tatsächlich aufgebrochen, nur um die Kapelle zu sehen. Ich verstehe sehr gut, was Ihr mit dem Antlitz Gottes meint.« Matt sah ihr einen Moment lang in die Augen. »Kennt Ihr Filippino?« Fünfzig Jahre nach Masaccios Tod hatte Filippino Lippi mit der Vollendung des Freskenzyklus in der Kapelle begonnen.

»Er fertigte ein kleines Fresko in unserer Hauskapelle«, erwiderte sie. »Eine Madonna. Ein sehr hübsches Werk.«

Aber nicht mit diesem zu vergleichen, dachte Matt und betrachtete noch einmal die Zeichnung.

»Natürlich nicht mit diesem zu vergleichen«, sagte Anna, als wiederhole sie seine Gedanken.

Eine Woche später war Annas Gemälde fast vollendet, und auch Matts Schwertlilien nahmen auf der kleinen Kupferplatte allmählich Gestalt an.

»Was tut Ihr da?«, fragte sie.

»Ich töne es ab«, antwortete Matt und strich mit dem Pinsel über einen der Blütenstengel.

»Aber das ist Rot, und kein Schwarz«, protestierte sie und stützte sich mit der Hand auf der Bank ab, während sie ihm über die Schulter schaute. Die zarte Seide ihres gelben Kleides schimmerte im Licht, das durch die hohen Fenster fiel.

»Schwarz würde es nur verschmutzen. Bitte, versucht es selbst.« Matt reichte Anna den Pinsel und rückte ein Stück zur Seite. Sie tauchte den Pinsel in das Glas, rührte in der roten Farbe und streifte die Pinselspitze am Rand des Glases ab. Mit ruhiger Hand und winzigen Strichen begann sie die Farbe aufzutragen.

»Nein, nicht so«, sagte Matt. »Darf ich?« Er nahm ihr den Pinsel aus der Hand und beugte sich vor. Anna rührte sich nicht von der Stelle, blieb vor dem kleinen Gemälde stehen, sodass die weichen Falten ihres Kleides seinen Oberschenkel streiften. Er hob den Pinsel, um die Farbe aufzutragen, als er plötzlich spürte, dass ihre Hand leicht auf seiner Schulter ruhte. Sie beugte sich vor, um seine Hand besser beobachten zu können. Matt dachte an einen anderen Tag, an ein Flugzeug, das sich in einen grauen Himmel erhob, begleitet vom Tosen einer weit entfernten Brandung. Am Rande der Szenerie stand ein Mann, der sich genau wie sie leicht vorbeugte und seine Hand ausstreckte – perfekt ausbalanciert zwischen zwei Welten. Während Matt den Pinsel in der Hand hielt, wusste er, dass er sich jetzt entscheiden musste: Annas Hand auf seiner Schulter bildete einen Angelpunkt zwischen ihnen beiden, zwischen einer Welt und einer anderen. Er konnte dies einfach ignorieren oder er konnte sie ansehen.

Er musste seinen Kopf kaum bewegen. Vollkommen auf den Pinsel und das Gemälde konzentriert, bemerkte Anna seinen Blick nicht. Da war es, dieser Ausdruck völliger Konzentration – so wie er sie zum ersten Mal gesehen hatte, als das Gemälde das Einzige war, was er von ihr kannte. Wie hatte er nur glauben können, das Porträt würde wirklich ein umfassendes Bild von ihr vermitteln? Innerhalb jeder Welt gab es eine weitere, die nur darauf wartete, entdeckt und erforscht zu werden.

»Seid Ihr bereit?«, fragte er.

Anna sah ihn an. Ihre dunkelgrünen Augen schimmerten wie Jade. Aber da war noch viel mehr, dachte er; kein Maler der Welt wäre in der Lage, das einzufangen, was er sah – eine Welt jenseits aller Worte. Sie nickte und konzentrierte sich wieder auf das Bild. Ihre Hand ruhte weiterhin auf seiner Schulter.

Ein langer Pinselstrich, dann war das Werk vollbracht. »Seht Ihr?«, sagte Matt. »Ölfarben sind anders. Sie erfordern lange Striche.«

»Ich kann es kaum erwarten, das einmal selbst auszuprobieren«, sagte Anna. »Ich denke, ich fange gleich mit dem nächsten Bild an.« Die Holztafel, die Matt aus vier Holzleisten aus Pyramidenpappel gefertigt hatte – an den Ecken sorgfältig zusammengefügt, ein Astknoten aufgefüllt und mit Bleiweiß grundiert –, lehnte neben dem Tisch an der Wand. Die Komposition war bereits mit Silberstift angelegt: Der Vogel erhob sich schwerelos vor den Wolken.

»Aber Ihr müsst zuerst das Bild fertig stellen, an dem Ihr bereits arbeitet«, sagte Matt.

»Muss ich das?«, fragte sie. »Ist das ein Befehl?«

»Ein Ersuchen«, erwiderte Matt. »Aber ein solch inständiges, dass es fast einem Befehl gleichkommt.«

»Was kümmert es Euch, ob ich das Bild fertig male oder nicht?«

»In dreißig Jahren würdet Ihr es sehr bedauern, wenn Ihr es nicht tätet.«

»Dieses Bild?«, fragte Anna lachend und warf einen Blick auf ihr Werk. »Ich hege doch ernsthafte Bedenken, ob ich dieses Bild in dreißig Jahren noch einmal betrachten möchte.«

»Ich werde es betrachten.«

»Ihr? Und wie wird es in Euren Besitz gelangen?«

»Ihr werdet es mir schenken.«

»Ihr erwartet von mir, dass ich es Euch schenke? Ist das nicht ein wenig kühn?«

»Ihr sagtet doch gerade, dass Ihr es nicht wollt. Aber ich würde es gerne haben.«

»Also gut, also gut. Ich werde es fertig stellen.« Anna nahm ihren Pinsel wieder auf, gab einen Tropfen grüne Farbe in das Weiß und vermischte es. »Warum habt Ihr Eure Heimat verlassen?«, fragte sie, während sie die Unterseite der weißen Wolken abtönte.

»Es gab keinen Grund, zu bleiben«, antwortete Matt. »Woher habt Ihr dieses Gelb?«, fragte er und nahm eine der Schalen, die vor ihr standen.

»Das ist nur Masticot, Blei-Zinn-Gelb«, erwiderte sie.

»Aber so lebendig?« Matt neigte die Schale, sodass die Farbe hin und her schwappte.

»Die Farbe stammt von einem Glaser in Murano.«

»Sicher zum Glasieren von Keramik?«, fragte Matt.

»Nein. Früher habe ich es auch verwendet, aber die Farbe ist zu schwach. Sie wirkt fade. Das hier setzt man bei der Herstellung von Glas ein.« Sie warf einen Blick in die Schale. »Ein hübsches Gelb.«

»In der Tat«, stimmte er ihr zu. »Ich frage mich, ob man es auch für die Ölmalerei verwenden kann.«

»Warum versucht Ihr es nicht?«

»Gute Idee, das wird wundervoll aussehen, neben dem Ultramarin …«

»Meint Ihr das spezielle, auf dem Boden getestete Ultramarin?«

Matt lachte und gab etwas von dem Pulver auf die große Marmorplatte, die zum Zerreiben der Farben diente. »Ein Geheimnis, das ich von van Eyck gelernt habe.«

»Wie habt Ihr das gemeint, es gab keinen Grund zu bleiben?«, fragte Anna.

»Meine Eltern leben nicht mehr, und meine Schwester hat ihre eigene Familie. Es gab nichts, was mich gehalten hätte.«

»Aber es ist Eure Heimat. Vermisst Ihr sie nicht?«

»Nein, nicht wirklich«, entgegnete er, und ihm wurde auf einmal bewusst, dass er sie nicht im geringsten vermisste. Die Welt, die er zurückgelassen hatte, erschien ihm jetzt vollkommen unwirklich, wie ein Traum, der Tage später durch irgendeine Begebenheit wieder ins Gedächtnis zurückgerufen wird.

»Also seid Ihr ohne Wurzeln.«

»Ich bin keine Pflanze, warum sollte ich also Wurzeln haben? Ich weiß, ich weiß ... wieder etwas, was ich nicht bin.« Matt hob abwehrend die Hände, bevor sie etwas sagen konnte. »Menschen sind mit Füßen ausgestattet, nicht mit Wurzeln. Wir sind zum Nomadenleben geboren. Die Vorstellung, an einem einzigen Ort zu verweilen, entstand erst in jüngerer Vergangenheit.« Er gab nun Leinöl zur Farbe – einen dickflüssigen Strahl, der sich wie kalter Honig langsam aus der schlanken Flasche ergoss.

»Die Welt ist zu groß, um mich an einen einzelnen Ort gebunden zu fühlen«, fügte er hinzu und vermischte die beiden Ingredienzen zu einer öligen, klumpigen Paste.

Anna unterbrach ihre Arbeit. »Ich möchte den Parthenon sehen«, sagte sie schließlich. »In Venedig bin ich schon einmal gewesen, vor ziemlich langer Zeit; damals war ich noch ein kleines Mädchen und habe zugesehen, wie der Doge am Himmelfahrtstag seinen Ring von seiner Barke ins Meer warf. Aber der Parthenon ... vielleicht eines Tages. Ich kann ihn förmlich vor mir sehen, als wäre ich schon einmal dort gewesen.«

»Ich hoffe, dass Ihr ihn eines Tages seht. Der Parthenon zählt zu den wenigen Dingen, die in der Wirklichkeit noch überwältigender sind als in der eigenen Phantasie. Heutzutage wird viel von der Musik der Sphären gesprochen; ich selbst verstehe nicht viel davon, aber ich weiß, dass der Anblick des Mondes, der über dem Parthenon aufgeht, dasjenige ist, was dem Hören der Musik am nächsten kommt.«

»Und Alexandria und die Pyramiden und den Nil. Das wäre einfach wundervoll! Aber gleichzeitig kann ich mir nicht vorstellen, dies alles hier jemals zurücklassen zu können. Das ist meine Heimat. Seltsam und nicht gerade logisch, nicht wahr? Einerseits sehne ich mich danach, all diese Orte zu sehen, von denen ich gehört habe. Wenn Reisende bei uns zu Gast sind oder Kaufleute aus Florenz oder Venedig oder jemand wie Kamal, kann ich gar nicht genug von ihren Geschichten bekommen. All diese Wunder, die es zu entdecken gilt! Ich habe von Wüsten gehört, die sich über eine größere Fläche erstrecken als das Meer, und von Bergen so hoch, dass niemand ihre Gipfel je zu sehen bekam. Aber ich weiß, wenn ich dort wäre, würde ich von meiner Heimat träumen. Und sie schrecklich vermissen. Ich kann mir all diese Dinge und Orte vorstellen und noch vieles mehr, aber ich kann mir nicht vorstellen, kein Zuhause zu haben. Selbst der Adler mit dem größten Revier hat irgendwo einen Horst.«

»Dann werde ich auch meines finden«, sagte Matt. »Irgendwann.« Er beugte sich über die Marmorplatte und machte sich daran, die Pigmente zu verreiben. Dann gab er die in einem Mörser pulverisierten Splitter eines Kelchglases aus Murano hinzu. Lisl hatte empört den Kopf geschüttelt, aber er bestand darauf – ein anderes Glas hätte nicht den gleichen Zweck erfüllt. Er brauchte das in dem Kristallglas enthaltene Blei als Trockenmittel für das Öl. Mit dem Spachtel schob er die dicke Paste zusammen und füllte sie in einen Glasbehälter, den er zu den anderen stellte.

»Was hat Euch dazu verleitet?«, fragte Matt, während er die Schultern rollte und seine angespannten Muskeln zu dehnen versuchte. Er hatte vollkommen vergessen, wie körperlich anstrengend die Malerei war, wie viel Konzentration und Muskelkraft es kostete, stundenlang vor dem entstehenden Bild zu verharren. Er nahm ein Stück Papier, auf dem er ein paar Skizzen für die Blumen angefertigt hatte, und begann gedankenverloren, es zu falten.

»Die Kirche stand seit Jahren leer, und ich suchte einen abgeschiedenen Ort.«

»Ich meinte zur Malerei«, sagte er und faltete das Papier in der Mitte. Dann knickte er es diagonal und erneut in Längsrichtung; erst zu einer Seite und dann zur anderen. »Es ist nicht gerade etwas …«

»Womit eine Dame sich beschäftigt?«, beendete Anna den Satz für ihn.

»Also, wie soll ich sagen …«

»Nein, das ist es in der Tat nicht.«

Matt zuckte die Achseln und konzentrierte sich auf seine Faltarbeit. Als ihm bewusst wurde, dass sie beharrlich schwieg, blickte er auf. »Ich habe kein Problem damit«, sagte er und breitete die Arme aus. »Ich finde es wunderbar.«

»Ihr seid sehr aufgeschlossen«, erwiderte Anna trocken.

»Reisen bildet. Da, wo ich herkomme, malen sehr viele Frauen. Ich wollte nur wissen, was Euch dazu gebracht hat.« Er warf ihr einen Blick zu, und plötzlich schoß ihm ein Gedanke durch den Kopf. »Ist es möglich, dass Ihr überhaupt nicht wisst, wie gut Ihr seid?«

»Glaubt Ihr das denn?«

Matt beugte sich zur Bank hinab, nahm die Holztafel mit der Schwalbe und reichte sie ihr. »Das spricht doch wohl für sich. Ihr habt etwas geschaffen, das für sich selbst existiert. Was Ihr denkt oder ich denke ... es macht überhaupt keinen Unterschied. Genau wie beim Parthenon.« Er lachte. »Spielt es eine Rolle, was irgendjemand über ihn denkt?«

»Das ist aber nicht der Parthenon.«

»Es ist wunderschön, Contessa. Signora. Euer Exzellenz. Es ist ein wunderschönes Gemälde. Und ob es Euch gefällt oder nicht – es hat nichts mehr mit Euch zu tun. Aber das muss ich Euch ja nicht sagen. Das wisst Ihr schließlich genauso gut wie ich.« Matt nahm das gefaltete Papier, kehrte die Innenseite nach außen, knickte es ein letztes Mal – und fertig war das Kunstwerk: ein winziger Papierflieger. Er strich einmal über die Tragflächen und warf ihn in die Luft. Mit einem zufriedenen Lächeln beobachtete er, wie der kleine Flieger mit der Nase nach oben eine elegante Wende vollführte, bevor er zur Landung auf den abgenutzten Steinplatten ansetzte und dort auf einem der schmalen Flügel liegen blieb.

Anna legte den Pinsel beiseite, ging zu dem Flieger und hob ihn auf. Während sie ihn behutsam auf ihrer Hand balancierte, betrachtete sie ihn eingehend von allen Seiten. »Es ist wundervoll. Wie nennt Ihr es?«

»Die Schwalbe«, sagte Matt, dem nichts besseres einfiel.

»Dies ist Eure Schwalbe? Wie habt Ihr sie zum Fliegen gebracht?«, fragte sie.

Matt stand auf, nahm den Flieger, hielt ihn vorsichtig zwischen Daumen und Zeigefinger und ließ ihn erneut in die Luft aufsteigen. Wieder kletterte er steil nach oben und segelte dann in mehreren Bögen bis zum Fußboden.

Anna hob ihn auf. »Ungefähr so?«, fragte sie.

»Beinahe. Wartet, ich zeige es Euch«, erwiderte Matt, nahm ihre Hand in seine und justierte den Flieger mit der anderen. »Versucht es jetzt einmal«, sagte er schließlich.

Mit einer raschen Bewegung ließ Anna den Flieger aufsteigen. Gebannt sahen beide zu, wie er auf und ab schwebte und schließlich auf der Bank landete.

Matt nahm das Papierflugzeug und reichte es Anna. »Bitte«, sagte er, »es gehört Euch.«

»Mir?«, fragte Anna. »Seid Ihr sicher?«

»Ich habe es für Euch gemacht«, sagte Matt.

Anna legte den Flieger auf das Regal, neben ihre Farben. »Reicht mir Eure Hand«, sagte sie, während sie die Brosche mit ihrem Emblem vorsichtig von ihrem Kleid löste. Ohne ein Wort legte sie sie in Matts geöffnete Handfläche.

»Das kann ich nicht annehmen«, sagte Matt.

»Ihr habt mir Eures gegeben.«

»Ja, aber …«

Anna streckte ihre Hand nach der Brosche aus, aber Matt hielt sie zurück, wobei ihre Finger sich kaum merklich berührten – so federleicht wie ihr Emblem in seiner Hand.

Francesca, die sich die ganze Zeit außer Sichtweite hielt, hüstelte verlegen.

»Ja, Francesca«, rief Anna. »Wir müssen gehen«, wandte sie sich an Matt.

»Anna«, sagte er.

»Ja?«

»Diese Brosche …«

Mit einem leichten Lächeln um die Lippen schloss sie seine Hand um die Brosche. »Ihr wisst, wann Ihr sie tragen müsst«, sagte sie und verschwand im nächsten Moment in einem Wirbel aus gelber Seide durch die Tür.

Als Matt aus der Kirche trat, blieb er einen Moment stehen und genoss die Wärme der Sonne, die sich wie ein Gewicht auf sein Gesicht und seine Schultern legte. Verwundert stellte er fest, dass sich äußerlich nichts verändert hatte, dass die Kirche und die Felder und die drei einsamen Feigenbäume noch genauso aussahen wie zuvor.

Kapitel 16

Rodrigo hielt das Schwert in beiden Händen. Durch ein Kettenhemd, unter dem er ein Lederwams trug, und einen Helm geschützt, wandte er sich seinem Doppelgänger zu, der ihn auf der anderen Seite des Saals erwartete.

Wie auf ein unsichtbares Zeichen hin hoben sich die beiden Schwerter und prallten gegeneinander. Das Klirren der Waffen hallte von den Rüstungen wider, die als stumme Zeugen des Geschehens nebeneinander an der Wand standen. Dann verharrten die Klingen so abrupt, wie sie den Kampf aufgenommen hatten, und die beiden Männer kehrten in ihre Ausgangsstellung zurück. »Noch einmal«, befahl Rodrigo, und erneut fielen die beiden Klingen klirrend übereinander her.

»Wäre es nicht Zeit für eine Pause?« Matts Stimme klang gedämpft hinter dem vergitterten Visier seines Helms. »Ich schwitze hier drin wie ein Schwein.«

»Du machst das mit dem Handgelenk immer noch falsch«, tadelte Rodrigo Matt kurz angebunden. Er ließ sein Schwert sinken und stellte sich neben ihn. »Sieh mir zu«, sagte er. »Kein Handgelenk.« Schweigend vollführte er den gesamten Bewegungsablauf noch einmal, während Matt ihn beobachtete.

»Wir üben jetzt schon seit dem Morgengrauen«, murrte Matt.

»Glaubst du, ich mache das zu meinem Vergnügen?«, fragte Rodrigo mit einer Mischung aus Ärger und Verzweiflung. Er klappte das Visier nach oben und nahm den Helm ab. Seine Haare klebten in feuchten Strähnen an der Stirn; ein roter Streifen zeigte den Bereich an, wo das Polster den Druck des schweren Helms gedämpft hatte. »Für die Liebe zahlt man einen hohen Preis«, sagte er. »Und die Art und Weise, wie du dich benimmst, legt die Vermutung nahe, dass dir die Rechnung jeden Moment präsentiert werden wird.«

»Wer hat hier von Liebe gesprochen?«, fragte Matt und nahm ebenfalls den Helm ab.

Rodrigo schnaubte. »Das ist aber auch das Einzige, was du noch nicht gemacht hast – darüber geredet. Gott sei Dank. Glücklicherweise denken alle, du seist Ire, da erscheint deine töricht gute Laune normal. Es gibt nur einen anderen Grund, warum ein Mann sich so unbedarft verhalten kann – wenn er vom Pferd gestürzt und auf den Kopf gefallen ist.«

»Glücklicherweise wird dir das nie widerfahren«, entgegnete Matt. »Die Vorstellung eines tiefsinnigen Zynikers in den Fängen ungezügelter Leidenschaft ist fast zu schmerzlich, um sie auch nur in Erwägung zu ziehen.«

»Ein tiefsinniger Zyniker ist genau wie eine Jungfrau in Rom ein Ding der Unmöglichkeit.«

Orlando, der durch den Gang gelaufen war, blieb abrupt stehen, als er die beiden Männer mit den Schwertern in der Hand sah. Er und Cosimo, der ihm auf dem Fuße folgte, kamen in den Saal und gingen zu den Rüstungen an der Wand. »Kann ich es einmal probieren?«, fragte er und hob hoffnungsvoll einen Brustharnisch hoch.

»Ich auch?«, piepte Cosimo.

»Du bist noch zu klein«, verkündete Orlando und legte den Harnisch an.

»Das hört sich aber nicht nach Gastgeberpflichten an. Was würde Lucullus dazu sagen?«, fragte Matt.

»Wir haben keine Rüstungen in seiner Größe«, erklärte Orlando und nahm sich ein Schwert, das ihn an Länge fast überragte.

»Nur mit der Ruhe«, lachte Rodrigo. »Das ist viel zu groß für dich.«

Plötzlich füllte ein Schatten den Eingang. »Das ist die rechte Art, den Tag zu beginnen«, sagte Leandro und betrat den Waffensaal. Er griff nach Orlandos Schwert, der es ihm widerstrebend überließ. Leandro wog die schwere Klinge in seiner Hand, drehte sie hin und her, um ihren Schwerpunkt zu spüren. Plötzlich riss er sie blitzartig mit beiden Händen hoch, als wolle er einen Angriff einleiten. Pfeilschnell schnitt er mit dem Schwert durch die Luft; die scharfe Klinge sauste auf die ungeschützte Stelle zwischen Orlandos Hals und Schlüsselbein nieder. Instinktiv beugte Matt sich vor, um zu protestieren, hielt sich aber zurück, als Leandro die kalte Klinge kurz vor der Haut des Jungen abfing und seitlich abdrehte. Dann berührte er ihn leicht an der Schulter und verkündete beiläufig: »Hiermit ernenne ich Euch zum Ritter Orlando.« Mit einem Lächeln, strahlend und kalt, sah er Matt an. »Wollen wir?«, fragte er.

»Aber Ihr tragt keine Rüstung …«, protestierte Matt.

»Es ist doch nur eine Übung«, erwiderte Leandro.

Matt hob seinen Helm, um ihn aufzusetzen.

»Den braucht Ihr nicht«, sagte Leandro. »Wir werden gewiss vorsichtig sein. Schließlich wollen wir uns ja nur ein wenig auflockern.«

Matt legte den Helm beiseite und hob sein Schwert, so wie Rodrigo es ihm gezeigt hatte. Leandro zog seine Weste aus und dehnte seine Beine, wobei seine Oberschenkel unter der schwarzen Strumpfhose hervortraten. Dann richtete er sich auf und wippte auf den Fußballen. Matt ließ seinen Gegner das Tempo vorgeben und wappnete sich gegen den ersten Schlag, der wie ein Hagelsturm erbittert, schnell und gleißend auf ihn niederging. Leandros Klinge prallte dreimal gegen seine, vor und zurück und in solch einer Geschwindigkeit, dass es wie ein einziger Hieb klang. Matts Schwert vibrierte in seinen Händen und er wich taumelnd einen Schritt zurück. Erneut ging das Schwert auf ihn nieder, ein silberner Blitz, der seine Klinge so hart traf, dass seine Hände von der Vibration fast taub wurden. Es kostete ihn all seine Kraft, sein eigenes Schwert dagegen zu halten. Leandro starrte ihn aus schwarzen Augen unverwandt an; er bewegte sich mit pantherhafter Geschmeidigkeit, atmete nicht einmal heftiger. Provozierend ließ er die Spitze seiner Klinge hin und her zucken. Matts Schwert folgte schwerfällig. Plötzlich attackierte Leandro Matt so blitzartig, dass diesem keine Zeit zu reagieren blieb: Leonardo versetzte Matts Klinge einen Hieb und rang ihm das Schwert mit einer einzigen, tückischen Drehbewegung aus den Händen; die Waffe fiel klirrend zu Boden. Matt stand hilflos da, während die Spitze von Leandros Klinge – stumpf und abgeflacht, aber rasiermesserscharf – wenige Finger breit von seiner Kehle entfernt in der Luft verharrte.

Leandro entspannte sich plötzlich, richtete sich auf und ließ die Waffe sinken. »Das hat Spaß gemacht«, sagte er. »Wenn Ihr das nächste Mal nachmittags auf Erkundungstour geht, solltet Ihr ein Schwert mitnehmen. Oder zumindest eine Armbrust. Es kann in diesen Wäldern sehr gefährlich werden, wenn man keine Waffe trägt. Ein wütender Keiler kann ein Furcht erregender Gegner sein.« Er hängte sein Schwert wieder an die Wand und verließ den Saal, ohne die anderen eines Blickes zu würdigen, als hätten sie aufgehört zu existieren.

»Dein Handgelenk«, sagte Rodrigo mit einem müden Unterton in der Stimme. »Begreifst du jetzt, warum du es gerade halten musst?«

Erst nachdem sie die Kühle des Waldes erreicht hatten, bemerkte Matt, wie hoch die Sonne in der kurzen halben Stunde geklettert war, die sie für den Aufstieg zur Hügelkuppe hinter der Villa benötigt hatten. Das Stimmengewirr und Gelächter der Ausflugsgesellschaft wurde von den Klängen einer Gruppe von Musikern mit Posaunen und Trompeten begleitet, die das Schlusslicht der Prozession bildete.

»Eine Waldlichtung von idyllischer Schönheit, ein Ort wie ihn vielleicht Demeter aufgesucht hätte«, bemerkte Tristano und blickte sich mit der selbstgefälligen Allüre eines Dichters in der freien Natur um.

»In der Tat«, erwiderte Matt.

»Lorbeer!«, verkündete Tristano und bückte sich, um im Vorbeigehen eine weiße Blüte von einem niedrigen Zweig zu pflücken. »Sterbliches Opfer eines unsterblichen Verlangens!«, deklamierte er. »Vielleicht ist es ja exakt dieser Lorbeerbaum, in dem ihr sanftes Herz gefangen gehalten wird. Oh Daphne, keusche Jungfrau eines idyllischen Paradieses, sie wollte lieber in einem Baum leben als entweiht zu werden – nicht einmal von jemandem wie Apoll.«

»Es ist allerdings fraglich, ob es denn besser ist, die kommenden Jahrhunderte als Baum zu verbringen, von dem gelegentliche Bewunderer Blüten und Blätter abreißen«, sagte Rodrigo, »oder in der Liebe auf die Rolle des Schattenspenders für eine andere Tändelei reduziert zu werden.«

»Oder denkt an Aktäon«, warf Matt ein. »Da war wirklich jemand zur falschen Zeit am falschen Ort. Stellt Euch vor: Man geht ahnungslos in den Wald, um zu jagen und stößt unvermutet auf eine Frau, die in einem Teich badet. Und was passiert: Die Dame ist ausgerechnet eine Göttin, der es gefällt, einen in einen Hirsch zu verwandeln und von den eigenen Hunden zerfleischen zu lassen!«

Das Plätschern eines Flusses, das zunächst nicht von der Brise zu unterscheiden war, die durch die Blätter über ihren Köpfen strich, schwoll immer stärker an, während sie den Hügel auf der anderen Seite wieder hinabstiegen, und wurde schließlich so laut, dass Tristano beim Deklamieren seine Stimme erheben musste. Jetzt kam das rauschende Wasser in Sicht; glitzernd und funkelnd im Licht der Sonne strömte es über die Steine. Weiter vorne hörte Matt eine Frau lachen. Nein, nicht Anna, dachte er. Aber vielleicht lachte jemand über etwas, was sie gesagt hatte.

Als der Boden ebener wurde, fühlte sich auch der Pfad unter Matts Schuhen allmählich weicher und federnder an. Er bückte sich, um den niedrigen Ästen eines Feigenbaumes auszuweichen und gelangte auf eine Wiese, die an einen großen Teich grenzte. Überschattet von den herabhängenden Zweigen der Tannen auf dem gegenüberliegenden Steilufer, lag die Wasseroberfläche still da, nur hin und wieder unterbrochen von den Spuren kleiner Wasserkäfer. Der Fluss war nur zu hören; seine Strömung ließ sich von der kleinen Lichtung aus kaum erkennen. Auf der Wiese hatte man Decken und Teppiche verteilt, auf denen Tische und Stühle standen. Die Damen gingen plaudernd umher, begleitet von Dienern, die schützend Sonnenschirme über sie hielten. Am Waldrand war ein Pavillon aus fröhlich gestreiften Zeltbahnen errichtet, während auf der anderen Seite der Lichtung die Musiker spielten und eine reich gedeckte Tafel zum Speisen einlud. Allmählich versammelten sich die Gäste um den Tisch, häuften Brot und zartgelben Käse, Hühnerkeulen und Oliven auf ihre Majolikateller. Dankbar nahm Matt ein ihm gereichtes Kelchglas entgegen und genoss den frischen Weißwein, der auf der Zunge prickelte.

Der Herzog, der sich mit dem Abgesandten des Sultans unterhalten hatte, hob seine Hand, und die Musik und das angeregte Stimmengewirr brachen jäh ab. Die Gesellschaft neigte die Köpfe, als Bonifacio, der rundliche Priester, ein Gebet in lateinischer Sprache anstimmte.

»Und wo ist jetzt die Vergil-Grotte?«, fragte Matt Rodrigo und sah sich um.

»Dort oben.« Rodrigo deutete auf den gegenüberliegenden Höhenrücken.

Matt reckte den Hals, um nach der Grotte Ausschau zu halten. »Da oben?«

»Von dort hat man eine phantastische Aussicht«, sagte Rodrigo. »Zumindest wurde mir das berichtet. Ich habe genügend Vergil-Grotten gesehen, um zu wissen, dass sie ausnahmslos eine phantastische Aussicht bieten. Wenn du die Grotte selbst sehen willst, musst du Orlando suchen«, fügte er hinzu. »Er liebt es, dort hinaufzuklettern.«

»Lass uns erst etwas essen«, sagte Matt. Er hatte Anna entdeckt, die im Augenblick allein an dem langen Tisch stand. Hier in der Gesellschaft wäre der ideale Zeitpunkt, um unverfänglich ein paar Worte miteinander zu wechseln. Mit Rodrigo im Schlepptau bahnte er sich seinen Weg durch die kleinen Gruppen von Menschen, die sich während des Essens angeregt unterhielten. Er hatte Anna noch nicht erreicht, da war sie schon wieder ins Gespräch vertieft – diesmal mit Tristano, der seine Worte ausdrucksstark mit den Händen unterstrich. Daneben standen Francesca und Bonifacio und folgten aufmerksam der Unterhaltung.

»Contessa.« Matt deutete eine respektvolle Verbeugung an, als er sich zu dem Grüppchen gesellte.

Anna schenkte ihm ein freundliches Lächeln. »Wir unterhalten uns über Engel. Ich sagte gerade, dass meine Gedanken während Padre Bonifacios Messe hin und wieder auf Wanderschaft gehen. Und ich habe festgestellt, dass das für jeden gilt, wenn auch zu unterschiedlichen Zeitpunkten. Es liegt nicht an Euren Worten«, wandte sie sich an den Priester, der sich selbst dafür beglückwünschte, dass seine warmen Gefühle für die Contessa ausschließlich väterlicher Natur waren. »Eure Worte sind von unschätzbarem Wert und von wahrer Poesie und tiefem Verständnis geprägt. Es liegt vielmehr daran, dass die Engel, die uns auf den Wänden der Kapelle umgeben, von solch überirdischer Schönheit sind, dass es außerhalb meiner Macht liegt, sie zu ignorieren.«

»Gabriel«, schlug Matt vor.

»Genau«, stimmte Anna zu. »Diese exquisite Gestalt, diese Ausdrucksstärke in seinen Gesichtszügen. Ich stelle fest, dass mich die unwiderstehliche Macht seiner Schönheit von Gottes Wort ablenkt. Wie können uns diese himmlischen Wesen, diese Botschafter Gottes, der gleichen Versuchung anheim fallen lassen wie die Schlange im Garten Eden, sodass wir die Erwartung des Göttlichen den irdischen Freuden sinnlicher Schönheit opfern?«

»Das Wort Gottes kommt auf viele verschiedene Arten zum Ausdruck,« schaltete Bonifacio sich ein, »und Gemälde sind sicherlich eine der zahlreichen Möglichkeiten. Ich selbst verbrachte viele Stunden stiller Andacht vor der Vertreibung aus dem Paradies.«

Eingedenk der Tatsache, dass der Künstler dieses Freskos eine Eva gemalt hatte, für die sich das Paradies zu opfern lohnte, überraschte Matt die Hingabe des Priesters keineswegs. Tristano räusperte sich und beugte sich vor: »Wie wir wissen, äußerte sich Plato sehr umfassend zu diesem Thema.«

»Zu Engeln?«, fragte Rodrigo ungläubig. »Plato sprach über Engel?«

»*Der Staat*«, klärte Tristano ihn auf.

»*Der Staat* handelt vom Höhlengleichnis. Ich kann mich nicht erinnern, dass dort irgendetwas über Engel stand. Seid Ihr sicher, dass Ihr nicht Fledermäuse meint?«

»Er hat sie natürlich nicht beim Namen genannt.«

»Das wäre auch schwierig geworden«, meinte Rodrigo, »da es im Altgriechischen kein Wort für Engel gibt. An welcher Stelle erwähnt er sie?«

»Es bleibt unausgesprochen«, erklärte Tristano. »Ideale Gestalten. Das Wesen des Feuers. Die Bilder an der Höhlenwand erweisen sich als von der Sonne geworfene Schatten, sobald der Mann aus der Höhle hinaustritt. Die Sonne ist gleichbedeutend mit Gott, und deshalb können wir davon ausgehen, dass die Schatten, *ipso facto*, als eine Reflexion Gottes, in ihrer idealen Gestalt als Engel gedacht sind.«

»Wenn Ihr die alten Griechen zitieren wollt, ist Aristoteles eine bessere Quelle«, warf Bonifacio ein.

»Aristoteles?«, fragte Rodrigo. »Wollt Ihr damit sagen, dass Aristoteles Engel gesehen hat?«

»Nicht Engel *per definitionem*. Aber seine Argumentation besticht an dem Punkt, an dem die von Plato bedauerlicherweise versagt. Daher gilt: Gott – oder die Natur, um seine exakten Worte zu verwenden –, aber Gott ist das, was er eigentlich damit meinte.«

»Ob es ihm nun bewusst war oder nicht.«

»Genau. Also ... Gott ist vollkommen. Der Mensch,

von Gott geschaffen, ist vollkommen, selbst in seiner Unvollkommenheit. Unsere Sinnesorgane wurden von Gott geschaffen, damit wir die Welt in all ihrer Vollkommenheit wahrnehmen können. Sehet, sprach Gott. Und dies ist in der Tat das vorrangigste Anliegen des Menschen, nämlich die Herrlichkeit Gottes zu sehen. Engel sind ein wichtiger Teil der Schöpfung. Daher gilt: Wir nehmen sie wahr, und sie existieren.«

»Sie existieren, weil wir sie wahrnehmen?«

»Nein. Wir existieren, weil wir sie wahrnehmen.«

»Und wie steht es mit Euch?«, wandte Anna sich an Matt. »Seid Ihr ein Aristoteliker oder ein Platoniker?«

»Muss ich mich für einen entscheiden?«

»Entscheiden? Nein. Sich zu einem bekennen? Unbedingt.«

»Dann bekennt Ihr Euch.«

»In der Tat – bekennt Euch«, sagte Leandro, der lautlos aus der Menge aufgetaucht war und nun neben Anna stand, eine Hand unter ihrem Ellbogen. Von Leandros unerwartetem Auftauchen erschreckt, rang Matt um Fassung und äußerliche Ruhe. Was war schlimm daran, dass er mit Anna sprach? Schließlich war es ihre Entscheidung, mit wem sie sich unterhielt. Oder wem sie ihre Zuneigung schenkte. Matt besaß jedes Recht, an diesem Ort zu sein, solange Anna es nur wünschte.

»Ich bin weder das eine noch das andere«, sagte Anna und neigte ihren Kopf leicht, um Leandros kurze Verbeugung zu erwidern. »Es steckt viel Wahres in dem, was jeder von ihnen zu sagen hatte. Plato glaubte beispielsweise, dass zu Anbeginn der Welt alle Menschen vollkommen waren. Doch die Götter waren derart eifersüchtig auf diese Vollkommenheit, dass sie jeden Menschen halbierten. Und seitdem – also seit Anbeginn – ist jeder von uns auf der Suche nach seiner anderen Hälfte. Und hin und wieder, selbst gegen den Willen der Götter, findet ein Mensch diese Person.«

»Und wieso ist dies eine Wahrheit und keine Glaubensfrage?«, fragte Leandro, dessen dunkle Stimme wie das entfernte Grollen eines Gewittersturms klang.

»Weil es keine Rolle spielt, ob man daran glaubt oder nicht. Genau wie beim Parthenon«, fügte Matt hinzu und sah Anna an.

»Wie schön doch die Philosophie sein kann, wenn sie uns zeigt, wie ein Bauwerk der wahren Liebe gleicht. Die Menschen sind was sie sind und daher einander gleich. Ihr entschuldigt uns«, erwiderte Leandro, bevor Anna antworten konnte. Er nickte kurz der Gruppe zu und geleitete Anna fort, seinen Arm noch immer unter ihrem Ellbogen.

»Ich muss etwas essen,« sagte Rodrigo und entschuldigte sich ebenfalls.

Matt folgte ihm und bediente sich an der reich gedeckten Tafel.

»Der Parthenon«, sagte Rodrigo, nachdem sie sich mit ihren Tellern in den Schatten der Bäume zurückgezogen hatten. »Du bist wirklich verrückt geworden. Wenn er mit dir fertig ist, brauchst du noch nicht einmal mehr ein Boot, um dich über den Styx bringen zu lassen. Von dir wird so wenig übrig sein, dass ein Weidenkörbchen völlig genügen dürfte. Verliebt zu sein ist eine Sache, aber sich wie ein verliebter Idiot zu verhalten, ist etwas ganz anderes.«

»Ach tatsächlich? Was weißt du denn schon davon?«

»Selbst wenn es dir schwer fallen sollte, das zu glauben – auch mir sind Gefühlsregungen nicht unbekannt.«

»Ich rede nicht von Gefühlsregungen. Liebe ist mehr als ein heimliches Tête-à-tête an einem Sommermorgen.«

»Und was genau willst du damit sagen?«, fragte Rodrigo so ruhig, dass Matt ihn bei all dem Lärm um sie herum kaum verstehen konnte.

»Ich meine damit, dass Verliebtheit viele Dinge umfasst, und dazu gehört auch, sich wie ein Idiot zu verhalten. Aber sein schnelles Vergnügen zu suchen ist etwas anderes und wird nie etwas anderes sein.« Matt beobachtete wie Anna und Leandro sich von der Gesellschaft entfernten und Francesca ihnen im respektvollen Abstand folgte.

»Achte auf deine Worte, mein Freund.«

»Achte du auf deine und ich achte auf meine«, entgegnete Matt. »Ich verkrieche mich wenigstens nicht im Schatten und schleiche von einem Stelldichein zum nächsten. Jesus, Maria!«, schrie Matt auf, als Rodrigo die Spitze seines Messers direkt neben seinem Kopf tief in die Rinde des Baumstamms trieb.

»Du sprichst von meiner Frau«, sagte Rodrigo mit finsterer Stimme.

»Deine Frau?«, fragte Matt verblüfft. Er warf einen Blick zu Francesca hinüber und dann wieder zu Rodrigo.

»Seit über einem Jahr.«

»Aber ...«, setzte Matt an und geriet ins Stammeln. »Rodrigo, ich hatte doch keine Ahnung ... Es tut mir Leid ... Ich hätte nie ...«

»Lass es gut sein«, unterbrach Rodrigo ihn kurz angebunden.

»Es tut mir Leid.«

»Sei in Zukunft nicht immer so schnell mit deinen Schlussfolgerungen zur Hand.«

»Nein, bestimmt nicht«, versicherte Matt. Er zog die Klinge aus dem Baumstamm und reichte sie Rodrigo zurück, der sie nur zögernd annahm. »Warum dann diese Heimlichtuerei?«, fragte Matt.

Rodrigo schob das Messer wieder in die Scheide an seinem Gürtel und zuckte die Achseln.

»Ich meine, wenn ihr doch verheiratet seid …«

»Lassen wir das.«

»Möchtest du denn nicht bei ihr sein?«

»Ich habe eine Frau«, sagte Rodrigo gequält.

»Ja, das sagtest du bereits …« Matt brach plötzlich ab. »Oh.«

»Sie ist in Spanien. Eine Xanthippe, schlimmer als die Furien, die Odysseus' Männer in den Wahnsinn trieben. Es gibt nichts, was ich daran ändern könnte. Ich habe Spanien den Rücken gekehrt, bin erst nach Neapel gegangen und schließlich um die halbe Welt gereist. Und dann traf ich Francesca. Der Herzog sagt, er will seinen Einfluss geltend machen, um die Annulierung meiner Ehe zu erreichen, aber die Verhandlungen mit diesen verdammten Blutsaugern in Rom kosten mich trotzdem ein Vermögen!«

»Deshalb warst du so interessiert am Farbengeschäft.« Matt fing an zu begreifen.

»Du bist nicht der Einzige mit ehrgeizigen Plänen. Und da wir gerade dabei sind, der Herzog will dich sprechen.«

Die beiden Männer erhoben sich und bahnten sich einen Weg durch die Grüppchen, um zu Federico zu gelangen, der am Ufer des Teichs stand und sich mit Anna unterhielt. Daneben war Leandro in ein Gespräch mit Kamal vertieft. Als der große Ritter sah, dass Rodrigo und Matt sich ihnen näherten, machte er eine kurze Bemerkung, woraufhin der arabische Prinz mitten im Satz abbrach und ihnen einen raschen Blick zuwarf.

Matt nahm bedauernd zur Kenntnis, dass Anna sich vom Herzog verabschiedete und sich mit Francesca zurückzog.

»Euer Exzellenz«, begrüßte er den Herzog, der ihn mit dem durchdringenden Blick seines verbliebenen Auges fixierte.

»Hattet Ihr Gelegenheit, über meinen Vorschlag nachzudenken?«, fragte Federico.

»Es wäre mir eine Ehre, Euer Exzellenz, zu diesem Unterfangen beisteuern zu dürfen.«

»Welches Unterfangen?«, fragte Leandro, der sich umgedreht hatte und das Gespräch verfolgte.

»Eine Farbenmanufaktur«, erwiderte Rodrigo und erklärte kurz den Sachverhalt.

»Faszinierend«, warf Kamal ein. »Wo habt Ihr das Verfahren gelernt?«, wandte er sich an Matt.

»In Flandern«, erwiderte Matt.

»Ihr seid weit gereist, entnehme ich Euren Worten.« Kamal machte eine Pause, als wolle er Matt Gelegenheit zu einer Antwort geben. Seine schwarzen Augen fixierten Matt mit dem gleichen unverwandten Blick wie sein Würgfalke. »Ihr seid Händler?«, fuhr er fort, als Matt beharrlich schwieg.

»Ich habe eine Vielzahl von Interessen«, sagte Matt schließlich. »Manche betreffen sicherlich auch den Handel.«

»Welche, insbesondere?«

»Wir wägen die Möglichkeiten ab.«

»Wir?«

»Ein Zusammenschluss von Unternehmen, die an einer Expansion des Handels und der Erschließung neuer Märkte interessiert sind«, sagte Matt, der sich der Tatsache bewusst war, dass seine unbestimmten Angaben allmählich wie Ausflüchte klangen.

»Welches Bankhaus?«, fragte der Herzog.

»Morgan«, erwiderte Matt.

»Davon habe ich noch nie gehört«, sagte Leandro.

»Es ist in der Nähe von London.«

»Und in Florenz? Euer Handelsvertreter ...«

Leandros Worte wurden vom knackenden Krachen

eines berstenden Astes unterbrochen, dem unmittelbar darauf ein lautes Platschen folgte.

»Was war das?«, fragte jemand in die erschrockene Stille hinein. Die ganze Gesellschaft wandte sich dem Teich zu, an dessen Oberfläche nichts außer einigen großen Kreisen zu sehen war, deren Wellen sich zum Ufer bewegten. Das Zentrum lag bereits wieder ruhig da. Aber vom Steilufer stürmte etwas herunter, etwas, was durch die Bäume ihrer Sicht entzogen wurde. Ein Bär? Ein Hagelschauer kleiner Steine und Zweige, die vom Hügel losgetreten worden waren, traf klatschend auf die Wasserfläche, gefolgt von Blättern, die wie ruderlose Boote auf dem Wasser umhertrieben. Dann tauchte plötzlich ein Paar Füße aus dem Schatten der Bäume auf und zwei Arme klammerten sich an einen Ast, der über das Ufer hinausragte. Mit vor Schreck verzerrtem Gesicht starrte Cosimo in das Wasser unter sich. »Orlando!«, brüllte er.

Anna schrie auf. Auf einmal kam Bewegung in die Umstehenden; einige rannten zum Teich, andere sahen einander ratlos an und riefen wild durcheinander.

Matt warf sein Obergewand ab und riss sich das Hemd über den Kopf. Dann schleuderte er seine Stiefel von sich und sprang mit einem Satz kopfüber ins eiskalte Wasser. Mit kräftigen Zügen schwamm er zu der Stelle am gegenüberliegenden Steilufer, wo Cosimo sich immer noch an den Ast klammerte, um nicht ebenfalls ins Wasser zu fallen. Matt holte einmal tief Luft und tauchte hinab. Tiefer und tiefer, hinunter in die plötzliche Stille des schwindenden Lichts, hinab in die schmerzende Kälte, bis zu dem Stoffbündel, das sanft zwischen Algen und Schlingpflanzen schaukelte. Er griff nach dem kleinen Körper und versuchte ihn zu befreien, aber dieser widersetzte sich. Matt packte das Hemd des Jungen und entriss ihn der Umklammerung der grünen Fangarme. Der leblose

Körper lag schlaff in seinen Armen, aber Matt presste ihn an sich und kämpfte sich nach oben, hinauf zum zunehmenden Licht. Endlich durchbrach sein Kopf die Wasseroberfläche, Wasser strömte aus seinen Haaren, lief ihm in Augen, Nase und Mund. Den Körper des Jungen mit einem Arm an sich geklammert, schnappte er keuchend nach Luft und schwamm mühevoll zum Ufer.

Seine Füße fanden nur schwer Halt auf dem glitschigen Uferschlamm, er schleppte sich mühsam die Böschung hinauf und stolperte bis zu einem der auf dem Gras ausgebreiteten Teppiche. Er schob die Hände beiseite, die ihm das Kind abzunehmen versuchten, und legte es behutsam auf die Seite.

Mit einem Finger untersuchte Matt den kleinen Mund, um Blätter oder sonstige Hindernisse zu entfernen, bevor er Orlando auf den Rücken drehte. Dann griff er nach seinem Obergewand, das noch dort auf dem Teppich lag, wo er es hatte fallen lassen, und schob es unter die Schultern des Jungen. Eine Hand auf seiner Stirn und die andere auf seinem Kinn, kniete er sich seitlich neben ihn und begann Luft in seine Lungen zu blasen. Nach zwei weiteren tiefen Atemzügen legte er seine Hände auf die kleine Brust und begann mit durchgedrückten Armen zu pressen – so fest, dass er fürchtete, dem Jungen die Rippen zu brechen. Wieder und wieder presste er, doch Orlandos Züge blieben schlaff. Seine Haut schimmerte blau; nur die Schramme auf seiner Stirn, wo ihn der Zweig getroffen hatte, zeichnete sich als dunkelrote Linie ab. Matt beugte sich erneut vor, blies weiter Luft in Orlandos Mund und begann noch einmal die Brust des Jungen rhythmisch zu pressen, als könne er ihn damit zum Atmen zwingen. Und plötzlich begannen Orlandos Augenlider zu zittern. Er hustete, und endlich quoll Wasser aus seinem Mund. Als Orlandos Kopf zur Seite rollte, kam das

Weiß seiner Augen zum Vorschein. Matt hielt den Kopf des Jungen, während der hustete und ein weiterer Wasserschwall seine Wange hinablief. Dann hob er ihn hoch, wickelte sein Obergewand um die unterkühlten Glieder und massierte ihn, bis die Wärme und das Leben in den kleinen Körper zurückkehrten.

Matt ließ Anna ihren Sohn nehmen, legte den noch immer bewusstlosen, aber atmenden Jungen in ihre Arme. Dann ließ er sich neben ihr nieder und stützte erschöpft den Kopf in die Hände. Bonifacio legte eine Hand auf die Stirn des Jungen. »*Deo gracias, hodie Domine sanctus mirabile* …«, psalmodierte er, während das unterdrückte Flüstern der Umstehenden lauter wurde, nun, da jedermann sehen konnte, dass Orlando wirklich lebte. Plötzlich wollte Matt nur noch weg, weg von dem Gedränge, um endlich frei atmen zu können. Zitternd und schwankend erhob er sich. Die Menge teilte sich und ließ ihn schweigend passieren. Hinter ihm schloss sich der Kreis wieder, und er ließ sich erschöpft auf einen anderen Teppich fallen. Alles war so schnell gegangen, doch nun war es vorbei und wieder wie zuvor. Der Schatten des Falken hatte sich gefährlich genähert, doch sein Ziel verfehlt – der große unsichtbare Todesengel war aus dem Nichts auf sie herniedergeschwebt und dann so schnell wieder verschwunden wie er erschienen war.

Matt wusste nicht wie viel Zeit verstrichen war, als er eine Hand auf seinem Arm spürte. Er öffnete die Augen und erblickte Anna, die sich über ihn beugte. Sie kniete neben ihm nieder, ihr seidener Umhang umfing sie beide wie ein Flügel von einem der Engel Fra Angelicos. »Wie geht es Euch?«, fragte sie ihn, den Arm um seine Schulter gelegt.

»Gut«, erwiderte Matt. »Wie geht es Orlando?«

»Er wird sich erholen.« Anna drückte noch einmal kurz

seine Schulter und erhob sich. Matt sah ihr nach, wie sie zu ihrem Sohn hinüberging. Und auf einmal bemerkte er Leandro unter den umstehenden Menschen; er betrachtete weder Orlando noch Anna, sondern starrte direkt zu ihm herüber. Ausdruckslos und leer blickten die schwarzen Augen ihn unverwandt an.

Kapitel 17

Der prachtvoll ausgestattete Saal erstrahlte im Glanz der Kerzen, die Wände waren geschmückt mit gestickten Szenen verlorener und erfüllter Liebe; im sanften Spiel von Licht und Schatten glänzten Gold und Juwelen um die Wette, und das Lachen der Gäste bildete die Musik der Nacht. Dies, dachte Matt, als er dem Lautenspieler dabei zusah, wie er die Musiker zu einer beschwingten Gaillarde anführte, dies ist die märchenhafte Reise, und es gibt keine andere Küste. Es gibt weder Anfang noch Ende, es gibt nur das Hier und Jetzt.

Anna saß am Kopf des langen Tisches. Sie schenkte dem Herzog ihre Aufmerksamkeit und nickte hin und wieder zustimmend. Ihr blaugraues Brokatkleid war am Mieder mit silberner Borte eingefasst; darüber trug sie einen dunkelblauen Umhang mit goldgestickten Sternen und Kometen, zusammengehalten von einer mit Smaragden und Perlen besetzten Brosche. Leandro, der auf der anderen Seite saß, hörte ebenfalls zu, sein Gesicht zu einem breiten Grinsen verzogen. Er beugte sich vor und unterbrach Anna mit einer Frage.

»Nein, er liegt auf der anderen Seite des Höhenrückens.« sagte Anna, als das Lied endete.

»Ein felsiges Gebiet?«, fragte Leandro.

»Ja.«

»Viel Unterholz?«

»Der Wald wurde noch nie gerodet.«

»Keine Felder in der Nähe. Keine Häuser. Ein ideales Revier für Wildschweine«, urteilte Leandro zufrieden.

»Genau dort hat Orlando den Manticora gesehen«, verkündete Cosimo.

»Einen Manticora, Junge?«, fragte der Herzog. Anna lächelte und warf ihrem Sohn einen liebevollen Blick zu, während der Rest der Gesellschaft lachte.

Orlando zuckte die Achseln und nickte.

»Zweifelsohne ein Hirsch«, grinste Leandro. »Ist mir auch schon passiert. Plötzlich sieht man in der Ferne eine Bewegung, einen Schatten und husch, husch, schon ist er wieder weg. In der Nähe von Ancona dachte ich einmal, ich hätte einen Löwen gestellt. Damals war ich ebenfalls noch sehr jung, Orlando, nicht viel älter als du. Zu jung für die Löwenhatz, aber was wusste ich damals denn schon? Die Torheit der Jugend. Ich weiß genau, wie du dich fühlst – nichts kann dich aufhalten. Wir müssen dir unbedingt eine anständige Armbrust besorgen. Jedenfalls hatte es damals Berichte von verschwundenen Lämmern gegeben und von einer Fährte, die entdeckt worden war. Ich befand mich weit oberhalb der Stadt, tief im Wald, und plötzlich sah ich eine Bewegung. Das musste der Löwe sein. Ich hatte ihn seit dem Morgengrauen bis weit in den Nachmittag hinein verfolgt. Ich schäme mich nicht, einzugestehen, dass ich mich gefürchtet habe; nur ein Narr hätte keine Angst gehabt, aber das hielt mich nicht davon ab, ihn weiter zu verfolgen. Nachdem ich ihn schließlich in einen Engpass getrieben hatte, dachte ich, dass er mir nun nicht mehr entkommen könnte. Ich hörte ihn bereits im Dickicht. Er war gewaltig. Vorsichtig pirschte ich mich heran, ganz langsam, immer auf der Hut ...« Leandro lachte. »Wer zum Teufel – ich bitte um Vergebung, Padre – will sich schon mit einem Löwen anlegen? Und dann sah ich eindeutig ein Stück braunes Fell. Die vordere Schulterpartie, nur einen Augenblick lang, aber das war meine Chance. Pffft, ließ ich den Pfeil durch die Luft zischen – und ich weiß nicht, wer überraschter war. Pures Glück, ich bin der Erste, der das zugibt, aber ich hatte ihn mitten ins Herz getroffen. Ich wusste, dass ich ihn getroffen hatte – er fiel um wie ein Stein –, dennoch ließ ich mir Zeit. Kein Grund zur Eile; er würde sowieso nirgendwo mehr hingehen. Schließlich konnte ich einen Blick auf das Tier werfen, das ich den ganzen Tag verfolgt hatte, meinen so genannten Löwen. Und da lag er: die größte Bergziege, die ich je gesehen hatte!« Er brach in schallendes Lachen aus, nahm einen tiefen Schluck aus seinem Kelch und schüttelte den Kopf.

Die gesamte Gesellschaft stimmte anerkennend in sein Gelächter ein, mit Ausnahme Orlandos, der mit seinem Messer spielte.

»Was geschah mit dem Löwen?«, fragte Matt, als das Gelächter allmählich verebbte.

»Welcher Löwe?«, entgegnete Leandro, noch immer vergnügt.

»Ihr habt die Bergziege erlegt, aber der Löwe konnte entkommen. Ich habe mich nur gefragt, was mit ihm geschah. Hat ihn danach noch jemand gesehen oder gefangen?«

»Es gab gar keinen Löwen«, sagte Leandro.

»Dann muss ich Euch missverstanden haben. Ich dachte, Ihr hättet gesagt, es hätte Berichte von vermissten Lämmern und sogar einer Fährte gegeben.«

»Da habt Ihr richtig gehört. Wahrscheinlich waren es Wölfe.«

»Aber Ihr habt ihn selbst gesehen.«

»Es war eine Bergziege!«, erwiderte Leandro, der allmählich die Geduld verlor.

»Eine Bergziege besitzt aber keinerlei Ähnlichkeit mit einem Löwen.«

»Sehr gut erkannt!«, sagte Leandro mit einem dunklen Lachen. »Vielleicht können wir aus Euch ja doch noch einen Jäger machen.«

»Was hast du gesehen, Orlando?«, wandte Matt sich nun an den Jungen.

Orlando zuckte die Achseln und hielt den Blick gesenkt.

»Mir hast du es doch erzählt«, sagte Anna sanft. »Erinnerst du dich denn nicht mehr?«

»Natürlich erinnere ich mich noch«, entgegnete Orlando, verfiel aber sofort wieder in Schweigen.

»Ich würde gerne hören, was genau du gesehen hast«, sagte Matt.

»Was er meint, gesehen zu haben«, warf Leandro ein.

»Orlando?«, fragte Matt ruhig.

»Es hatte etwa die Größe eines Pferdes. Und es hatte ein Fell wie ein Löwe, und grüne Flügel und einen geschuppten Hals und einen langen Schwanz, der in einer Spitze endete, wie eine Lanze. Dann hatte es noch den Kopf eines Drachen. Und es machte so ein Geräusch, das ich nie vergessen werde, genau wie ein Pfau. Und es hatte Klauen. Ich konnte sie auf den Felsen hören.«

»Das ist kein Manticora«, sagte Tristano. »Ein Manticora besitzt den Körper eines Löwen, aber den Kopf eines Menschen, und er trägt giftige Stacheln an seinem Schwanz, die er wie Pfeile abschießen kann. Aber er hat keine Schuppen und schon gar keine Flügel. Was du gesehen hast, war ein Greif.«

»Eher ein Hippogryph«, warf Bonifacio ein. »Die sind in dieser Gegend häufiger vertreten.«

»Habt Ihr schon viele solcher Hippogryphen hier gesehen?«, fragte Rodrigo.

»Wer, ich? Nein. Ich habe noch nie einen gesehen. Aber Vergil erwähnt sie verschiedene Male.«

»Ich verstehe. Das ergibt natürlich einen Sinn. Seine Höhle ist schließlich ein hervorragender Aussichtspunkt, von dem aus sich alles, was Flügel hat, beobachten lässt. Fasane, Tauben, Adler, Hippogryphen.«

»Die Familie der Greife stammt ursprünglich aus Eurem Teil der Welt, wenn ich mich recht entsinne«, wandte sich der Herzog an Kamal, der neben Leandro saß.

»In der Tat. Man fand sie in Skythien, wo sie die Goldminen vor den Übergriffen eines wilden Volks namens Arimaspen beschützten. Aber bei diesen Greifen handelte es sich um gewaltige Tiere, die in der Lage waren, ein Gespann Ochsen mühelos fortzutragen. Ich selbst habe einmal die Kralle eines solchen Wesens gesehen, aus der man ein Trinkhorn gefertigt hatte – es war so lang wie mein Arm. Doch das, was Orlando gesehen hat, scheint mir eher der Simurgh zu sein. Dieses Tier war ein Mischwesen aus Hund und Vogel und es baute sein Nest im Baum des Wissens, und sein Samen, der über die ganze Welt verteilt war, galt als Heilmittel gegen das Böse.«

»Orlando«, wandte sich der Herzog an den Jungen, der zu ihm aufsah. »Deine Beschreibung erinnert an den Drachen, der vor etwa einhundert Jahren auf der Insel Rhodos erschlagen wurde. Auch er hatte die Größe eines Pferdes, und er besaß einen Drachenkopf und Flügel.«

»Den Kopf einer Schlange, meine ich mich zu erinnern«, warf Tristano ein.

»Nicht den Kopf eines Drachens?«

»Nein, den einer Schlange. Aber er hatte tatsächlich Flügel und Klauen und Schuppen und einen Echsenschwanz. Darüber hinaus besaß er jedoch die Ohren eines Maultiers. Hatte dein Wesen Maultierohren?«

»Ich glaube nicht«, sagte Orlando. »Nein. Ich kann mich nicht erinnern, überhaupt irgendwelche Ohren gesehen zu haben.«

»Dann war es auch kein Drache.«

»Es war ein Manticora«, beharrte Orlando. »Es hatte den Körper eines Löwen, aber den Kopf und den Schwanz von einem Drachen, und Flügel und es machte ein Geräusch wie ein Pfau ...«

»Das ist kein Manticora«, sagte Leandro.

»Da, wo ich herkomme, ist es das wohl«, sagte Matt.

»Und woher kommt Ihr?«, fragte Kamal, während Leandro Matt mit seinen schwarzen Augen fixierte.

»Habt Ihr schon mal einen gesehen?«, fragte der Herzog.

»Nein.«

»Hat sonst schon mal jemand einen Manticora gesehen?«, wandte sich Federico an die Gesellschaft. Die Männer und Frauen sahen sich an, aber niemand reagierte. »Oder einen Drachen? Einen Greif? Wie steht's mit einem Hippogryphen oder dem Simurgh? Nein? Niemand? Also dann ... Da Orlando offensichtlich der Einzige hier ist, der je einen Manticora zu Gesicht bekam, ist er meines Erachtens der Experte auf diesem Gebiet.«

»Nun, nicht ganz«, widersprach Tristano. »Ich kann einen Elefanten nicht als Papagei bezeichnen, nur weil außer mir noch niemand einen Elefanten gesehen hat. Ist der Name nicht untrennbar mit dem Objekt selbst verbunden?«

»Wollt Ihr damit sagen, dass das Tier nicht existiert, solange wir ihm keinen Namen geben?«, fragte der Herzog. »Und was geschieht, wenn wir den falschen Namen wählen? Hat das Wesen dann eine falsche Existenz?«

»Aber ein Manticora ist ziemlich bekannt«, sagte Leandro.

»Ach ja? Und wo ist er bekannt?«, fragte Federico.

»Die Geschichte führt unzählige Belege an«, warf Bonifacio ein.

»Die Menschen sehen viele Dinge«, sagte Anna. »Allesamt sehr real. Aber manche sind – meines Erachtens – ein wenig realer als andere.«

Federico lachte. »Wenn Orlando sagt, dass das, was er gesehen hat, ein Manticora war, dann glaube ich ihm. Wie könnte man behaupten, dass er sich irrt, wenn sonst niemand hier einen Manticora gesehen hat?«

»Gut, Orlando, du hast mich überzeugt«, sagte Leandro, »und meine Neugier geweckt. Wir müssen diese Kreatur finden und selbst sehen, worum es sich handelt. Im Belvedere-Wald, sagst du? Und Ihr werdet uns begleiten«, fügte er hinzu und wandte sich dabei an Matt.

»Ich bin kein Jäger«, protestierte Matt.

»Aber Ihr wollt Euch doch sicher nicht die Gelegenheit entgehen lassen, einen Manticora zu sehen? Wie kann ein Mann mit solch vielseitigen Interessen die einmalige Chance verstreichen lassen, solch einer mythischen Kreatur von Angesicht zu Angesicht gegenüberzustehen? Das wäre also geklärt. Wir brechen morgen Früh auf.«

»Morgen Früh vielleicht, aber jetzt ist es schon spät«, sagte Anna und erhob sich. Das Abendmahl war beendet, und die restliche Gesellschaft erhob sich von ihren Sitzen, als Anna den Saal verließ.

Luna de cacciatore, dachte Matt und beobachtete den riesigen orangegelben Mond, der im Westen unterging, sich unaufhaltsam dem Horizont und dem schlafenden Meer dahinter näherte: Der Mond des Jägers. Wie konnte etwas so Großes so lautlos seine Bahn ziehen, fragte er sich, während er durch den Innenhof ging und zusah, wie der Brunnen glitzernde Silberbögen in die Dunkelheit entsandte. Er war hellwach, obwohl es noch lange dauern würde, bis der Morgen dämmerte.

»Könnt Ihr es hören?«, vernahm er plötzlich Annas Stimme aus dem Schatten. Sie saß auf einer Bank und schien in der sanften Nachtluft förmlich zu schweben. Ihr Umhang verschmolz mit der Schwärze der Nacht.

»Die Musik der Sphären?«, entgegnete er. »Nein. Könnt Ihr sie hören?«

»Manchmal glaube ich es zumindest«, erwiderte sie. »Tief in der Nacht, wenn alle anderen schlafen und die Sterne am hellsten strahlen und so nah scheinen. Aber ich fürchte, es ist und bleibt nur ein Wunsch.«

»Ich konnte nicht schlafen«, sagte Matt.

»Ich weiß«, sagte sie. In ihrer Stimme schwang eine Distanziertheit und Förmlichkeit mit, die ihm mehr sagten als tausend Worte. War das möglich, dachte Matt, hörte er etwa auch eine gewisse Traurigkeit in ihrer Stimme? Er wollte es nur zu gerne glauben. Anna erhob sich, ging an ihm vorbei und blieb an der Marmorbalustrade stehen, die den Innenhof umsäumte. Still betrachtete sie den Garten zu ihren Füßen. »Ich habe die Zeit, die wir zusammen verbracht haben, sehr genossen«, sagte sie schließlich.

»Ich auch«, erwiderte Matt.

»Ihr wart so hilfsbereit. Ich wollte schon immer den Umgang mit Ölfarben lernen.«

»Das wird Euch mühelos gelingen.«

»Ja.« Sie holte Luft, als wollte sie noch etwas hinzufügen, schwieg dann aber. Nach einer Weile drehte sie sich um. »Es ist spät. Ich muss gehen«, sagte sie und wandte sich zum Gehen.

»Anna«, bat Matt leise.

Sie hielt inne. »Ihr müsst verstehen«, sagte sie, während sie ihm den Rücken zukehrte, »ich habe Verpflichtungen, die ich nicht ignorieren kann.«

Als sie fort war, ging Matt zur Balustrade und blieb dort lange Zeit stehen. Es schien fast unmöglich. Der knirschende Kiesweg unter seinen Füßen, das ruhige Plätschern des Brunnens, die Pappeln, die geisterhaft im Mondlicht schimmerten – dies alles schien so wirklich, so wirklich wie Anna – und doch war sie gegangen. Und es gab nichts, was er hätte sagen oder tun können; es war ihre Welt, nicht seine. Ziellos setzte er sich in Bewegung. Er überquerte den Innenhof, ging an der Villa vorbei, ließ den Vorhof hinter sich und folgte dem Licht des Mondes, dessen Bahn allmählich flacher wurde, bis er schließlich rasch hinter dem Horizont verschwand, als habe er jedes Interesse an dieser Welt verloren.

Der dunkle Wald lenkte ihn weiter, Bäume tauchten im fahlen Licht der Morgendämmerung vor ihm auf wie lang vergessene Erinnerungen. Auf der Lichtung erkannte er den grauen Schatten der alten Kirche, der sich unbeirrbar über der dunklen Erde erhob. Als er durch die Tür trat, lag schweigend das Mittelschiff vor ihm, und er musste sich seinen Weg zum Kloster nahezu ertasten. Die Schwalben schwirrten bereits im ersten Dämmerlicht durch den kleinen Innenhof, immer auf der Suche nach Futter für die erwartungsvollen Jungvögel, die bald das Nest verlassen würden.

Bei den Schwertlilien fehlten nur noch wenige Details: die letzten Glanzlichter, ein Hauch Weiß auf den blauen Blütenblättern. Aber Matt wollte es zu Ende bringen. Zügig begann er die fehlenden Pinselstriche hinzuzufügen. Noch ganz in die Arbeit vertieft, saß er mit erhobenem Pinsel vor dem Bild und stellte plötzlich fest, dass es nichts mehr zu tun gab. Das Gemälde war vollendet. Wie die Stille, die nach dem Ende eines Musikstücks einsetzt, so war auch dieser Augenblick ein Moment der Besinnung; ein Moment, der vollständig in sich selbst existierte, doch zugleich die ganze Welt umfasste – und ein Moment, der nie enden würde. Auch Anna kennt diesen Augenblick, dachte er – das ist die Welt, die wir miteinander teilen. Matt stand auf und streckte seine Glieder. Dann legte er den Pinsel neben das Gemälde, das durch die Wärme des Kupfermalgrunds und die Leuchtkraft der Farben wie ein Edelstein schimmerte. Ja, es war vollbracht. Das Gemälde gehörte ihm nicht länger.

Schließlich nahm Matt Annas Schwalbe aus dem Regal. Dieses Bild kann sich mit allem messen, was ich bisher gesehen habe, dachte er. Er stellte das Gemälde zurück und wandte sich dem Stapel in der Ecke zu. Rasch sah er die Tafeln durch, fand die beiden anderen Schwalbenbilder und stellte sie ebenfalls ins Regal. Nebeneinander platziert, erweckten sie den kleinen Vogel zum Leben, er stieg von Bild zu Bild höher in den Himmel hinauf. Sie wird ein weiteres malen, dachte er, und dann noch eins; und wo werde ich dann sein? Matt nahm den kleinen Papierflieger vom Wandbord. Er spürte, wie das Gewicht der Stunden allmählich an ihm zog, es war Zeit zu gehen, höchste Zeit. Er legte das Flugzeug zurück und zog Annas Brosche aus der Tasche: Sie war so klein und leicht, und so schnell zu verlieren. Er legte die goldgefassten Schwertlilien neben die, die er gerade gemalt hatte, drehte sich noch ein letztes Mal um und ging.

Matt hatte gerade den Gewölbegang zwischen Kloster und Kirche erreicht und durch seine Schritte einige Spatzen aufgescheucht, als Anna um die Ecke bog. Sie trug noch dasselbe blaugraue Brokatkleid, das sie am Abend zuvor beim Essen getragen hatte, und hatte ihren Umhang über die Schultern zurückgeschlagen. Ihr Haar war zu einem Knoten hochgesteckt, und kleine Löckchen kringelten sich auf beiden Seiten ihres Gesichts. Ruhig und aufrecht stand sie mitten im Gang.

»Ich konnte es einfach nicht in diesem unvollendeten Zustand lassen«, sagte Matt und trat einen Schritt zur Seite, während sie an ihm vorbeiging. Beide versuchten den Blick des anderen zu meiden.

»Matteo.«

Er wollte gerade um die Ecke biegen, blieb aber stehen und drehte sich um.

»Nennt mir noch einmal die drei symbolischen Bedeutungen der Schwertlilie«, bat Anna vom Eingang ihres Ateliers aus.

»Tapferkeit, Weisheit und Glaube.«

»Und welche davon ist die Wichtigste?«, fragte Anna und kam auf ihn zu. In der Hand hielt sie die Brosche mit ihrem Emblem. »Ich sagte Euch doch, dass Ihr wissen werdet, wann Ihr sie tragen müsst. Aber wie könnt Ihr das, wenn Ihr sie gar nicht bei Euch habt?«

Matt nahm die Brosche und schob sie behutsam in die Innentasche seines Wamses, dann legte er seine Hände auf ihre Arme, umfing sie direkt oberhalb der Ellbogen. Er fühlte ihren Puls unter seinen Fingern, spürte, wie leicht und lebendig sie war. Als er sie an sich zog, um sie zu küssen, hob sie sich ihm entgegen.

»Ich werde zu spät zur Jagd kommen«, sagte er. Ihr weiches, nach Lavendel duftendes Haar streifte sein Kinn, während er sie fest in seinen Armen hielt.

»Bitte achte auf Orlando. Dies ist seine erste richtige Jagd. Er wird versuchen, alle zu beeindrucken.«

»Orlando kommt mit?«, fragte Matt. »War das Leandros Idee?«

»Ja«, erwiderte Anna. »Warum? Stimmt etwas nicht?«

»Nein, nein, keine Sorge. Ich muss mich beeilen, wenn ich sie noch einholen will.« Er küsste sie noch einmal, nahm ihr Gesicht in seine Hände und sah ihr in die Augen. »Es gibt da etwas, von dem ich möchte, dass du dich daran erinnerst – was auch immer geschehen mag. Es stammt aus der Äneis.«

»Wirst du jetzt wieder ein Gedicht zitieren?«

»Nein, ich weiß nur diesen einen Satz. Amor omnia vincit.«

»Die Liebe überwindet alles.«

»Ja. Du wirst es auch nicht vergessen? Amor omnia vincit.«

»Ich werde es nicht vergessen«, versprach sie. »Und bitte komm schnell zurück.« Ihre Hand zitterte leicht, als sie ihm über die Wange strich. »Ich möchte endlich mit den Ölfarben anfangen.«

Matt zog sie noch einmal an sich, dann bog er um die Ecke und war verschwunden.

Als Matt, erhitzt von seinem kurzen Marsch, wieder zur Villa zurückkehrte, war die Jagdgesellschaft bereits aufgebrochen. Sofort ließ er sein Pferd satteln, saß auf und stürmte in Richtung des Höhenrückens oberhalb der Villa davon. Er trieb sein Pferd den Pfad hinunter und galoppierte an der Vergil-Grotte vorbei zur Lichtung, wo am Tag zuvor das Picknick stattgefunden hatte. Das Pferd flog förmlich durch die Furt am Fluss und jagte dann schnaubend den steilen Hang zum Plateau hinauf. In der Ferne hörte Matt Hunde bellen und die erregten Rufe von Männern, die sich ihrer Beute näherten. Er folgte dem schmalen Pfad durch den dichten Lorbeer und sah die ersten Gestalten im Unterholz auftauchen – Diener, Treiber und Hunde, die an ihren Leinen zerrten.

Als Matts Pferd aus dem Dickicht plötzlich auf eine Lichtung hinausbrach, scheute es und stieg auf die Hinterhand, erschreckt durch den Lichtreflex einer flachen

Schwertklinge, die dicht neben ihm aufblitzte. Einen kurzen Augenblick lang erkannte Matt eine kleine Gestalt in einem weißen Mantel mit Goldstickereien, die auf dem Boden lag und ihr Bein umklammerte; unter der zerrissenen roten Hose war nacktes Fleisch sichtbar. »Orlando!«, rief er und versuchte, seine Stute im Zaum zu halten. Aber die Zügel entwanden sich seinem Griff, und er fiel. Wie in Zeitlupe beobachtete er, wie die schwarzen Stämme der Bäume sich um ihn drehten, bis er schließlich auf dem harten Boden aufschlug. Matt rang schwer nach Atem und suchte Halt auf dem Erdboden, der unter ihm zu schwinden schien. Schließlich kam er schwankend auf die Füße.

Der Manticora, dachte Matt, als er hörte, wie sich ein schriller Schrei über das erregte Kläffen der Hunde erhob. Er spürte eine Bewegung hinter sich, fuhr herum und hielt abrupt inne, die Augen wie magisch vom polierten Stahl eines Kurzschwerts angezogen, dessen Spitze genau auf sein Brustbein zielte. Als er nach seinem eigenen Schwert griff, durchzuckte ein stechender Schmerz seinen Arm, der schlaff an seinem Körper herunterhing. Die blanke Spitze kam immer näher, bis sie schließlich sanft auf seinem Wams ruhte. Wie eine Klaue grub sie sich in den Stoff, testete das weiche Fleisch darunter und trieb ihn Schritt für Schritt zurück, bis sein Rücken gegen den breiten rauen Stamm eines Baums stieß. Die Spitze hielt inne und schob sich dann langsam nach oben. Matt folgte ihrer Bewegung mit seinem Körper, den Atem angehalten.

Langsam kam Leandro näher, den Kopf seitlich geneigt; die Schwertspitze blieb unerbittlich. Mit einem raschen Schwung seiner freien Hand brachte er eine weitere Klinge zum Vorschein und ließ sie, kühl und breit, auf Matts Wange verharren, nur einen Fingerbreit von seinem Auge entfernt. »Ihr gehört nicht hierher«, flüsterte Leandro und hielt ihn zwischen zwei stählernen Spitzen gefangen.

»Nicht wahr?«, fragte Leandro mit sanfter Stimme, gegen Matt gelehnt, während die Muskeln seiner Oberschenkel ihn festklemmten. Matt versuchte, Leandros Augen durch den schmalen Schlitz im Visier zu erkennen. »Nicht wahr?« Diesmal brüllte Leandro mit unverhülltem Hass in der Stimme, dann nahm er die Klinge von Matts Gesicht. Mit ausgestrecktem Arm ließ er die Waffe fallen, fasste Matt blitzschnell grob unter das Kinn und schüttelte seinen Kopf vor und zurück. Leandros behandschuhte Finger gruben sich in Matts Fleisch und würgten ihn, während seine andere, unsichtbare Hand ihn immer noch auf der stählernen Klingenspitze aufgespießt hielt.

Matts Hinterkopf schlug gegen den Baumstamm; seine Kopfhaut grub sich in die raue Borke, als Leandro ihn anhob. Mit zusammengebissenen Zähnen und angehaltenem Atem riss Matt sein Knie hoch und rammte es, so fest er konnte, in das unnachgiebige Leder. Leandros Augen weiteten sich ungläubig, doch dann ließ er sein Schwert fallen, ballte die Hand zur Faust und rammte sie Matt tief in den Magen, sodass er stöhnend zusammensackte. »Ich könnte meine Hand gerade durch Euch hindurch treiben«, stieß Leandro hervor und presste Matts Kehle noch stärker gegen den Baum. »Ihr seid nichts als Luft.« Das Licht tanzte schwarz und rot vor Matts Augen, als er röchelnd um Luft rang. »Es ist Zeit für Euch, dorthin zurückzukehren, wo Ihr hergekommen seid.«

Als die Funken von Rot zu Blau wechselten und schließlich als drehende, leuchtende Feuerrader vor einem schwarzen Hintergrund explodierten, hörte Matt ein Lachen, lauter und immer lauter, einen reinen Akkord, der langsam in sich zusammenfiel, bis nur der Wolfston zurückblieb. Dieser eine, schreckliche Ton hallte in ihm wider, erfüllte seinen Körper mit seinen grellen Resonanzen und verdrängte alles andere bis auf die endlosen Schwingungen, die ihn erstickten …

Kapitel 18

Eine Frau in Weiß. Matt gab sich damit zufrieden, still dazuliegen und ihr zuzusehen, wie sie einen Strauß Blumen neu arrangierte, die in einer Vase auf dem Edelstahltisch am Fenster standen. Sie summte bei ihrer Arbeit leise vor sich hin, und Matt ließ sich einlullen von der Melodie und den ruhigen Bewegungen ihrer Hände, mit denen sie die verwelkten Blütenköpfe aussortierte. Schwertlilien, dachte er noch …

Als er wieder erwachte, leuchteten ihm von der kahlen weißen Wand tanzende Regenbögen entgegen. Matt drehte seinen Kopf auf dem gestärkten Kissenbezug, bis er das Fenster fand. Silbern eingerahmt und an einer fast unsichtbaren Kette hängend, glitzerte ein gläserner Stern im warmen Licht des Spätnachmittags. Das in der Mitte blaue, zu Flammenzungen geschliffene Glas brach das Licht in einen vielfarbigen Kometen auf, der fast unmerklich über die Wand wanderte. Flammenzungen. Wo hatte er sie schon einmal gesehen? Matt versuchte sich zu erinnern, war aber zu erschöpft; allein der Gedanke daran ließ in wieder in den Schlaf gleiten.

»Schau an, schau an – er ist also doch noch wach geworden«, sagte eine Schwester und eilte geschäftig durch das Zimmer. Es war dieselbe, die die Blumen in der Vase sortiert hatte.

»Was ist passiert?«, fragte Matt; seine Stimme klang seltsam in seinen Ohren.

Die Schwester lachte. »Bingo – die Frage des Tages. Das wüssten wir alle gerne. Können Sie sich an nichts erinnern?«

Matt schüttelte den Kopf. Das letzte, woran er sich erinnern konnte, war das Gespräch mit Charles bei der Pressekonferenz. Aber wie war er hier gelandet?

»Wirklich an nichts?«

Matt sah aus dem Fenster. Der Himmel – eine leere blaue Fläche – schimmerte wie tauendes Eis.

»Das überrascht mich nicht. Sie wurden mit einer schweren Gehirnerschütterung eingeliefert«, sagte die Schwester. »Und mit einer verrenkten Schulter. Als man Sie vom Museum hierher brachte, hieß es, Sie seien gefallen. Neurasthenie, also Nervenschwäche, steht in Ihrer Krankenakte. Und Dehydration – Sie waren so ausgetrocknet, wie ich's noch nie gesehen habe. Als Sie hier eingeliefert wurden, haben Sie mich mehr an eine Salzsäule erinnert als an einen Menschen. Dieses Wasser muss unbedingt weg«, verkündete die Schwester und ging mit der Vase in der freien Hand quer durch das Zimmer zum Waschbecken. »Sie haben zu viel gearbeitet, möchte ich wetten. Nicht auf sich geachtet. Macht heute aber niemand mehr, vor lauter Sorgen. Und worüber? Dass man zu viel arbeitet – genau darüber. Also sind Sie umgefallen. Aber ich muss mich doch fragen ... was um Himmels willen!«, rief sie überrascht.

Irgendetwas hatte laut geklingelt, als sie das Blumenwasser in das Waschbecken goss, und sie stellte die Vase ab und suchte im Becken nach dem, was hineingefallen sein könnte. »Du liebe Güte!«, sagte sie und holte einen Glasstab von der Länge einer Möhre hervor. »Wie in Gottes Namen ist das hier reingekommen? Wenn das ein Metallbecken gewesen wäre, hätten wir im ganzen Zimmer Scherben aufsammeln können«, fügte sie entrüstet hinzu. Mit zusammengekniffenen Augen untersuchte sie den Stab, als ob das Geheimnis seiner Herkunft irgendwo auf ihm eingraviert sein könnte. »Manche Leute haben wirklich seltsame Vorstellungen darüber, was witzig ist und was nicht. Ist es zu fassen?« Sie schüttelte den Kopf und legte den Stab auf den Tisch neben dem Becken, bevor sie die Vase wieder auffüllte. Nachdem sie die Blumen hineingestellt hatte, trat sie einen Schritt zurück und betrachtete bewundernd ihr Werk. »Na also. So bleiben sie noch ein paar Tage schön, zumindest so lange, bis Sie hier wieder verschwunden sind. Und jetzt wollen wir mal nach Ihnen sehen.«

Gehorsam hob und drehte Matt den Kopf in die verschiedenen Richtungen, die ihm die Schwester anzeigte. Ihre Hand lag kühl und glatt auf seinem Kopf. Esperanza stand auf dem Schildchen an ihrem Kittel.

»Ganz schöne Prellungen«, sagte Esperanza und befühlte sanft seinen Nacken. »Hat der Boden versucht, Sie zu erwürgen, nachdem Sie hingefallen sind?«

»Ich hatte einen Traum«, sagte Matt. Zikaden, ein Fluss, Wälder; Zeichnungen und ein Pinsel, mit Farbe getränkt über einer Kupfertafel. Woher wusste er, dass es sich um Kupfer handelte? Verwirrt versuchte er nachzudenken. Vor seinem inneren Auge tauchten Blüten in einem Majolikakrug auf, die im Sonnenlicht aufleuchteten. Schwertlilien. Oder lag das an den Blüten, die er gesehen hatte, als er in diesem Krankenhauszimmer aufgewacht war? Nein, das waren andere Blüten. Blau ... er sah ein Blau ... eine winzige Menge auf einer Messerspitze, so lebendig und intensiv ... ein sofort löslicher Himmel – man musste nur noch etwas Wasser hinzufügen. Er schaute hinüber zur Vase.

»Sie hatten also einen Traum? Haben wir das nicht alle?«, fragte Esperanza lachend. »Junge, Junge«, murmelte sie und öffnete sein Operationshemd. »Ihre Rippen – sind Sie unter die New York Giants gekommen?«

»Wie lange bin ich schon hier?«, fragte Matt.

»Eine Woche.«

»Eine Woche?« Das schien unmöglich. Eine ganze Woche aus seinem Leben radiert – und er konnte sich an nichts erinnern. Völlige Leere, wie die Kupfertafel, grundiert und vorbereitet – grundiert, dachte er. Woher wusste er bloß, dass es sich um Kupfer handelte?

»Hat mich irgendjemand besucht?«, fragte er und riss sich von seinen Träumen los.

»Ihr Chef war ein paar Mal hier und ruft mindestens einmal täglich an. Und dann hat noch eine junge Frau angerufen – extra aus Japan.« Esperanza griff nach dem Notizblock, der auf dem Tisch neben seinem Bett lag. »Sally Thorpe«, las sie laut vor. »Sie hat eine Nachricht hinterlassen: ›Bill und ich, wir denken an dich und sind froh, dass du auf dem Weg der Besserung bist.‹ Und sie will sich melden, sobald sie wieder zurück ist.«

Bill? Zum Nachdenken immer noch viel zu erschöpft, stutzte Matt einen Moment bei diesem Namen. Er hatte nicht die geringste Ahnung, was diese Nachricht bedeutete, aber er freute sich, dass es Sally gut ging. Mühsam drehte er den Kopf auf dem Kissen. Auf dem Tisch lag eine Postkarte, eine alte Schwarzweißfotografie. Er versuchte, die Hand danach auszustrecken und stöhnte schmerzerfüllt auf.

»Warten Sie«, sagte Esperanza und reichte ihm die Karte. Ein alter Doppeldecker erhob sich von einer sandigen Fläche, weiße Flügel vor einem grauen Himmel.

Matt drehte die Karte um. Sie war leer.

»Die kam mit den Blumen«, sagte Esperanza. »Der Mann, der sie brachte, hat seinen Namen nicht hinterlassen. Er sagte, er sei ein alter Freund. Ist er Musiker?«

»Nein.«

»Ich dachte, er wäre vielleicht ein Rockstar. Er hatte so lange Haare, und inzwischen sind die ja alle ziemlich gealtert. Aber wer ist das nicht?«

»Sie«, erwiderte Matt.

»Sie Charmeur! Außer der Karte hat er Ihnen noch das da hiergelassen«, fügte sie hinzu und deutete auf das Prisma, das am Fenster hing.

»Darf ich das einmal sehen?«, fragte Matt. Als sie den gläsernen Stern vom Fenster nahm und ihm reichte, durchfuhr ihn wieder das Gefühl einer verblassten Erinnerung. Ein Stern mit Flammenzungen, nicht größer als seine Handfläche. Er war aus Bleiglas gefertigt, wie ein Teil aus einem Buntglasfenster, und mit einer feingliedrigen Silberkette versehen. Flammenzungen, die lautlos brannten. Er hatte diesen Stern schon einmal gesehen. Langsam dämmerte ihm, wo das gewesen war – im Studiolo, als Intarsie in einem der Wandpaneele. Während seiner Studentenzeit in Venedig hatte Federico einer Verbindung junger Männer angehört, die die Flamme zu ihrem Emblem erkoren hatten – als Sinnbild für ihre brennende Liebe. Ein Emblem. Trotz seines geringen Gewichts wurde das Prisma plötzlich zu schwer für Matt, und er ließ seine Hand mitsamt des gläsernen Sterns auf die Bettdecke sinken.

Kapitel 19

Mit dem kleinen Messingschlüssel zog Matt vorsichtig die Uhr auf. Ein letztes Klicken, dann zog er den Schlüssel ab und hängte ihn auf seinen Haken an der Seite des zierlichen Gehäuses. Er setzte die Glasglocke wieder auf, wodurch das leise Surren der rotierenden Zahnräder verstummte, und polierte die Glocke mit einem alten Putzlappen, um eventuelle Fingerabdrücke oder Schlieren zu entfernen. Das Kinn in die Hand gestützt, beobachtete er, wie sich die Rädchen im schwindenden Tageslicht drehten.

»Matt«, sagte Charles von der Tür aus.

»Hallo, Charles«, antwortete Matt, ohne sich umzudrehen.

»Ich habe hier etwas, das dich vielleicht interessiert«, sagte Charles und kam näher. »Macht es dir etwas aus, wenn ich das Licht einschalte?«

»Nein, mach nur.«

Matt stellte die Uhr wieder zurück an ihren Platz, während Charles ein Paket vor ihm auf den Tisch legte. Es war flach und rechteckig und besaß ungefähr die Größe eines großen Tabletts. Zahlreiche Luftfrachtaufkleber und Zollstempel verdeckten den Absender fast vollständig. Fleigander-Stiftung – dann musste es von Klein kommen. Matt hatte nach seiner Entlassung aus dem Krankenhaus mehrfach versucht, ihn telefonisch zu erreichen. Aber es hatte niemand abgenommen – was Matt nicht allzu sehr überraschte, da er wusste, dass der Wissenschaftler häufig auf Reisen und nur selten zu Hause war. Matt öffnete den festen Kartondeckel, entfernte die Luftpolsterfolie und hob das darunter liegende Gemälde aus seinem Styroporbett.

Eine Schwalbe erhob sich mit ausgebreiteten Flügeln in den Himmel. Das zarte Grau des Vogels, die bauschigen Wirbel der Wolken und die blauen Flächen des Hintergrunds – sie alle besaßen die flüssige Tiefe von Ölfarben, aufgetragen in Schichten und Lasuren, doch auf einer Holztafel und nicht auf einer Leinwand.

»Gefällt es dir nicht?«, fragte Charles, während Matt das Gemälde betrachtete.

»Doch, sehr hübsch.«

»Sehr hübsch? Es ist das fehlende Gemälde; das, von dem du sicher warst, dass es existiert. Die Serie ist jetzt vollständig.«

»Ja, ich weiß.«

»Bedeutet dir das denn gar nichts?«

»Es ist schön, dass jetzt alle Teile zusammen sind.«

»Schön«, wiederholte Charles. »Matt, ich weiß nicht, was ich sagen soll. Du bist jetzt seit fast einem Monat zurück. Und seitdem hast du, soweit ich weiß, nichts anderes getan als deine Uhr aufzuziehen. Bist du in der ganzen Zeit mal oben gewesen und hast dir das Porträt angesehen? Nein. Ich glaube nicht ein einziges Mal.«

Matt wusste nicht, was er darauf antworten sollte. Etwa, dass seine Träume realer waren als sein Leben im Wachzustand? Dass er irgendwie in einem kleinen Raum umgefallen war, nur um sich wo wiederzufinden … hier?

Alles war so vertraut, exakt so wie früher, aber es schien, als ob nichts davon wirklich existierte. Selbst Charles, der jetzt neben ihm stand. Aber es geht nicht nur um Charles, dachte Matt, es ist das Ganze. Die Welt um ihn herum verlor ganz langsam an Farbe und Form. Und woran konnte er sich erinnern? Weder an den Sturz noch an sonst irgendetwas. Einfach an gar nichts. Nur an seine Träume, und das Problem dabei bestand nicht darin, sich zu erinnern, sondern ihnen zu entfliehen. Sie besaßen alle Farbe und Lebendigkeit – wie das Gemälde, das Charles in der Hand hielt ...

»Lass mich das bitte noch mal sehen«, sagte Matt und nahm ihm das Bild aus den Händen. Er warf einen Blick auf die Rückseite des Gemäldes. Verso-Malereien waren im Quattrocento nichts Ungewöhnliches; häufig wurden Familienwappen samt Motto auf diese Art abgebildet. Und dieses unterschied sich in nichts von anderen. Drei Schwertlilien, die mit einem silbernen Band zusammengebunden waren, und auf dem Band standen in prächtigem Ultramarinblau drei Worte: *Amor omnia vincit*.

Matt starrte die Blüten an. Vorsichtig berührte er eine der Schwertlilien. Es war keine Illusion gewesen. Es war wirklich geschehen. Es waren Erinnerungen, keine Träume, und plötzlich stürmten diese Erinnerungen auf ihn ein, so unwiderstehlich wie die Sonne, die an jenem letzten Morgen in Gubbio durch den Morgennebel gebrochen war. Wie die Sonne, die über dem Hügel hinter der Villa aufstieg. Er sah Annas Hand, sah, wie sie ihren Pinsel in die Farbe tauchte. Er sah das Atelier im Kloster und die Kirche und den Garten und den Brunnen im Sonnenlicht. Er hörte ihre Stimme, und er erinnerte sich wieder, was sie ihn gefragt hatte, als sie sich das letzte Mal sahen. Tapferkeit, Weisheit und Glaube – was war das

Wichtigste? Er hielt die Antwort in den Händen. Glaube.

Matt dachte an Anna, wie sie das Gemälde Tag für Tag zum Leben erweckt hatte, bis sie das fertige Bild schließlich umdrehen und das vollenden konnte, was sie angefangen hatten – mit den drei schlichten Worten, die sie sich auf seine Bitte hin hatte merken sollen. Und sie hatte sie sich tatsächlich gemerkt, aber es war ein Phyrrussieg gewesen, denn er war nicht zurückgekehrt. Er war von der Jagd nicht zurückgekehrt. Die Jagd. Ein Schatten, eine Klinge, silbern und schwarz, die Welt, die sich um ihn herum zu drehen begann und sich verdunkelte, das Heulen des Wolfs, das alles andere verdrängte …

Matt drehte das Bild wieder auf die richtige Seite. Er konnte seine eigenen Worte hören, die er ihr in der Dunkelheit der letzten Nacht zugeflüstert hatte: Das wird Euch mühelos gelingen. Und er hatte Recht behalten – sie hatte den Umgang mit Ölfarben gemeistert.

»Dieses Bild kommt also von Klein«, sagte Matt.

»Es stammt von der Fleigander-Stiftung in Prag.«

»Also von Klein.«

»Wer ist Klein?«, fragte Charles.

»Der Mann von der Stiftung«, sagte Matt. »Du hast mir doch selbst gesagt, dass seine Familie diese Stiftung ins Leben rief oder irgend so etwas. Komm schon, Charles. Klein. Er brachte uns doch auch das andere Gemälde.«

»Welches meinst du?«

Matt legte das Bild in die Kiste zurück, wobei er sorgsam darauf achtete, die Malerei auf der Rückseite nicht zu beschädigen. Dann ging er zu der Wand, an der die restlichen Bilder der Serie hingen. »Dieses hier«, sagte er und zeigte auf eines der Bilder. »Du warst hier, als Klein es vorbeigebracht hat. Ich glaube, du hast die Akte zu dem Duccio-Diptychon gesucht. Erinnerst du dich nicht mehr? Und Klein stand genau hier.«

»Wir haben das Bild vergangenen November bei Christie's East ersteigert«, sagte Charles. »Ich habe von meinem Büro aus per Telefon mitgeboten. Der Preis hat kaum das Mindestgebot überstiegen.«

»Johannes Klein«, sagte Matt. »Der Mann, der die Restaurierung des Studiolos bezahlt hat.«

»Welches? Das des Papstes?«

»Nein«, sagte Matt.

»Also das Studiolo in Urbino.«

»Unser Studiolo, Charles. Hier im Museum, eine Treppe tiefer. Das Studiolo aus Gubbio.«

Charles blickte betreten zur Seite, aber Matt sah die Sorge in seinem Gesicht.

»Nein!«, rief er und sprang ruckartig auf, sodass der Stuhl sich hinter ihm wild drehte. Dann stürmte er aus dem Büro. Er nahm zwei Treppenstufen auf einmal, hielt sich am Geländerpfosten fest und drehte sich im Sprung in der Luft, um die letzten drei Stufen im Flug zu überbrücken. Er platzte durch die Tür zu den Ausstellungsräumen, stieß beinahe zwei Besucher um und lief in Richtung des kleinen Gangs. In der Tür blieb er wie versteinert stehen.

Einer der Wächter, der ihn gesehen hatte, lief hinter ihm her und hielt ihn am Arm fest. »Einen Moment, Sir ... Oh, Sie sind's, Mr. O'Brien«, fügte er hinzu, als er Matt erkannte. »Kann ich Ihnen helfen?«

»Es ist alles leer«, sagte Matt fassungslos und schüttelte die Hand des Wärters ab. Dann ging er langsam auf die nackte, weiße Wand zu. Keine Pilaster, keine schweren, geschnitzten Eichentüren, kein kunstvolles Fries mit darin eingelassenem Hosenbandorden ...

»Sir ...«

Langsam trat Matt einen Schritt zurück. Anna. Er drehte sich um und stürzte aus dem Raum. Der Wächter folgte ihm und zog sein Funkgerät hervor. Eine Gruppe von Schulmädchen in der Waffensammlung flatterte vor Matt aus dem Weg wie Tauben auf einem Bürgersteig. Die Treppe hinauf, zwischen den Musikinstrumenten hindurch, vorbei an den stummen Tasteninstrumenten und durch die einzelnen Ausstellungsräume, bis er in dem Saal stand, den er gesucht hatte. Keuchend blieb er im Eingang stehen. Anna. Sie war noch da. Überwältigt vor Erleichterung ließ er sich gegen die Wand fallen. Beschwichtigend hielt er eine Hand hoch, als zwei Wächter mit quäkenden Funkgeräten auf ihn zuliefen.

»Alles in Ordnung«, sagte er. »Kein Grund zur Sorge.«

Im Augenblick war ihr Gesicht einer kleinen Gruppe von Besuchern zugewandt, die mit dem Rücken zu ihm die ausführlichen Erläuterungen an der Wand neben ihr studierten, und er dachte daran, wie er ihr zum ersten Mal begegnet war.

Matt wandte sich zum Gehen. Er stieß die hohen Glastüren auf und stand auf dem obersten Absatz der breiten Treppe vor dem Museum. Vor ihm erstreckte sich die lange Gerade der Fifth Avenue; dunkle Hausfassaden erhoben sich in den Nebel und den Regen. Also war es doch kein Traum gewesen. Und auch das Studiolo hatte er sich nicht eingebildet. Er erinnerte sich an jedes Detail, konnte sich selbst sehen, wie er darin stand. Irgendetwas war geschehen; er wusste zwar nicht was, aber es gab keinen Zweifel daran, dass er im Studiolo gestanden hatte. »Ercole …« Er konnte die Stimme hören, das Klappern von Pferdehufen auf dem Pflaster. Und dann hatte er die Tür geöffnet und war hinausgetreten in die Bibliothek. Die Bibliothek des Herzogs Federico da Montefeltre … Klein. Klein würde es wissen. Er mochte aus Charles'

Bewusstsein verschwunden sein, aber für Matt existierte er – so real und lebendig wie das Studiolo. Aber das Studiolo war verschwunden ...

»Entschuldigen Sie bitte.«

Matt blickte auf und sah einen Mann näher kommen, ein entschuldigendes Lächeln im freundlichen Gesicht. Hinter ihm stand seine Familie und wartete lächelnd. Nach fünf Jahren in New York erkannte Matt diesen Gesichtsausdruck – sie hatten eine Berühmtheit, einen Star ausfindig gemacht. Er drehte sich um, um herauszufinden, wen sie entdeckt haben mochten.

»Tut mir Leid, wenn ich Sie so einfach anspreche«, begann der Mann.

Matt sah ihn überrascht an.

»Sind Sie nicht ...?« Der Mann schlug ein Magazin auf, das er in der Hand hielt und streckte es Matt entgegen. Sein eigenes Gesicht war neben einem größeren Bild von Anna abgebildet und von der Schlagzeile gekrönt: »Verschollener Leonardo wiederentdeckt«.

»Wir wollten Ihnen nur sagen, wie beeindruckt wir sind.« Matts Hand wurde geschüttelt, und im gleichen Augenblick klickte ein Kameraauslöser und ließ ein Blitzlicht aufleuchten. »Würden Sie uns ein Autogramm geben?«, fragte der Mann und hielt Matt einen Stift entgegen.

Matt nahm den Stift, fühlte sich aber etwas albern dabei. Ein Paar auf dem Weg zum Eingang warf ihm einen raschen Blick zu und versuchte ihn einzuordnen, was die Lächerlichkeit der Situation endgültig ins Absurde abgleiten ließ. Matt setzte zu einer Unterschrift an, hielt einen kurzen Moment inne und schrieb dann eine kurze Widmung, bevor er dem Mann Stift und Magazin zurückgab.

»*Amor omnia vincit*«, las der Mann laut.

»Was bedeutet das?«, fragte eines der Kinder.

»Vincit«, sagte der Mann. »Da Vinci. Irgendetwas über Leonardo«, fügte er hinzu und sah Matt Zustimmung heischend an.

»Sie haben vollkommen Recht«, sagte Matt. Und das hat er tatsächlich, dachte er, während er die Stufen hinunterging – wenn auch nicht in dem Sinne, wie er denkt. Aber es gab viele Wege, Recht zu haben. Das Zitat stammte aus der Äneis, aber Leonardo hatte es viele Male in die obere rechte Ecke seiner Notizbücher geschrieben, um einen neuen Federkiel auszuprobieren. Amor Omnia vincit. Ich werde Klein finden, dachte Matt. Und ich werde von der Jagd zurückkehren.

Kapitel 20

Aus der U-Bahnstation hinaus, einen Block nach Süden, dann den Hügel hinunter ... wie oft war er diesen Weg schon gegangen? Einmal um die Ecke biegen, dann kam der Fluss in Sicht, grau und trübe unter dem wolkenverhangenen Himmel, und dahinter New Jersey, in der Farbe von Auspuffgasen. Eingerahmt von verwittertem Granit, wirkte Kleins Apartmentblock in seiner strengen Schlichtheit wie ein Zerstörer inmitten einer Flotte von Ozeandampfern, die am Ende der großen Ära der Schiffsreisen eingemottet worden waren. Die Lobby – elegantes Spiegelglas und auf Hochglanz polierter Travertin – erschien Matt so vertraut wie der Eingangsbereich seines eigenen Apartments.

»Ich möchte zu Dr. Klein«, sagte Matt zu dem Portier, den er von seinen früheren Besuchen her kannte. Wie hieß er noch? »Ist er zu Hause?«

»Zu wem?«, fragte der Portier zurück.

»Klein. 17F, das Penthouse.«

»Ich fürchte, Sie haben die falsche Adresse.«

»Klein«, wiederholte Matt. »17F.«

»In diesem Haus gibt es niemanden mit diesem Namen.«

»Das kann nicht sein«, sagte Matt. »Ich bin noch vor ein paar Wochen hier gewesen.«

Der Portier reagierte mit einem gleichgültigen Achselzucken.

»Dann muss er umgezogen sein«, sagte Matt, auf der Suche nach einer Erklärung. »Können Sie mir seine Nachsendeadresse geben? Dr. Johannes Klein.«

»Es tut mir Leid. Darüber müssen Sie mit dem Hausverwalter sprechen.«

»Ich verstehe. Können Sie mir seine Telefonnummer geben?«

»Einen Augenblick.« Der Mann ging in ein kleines Büro. Matt folgte ihm und sah ihm von der Tür aus zu, wie er in sorgfältigen Druckbuchstaben den Namen und die Telefonnummer aufschrieb.

»Wo haben Sie dieses Bild her?«, fragte Matt.

»Welches?« Der Portier schaute sich um, um herauszufinden, worüber Matt sprach. Der Doppeldecker hob von der Rampe ab, beobachtet von einer einzelnen Figur, die kurz zuvor den Flügel losgelassen hatte. »Das Flugzeug? Das hat schon immer hier gehangen.«

»Ich kaufe es«, sagte Matt und zog sein Portemonnaie heraus. »Hier bitte.« Er hielt ihm alle Scheine entgegen, die er bei sich hatte.

»Sind Sie verrückt?«, fragte der Portier.

»Das sind zweihundert Dollar«, sagte Matt, nachdem er die Scheine gezählt hatte. »Warum wollen Sie sich das entgehen lassen? Es ist nur ein Foto.«

Der Mann zögerte und griff dann hastig nach den angebotenen Geldscheinen.

Matt nahm das Bild von der Wand. Es stammte aus Kleins Wohnung. Es war derselbe Rahmen; es hatte im Eingangsbereich gehangen, neben den seltsamen Bildern von Formen aus der Faraday-Serie.

»Sie erinnern sich nicht mehr an mich?«, fragte er den Portier.

»Nein.«

Matt war fast schon aus der Tür, als der Mann ihm etwas hinterherrief.

»Sir …«

Matt drehte sich um.

»Es gibt keine Nummer 17F. Die Stockwerke gehen nur bis 16.«

Im Herzogspalast von Gubbio lag in der Südostecke des ersten Geschosses ein kleiner, unregelmäßig geformter Raum, kaum größer als ein Schrank. Matt hatte ihn besucht, sich selbst darin umgesehen und einen flüchtigen Blick auf die kahlen Wände geworfen. Bis auf den Terrazzoboden war von dem ehemaligen Studiolo nichts mehr zu sehen, aber der Raum existierte noch, wie aus dem Geschossgrundriss hervorging, der jetzt auf Matts Computerbildschirm flimmerte. Zusätzlich öffnete er das eingescannte Abbild einer Buchseite aus einer Einführung in die Physik. Es war dieselbe Serie von zwölf Formen, die er in Kleins Wohnung gesehen hatte, der frühe Salzdruck mit Faradays Magnetischen Störfeldern. Das sechste Foto, etwa auf der Hälfte der Seite, war genau das, was er gesucht hatte. Laut Klein hatten Faradays Entdeckungen in der Physik die gleiche transformatorische Wirkung wie die Verwendung von Ölfarben in der Malerei des Quattrocento. Matt konnte das Bild noch an der Wand hängen sehen, daneben ein Mann, der ein Flugzeug beobachtete, das zwischen zwei Welten schwebte. Transformation und Kräftefelder. Und eine Reihe von Gemälden – von Tempera bis Öl. Sorgfältig zog er die unregelmäßige Form mit dem Mauszeiger nach, schnitt sie aus und legte sie über den Grundriss des Palazzos. Einen

Augenblick lang entstand ein Doppelbild; dann verschwanden die Konturen, verschmolzen mit den darunter liegenden Umrissen des Studiolo und hinterließen die gleichen stachligen Wimpern, die ihm zum ersten Mal auf den Fotos in Kleins Wohnung aufgefallen waren. Er wusste aus dem Buch, dass es sich dabei um Eisenspäne auf Papier handelte, die sich entlang der Kraftfelder der darunter befindlichen Magneten ausrichteten. Matt erinnerte sich an die Vibration, die er im Studiolo gespürt hatte, kurz bevor er den Wolfston gehört und das Bewusstsein verloren hatte. War das der Grund dafür, warum Klein den Raum hatte restaurieren lassen? Die schönen Intarsienarbeiten allein schienen ihm jedenfalls nicht genügt zu haben; Charles hätte ihm die Holztafeln jederzeit auch einzeln gezeigt.

Also ein Kraftfeld – aber wie wurde es erzeugt? Es konnte seine Kraft nicht aus dem Boden beziehen, aus irgendeiner Quelle tief im Innern des steilen Hangs unterhalb des Palazzos, denn Matt hatte die Schwingungen im Erdgeschoss des Metropolitan Museum gespürt, eine halbe Weltreise von Gubbio entfernt. Es musste an den Holztafeln liegen. Aber wie? Er hatte die Tafeln einzeln auf dem Tisch in der Werkstatt liegen sehen: Das ganze Studiolo bestand aus nichts anderem als Holztafeln, die miteinander verleimt und durch Nägel an ihrem Platz gehalten wurden. Eisennägel, dachte er, zu Tausenden, alle von Hand geschmiedet. Viereckig, mit abgeflachten Köpfen, jeder von ihnen von den Schlägen eines Hammers gezeichnet. Und als ob es gestern gewesen wäre, sah er plötzlich Charles vor sich, wie er in einen Kasten griff, einen Nagel herausholte und wie sich alle anderen Nägel ebenfalls aus dem Kasten erhoben, aneinander hängend wie Blaukrabben in einer Reuse – magnetisiert.

Aber genügte das, um ein Magnetfeld zu schaffen? Die

Vibrationen waren überwältigend gewesen. Sie hatten ihn getroffen wie eine Welle. Eine Welle, dachte er und erinnerte sich, wie Klein von Quantenvögeln gesprochen hatte, als er die Schwalbenbilder betrachtete. Ein Vogel im Himmel, wie eine Quantenwelle. Doch selbst Tausende von Nägeln würden niemals ausreichen, um eine solche Wirkung zu erzielen. Aber was konnte es sonst sein? Matt zerbrach sich den Kopf, trommelte mit seinen Fingern auf den Tasten herum, aber es fiel ihm keine Lösung ein. Und er wusste, dass sich daran so bald nichts ändern würde. Hier herumzusitzen, half ihm auch nicht weiter. Frustriert stand er vom Computer auf, nahm die Schneekugel in die Hand und schüttelte sie. Der Clown mit der Geige hielt seine Arme ausgebreitet wie ein Trapezkünstler bei einem Erdbeben, dessen Welt plötzlich auf dem Kopf stand. »Was denkst du, Buster?«, fragte Matt. »Vielleicht war es ja wirklich nur Erschöpfung. Vielleicht war das Ganze ja wirklich nur ein Traum.« Frag mich nicht, schien der Clown zu antworten; ich kann auch nur raten, sagten seine ausgebreiteten Arme. Die roten Flecken auf seinen Wangen glühten, und sein sonnengelber Mantel leuchtete fröhlich. Die schwebenden Noten funkelten in einem Regenbogen von Farben. Farben, dachte Matt. Holz. Nägel sind magnetisch, Leim ist ein Leiter, bleibt also noch das Holz. Elektrisches Holz? Unmöglich. Er kam sich vor, als triebe er ziellos umher, wie die Noten in der winzigen Welt der Glaskugel. Rot und gelb, grün und blau. Farben, winzige Stückchen aus Holz. Abertausende, und alle gefärbt und zu Mustern zusammengesetzt. Charles war bei der Analyse der Farben äußerst genau gewesen, damit er die Ersatzstücke so exakt wie möglich nachbilden konnte. Natürliche Farbpigmente. Matt hatte ihm dabei geholfen, und das komplizierte Verfahren war ihm gut bekannt. Zunächst musste man die Quelle des jeweiligen Pigments – egal ob gehackte Wurzeln, Rote Beete oder sogar Stroh – in kochendem Wasser sieden. Das Holz wurde ebenfalls gekocht, aber in Lauge, damit es später für das Pigment aufnahmefähiger war. Meist verwendete man Rasierseife dafür. Dann folgte der wichtigste Teil, das Fixieren der Farben auf dem Holz. Und hier kamen die Beizen ins Spiel: Zink- oder Zinnchlorid, Chrom oder eisenhaltiges Acetat – Metallsalze, wie die Chemiker sie nannten. Faraday galt bereits als führender Chemiker seiner Zeit, als ein Freund ihn bat, einen Artikel über Magnetismus zu schreiben und so sein Interesse an der Physik weckte.

Matt hatte mit allen Beizen Erfahrungen gesammelt, die die Färber seit der Antike benutzten. Dabei trug er immer Handschuhe, denn manche von ihnen waren so ätzend wie Säuren. Sauer und basisch, dachte er. Metallsalze leiteten starke elektrische Ladungen. Wechselnde Farben, wechselnde Ladungen. Faradays größte Entdeckung war die elektromagnetische Induktion gewesen. Magnetisch geladene Nägel, Leim als Leiter und elektrisch geladenes Holz. Die Tafeln waren Batterien!

Und? Was war damit bewiesen? Seine freudige Erregung ließ bald nach. Das alles genügte immer noch nicht: Eine Batterie war schließlich keine Maschine, sondern ein Kraftfeld wie ein Magnet – wenn auch ein latentes. Und damals im Studiolo hatte ihn eine dynamische Kraft durchströmt.

Irgendetwas fehlte immer noch. Aber was war es? Er wusste, es gab noch etwas anderes, was in den Schatten jenseits seines Erinnerungshorizonts schwebte. Er schloss die Augen und versuchte, noch einmal den Tag der Pressekonferenz Revue passieren zu lassen. Er hatte die Konferenz verlassen; danach war er zum Studiolo gegangen und im Raum herumgelaufen. Das elektrisch verstärkte

Dröhnen von Petrocellis Stimme. Der sanfte, kaum spürbare Hauch eines Luftstroms. Er hatte die Längswand erreicht, sich dem Hosenbandorden und dem Fluchtpunkt genähert. Sein Schatten bewegte sich quer über die Wand, fand den schwarzen, intarsierten Schattenkreis des Hosenbands. Dann setzten die Vibrationen ein – ein leichtes Kribbeln, das er nicht unter seinen Füßen, sondern in seinen Beinen und Knochen spürte. Wie ein herannahender Zug, den man fühlte, bevor man ihn sah, bauten sie sich auf, schwollen an, durchliefen seinen Körper, bis sie schließlich mit der schrillen Dissonanz des verstärkten Dröhnens zu einem einzigen Ton verschmolzen, dem Wolfston ... Das war das letzte, woran er sich erinnerte.

Nein. Er musste wieder etwas Entscheidendes übersehen haben. Noch einmal zurück. Der Raum, die Wand, der Fluchtpunkt, sein Schatten auf der Wand ...

Sein Schatten war vor ihm und hinter ihm ...

Das Licht. Er hatte es auf seinem Rücken gespürt, so zart wie den Hauch des Luftstroms. Es war nicht durch das Fenster im Alkoven gefallen, der wichtigsten Lichtquelle des Studiolos, sondern kam als gebündelter Strahl aus dem Oberlichtfenster. Nicht so stark wie die umbrische Sonne, aber immer noch sehr hell. Durch eine Glasscheibe ...

Der Brechungsindex, dachte Matt. War es das, was Klein ihm mit dem Glasstäbchen sagen wollte? In seinem berühmtesten Experiment hatte Faraday einen Lichtstrahl durch eine Glasscheibe mit hohem Brechungsindex geschickt und so den Diamagnetismus entdeckt. Das Licht als dynamische Energiequelle interagierte mit einer versteckten Energiequelle, nämlich dem elektromagnetischen Feld, das durch die Intarsien und die Nägel aufgebaut wurde. Ein Kraftfeld.

Dann musste der Lichtstrahl alles andere als schwach

gewesen sein. Matt hob seine rechte Hand und drehte sie hin und her. Genauso habe ich sie gehalten, erinnerte er sich. Als der Wolfston verklungen war und nur noch der Staub geräuschlos durch den Lichtstrahl trieb, hatte er die Sehnen und Linien seiner Hand betrachtet. Von draußen drang das regelmäßige Klappern von Pferdehufen auf Pflastersteinen durchs Fenster; dann hörte er ein hohes Wiehern. »Ercole«, rief eine entfernte Stimme …

Kapitel 21

Regungslos verharrte die Klinge in der Luft. Matt kontrollierte seinen Atem, er war regelmäßig und tief; nur die steifen Muskeln in seinen Armen und Schultern verrieten etwas von der Anstrengung, die das Halten des langen Breitschwerts erforderte. Das Nachmittagslicht begann langsam zu schwinden, und lange Schatten legten sich auf die verstaubten Materialien und die unfertigen Projekte an den Wänden des alten Lofts, die noch von seinem früheren Bewohner stammten – einem Schweißer abstrakter Skulpturen und Heroinsüchtigen, der eines Tages die Tür hinter sich geschlossen hatte, um nie mehr zurückzukehren. Als der Vermieter ihm sagte, dass er das Gerümpel selbst aufräumen müsse, hatte Matt sich nicht die Mühe gemacht, ihm zu erklären, dass ihm die Räume gerade deshalb so gut gefielen.

»Fünfzig«, sagte Matt laut und ließ die Schwertspitze langsam auf den Betonboden sinken. Dann lockerte er seine Schultern und beugte sich vor, bis seine Stirn den umflochtenen Stahl des Hefts berührte. Vielleicht würde es ihm nicht gelingen; vielleicht würde es ihm nie gelingen. Er fühlte sich wie ein Blinder in einem Labyrinth, der sich zum Ausgang zu tasten versucht. Aber zumindest wusste er jetzt, dass es einen Ausgang gab – Anna hatte es ihm gesagt. Sie hatte ihm eine Botschaft des Glaubens gesandt.

Das Loft war Matts neues Refugium, er hatte Tage damit zugebracht zu lesen oder einfach nur gedankenversunken zwischen dem Gerümpel hin und her zu wandern. Einmal war er versehentlich gegen eine rostige Eisenstange gestoßen, die in einer Ecke an einer Drehbank lehnte. Als sie zu Boden fiel, erklang ein Ton, der ihm durch Mark und Bein ging und dessen Schwingungen sich geradewegs durch ihn hindurch auszubreiten schienen. Er wirkte auf Matt wie der Geist des letzten Tons, den er im Studiolo gehört hatte und der ihm auch in den Ohren geklungen war, als Leandro ihn bis zur Bewusstlosigkeit würgte. Der Wolfston. Matt befestigte einen Haken in der Decke und hing die Stange an einer Kette daran auf. Danach ertappte er sich regelmäßig dabei, wie er vor der Stange stand, dagegen klopfte und spürte, wie die Vibration ihn erfasste. Er wusste, dass er alles über Faraday lesen, seine Experimente in allen Einzelheiten studieren konnte, ohne dabei auch nur einen einzigen Schritt der Antwort auf die Frage näher zu kommen, wie er von einem Raum des Museums in eine Welt gelangt war, die irgendwo existierte – aber wo? In der Vergangenheit? Im Raum selbst? Er war kein Wissenschaftler und würde es auch nie sein. Doch eines wurde ihm bei seinen Nachforschungen immer klarer: Nichts in der Natur war einzigartig. Tatsächlich wurden alle bahnbrechenden Experimente oder Ereignisse nie anerkannt, bevor ihre Resultate sich nicht wiederholen ließen. Im Grunde war es ganz einfach; er wusste, dass das, was mit ihm geschehen war, Wirklichkeit war. Anna hatte ihm den Beweis geschickt. Alles was er also zu tun hatte, war, die gleichen Bedingungen herzustellen – und es würde wieder geschehen. Es war unwichtig, ob er es verstand, oder nicht. Das Studiolo war zwar verschwunden, aber worum hatte es sich dabei gehandelt? Um eine Versuchsanordnung, und diese konnte letztendlich nachgebildet werden.

Mit dieser Idee im Kopf hatte Matt sich an die Arbeit gemacht, zunächst zaghaft, doch dann entschlossener und zielgerichteter, bis er nur noch dann hastige Pausen einlegte, wenn er unbedingt etwas essen musste oder sich vor Müdigkeit nicht mehr auf den Beinen halten konnte.

Und jetzt war es so weit; die Zeit war gekommen. Matt richtete sich auf, hob langsam seinen Kopf vom Heft des Breitschwerts. Er lehnte die schwere Klinge gegen eine der dünnen Sperrholzwände, mit denen er nach den Maßen auf dem Grundriss des Herzogspalastes eine exakte Nachbildung des verschwundenen Studiolo gebaut hatte. An der Tür legte er einen Schalter um; dann betrat er den kleinen Raum und blieb genau an dem Punkt stehen, an dem die Rechtecke zusammenliefen. Der Fluchtpunkt. Er starrte auf die kleinen Quadrate an der Wand, die ein so grob gerastertes Bild ergaben, dass es eher einer Andeutung glich – eine Welle kurz vor dem Brechen, in die Realität versetzt, eingefroren in der Zeit. Er hatte schnell die Idee verworfen, die kunstvollen Muster und Bilder an den Wänden des Originals nachbilden zu wollen; er wusste, dass er sich nicht genau genug an sie erinnern würde, um sie überzeugend wiederzugeben. Aber er hatte eines der Schwalbenbilder gescannt – das, welches Anna ihm gegeben hatte. Er hatte die Bilddatei soweit wie möglich vergrößert, sie dann Blatt für Blatt ausgedruckt und sie peinlich genau an der Wand wieder zusammengesetzt.

Matt versuchte, sich auf die Wand zu konzentrieren. In seinem Nacken spürte er die Wärme der Augustsonne, die durch das Oberlicht fiel, das er zunächst sorgfältig gereinigt und dann als einziges Fenster nicht abgedeckt hatte. Es fühlte sich an wie die Hand eines Freundes, die auf seinen Schultern ruhte und ihm bedeutete, nicht aufzugeben – eine Erinnerung daran, dass er keinen Ausweg suchte, sondern einen Weg zurück.

Die Zeitschaltuhr lief ab, und die Vibration setzte ein, erzeugt durch die Wände und den Boden mithilfe der Induktionsspule, die Matt um die Eisenstange gewickelt hatte. Langsam schwollen die Schwingungen an, erreichten Matt, breiteten sich aus und durchströmten ihn wie Wasser, das von einem Schwamm aufgesogen wird. Gleichzeitig sank ihre Tonhöhe, bis sie genau auf der Frequenz des Wolfstons ihre maximale Intensität erreichten. Matt widerstand dem Impuls, sich den Vibrationen aus Angst oder Furcht widersetzen zu wollen; er zwang sich dazu, sich völlig zu entspannen, die Schwingungen durch seinen Körper wogen zu lassen und sich ganz auf Spuren von Bewegung an der Wand zu konzentrieren, auf Flügel oder Wolken, sichtbar und unsichtbar zugleich.

Nichts geschah. Matt fühlte, wie die Sonnenwärme auf seinem Nacken verschwand und die Vibrationen nachließen. Das Bild vor seinen Augen verwandelte sich wieder in eine willkürliche Ansammlung einzelner Blätter. Es hatte nicht funktioniert. Langsam verließ er den Raum und versuchte, seiner Enttäuschung Herr zu werden. Er griff erneut nach dem Schwert, sagte sich, dass sein Plan funktionieren würde, dass er eines Tages einen Weg finden würde und dass er an diesem Tag bereit sein musste. Aber der Gedanke wandte sich gegen ihn. Es muss jetzt sein, dachte er – jetzt und nicht morgen. Es gibt kein morgen, keine Zukunft, ich habe keine Zeit zu verlieren und nichts, auf das sich zu warten lohnt. Die Enttäuschung schlug in Ärger um, er hob das Schwert und schlug damit wieder und wieder auf die Stange ein. Er fand ein primitives Vergnügen darin, sie wie ein Tier springen zu sehen und unter seinen Hieben melodisch aufstöhnen zu hören. Der Wolfston erwachte, zunächst leise, doch dann immer lauter, während er die Stange attackierte und all seine Kraft in jeden einzelnen brutalen Hieb legte, so als ob er sich auf diese Weise einen Weg aus dem Schattenreich freikämpfen und zurück an den Ort finden könnte, an den er gehörte. Blind vor Wut schlug er zu, bis er nach einem letzten fürchterlichen Hieb erschöpft zurücktaumelte und die schwere Schwertspitze eine grobe Linie in den dunklen Holzboden ritzte.

Unversehens stieß er gegen ein Piedestal und konnte sich gerade noch umdrehen, um den alten Sockel wie in Zeitlupe vor und zurückschwanken zu sehen, bevor er umstürzte und auf dem Boden zerschellte. Die Schwertlilien lagen wild durcheinander; ihre Blüten glänzten blau und gelb im Licht der Lampe und den letzten Strahlen der untergehenden Sonne.

»Geschieht dir recht«, sagte er niedergeschlagen. Sein ganzer Ärger war verraucht. Er lehnte das Schwert wieder gegen die Wand und bückte sich, um die Blumen unter den Glasscherben hervorzuziehen. Mit der Vase war auch ein Stapel Bücher umgefallen, die nun in den Wasserpfützen lagen. Er kniete nieder, hob den obersten Band auf und wischte das Wasser vom Umschlag. Alle Bücher waren durchnässt und er griff schnell nach einem alten Hemd, um sie abzutrocknen.

Doch plötzlich hielt er inne, das zerknitterte Hemd noch in der Hand – er hatte den Hauch eines Luftzugs an seinem Gesicht gespürt. Dort an der Tür – das leichte Kratzen von Leder auf dem Fußboden. Angestrengt blickte er in die zunehmende Dunkelheit. Ein Schatten bewegte sich. Leandro, dachte er; es hatte funktioniert. Schnell trat er Bücher und Blumen beiseite, griff mit einem gewaltigen Sprung nach seinem Schwert und versuchte, auf dem nassen Boden einen sicheren Halt zu finden.

»Matt?«, fragte Sally und trat aus dem Schatten in das dämmrige Licht. »Bist du ...« Ihre Stimme verstummte, als sie ihn anstarrte.

Matt hielt mitten in der Bewegung inne, auf einem Knie wie ein Tempelritter beim Gebet, und begann zu lachen. Das Schwert fiel klirrend zu Boden, während er sich rücklings hinsetzte und über den Ausdruck höflichen Entsetzens in ihren Augen nur noch mehr lachen musste. »Alles in Ordnung«, sagte er schließlich und wischte sich die Tränen aus den Augen. »Ich habe mich doch noch dazu entschlossen, Künstler zu werden – das sollte ich deiner Meinung nach doch immer tun.«

»Ich hatte mir das etwas anders vorgestellt«, erwiderte sie und ging langsam an ihm vorbei, um einen Blick auf die Konstruktion zu werfen, die er gebaut hatte. »Du hast dein Haar wachsen lassen«, meinte sie, als sie wieder zu ihm zurückkam. »Gefällt mir.«

»Schön dich zu sehen«. An ihrem Bauch, der sich unter dem Mantel rundete, sah er, warum sie so schwer ging. An ihrem Finger steckte ein goldener Ring.

»Charles rief an; er macht sich Sorgen um dich. Er meinte, er hätte dich über eine Woche nicht gesehen und dachte, ich wüsste wo du steckst. Ich hatte versprochen, dich anzurufen, wenn ich aus Japan zurück wäre, doch es ist so viel dazwischengekommen.«

»Wie hast du mich gefunden?«

»Deine Kreditkarte.«

»Wie bitte?«

Sie zuckte die Achseln. »Okay, es war nicht ganz legal. Ich habe einen Typen angerufen, mit dem wir Geschäfte machen, und er hat einen Scheck für mich überprüft. Also dafür hast du das ganze Sperrholz gebraucht ... Zwanzig

Mäuse, und der Lieferant hätte mich fast persönlich hier hinaufgetragen.«

»Du hast dir den falschen Beruf ausgesucht«, sagte er.

»Das ist nichts weiter als Recherche. So etwas mache ich ständig, wenn auch nicht unbedingt in East New York. In der Gegend hier solltest du besser deine Tür abschließen – alles stand sperrangelweit auf. Jeder hätte hier reinspazieren können.«

»Und wie geht's dir, Sally?«, fragte Matt höflich.

»Ganz gut, würde ich sagen«, erwiderte sie und warf einen Blick auf das Chaos auf dem Fußboden. »Wie ist das passiert?«

»Ich hab das Gleichgewicht verloren. Hier bitte«, fügte er hinzu und überreichte ihr eine Schwertlilie. »Die Zeit ist eine Blüte.«

»Der letzte Romantiker«, sagte sie. »Du wirst dich nie ändern, Matt. Komm, ich helfe dir.« Sie hob die restlichen Blüten auf, schaute sich um, fand eine alte Blechdose und stellte sie hinein. »Wohnst du jetzt auch hier?«, fragte sie und füllte Wasser aus dem Hahn der winzigen Küchenspüle nach, die mit einem Fresko aus Farbspritzern und Harz bedeckt war.

»Ich habe gearbeitet«, sagte Matt.

»Woran?«

Matt antwortete nicht. Er hielt ein Buch in der Hand, das aufgeschlagen, mit dem Umschlag nach oben auf dem Boden gelegen hatte, und starrte auf die Seiten.

»Was ist los?«, fragte Sally. »Matt!« Sie schüttelte ihn an der Schulter.

»Wie bitte?«, fragte er und schaute auf. »Nichts, nichts. Nur ein Bild.«

Sally sah ihm über die Schulter. »Was ist das? Ein paar Typen, die Minigolf spielen? Was ist das für ein Buch?« Sie klappte das Buch zu, das Matt immer noch in den

Händen hielt, und warf einen Blick auf den Umschlag. *Die Kopenhagener Gruppe und die Quantenphysik*, las sie laut. »Hilfe – was Leichtes zum Zeitvertreib, wie? Ist das nicht Einstein?«

»Sieht so aus«, erwiderte Matt. Eine Gruppe von Männern in dreiteiligen Anzügen lächelte ihnen aus dem Buch entgegen und schwenkte ihre Golfschläger wie Heldenschwerter aus längst vergangenen Tagen. Einer der Männer hatte einen Schnurrbart und kurze Haare, auf weltberühmte Weise zerzaust, aber immer noch pechschwarz. »Der Mann ganz links, der den anderen beim Spielen zusieht, ist Heisenberg«, sagte Matt mit einem Blick auf die Bildunterschrift. »Daneben stehen Pauli, Bohr und Gamow.« Er verfiel erneut in Schweigen.

»Matt?« Sally gab ihm einen Schubs.

»Ich mache mich besser wieder an die Arbeit«, sagte er.

»Ich auch, glaube ich. Ich bin froh, dass es dir gut geht. Ich sage Charles Bescheid.«

»Sally – pass auf dich auf.«

»Du auch.«

Matt sah ihr nach, als sie zur Tür ging. Er würde sie wohl nie wieder sehen ... Dann setzte er sich hin und begann in dem Buch zu lesen, das er gefunden hatte. Stunden später, als er es beendet hatte, betrachtete er noch einmal das Foto. Einstein, Pauli, Gamow und vor allem Bohr und Heisenberg: die Männer, die die Quantenmechanik entwickelt hatten. Aber im Hintergrund standen zwei weitere, nicht identifizierte Personen. Eine davon, ein Mann mit dem frischen, offenen Gesichtsausdruck eines Studenten, ähnelte auf verblüffende Weise Kamal, dem Prinzen, der den Herzog besucht hatte – genauso hätte er als sehr junger Mann und ohne einen Bart aussehen können. Doch es war der andere Mann, der Matt alles um sich herum hatte vergessen lassen. Nahezu völlig verborgen im Schatten hinter der massigen Gestalt Bohrs, im Halbprofil abgebildet und leicht verschwommen, als ob er in der Bewegung fotografiert worden wäre ... und dennoch gab es keinen Zweifel, um wen es sich handelte: Es war Klein. Klein, wie Matt ihn kennen gelernt hatte, keinen Tag jünger oder älter.

Kapitel 22

Matt stand in der Warteschlange vor dem Metalldetektor in der Abflughalle des American Airlines Terminal am Kennedy Airport und dachte über die Begegnung nach, die ihn dazu gebracht hatte, nicht nach Prag zu reisen, sondern in eine Maschine nach Istanbul zu steigen. Die Fotografie in dem Buch hatte ihn zum Autor des Werks und dadurch zu einem Forschungslabor in Princeton geführt, das von derart gepflegten Rasenflächen umgeben war, dass Matt sich im ersten Moment auf einem Golfplatz wähnte. Der Autor hatte sich ihm gegenüber zunächst barsch und abweisend gezeigt und war erst ein wenig aufgetaut, als Matt das Buch mit der Fotografie hervorholte.

»Ich habe nicht die geringste Ahnung«, erwiderte er, als Matt auf Klein deutete und sich nach dessen Identität erkundigte. Über den Mann direkt neben Klein wusste er jedoch mehr.

»Das ist Kalil.«

»Sie kennen ihn?«

»Ja, er arbeitete am *Institute for Advanced Studies*, als ich dort anfing. Aber das muss ... lassen Sie mich nachdenken ... das muss etwa dreißig Jahre zurückliegen.«

»Wissen Sie, wo ich ihn finden kann?«

»Wahrscheinlich zwei Meter unter der Erde. Er müsste Neunzig sein, falls er noch lebt. Das Letzte, was ich von ihm gesehen habe, war ein Artikel Anfang der achtziger Jahre.«

Mithilfe der Dokumente hatte Matt Kalils Spuren folgen können – über Birmingham, wo Kalil Mitglied der Fakultät gewesen war, und das Europäische Kernforschungszentrum CERN, wo er eine Gastprofessur innehatte, bis an die Universität Istanbul, wo er bis zu seiner Pensionierung vor zehn Jahren als Dozent gelehrt hatte. Als Matt entdeckte, dass Kalil in den Akten der Universität immer noch als emeritierter Professor geführt wurde, entschloss er sich, den Versuch zu wagen und ihn persönlich aufzusuchen. Zwar wusste er nicht, was Kalil ihm erzählen konnte, aber schließlich hatte er auf dem Foto direkt neben Klein gestanden, und allein die Möglichkeit, einen anderen lebenden Menschen zu finden, der seinen Freund gekannt hatte, genügte Matt als Grund für diese Reise. Falls er Kalil nicht ausfindig machen konnte, blieb ihm immer noch die Möglichkeit, zu seinem ursprünglichen Reiseziel Prag zu fliegen und dort die Fleigander-Stiftung aufzusuchen, deren Adresse er von dem Aufkleber auf dem Paket mit dem letzten Schwalbengemälde hatte. Die Frage war nur, ob es diese Stiftung unter der angegebenen Adresse überhaupt gab – denn Matt hatte die betreffende Telefonnummer, die er in verschiedenen Verzeichnissen gefunden hatte, mehrfach angerufen. Doch ohne Erfolg – wie bei Klein hatte niemand den Hörer abgenommen.

Endlich war Matt an der Reihe. Als er durch den Metalldetektor ging, setzte das hohe, schrille Klingeln der Alarmanlage ein.

»Bitte gehen Sie noch einmal zurück und leeren Sie Ihre Taschen«, sagte der Flughafenbeamte.

Matt warf sein Kleingeld und seine Schlüssel in das

kleine Körbchen und ging noch einmal durch das Tor. Wieder ging der Alarm los.

»Bitte kommen Sie hier herüber«, sagte der Beamte, während sich ein Kollege neben ihn stellte. »Haben Sie vielleicht irgendwelche Metallteile von einer Operation im Körper?«, fragte er und begann mit einem Detektor Matts Beine und Arme abzutasten.

»Nein«, antwortete Matt.

Der Detektor gab ein Alarmsignal von sich, als er über Matts Rücken fuhr.

»Bitte ziehen Sie Ihren Mantel aus, Sir«, sagte er plötzlich sehr geschäftsmäßig.

»Meinen Mantel?«, fragte Matt und streifte ihn ab. Es war sein alter Tweedmantel, den er seit Jahren trug.

Ein bewaffneter Soldat der Nationalgarde, der sie von seinem Posten aus beobachtet hatte, schien nicht gewillt, Matts entschuldigendes Lächeln zu erwidern, während der Beamte den Mantelsaum befühlte und dann in eine der Seitentaschen griff. »Sie haben da ein Loch in der Tasche«, sagte er und zwängte seine Hand zwischen Futter und Mantelstoff, bis er das, was er suchte, gefunden hatte. Umständlich zog er seine Hand wieder heraus. »Die wollen Sie doch bestimmt nicht verlieren«, meinte er und reichte Matt eine kleine Anstecknadel.

Drei Schwertlilien, blau und grün und von einem silbernen Band zusammengehalten, glitzerten in ihrer Goldeinfassung. Richtig, der Mantel, erinnerte sich Matt, als er ihn wieder überzog. Er hatte ihn am Tag der Pressekonferenz getragen, an dem Tag, als Anna den Augen der Welt enthüllt wurde.

Die klagende Aufforderung des Muezzins zum Gebet hallte elektronisch verstärkt über die staubigen Dächer des antiken Basarviertels von Istanbul. Die verschachtelten

Häuser und Gassen klebten so dicht an den steilen Hängen unterhalb der Süleiman-Moschee, dass sie fast in das türkisfarbene Wasser des Goldenen Horns zu stürzen schienen. Im Hafen herrschte geschäftiges Treiben; Fähren und Boote kreuzten über den Meeresarm. Matt hatte sich über eine Stunde in einem Taxi einen Weg durch labyrinthische und heillos verstopfte Straßen gesucht und atmete erleichtert auf, als ihn endlich die Stille des großen Hauses umfing. Die Haushälterin hatte ihn auf sein Klingeln hin eingelassen und in die Eingangshalle geführt, in der dank des Marmorbodens, der verputzten Wände und des sich träge drehenden Ventilators hoch an der Decke eine angenehme Kühle herrschte. Matt versuchte, den Grund seines Überraschungsbesuchs zu erklären, aber die stoische Miene der Frau ließ seine Worte selbst in seinen Ohren so hohl klingen wie das Verkaufsgespräch eines erfolglosen Handelsreisenden. »Den ganzen Weg von New York hergekommen ..., versucht anzurufen ..., aber nicht durchgekommen ..., der Dekan der Abteilung an der Universität hatte ihm freundlicherweise die Adresse gegeben, hatte er nicht angerufen? Dabei hatte er das doch versprochen ...« Irgendwann verstummte Matt abrupt, als ihm auffiel, dass ihr Gesichtsausdruck nicht Skepsis, sondern Verständnislosigkeit verriet. Die Frau sprach kein einziges Wort Englisch.

Matt wollte ihr seinen Namen nennen, hielt dann aber inne. »Johannes Klein«, sagte er schließlich.

Die Haushälterin verschwand in den Tiefen des Hauses und ließ Matt wartend unter dem Ventilator zurück. Als sie zurückkam, folgte er ihr einen Gang entlang, vorbei an hinter kunstvoll geschnitzten Paravents versteckten Räumen, bis hinaus auf eine lange überdachte Veranda, von der aus man einen ummauerten Garten überblickte.

Die Haushälterin führte ihn die Stufen hinunter in einen

Miniaturwald aus üppig wuchernden Farnen, Palmen und leuchtend bunten Blumen, in dem ein alter Mann in einem Korbsessel saß. Gekleidet in einen tadellos gebügelten Leinenanzug, hob Kalil den Kopf und blickte seinem Gast unter der breiten Krempe eines Panamahuts in die Augen. Die glatten Gesichtszüge des jungen Mannes auf dem Foto waren im Lauf der Zeit zur Landschaft eines langen Lebens verwittert. Ebenso wie sein Gesicht waren auch Kalils Hände braun, rissig und von Falten durchzogen, aber die schwarzen Augen musterten Matt konzentriert und voller Leben. Er nickte in Richtung des Sessels neben ihm, eine Einladung, die Matt gerne annahm. »Eine Zigarette?«, fragte er und zeigte auf ein halb leeres Päckchen Lucky Strike auf dem Tisch.

»Nein, danke«, lehnte Matt höflich ab, erschrocken darüber, wie sehr sein Gegenüber gealtert war. Er hatte erwartet, dass Kalil, wie Klein, immer noch im selben Alter sein müsse wie auf dem Foto, welches vor rund siebzig Jahren entstanden war. Dabei hatte er die Spuren dieses Mannes durch die Jahrzehnte verfolgen können, während er Klein nur in der Gegenwart kennen gelernt hatte. Es gab keinen Platz in der Vergangenheit, mit dem er ihn in Verbindung bringen konnte. Oder in der Zukunft, wie es aussah.

»Ich muss mich entschuldigen …«

»Aber nicht doch«, sagte der Alte. »Ich habe nicht angenommen, dass Sie Klein sind; er war ein alter Mann, als ich ihn kennen lernte. Aber Sie haben sich als Klein vorgestellt, um meine Aufmerksamkeit zu erregen. Warum?«

Matt griff in die Innentasche seines Jacketts und zog das Foto hervor, das er vor seiner Abreise aus dem Buch ausgeschnitten hatte.

»Es ist schon amüsant – damals dachte ich, er wäre

alt«, meinte Kalil, während er das Foto durch eine Lupe betrachtete, die er vom Tisch genommen hatte. »Und heute erscheint er mir so jung. Ja, ich kann mich sehr gut an diesen Tag erinnern. Waren wir im Tivoli? Gamow und ich lagen gleichauf in Führung. Bohr hätte gewinnen können, aber er war mehr an der Perfektionierung seines Golfschwungs interessiert. Eine eigenartige Einstellung zum Leben – er konzentrierte sich nur auf die Dinge, die er nicht konnte und nicht wusste. Aber so war er nun mal.« Kalil lachte leise. »Er war ein schrecklicher Lehrer. Er wollte nie über die Dinge sprechen, über die er Bescheid wusste, sondern nur über das, was er nicht wusste. Und daneben der liebe Walter. Herrn Doktor Heisenberg waren solche Probleme fremd. Wenn er etwas nicht verstand, konnte es nicht verstanden werden. Er war unser Buchmacher, bewertete unsere Quoten ständig neu. Sind Sie ein Historiker?«, fragte er. »Bin ich Teil der Geschichte geworden? Eine Fußnote, nehme ich an.«

»Ich interessiere mich für Klein. Er war ein Freund und nun ist er verschwunden.«

»Ja, das lag in seiner Art. Er arbeitete mit Rutherford an der McGill-University und danach in Manchester. Dort begegnete er auch Bohr, der zur damaligen Zeit Rutherfords Assistent war.«

»Ich habe ihn in New York kennen gelernt.«

»Sind Sie sicher, dass er es war?«

Matt überlegte schnell. Es gab keinen Zweifel, dass Klein der Mann war, den er kennen gelernt hatte. Aber Rutherford war noch vor dem Ersten Weltkrieg Professor an der McGill-University gewesen. Falls also Klein mit ihm zusammengearbeitet hat, hätte er zum Zeitpunkt seiner Begegnung mit Matt über einhundertzwanzig Jahre alt sein müssen. Und dennoch hatte Kalil das nicht als unmöglich ausgeschlossen, sondern Matt nur gefragt, ob es auch wirklich Klein gewesen war. Matt griff in seine Jacke und zog die andere Fotografie heraus, die er bei sich trug.

»Klein war an jenem Tag dort«, sagte Kalil und betrachtete den eleganten Doppeldecker, der sich in die Lüfte erhob. »Ich bin nie wieder einem Mann mit breiter gefächerten und vielfältigeren Interessen begegnet als ihm. Er hatte einen Doktortitel in Medizin – als Pathologe –, hatte einigen Ruhm als Fotograf erworben und war daneben noch ein ausgezeichneter Musiker. Außerdem nahm er an Flugrennen teil: Er hatte eine dieser verrückten Maschinen, die aus nichts als einem fliegenden Motor mit kurzen Stummelflügeln bestehen; damit donnerten sie immer im Kreis herum und jagten uns Zuschauern, die wir uns auf den Tribünen zusammendrängten, eine Höllenangst ein.« Kalil schauderte es bei der Erinnerung.

»Ich muss ihn finden«, sagte Matt.

»Mr. O'Brien, ich fürchte, ich kann Ihnen nicht weiterhelfen. Ich hoffe, Sie finden die Zeit, einen Teppich zu kaufen, solange Sie noch in der Stadt sind. Wie wäre es mit einem schönen Kelim? Ich kenne genau den richtigen Mann dafür, und so hätte ich zumindest nicht das Gefühl, Sie völlig enttäuscht zu haben. Aber Klein …«, er seufzte und zuckte bedauernd die Achseln, »… ich habe ihn seit dem Zweiten Weltkrieg nicht mehr gesehen. Soweit ich weiß, haben ihn die Amerikaner. Sie haben ihn nicht wirklich gezwungen; wie Sie wissen, ist das nicht ihr Stil. Ich würde vermuten, er hat von ihnen ein Angebot erhalten, das er nicht ablehnen konnte, wie man so sagt. Ich fand das immer ausgesprochen amüsant, weil es doch allgemein als neureiches Verhalten gilt, wenn jemand mit Geld um sich wirft, als hätte er kein Gefühl für dessen Wert. Ich spreche natürlich von den Amerikanern. Auf individueller Ebene mag das vielleicht stimmen, aber als Bestandteil der nationalen Politik ist es doch teuflisch raffiniert. Anstatt einfach bei seinen Kontrahenten einzudringen und sich zu nehmen, was man will, bezahlt man sie mit übermäßig hohen Geldsummen. Wer hätte nach dem Krieg den Amerikanern etwas verwehren können? Sie konnten doch alles haben, was sie wollten. Aber eine offene Inbesitznahme erzeugt Groll und führt, wie wir bisher noch jedesmal gesehen haben, früher oder später dazu, dass das Opfer irgendwann vor der Tür steht, fest entschlossen, sich das zurückzuholen, was man ihm gestohlen hat. Handelt es sich aber um eine geschäftliche Transaktion, so geschieht der Akt der Unterwerfung freiwillig und wirkt daher endgültig demütigend. Nein, das Bezahlen ist die perfekte Methode der Machtausübung: Man bekommt, was man will, und dem Gegner wird durch seinen eigenen Akt der Mittäterschaft die Möglichkeit genommen, Einwände zu erheben. Und die Überbezahlung ist das eigentlich Sublime – auf diese Weise demonstriert man, dass Geld letztendlich bedeutungslos ist. Wenn Sie Metopen von der Akropolis abnehmen, werden die Griechen niemals aufhören, es Ihnen vorzuwerfen. Aber wenn Sie sie dafür großzügig bezahlen, hören Sie nie wieder ein Wort von ihnen.

In Kleins Fall jedoch wäre jeder Versuch, ihn zu kaufen, lächerlich und völlig unnötig gewesen. Abgesehen von der Tatsache, dass er unermesslich reich ist, wäre er auch von sich aus nach Amerika gegangen. Klein war ... wie sagt man das? ... er war immer dort, wo am meisten los war, und jeder wusste, dass die Zukunft auf der anderen Seite des Atlantiks lag. Ach, natürlich – entschuldigen Sie bitte«, fügte Kalil hinzu, als wäre ihm der Gedanke erst nachträglich gekommen, »ich hatte ganz vergessen, dass Sie selbst Amerikaner sind.«

»Sie waren mir eine große Hilfe, Professor Kalil. Ich kann Ihnen gar nicht genug danken.«

»Eines möchte ich Sie fragen, Mr. O'Brien: Warum ist es so dringend erforderlich, unseren gemeinsamen Freund zu finden?«

»Glauben Sie an Zeitreisen, Professor?«

»Tun wir das denn nicht gerade? Durch die Zeit reisen?«

»Das schon, aber ich meine eine Reise zurück, in die Vergangenheit.«

»Sie sind durch die Zeit gereist, um hierher zu kommen. Die Welt, die Sie verlassen haben, New York, liegt sechs Stunden hinter uns.«

»Das ist nur eine Frage der Konvention. Wenn ich einen Freund von mir anrufe, könnte es dort gerade Mitternacht sein und hier kurz nach Sonnenaufgang, und doch würden wir zur selben Zeit miteinander sprechen. Wir befinden uns immer noch in derselben Welt.«

»Sind Sie sich da so sicher? Legen Sie nur den Hörer auf – wo befinden Sie sich dann? Nicht länger mitten in der Nacht in Manhattan. Es hat aufgehört zu existieren. Sie sind hier, ganz egal, was dort drüben geschieht. Zeit ist nur ein Aspekt der Dinge, und zwar der unbedeutendste. Ihre Bemerkung über das Reisen vor und zurück in der Zeit ist drollig und irreführend zugleich. Wenn Sie auch nur etwas von dem begreifen wollen, was Sie erlebt haben, müssen Sie die Vorstellung von der Zeit als sequenzieller Abfolge hinter sich lassen – es geht hier nicht um Haltestellen entlang einer Bahnlinie.«

»Woher wissen Sie, was ich erlebt habe?«

»Mr. O'Brien, bitte – ich mag alt sein, aber ich habe noch nicht völlig Abschied von meinen Sinnen genommen. Aus Ihrer Frage geht klar hervor, dass Sie mir etwas über das Reisen zwischen verschiedenen Welten erzählen wollen.«

»Sie haben Recht«, gab Matt zu und begann, Kalil von dem Studiolo zu erzählen und von allen Ereignissen, die sich im Anschluss daran abgespielt hatten.

»Sehen Sie?«, fragte Kalil. »Mich haben meine Sinne noch nicht verlassen, und das gleiche gilt auch für Sie. Aber genau das ist unser Problem, wir sind Gefangene unserer Sinne. Damit haben wir auch in Kopenhagen gerungen: Das Verhalten der Materie auf einem subatomaren Niveau entspricht nicht unseren Erfahrungen aus der physikalischen Welt. Die Newtonschen Axiome sind perfekt für uns geeignet: Wenn wir einen Tiger auf uns zukommen sehen, laufen wir davon. Mein Auto trifft deines; meines ist größer, also stirbst du. Ich feuere einen Mörser ab, und die Granate steigt auf und stürzt dann wieder zu Boden. Aber das steht in keiner Beziehung zum wirklichen Verhalten von Materie. Was unsere Sinne uns mitteilen, steht in keiner Beziehung dazu, wie die Welt wirklich funktioniert oder zusammengesetzt ist. Mit einer Ausnahme – unserem Sinn für Humor. Er vermittelt uns als einziger eine direkte Vorstellung der realen Welt.

Materie ist Energie. Sie ist ein Teilchen und eine Welle, und zwar alles zur gleichen Zeit; sie ist überall und nirgends, alles und nichts. Und die zugrunde liegende Realität besagt, dass es nicht nur die eine Welt gibt, die wir kennen, sondern eine unendliche Anzahl von Welten, die alle gleichzeitig existieren. Und das ist keine Theorie, Mr. O'Brien, sondern die wahre Natur der Dinge – völlig unabhängig von dem, was wir sehen oder denken.«

»Wie der Parthenon.«

»Wenn Sie so wollen. Aber es wäre ein schwerer Fehler, sich diese Welten als Paralleluniversen vorzustellen, etwa wie Bücher, die nebeneinander auf einem Regal stehen. Es handelt sich eher um einzelne Facetten eines Juwels – jede ist unterschiedlich geschliffen und gleichermaßen real, und doch ist jede eine Refraktion derselben zentralen Realität. Ein Mann geht an einem sonnigen Tag die Straße entlang. Er wirft einen Blick in ein Schaufenster – ein großes, poliertes Glasfenster. Auch Sie haben das schon oft getan, nicht wahr? In der Scheibe sehen Sie eine Welt von unendlicher Detailtreue, glänzend und so real, wie man es sich nur vorstellen kann. Doch dann bemerken Sie Schatten, die sich im Hintergrund bewegen. Sie richten Ihren Blick neu aus, und plötzlich wird aus der Welt, die so wirklich erschien, eine Reflexion, eine Illusion, durch die Sie hindurchsehen, um dahinter das zu erblicken, was wirklich existiert.«

Kalil griff nach seiner Packung Zigaretten, steckte sich eine an und stieß genüsslich den Rauch aus. »Wie spät ist es, Mr. O'Brien?«

»Fünf Uhr«, sagte Matt.

»Ah«, rief Kalil, »Zeit für meine Show!« Er griff nach der Fernbedienung neben sich und drückte auf einen Knopf. Plötzlich erwachte ein in der saftgrünen Umgebung völlig unpassend wirkender Breitbandfernseher zum Leben, und die vertraute Titelmelodie einer Vorabendsendung plärrte durch den Innenhof. Kurz darauf schüttelte Kalil sich vor Lachen, zitternd wie ein alter Baum in einer Windbö. Matt, der annahm, dass seine Audienz nun vorüber war, erhob sich so unauffällig wie möglich.

»Bleiben Sie, bleiben Sie«, befahl Kalil. »Hier«, sagte er und gab Matt die Fernbedienung. »Suchen Sie sich ruhig etwas aus, was Sie sehen wollen. Es ist Satellitenfernsehen«, sagte er in verschwörerischem Ton und bedeutete Matt sich wieder zu setzen. »Ich weiß noch nicht einmal, wie viele Kanäle es gibt. Suchen Sie ruhig.«

Matt drückte die Programmtaste. Auf eine Nachrichtensendung in türkischer Sprache folgte eine spanische Daily Soap. Ernste Gesichter, die einander mit politischen

Thesen einzuschüchtern versuchten, erschienen und verschwanden, blitzschnell ersetzt durch eine Schwadron von Männern in Schwarz und Weiß, die vorsichtig ein Feld mit hohem Gras durchkämmten. Wale und Dinosaurier und Aufnahmen von Wettersatelliten. Matt drückte schneller und immer schneller, ein Bild folgte dem anderen, bis nur noch eine verschwommene Fläche zu sehen war. Er hob seinen Daumen, und das Flackern ging in ein zufälliges Muster aus vielfarbigen Stäbchen und Streifen über, das Erinnerungen weckte: das Studiolo, die Bordüren der intarsierten Schränke. Das Muster löste sich auf in eine Szene prosaischer Schlichtheit: Eine Straße mit Kutschen, und Menschen, die die Bürgersteige entlanggingen. Aus irgendeinem Grund – vielleicht wegen der Cafés, der Straßenlaternen, der Pflastersteine – nahm Matt an, es müsste sich um einen Ort in Europa handeln, in Skandinavien vielleicht, weil das Licht so klar war, oder in Norddeutschland. Er wechselte wieder das Programm. Die gleiche Straße, die gleichen Menschen. Eine Straßenbahn bog um die Ecke, eine Frau mit einem Kinderwagen sprach mit einer Freundin, der Schatten einer Wolke glitt über eine Hausfassade. Matt drückte erneut auf den Knopf und sah wieder die gleiche Szene; die Straßenbahn war ein Stück weiter gefahren. Während er weiter durch die Programme schaltete, bewegte sie sich die Straße entlang wie in einem frühen Film, leicht springend, wenn der Kanal wechselte, aber ansonsten exakt gleich. Oder nicht? Er hielt einen Moment inne. Die Frau mit dem Kinderwagen. Sie war verschwunden. Er wechselte einen Kanal zurück. Jetzt sah er sie wieder. Er wechselte noch weiter zurück; nun stand ein Mann in der Straßenbahn, kurz davor abzuspringen. Matt schaltete einen Kanal weiter, und der Mann sprang ab und ging unbekümmert genau dorthin, wo die Frau gerade gestanden und sich unterhalten hatte – Matt wechselte vor und zurück, zwischen den beiden Kanälen, und verglich die Details. Das Licht war unterschiedlich – nicht die Tageszeit oder die Schatten, sondern deren Qualität. Die Straßenbahn hatte ihre Haltestelle erreicht und war zum Stillstand gekommen, Passagiere stiegen aus, andere warteten darauf, einsteigen zu können, und in einem Café wischte der Kellner gerade einen Tisch sauber. Matt wechselte mehrere Kanäle weiter, wobei er jeden gerade lange genug betrachtete, um das Bild Gestalt annehmen zu lassen. Immer die gleiche Straße und die gleiche Szene, jedes Mal mit kleinen Unterschieden.

Kalils Haushälterin tauchte wieder auf und warf Matt einen strengen Blick zu, wie um ihm zu sagen, dass er seine Besuchsdauer bereits überschritten hätte. Der alte Professor war in einen tiefen Schlaf gefallen und lag zusammengesunken in seinem Sessel. Matt legte die Fernbedienung auf die Fotografien, die er Kalil gezeigt hatte und folgte der Frau zurück durch die dunkle Eingangshalle hinaus auf die geschäftige Straße.

Kapitel 23

Das Gebäude war nicht das, was Matt erwartet hatte, als er sich im Hotel eintrug und der Empfangsdame an der Rezeption die Adresse zeigte. »Diese Straße ist nicht weit entfernt«, erklärte sie Matt in sorgfältig gewähltem Englisch und zeigte ihm auf einer Straßenkarte den Weg vom Hotel Europa aus. »Ich glaube, dass es am besten wäre, hier entlangzugehen, wenn Ihnen das recht ist.« Matt war es sogar sehr recht. Nach den endlosen Verspätungen auf dem eigentlich als Kurzstrecke geltenden Flug von Istanbul nach Prag konnte ihm ein Spaziergang nur gut tun. Wie bei Kalil hatte er sich auch dieses Mal nicht telefonisch angemeldet; falls es bei der Fleigander-Stiftung überhaupt etwas zu finden gab – und es musste etwas geben, selbst wenn sie ihm dort nicht sagen konnten, wo Klein zu finden war –, dann hatte er immer noch die besten Chancen, wenn er sich persönlich darum bemühte. Klein musste auf irgendeine Art und Weise in enger Beziehung zu dieser Stiftung stehen, und er war Matts letzte Hoffnung, wenn es darum ging, seinen Weg ins Quattrocento zurückzufinden. Noch wusste er nicht wie, aber Klein würde es wissen. Schließlich war dies alles nur seinetwegen geschehen – ob bei der

Rekonstruktion des Studiolos oder der Vervollständigung der Schwalbenserie, Klein hatte immer eine Schlüsselrolle gespielt. Die Antwort lag bei ihm, und er war irgendwo dort draußen; Matt konnte es spüren.

Er stand auf einer stillen Straße im südlichen Teil des Bezirks Nove Mesto, ein Stück hinter der grünen Oase des Parks am Karlsplatz, und schaute hinauf zu der weißen Stuckfassade des Gebäudes – oder zu dem, was er hinter dem gazeartigen Vorhang des Gerüsts noch erkennen konnte. Die Häuser zu beiden Seiten besaßen halbherzig imitierte pastellrosa Barockfassaden, denen man selbst im fahlen Licht eines grauen Nachmittags beim Zerbröckeln zusehen konnte; sie erinnerten an die Dekoration einer Party, die längst vorüber war. Auf dem Schild in der Eingangshalle fand Matt den Namen Fleigander – und nichts als den Namen – im obersten Stockwerk aufgeführt. Er stieg die Stufen hinauf, die sich um das zentrale Atrium nach oben wanden, vorbei an Türen aus dunklem Rauchglas, hinter denen er außer seinem eigenen matten Spiegelbild nichts weiter erblicken konnte. Die Tür – auch hier war wieder nur der Name Fleigander auf einer kleinen Schmucktafel im Türrahmen zu lesen – öffnete sich völlig überraschend, als er den Türknauf drehte; Matt war fast schon davon ausgegangen, vor einer verschlossenen Tür zu stehen und niemanden anzutreffen.

Im Inneren stieß er auf ein modernes Büro mit glänzend schwarzen Stahlrohrmöbeln und einem ausladenden Empfangstisch, hinter dem ein junger Mann saß. Sein kurzes schwarzes Haar war an den Spitzen silbern gefärbt. Er unterbrach seine Schreibarbeit und sah ihn an.

»Ich möchte Dr. Klein sprechen«, erklärte Matt.

»Ihr Name?«, fragte er und stand auf.

»Matt O'Brien. Wir sind uns schon einmal begegnet«,

sagte Matt, der sich plötzlich erinnerte, warum er ihm so bekannt vorkam. Er war der junge Mann, der auf dem Cembalo gespielt hatte, als Matt Klein zum ersten Mal in seiner Wohnung besucht und die Zeichnung von Leonardo gesehen hatte.

»Tatsächlich? Wann soll das gewesen sein?«

»Ist schon eine Weile her«, erwiderte Matt. Tatsächlich – wann war das? Eine gute Frage. In einem anderen Leben?

»Tut mir Leid, aber ich kann mich nicht erinnern. Einen Augenblick bitte«, sagte der junge Mann und verließ den Raum durch einen Durchgang hinter seinem Tisch.

Matt wartete und sah sich im Empfangsbereich um. Es hätte sich um die Praxis eines exklusiven Psychiaters handeln können, ausgestattet mit erlesenen abstrakten Drucken auf handgeschöpftem Papier. Unter einem dieser Bilder stand auf einem Tisch eine Vase mit frischen Schwertlilien. Das geriffelte Glas kam Matt bekannt vor – und plötzlich wurde ihm bewusst, dass es sich um die gleiche Vase handelte wie die, die er bei seinem Erwachen im Krankenhaus gesehen hatte.

»Sie möchten Dr. Klein sprechen?« Ein schlanker Mann, nicht viel älter als er selbst, gekleidet in einen tadellos sitzenden Anzug mit einem Taschentuch in der Brusttasche, das so sorgfältig drapiert war wie sein Haar, kam um den Tisch herum auf Matt zu. Der schwarzhaarige Sekretär setzte sich wieder und widmete sich weiter seiner Schreibarbeit.

»Das stimmt«, erwiderte Matt. Auch diesen Mann hatte er schon einmal gesehen – damals, beim Empfang zur Eröffnung des Studiolos, als er ihn fälschlicherweise für Klein gehalten hatte.

»Darf ich fragen, in welcher Angelegenheit?« Die Stimme des Mannes klang höflich, aber unverbindlich, wie die eines Bankiers, der einen zweifelhaften Kreditantragsteller abschätzt.

»Ich komme vom Metropolitan Museum in New York. Wir haben ein Gemälde von Ihnen erhalten.«

»Zu Ihrer Zufriedenheit, hoffe ich.«

»Absolut.«

»Das freut mich«, sagte der Mann mit einem Nicken, als ob damit alles besprochen wäre.

»Und Dr. Klein?«, fragte Matt. Auf dem Tisch des Sekretärs begann ein Telefon zu klingeln – ein leiser Zweiklang.

»Er ist zur Zeit unabkömmlich«, erwiderte der Mann. Weder er noch der Sekretär schienen von dem Telefon Notiz zu nehmen. Es hörte mitten im Ton auf zu klingeln.

»Wann kann ich ihn denn sprechen?«

»Das kann ich Ihnen leider nicht sagen.«

»Ich möchte Dr. Klein persönlich sprechen«, wiederholte Matt, der sich langsam über die glatte, wenig hilfsbereite Art des Mannes zu ärgern begann. »Er ist ein Freund von mir, ich weiß, dass er mich gerne sehen würde.«

»Auch dann geht es nicht. Wir haben keine Möglichkeit, ihn zu erreichen.«

»Aber dies ist doch sein Büro?«

»Ich wünschte, ich könnte Ihnen helfen.«

»Dann vielen Dank für Ihre Mühe. Wenn er nicht zu sprechen ist, kann man eben nichts machen.« Im Gehen wandte Matt sich noch einmal um. »Nur noch eines«, sagte er und zog das sternförmige Glasprisma hervor, das am Fenster seines Krankenzimmers gehangen hatte. »Was halten Sie davon?«, fragte er.

»Es ist wunderschön«, antwortete der Mann und nahm

das Prisma in die Hand, während Matt noch die Kette hielt. »Eine ausgezeichnete Arbeit. Antik, soweit ich sehen kann. Interessanter Schliff«, fügte er hinzu und fuhr die Kurven der Strahlen nach.

»Nicht wahr?«, stimmte Matt zu. »Ich dachte, Sie hätten es vielleicht schon einmal gesehen?«

»Nein«, wiederholte der Mann. »Nicht dass ich wüsste.«

»Noch einmal vielen Dank für Ihre Hilfe.« Matt ließ das Prisma zurück in seine Tasche gleiten. »Ich habe bereits genug von Ihrer Zeit gestohlen.«

Matt bahnte sich seinen Weg durch die Menschenmenge, die sich über die Karlsbrücke schob. Unempfänglich für die Karnevalsatmosphare um ihn herum dachte er darüber nach, was er herausgefunden hatte und was er als Nächstes tun sollte. Er ließ die Straßenmusikanten und Pantomimen hinter sich, die sanften *Give Peace a Chance*-Chöre und die nachgemachten Prada-Taschen, die auf Decken zum Kauf angeboten wurden, und spazierte hinein in das Gewirr der schmalen Gassen auf der anderen Seite des Flusses. Er war an einem toten Punkt angekommen. Sein Besuch bei der Fleigander-Stiftung hatte ihm zwar Recht gegeben: Klein existierte tatsächlich, aber wie sollte er ihn finden? Im Telefonbuch der Stadt, das er an der Rezeption eingesehen hatte, gab es keinen Johannes Klein, und das gleiche galt für die gesamte Tschechische Republik. Doch als er in sein Zimmer zurückkehrte und auf seinem Laptop eine Telefonauskunft im Internet suchen ließ, verwandelte sich die Dürre in eine Sintflut, und er fand Hunderte von Einträgen dieses Namens quer durch ganz Europa. Er sah schon vor sich, wie er zu dem Diogenes wurde, den Rodrigo im Scherz erwähnt hatte – allerdings nicht auf der Suche nach Steinpilzen, sondern nach dem echten Dr. Klein.

Als das Licht schwächer wurde und die Menschenmengen langsam ausdünnten, bis nur noch vereinzelt eine Gestalt aus den Schatten auftauchte und wieder verschwand, stieg Matt den Hügel hinauf. Oben angekommen, sah er auf die Stadt hinunter. Turmspitzen, märchenhaft und wirklich zugleich, ragten in einen wolkenverhangenen Himmel, dessen sanfte Grautöne wie in einem Regenbogen von Farben in den letzten Strahlen der untergehenden Sonne aufleuchteten. Facetten eines Juwels – Matt erinnerte sich an Kalils Worte und zog das Prisma aus der Tasche. Er hielt es an der Kette in die Höhe; der geschliffene Glasstern mit seinen flammenförmigen Spitzen glitzerte schwach im nachlassenden Licht. Matt musste an Kalils Breitbandfernseher denken, an die verschiedenen Szenen, die er gesehen hatte – alle unterschiedlich und doch fast exakt gleich. Aber wie die in dem Prisma gefangenen Farben waren sie allesamt vorhanden, in der vibrierenden Luft, die ihn umgab.

Kalil hatte Recht gehabt, dachte Matt, während er den Hügel hinabstieg in die zunehmende Dunkelheit. Er hatte all seine Zeit und Energie für die Lösung der Frage aufgewendet, wie er wieder zurückkehren konnte. Sein Verstand konnte nicht anders, als von der Gegenwart in die Vergangenheit zu wechseln. Aber war das nicht genau das, was laut Kalil gar nicht bestand? Es gab keine Gegenwart und keine Vergangenheit. Es gab nur eine Welt, in die er gehörte, aber sie befand sich nicht in der Vergangenheit. Er bewegte sich hier und jetzt in ihr; er konnte sie nur nicht sehen. Ein Sehnen überkam ihn, ein körperliches Verlangen von einer Intensität, die fast schmerzte.

Die Zeit war eine Variable, erkannte Matt, aber auf sie allein kam es nicht an. Aber falls doch, war dies der beste

Ort, um das herauszufinden: Mit seinen Straßen, die sich seit ihrem Bau über Jahrhunderte nicht verändert hatten, war Prag bei Nacht eine Stadt jenseits der Zeit. Die Gegenwart wich so ruhig zurück wie die Flut und enthüllte ein vergessenes Ufer, auf dem die Vergangenheit überlebte. Matt überquerte den Fluss im bleichen Licht des aufgehenden Mondes; weiter nördlich lag die Karlsbrücke vor ihm wie ein Bühnenbild. Auf seinen ziellosen Wanderungen durch die Stadt war er jeder Epoche vom Mittelalter bis zum Barock begegnet, aber keine davon hatte ihn so angezogen wie das Studiolo oder das Porträt – oder heute, mit überwältigender Kraft, Anna und das Quattrocento.

Matt schaute auf, die Hände tief in den Taschen vergraben. Ohne nachzudenken hatte er seinen Weg in die stille Straße zurückgefunden, in die man ihn schon am gleichen Morgen geschickt hatte. Klein, dachte er; ich habe mich verirrt. Das alles geschieht nur deinetwegen. Warum? Wo bist du? Er ging noch einmal die Liste seiner Möglichkeiten durch und stellte erneut fest, dass sie auf null zusammengeschrumpft war. Er konnte das alles nicht einfach hier in einer Sackgasse enden lassen, denn er hatte keine anderen Ziele mehr. Wie musste sein nächster Schritt aussehen? Matt rief sich Klein in Erinnerung und die Quantenvögel, wie sich der Flugbogen aus einer Reihe von Schritten zusammensetzte, jeder einzelne getrennt von den anderen und doch untrennbar mit ihnen verbunden, bis eine einzige Kurve entstand, die geradewegs aufwärts in den Himmel führte. Nach oben.

Matt dachte nicht lange nach. Mit einem konzentrierten Sprung und einem unterdrückten Ächzen zog er sich hinauf und ließ sich auf die hölzernen Bretter des Baugerüsts fallen. Nachdem seine Atmung sich wieder beruhigt und er den obersten Stock erreicht hatte, ging alles ganz einfach. Die Kippfenster waren zwar sorgfältig verschlossen und boten ihm keinen Halt, aber da er einmal seinen Entschluss gefasst hatte, verschränkte Matt die Hände ineinander und rammte seinen Ellbogen in die Scheibe. Das Glas splitterte, einige Scherben fielen nach innen, und er konnte behutsam hineingreifen und den Fensterriegel öffnen. Von der Reinigung eines Gemäldes zum Einbruch – nicht unbedingt eine berufliche Laufbahn, die er unter normalen Umständen eingeschlagen hätte. Matt kletterte in das Büro, blieb stehen und lauschte. Aber dies waren auch keine normalen Umstände – und die Frage war, ob sie je wieder normal werden würden.

Beruhigt stellte er fest, dass er allein war. Aber da er Angst hatte, das Licht einzuschalten, suchte Matt sich einen Weg durch die Dunkelheit wie ein Unterseeboot, das ein Schiffswrack erforscht. Ein Gang führte ihn in den großen Empfangsraum, in dem die Fenster im ungefilterten Licht des Mondes glänzten. Matt sah die Schwertlilien in der Vase am Eingang. Er ging hinüber, hob die Blumen vorsichtig an und griff ins Wasser. Er fand einen schlanken Glasstab, den er halb herauszog und dann, mit einem leisen Klirren gegen den Rand der Vase, wieder zurückgleiten ließ.

Der Brechungsindex. Matt erinnerte sich, dass er ihn Klein gegenüber erwähnt hatte. Das war an dem Tag gewesen, an dem sie sich kennen lernten, als Klein das Gemälde vorbeibrachte. Matt hatte von Lasuren gesprochen und erwähnt, dass Ölfarben einen sehr hohen Brechungsindex besaßen, wodurch manche Pigmente durchscheinend wurden und die reine Farbe zurückblieb. Genau wie ein Stück Glas im Wasser verschwindet, hatte Klein geantwortet. Verschwinden; die richtige Welt finden und ein Teil davon werden. War es das, was Klein ihm mitteilen wollte? Aber war diese Nachricht überhaupt für ihn bestimmt? Es musste wohl so sein, denn er hätte nie daran gedacht, genauer hinzusehen, wenn nicht die Vase im Krankenhaus gewesen wäre. Und Klein hatte sie ihm gebracht. Aber warum?

Warum nicht? Denn das war die eigentliche Frage, dämmerte es Matt. Die Frage, die er zu lange verdrängt hatte – seit dem Moment, als er im Krankenhaus aufgewacht war. Er hatte seine Welt gefunden und sie dann wieder verloren. Warum nicht? Lässt sich ein Verlust jemals vollständig erklären oder verstehen? Matt dachte an Masaccio und die Zeichnungen, die Anna ihm gezeigt hatte. Der Engel mit dem Schwert, das Paar, das aus dem Paradies vertrieben wurde. Sie verstanden es nur zu gut, dachte er. Das war der Grund, warum sie gehen mussten – sie hatten für die Erkenntnis ihre Unschuld geopfert. Auch ich wurde ausgestoßen, vertrieben, dachte Matt und spürte wieder Leandros Hand an seiner Kehle, die sich unerbittlich schloss, und das anschwellende Heulen des Wolfstons. Doch nun, eine Welt entfernt von dem Ort, an dem alles begonnen hatte, und eine weitere Welt entfernt von dem Ort, an dem er sein wollte, schlug die Stunde der Wahrheit. Und die Wahrheit lautete, dass er nie vollständig ein Teil der Welt geworden war, die er gefunden hatte, weil er die Welt, aus der er stammte, nie vollständig losgelassen hatte.

Aber auch die Art und Weise, wie er dort hingelangt war, spielte eine Rolle, dachte Matt. Er hatte im Studiolo Zuflucht gesucht. Er war davongelaufen. Doch eine Zufluchtsstätte konnte niemals eine ganze Welt ersetzen, und wenn er wie Glas in Wasser verschwinden wollte, dann musste er ein Teil dieser Welt werden und sich nicht darin verstecken. Nicht aus Furcht oder Sehnsucht, sondern weil es für ihn keinen anderen Ort als diesen einen gab. Erkenntnis würde ihm nicht weiterhelfen, das Denken führte ihn in eine Sackgasse. Es gibt keine Erkenntnis, dachte er. Es gibt nur die Entwicklung. Das war der Wolfston, das Irrationale, ein wesentlicher Bestandteil jeder Welt, das, was ihr auf seltsame Weise eine Bedeutung verlieh – das Unversöhnliche, das versöhnt werden musste.

Matt ging den Flur entlang am Empfangsbereich vorbei, in die Richtung, aus der der Mann am Nachmittag gekommen war, und blieb an der Tür zum vorletzten Büro stehen. Das Büro unterschied sich von den anderen: Es hatte zwar das gleiche Fenster und den gleichen Tisch, aber keinen Computer, keine Aktenschränke, keine Telefonanlage, keine Ablagen mit Büroklammern und Stiften und keine Familienfotos. Eine Schreibunterlage, in rotem Leder eingefasst, ein einzelner Federhalter, der in einem Marmorblock steckte, eine Lampe aus der Frühzeit des Kubismus, ein schmales Notizbuch: Die Ausstattung wirkte sparsam und ordentlich, genau wie damals in Kleins Apartment. Es gab keine Schränke, die man hätte durchsuchen können, nicht einmal ein Bücherregal, und so setzte Matt sich an den Tisch, um zu überlegen, was er als Nächstes tun sollte.

Das Problem war nicht länger der Mangel an Möglichkeiten – jetzt boten sich ihm zu viele. Eine ganze Bürosuite musste durchsucht werden, in der Dunkelheit, Zentimeter für Zentimeter, und danach wieder alles an seinen Platz gestellt werden. Es war bereits nach Zehn, laut der Uhr auf dem Schreibtisch; ihm blieben also höchstens acht Stunden. Er griff nach dem Notizbuch und schlug es auf. Es war ein Tageskalender mit Einträgen auf jeder Seite, immer in derselben Handschrift, aber geschrieben mit einer Vielzahl von Schreibgeräten und Tinten, die vom krakeligen Schwarz eines alten Federkiels bis zu einem blauen Filzstift reichten. Matt hielt das Buch ins Mondlicht und blätterte die Seiten durch. Vom vierten bis zum zwölften September lautete der Eintrag gleich – Kitty Hawk. Auf dem Blatt für den Achten stand zusätzlich noch das Wort Paris, weiter unten auf der Seite. Kopenhagen, London, erneut Paris, und dann New York an verschiedenen Tagen im Januar, ebenso im März und April. An jedem Tag eine andere Stadt; häufig waren sogar zwei oder drei unter einem Datum eingetragen. Hinter manchen Orten standen auch Namen – Rutherford, Helmholtz, Atget, Bohr, Montgolfier, Lavoisier, Seurat, Turner, Vespucci.

Matt warf einen Blick auf den Einband, um festzustellen, aus welchem Jahr das Buch stammte, aber es war keine Zahl eingeprägt, weder auf dem Vorsatzblatt noch auf der Titelseite. Berlin, São Paulo, London – alle am gleichen Tag. Tokio und Siena, beide am neunundzwanzigsten Februar. Plötzlich begriff Matt, was er gefunden hatte: ein Stundenbuch. Kleins gesammelte Entdeckungen und Forschungen, zusammengedrängt in einem einzigen Sonnenjahr. Während er weiterblätterte, fiel sein Blick auf einen Eintrag, und er hielt inne. November. Wann war er Klein zum ersten Mal begegnet? Jetzt erinnerte er sich wieder: am 15. November. Und da stand es schwarz auf weiß: New York, Museum of Modern Art, Matt O'Brien. Matt blätterte weiter. Prag war mehrere Male verzeichnet. Unter einen Eintrag der Stadt am 21. Oktober hatte Klein die Namen Mozart, da Ponte und Casanova gesetzt und darunter *Don Giovanni*, Stavovske-Theater, 20.30 Uhr geschrieben. Neugierig blätterte Matt vor zum nächsten Datum. Wieder Prag und *Don Giovanni*, im gleichen Theater zur gleichen Zeit. Aber statt der anderen Namen – Mozart, da Ponte und

Casanova – fand sich dort erneut sein eigener Name: Matt O'Brien.

Kapitel 24

Als Matt das leere Foyer des Theaters betrat, hörte er einen Sopran gedämpft durch die verschlossenen Türen des Saals dringen. Der Kartenschalter war geschlossen; ein Vorhang hinter dem Fenster schirmte den kleinen Raum ab. Die Pause war schon lange vorüber; die Oper befand sich bereits im zweiten Akt. Plötzlich öffnete sich eine der Türen zum Foyer: Ein Platzanweiser hielt einem Paar die Tür auf, das hinauseilte. Die Frau legte einen Seidenschal über ihre gebräunten Schultern und ließ sich von ihrem Begleiter, einem großen Mann mit rotem Gesicht und Schlangenlederstiefeln, hinausführen.

»... nicht zu vergleichen mit unserer Met«, sagte er mit einem breiten texanischen Akzent. »Man sieht ja nur den, der direkt vor einem steht.«

Der Mann warf einen Blick auf Matt, erkannte dessen Notlage und griff in die Seitentasche seines Blazers. »Vielleicht haben Sie ja dafür Verwendung«, sagte er und hielt Matt gönnerhaft eine abgerissene Karte entgegen.

»Danke.« Es überraschte Matt nicht, dass man ihn gleich als Amerikaner erkannte; in der Stadt schien es mehr von ihnen zu geben als Einheimische.

»Ich hoffe, Ihr Italienisch reicht aus. Keine Untertitel, nicht einmal über der Bühne.« Er schüttelte fassungslos den Kopf und ließ sich von seiner Begleiterin nach draußen ziehen.

Der Platzanweiser verbeugte sich, als Matt eintrat; er warf einen Blick auf die Karte und deutete auf die Treppe. Matt eilte hinauf. Als er die richtige Tür gefunden hatte, glitt er leise in die verlassene Loge und ließ sich in einen der Plüschsessel sinken, die schräg zum Zuschauerraum standen. Auf der Bühne verlieh die Beleuchtung den gemalten Vorhängen des großen Speisesaals die träumerische Atmosphäre einer Abendgesellschaft zu vorgerückter Stunde, als säße das Publikum an einem Ende des Tischs und der ausschweifende Don am anderen. Er scherzte mit seinem Diener Leporello und erfreute sich an seinem Fest, als eine Kapelle einsetzte.

Die Musiker waren in dem winzigen Orchestergraben kaum zu sehen, nur hin und wieder blitzten die Silberknöpfe ihrer Uniformen auf. Das Theater war wesentlich kleiner als Matt erwartet hatte, ein entzückendes Schmuckkästchen, verziert mit prächtigen vergoldeten Arabesken. Wie Stufen einer Torte erhoben sich vier Balkonreihen zu einer stuckierten Kuppeldecke, die sich hoch oben in der Dunkelheit verloren. Matt beugte sich vor und betrachtete das Publikum, das tief unter ihm in den dunklen Parkettreihen saß. Sein Blick wanderte wieder hinauf zu den Logen auf der gegenüberliegenden Seite und blieb plötzlich an einer Frau hängen, die gebannt das Geschehen auf der Bühne verfolgte. Auf ihrer Schulter erkannte er die Hand eines Mannes, der hinter ihr stand, fast vollständig im Schatten verborgen. Ihre braunen Haare waren zu einem kunstvollen Knoten aufgesteckt, wobei kleine Löckchen ihre Schläfen rahmten; ihr dunkelblaues Seidenkleid schimmerte fast schwarz in dem gedämpften

Licht. Die Neigung ihres Kopfes, die anmutige Gelassenheit, während sie aufmerksam zuhörte …

»Anna!«, rief Matt wie von Sinnen, sprang auf die Füße und lehnte sich über die Brüstung des Balkons. Sein Ruf ging unter im markerschütternden Schrei der Geliebten Don Giovannis, die in diesem Moment von der Bühne lief. Aus dem Orchestergraben drang ein gewaltiger Akkord, ein entfesseltes Dröhnen von Streichern, Hörnern und Kesselpauken toste durch den Saal und ging Matt durch Mark und Bein.

»Don Giovanni«, ertönte ein tiefer Bass, nachdrücklich und überwältigend. Erschüttert von dem Klang, klammerte Matt sich an das Geländer, während der Commendatore, groß und grau wie der Tod, vor einer neuen Kulisse aus kaltem Schwarz erschien.

»Don Giovanni«, rief die hoch aufragende Figur erneut. Matt spürte wie der Akkord in ihm nachhallte; die tiefe Kadenz brandete gegen seine Brust und vibrierte in seinen Knochen, während er verzweifelt nach Anna Ausschau hielt. Sie war noch dort, kaum sichtbar in der Dunkelheit des Saals, und sie suchte nach ihm – sie hatte seine Stimme gehört.

»Warte!«, schrie Matt, doch der Akkord erklang erneut. Seine Hände umkrallten noch immer das Geländer, während die Kadenz immer tiefer und flacher wurde, bis sie schließlich in die schreiende Dissonanz des Wolfstons überging. Matt kämpfte sich zur Tür. Er musste zu Anna gelangen. Und zu Klein. Er wusste, dass Klein bei ihr war. Matt stolperte hinaus aus der Loge. Auf dem Gang hallte der Ton von den Wänden und vom Boden zurück, bohrte sich von allen Seiten in ihn hinein und schwoll dabei immer stärker an. Der Gang schien endlos; Matt passierte eine Tür nach der anderen, strauchelte immer wieder. Kurz davor, das Bewusstsein zu verlieren, fasste er nach einem Türgriff, in der Hoffnung, dass es die richtige Loge war. Als er das Séparée betrat, verstummte die Musik mit einem gewaltigen Donnerschlag.

Die Loge war leer, das Theater vollkommen dunkel. Stille umfing ihn. Vorsichtig tastete Matt sich vor. Plüschsessel, noch warm, dann stieß er gegen die Brüstung. Dahinter, in tiefer Finsternis, nahm er plötzlich eine gähnende Leere wahr. Er beugte sich vor und durchforschte das Dunkel mit allen Sinnen, konnte aber nichts finden. Das ganze Theater hätte verschwunden sein können; er hätte am Rande der Welt stehen können, nichts weiter um ihn herum als das Geländer in seiner Hand und ein Stück Teppich unter den Füßen.

Matt wandte sich ab, um die Loge zu verlassen, doch als er die Tür aufstieß, spürte er plötzlich, wie sich etwas um seinen Hals legte – ein unangenehmes Gefühl, das ihn an eine Hand erinnerte, die sich unbarmherzig um seine Kehle schloss und ihn unerbittlich in die Höhe hob. Die unzähligen Kerzen in den Wandhaltern entlang des ausgestorbenen Gangs brannten reglos in der stillen Luft und erfüllten sie mit ihrem Duft und einer unerträglichen Hitze. Schwankend durchquerte Matt die Halle und taumelte auf einen Spiegel zu.

Um seinen Hals war ein weißes Tuch geschlungen, das, als Schleife gebunden, auf dem Revers einer weißen, doppelreihigen Weste ruhte. Darüber trug er einen langen schwarzen Mantel, und seine Beine steckten in einer cremefarbenen Reithose, die mit Knöpfen an hohen Lederstiefeln befestigt war.

Matt stürzte die Treppen zum Foyer hinunter und aus dem Theater hinaus, wo er beim Anblick der Scharen von Menschen, die die Straße entlang flanierten, abrupt stehen blieb. Tranlampen warfen Lichtkreise auf das Pflaster, er sah Männer mit gepuderten Perücken unter dem

Dreispitz. Sie trugen farbenfroh gemusterte Mäntel und Kniebundhosen; die Damen an ihrer Seite nahmen mit weit ausladenden Röcken fast die Hälfte der schmalen Gehwege in Anspruch. Der Lärm von beschlagenen Hufen und Eisenrädern, die über das Kopfsteinpflaster ratterten, vermischte sich mit dem süßlichen Ammoniakgeruch von Pferdedung und Schweiß und umfing ihn, während er die Stufen des Theaters hinabschritt. Welche Richtung? Links oder rechts? Er hatte nicht die geringste Ahnung, wohin Anna sich gewandt haben konnte.

Matt ließ sich von der Menge schieben und versuchte zu begreifen, was geschehen war. Die Welt, die er kannte, war jetzt vollkommen verschwunden. Kalil hatte Recht gehabt, dachte er. Die Zeit war nicht linear. Doch was nutzte ihm diese Erkenntnis, wenn er keine Kontrolle darüber besaß? Hier stand er nun, immer noch in Prag, aber im achtzehnten Jahrhundert. Er hatte kein Geld und keine Freunde und keine Idee, wie er dahin kommen sollte, wohin sein Herz ihn zog. Was also sollte er tun? Sich einfach treiben lassen?

Ein Stoß vor die Brust riss Matt aus seinen Gedanken. Er war in einen Mann hineingelaufen, der sich nun mit zornrotem Gesicht aufrappelte und im Begriff war, sein Schwert zu ziehen.

»Es tut mir schrecklich Leid«, sagte Matt eilig und hob beschwichtigend die Hände.

»Passt gefälligst auf, wo Ihr geht«, bellte der Mann ihn wütend an.

»Ja, natürlich«, versicherte Matt und hob den Hut des Mannes auf. Er klopfte den Staub ab und verbeugte sich umständlich, bevor er ihn ihm reichte. »Die Schuld liegt ausschließlich auf meiner Seite.«

Der Mann starrte ihn ungläubig an und riss ihm den Hut aus der Hand. Die Frau an seiner Seite flüsterte ihm etwas ins Ohr und zog an seinem Arm. Zögernd schob er das Schwert zurück in die Scheide. Dann sah er sich um und suchte in der Menge, die sich um sie versammelt hatte, nach Anzeichen für einen Mittäter, während er gleichzeitig die Taschen seines himmelblauen Gehrocks befühlte. Nachdem er festgestellt hatte, dass nichts fehlte, setzte er den Dreispitz auf und stolzierte mit der Dame am Arm hochmütig davon.

Vollkommen durcheinander drückte Matt sich in einen Torbogen, um abseits des Fußgängerstroms seine Fassung wiederzufinden. Panik überfiel ihn, und er durchwühlte hastig die Innentaschen seines eigenen Mantels. Der Glasstern war noch da und auch Annas Lilienbrosche. Er zog sie heraus und betrachtete sie erleichtert.

Was würde Kalil jetzt sagen? Matt konnte ihn förmlich vor sich sehen, wie er in seinem Korbsessel saß und sich eine Zigarette anzündete. »Was, Mr. O'Brien, muss man wohl tun, wenn man jemanden treffen möchte? Man sollte Ort und Zeit festlegen.« Natürlich, das war es. Ort und Zeit. Matt spürte einen schwachen Hoffnungsschimmer aufkeimen. Vielleicht war seine Situation doch nicht so ausweglos, wie er befürchtet hatte. Ja, die Zeit war eine Variable, über die er keine Kontrolle besaß. Aber der Ort – das war eine Koordinate wie auf einer Landkarte. Er konnte sie setzen, und die Zeit würde folgen. Aber wo? Er könnte nach Gubbio fahren und versuchen, den Weg zur Villa zurückzufinden, aber er würde sie vielleicht nie entdecken. War sie denn überhaupt ein Teil dieser Welt? Und wenn es sie noch gäbe, war sie mit Sicherheit umgebaut worden, wurde ihm plötzlich klar. Er wusste, dass er diesen Anblick – so weit entfernt von Anna und der Welt, die er gekannt hatte – nicht ertragen könnte. Er musste einen Ort finden, der so zeitlos war wie das Studiolo, damit er sich von der Welt befreien konnte. Er war bereit, er konnte das Land sehen, das dahinter lag, es riechen und schmecken. Er fühlte sich wie der Neophyt, den Anna gezeichnet hatte, der Mann, der in den Fresken der Brancacci-Kapelle auf die Taufe wartete. Die Kapelle ... »Welche von den dreien ist die Wichtigste?«, hörte er Annas Stimme fragen.

Die Zeit war eine Blüte, und die Blüte war eine Schwertlilie, und diese wiederum stand für Glaube. Die Brancacci-Kapelle war der Ort, der sie zueinander geführt hatte, als sie zusammen in Annas Atelier ihre Zeichnungen betrachtet hatten und die Welt entdeckten, die sie miteinander teilten. Die Zeit, ob nun diejenige, in die er hineingeboren war, oder diese hier im Prag des achtzehnten Jahrhunderts oder selbst die des Quattrocento – sie war nichts als Facetten, und das Juwel, die Welt, die er zusammen mit ihr gefunden hatte, befand sich in der Brancacci-Kapelle.

Drei Kugeln über dem Eingang zu einem Laden verkündeten bereits von weitem, dass es sich bei dem Geschäft auf der anderen Seite der Straße um einen Pfandleiher handelte. Matt schlängelte sich durch die Droschken und betrat den Laden, der kaum groß genug war für den Mann hinter der Theke. Er trug einen türkischen Fes auf dem Kopf und einen Hausrock aus schwerem Brokatstoff; hinter ihm türmten sich Myriaden von Kisten und Schachteln entlang der Wände, und weiterer Krimskrams hing von der Decke. Matt zog den Ring von seinem Finger. Es war das erste Mal, dass er ihn abnahm, seit seine Eltern ihn ihm am Tag seines Highschoolabschlusses gegeben hatten. Ein Familienerbstück, das seit grauer Vorzeit von Generation zu Generation weitergereicht worden war. Zögernd legte er den Ring auf das dicke grüne Filztuch vor dem Mann, der scheinbar unbeteiligt zusah. Bevor dieser jedoch danach greifen konnte, war der Ring plötzlich verschwunden, hinweggefegt von einem braunen Blitz.

»Gib das sofort zurück«, befahl der Mann mit dem Fes und blickte hinauf zu den kunstvollen Voluten auf einem Rokoko-Schrank.

Ein Affe in einem kurzen roten Jäckchen schnatterte aufgeregt zurück und schwenkte den Ring wie eine Trophäe.

»Sofort, Faruk!«, bellte der Mann. »Hast du schon vergessen, was mit deinem Bruder passiert ist?«

Diese Bemerkung quittierte der kleine Affe mit noch aufgeregterem Schnattern, und die Quaste auf seinem passenden Minifes schaukelte wild hin und her.

Der Pfandleiher griff nach einem langen Stock mit metallener Spitze. Aber noch bevor er ihn in die Hand nehmen konnte, lag der Ring wieder auf dem Filztuch, während das Äffchen von seinem erhöhten Sitzplatz aus beleidigt herunterschaute. Der Pfandleiher nahm den Ring, drehte ihn in seinen dicken, überraschend gelenkigen Fingern und betrachtete ihn durch eine Lupe. »Versilbert«, sagte er abschätzig, »und seht Euch das hier an. Kristallglas.« Verächtlich zeigte er auf die Smaragdsteine. »Eine halbe Pistole. Ach, was sag ich? Das ist noch viel zu viel.«

»Entschuldigt, dass ich Eure Zeit in Anspruch genommen habe«, erwiderte Matt und streckte die Hand nach dem Ring aus.

Der Mann zog den Ring zurück. »Ihr erlaubt doch«, murmelte er und machte einen Wirbel darum, das Schmuckstück erneut zu begutachten. »Das Licht«, sagte er. »Wie schnell unterläuft einem ein Fehler, und meine Augen sind auch nicht mehr das, was sie mal waren.« Er seufzte. »Sechs.«

»Zwölf«, entgegnete Matt.

Der Mann tat so, als wolle er den Ring zurückgeben,

hielt ihn jedoch fest, als Matt ihn nahm, sodass sich ihre Finger trafen. »Neun«, verbesserte er sein Angebot. »Ich muss ein Narr sein. Ich sollte es besser wissen und nicht so spät am Tag noch Geschäfte machen. Ich bereue es doch jedes Mal.«

»Ich brauche genügend Geld, um nach Florenz zu kommen«, sagte Matt.

»Also vier Pistolen«, rief der Mann vergnügt, griff unter die Theke und legte vier Goldmünzen auf den grünen Filz. »Ihr beraubt mich«, fügte er hinzu, als Matt ihn unverwandt anstarrte, legte dann aber weitere fünf Goldstücke auf die Theke. »Ich muss ein Narr sein«, sagte er noch einmal, während er den Ring an sich nahm und Matt die Goldmünzen einsteckte. Aber er rieb ihn noch zwischen seinen Fingern, als sich die Tür mit einem leisen Klingeln hinter Matt schloss.

Als die Kutsche rumpelnd anhielt, wachte Matt auf. Während er ausstieg und seine Glieder streckte, konnte er unter sich im Tal Florenz erkennen. Die letzten Strahlen der Abendsonne ließen die weißen Rippen der Domkuppel aufstrahlen und verwandelten den Arno in ein silbernes Band, das sich durch ein Stück schwarzen Marmors schlängelte. Als das Gepäck der Fahrgäste, die an dieser vorletzten Station San Miniato ausstiegen, abgeladen war, kletterten Matt und die restlichen Reisenden wieder in die quietschende Kutsche. Der große Wagen federte unter ihrem Gewicht wie ein schwerfälliges Schiff hin und her. Schlingernd setzte sich die Kutsche in Bewegung, nahm aber rasch Fahrt auf, als die Pferde das Ende der langen Reise spürten und den Hügel hinabstürmten. Die endlose Woche erschien Matt plötzlich wie im Flug vergangen, und gespannt erwartete er ihre Ankunft in Florenz. Die Kutsche erreichte die schmalen Gassen der Stadt; das

Donnern der Hufe und der Wagenräder hallte laut von den hohen Gebäuden zurück. Sie fuhren jetzt am Fluss entlang, Matt konnte die näher kommenden Lichter des Ponte Vecchio sehen.

»Halt«, rief er und ergriff den Spazierstock des hageren Gentleman, der ihn seit zwei Tagen – seit er die Kutsche für den letzten Teil der Reise gewechselt hatte – unverwandt anstarrte und ihm zunickte, wenn sich ihre Blicke trafen, aber nicht ein einziges Wort sagte. Energisch klopfte Matt mit dem vergoldeten Knauf des Stocks gegen die Decke der Kutsche, bis diese anhielt.

»*Che fai?*«, schrie der Kutscher ärgerlich, aber Matt war bereits hinausgesprungen und rannte einem anderen Wagen hinterher, den er in dem Augenblick gesehen hatte, als sie zum Ponte Vecchio abbogen. Der Wagen fuhr in die andere Richtung zum Palazzo Pitti, der hell erleuchtet am Fuß des Hügels lag. Auf dem großen Platz davor drängten sich Kutschen, die vorfuhren, ihre Fahrgäste aussteigen ließen und wieder abfuhren. Matt schloss sich der Menge an, die sich langsam die Stufen zum Palazzo hinaufbewegte; die Gesichter der Menschen verbargen sich hinter schwarzen Dominomasken und anderen phantasievollen Larven. Offensichtlich fand diesen Abend ein Maskenball statt. In dem Gedränge am oberen Treppenabsatz konnte Matt einen flüchtigen Blick auf den Mann erhaschen, der in der Kutsche auf dem Ponte Vecchio gesessen hatte: Ein Mann in einem langen, dunkelblauen Mantel, dessen silbernes Haar ihm locker über die Schultern fiel. Klein; es war Klein. Als Matt sich seinen Weg durch die Menge erkämpfte, verschwand sein alter Freund aus seinem Blickfeld und betrat den Palazzo zusammen mit einem anderen Gast, den er gerade begrüßt hatte.

Hastig drängelte sich Matt die Stufen hinauf, hier und

da eine Entschuldigung murmelnd. Auf dem oberen Treppenabsatz legte sich plötzlich eine Hand auf seinen Arm und brachte ihn zum Stehen. Als er aufblickte, stand einer der beiden hünenhaften Landsknechte vor ihm, die zu beiden Seiten der Freitreppe Wache hielten. Der Soldat sah beeindruckend aus in seiner leuchtend gestreiften Hose, den weiten Puffärmeln und dem glänzenden Harnisch aus poliertem Silber. Er lehnte seinen mannshohen Zweihänder gegen die Mauer und zog aus dem Beutel an seiner Hüfte eine Dominomaske hervor. Wortlos überreichte er Matt die Maske und nahm anschließend wieder seine statuenhafte Haltung ein.

Der Ballsaal war bereits dicht gefüllt mit Gästen, die in kleinen Gruppen beisammenstanden oder entlang der Tanzfläche flanierten, die sich über zwei Stockwerke erstreckte. Auf der Empore spielte ein Orchester, und die festlichen Klänge aus Vivaldis *Vier Jahreszeiten* mischten sich mit dem angeregten Gemurmel im Saal. Matt schob sich durch die Menge, suchte nach dem dunkelblauen Mantel und den silbernen Haaren, als der Geiger, der die Kapelle dirigierte, sich dem Publikum zuwandte und ein Solo anstimmte. Klein war nirgendwo zu sehen, weder im Ballsaal noch in dem kleinen Nebenraum, in dem einige Gäste um einen Spieltisch saßen. Gebannt konzentrierten sie sich auf das leise Rascheln der Karten, die Männer in Pierrotkostümen austeilten. »Tausend«, sagte ein Mann in einer kunstvoll bemalten Leopardenmaske und schob einen Stapel Goldmünzen nach vorne. Einer der Zuschauer, einen Dreispitz unter den Arm geklemmt, nahm eine Prise Schnupftabak und nieste heftig, als die Karten über den glatten Tisch geschoben wurden. Unermüdlich auf der Suche, hatte Matt inzwischen die andere Längsseite des Ballsaals erreicht und ließ seinen Blick über die Menge schweifen. Die hohen Terrassentüren standen weit offen, und die langen goldenen Vorhänge bewegten sich ganz sacht im leichten Wind, der die erdrückende Hitze von hunderten von Kerzen in den Kronleuchtern und Wandhaltern etwas erträglicher machte. Plötzlich nahm Matt auf einem der Balkone einen Schatten wahr, schwarz auf schwarz, Silber vor einem dunklen Hintergrund.

»Ein wundervoller Abend, nicht wahr?«, sagte Klein, als Matt zu ihm hinaustrat. Kleins Gesicht war unverhüllt, die schwarze Maske baumelte an seiner Hand, als er sich entspannt gegen die marmorne Brüstung lehnte.

»Johannes, was geht hier vor?«

»Ich glaube, du kennst die Antwort auf diese Frage.«

»Ach, wirklich? Ich weiß, dass sich die Welt auflöst.«

»Das ist die Natur der Dinge. Der zweite Hauptsatz der Thermodynamik: Das Chaos nimmt zu.«

»Vielen Dank«, erwiderte Matt. »Das ist mir eine große Hilfe.«

Klein griff in die Innentasche seiner Brokatweste, zog eine Münze hervor und warf sie in die Dunkelheit. Die kleine Goldscheibe flog im hohen Bogen und landete mit einem leisen Platschen im Brunnen unter dem Balkon. Ein schwaches Lächeln vertiefte einen kurzen Moment lang die Falten in Kleins rechteckigem Gesicht. »Du weißt, wie man unter die Oberfläche eines Gemäldes sieht«, sagte er, »wie man die Dinge erkennt, die für andere unsichtbar sind. Aber das ist nur die Hälfte der Gleichung. Man muss Augen haben, um zu sehen, und Ohren, um zu hören. Und du musst genauso zuhören, wie du sehen gelernt hast. Ob Musik der Sphären oder String-Theorie, nenn es wie du willst – ein einziger Akkord ist die Summe aller Dinge. Eine Welle aller Möglichkeiten, die jeder von uns auf seine eigene Weise in sich zusammenfallen lässt. Und dann wird aus dem Ton Musik. Die

Musik deiner Welt erklingt nach deinen eigenen Vorstellungen.«

»Der Ton, den ich gehört habe«, sagte Matt langsam. »Der Wolfston. Ist es das, was du meinst?«

»Er ist ein Teil dessen, das ist richtig, aber verwechsle nicht die Wirkung mit der Ursache. Ein Ton kann rein sein, ohne wirklich zu klingen. Erst zentriert erwacht er zum Leben: Sämtliche Obertöne klingen, alle Teiltöne. Es entwickelt sich ein Akkord, der aus einem einzigen Ton erwächst, ein Akkord, der dann zu Musik werden kann, zu einem Moment perfekter Resonanz, der ewig dauert. Er wird zu einer Welt aus sich selbst heraus, einer Welt innerhalb der Welt.«

»Aber was bedeutet das?«

»Nichts«, antwortete Klein. »Warum muss immer alles eine Bedeutung haben?«

»Du versuchst nicht einmal, mir zu helfen.«

Klein lachte. »Du hast Recht. Ich tue alles, um dir im Weg zu stehen.«

»Wo ist Anna?«

»Ich weiß es nicht. Die Harmonie deiner Welt kannst nur du finden. Es ist dein Ton, den du zentrieren, dein Akkord, den du hören musst. Deine Musik.« Klein lächelte. »Keine Sorge, du wirst sie finden.«

»Aber wie?«

»Ich glaube, du weißt die Antwort schon. Was war es denn, das dich nach Florenz gebracht hat? Ich jedenfalls nicht.«

Nein, erkannte Matt, es war nicht Klein gewesen; während der ganzen Reise von Prag hierher hatte er nicht einmal an ihn gedacht. Er hatte seinen Freund nur einen Augenblick lang in einer vorüberfahrenden Kutsche gesehen, doch eigentlich war sein Ziel die Brancacci-Kapelle in der Kirche Santa Maria del Carmine gewesen. Und plötzlich wurde ihm bewusst, dass er in diesem Moment genau dort sein wollte. Aber eines musste er noch wissen, bevor er sich auf den Weg machte.

»Warum?«, fragte er. »Warum hast du das getan?«

»Was meinst du?«

»Du hast dich in mein Leben eingemischt. Warum?«

Klein lachte. »Was habe ich denn schon getan? Ein Gemälde, eine Blumenvase – und noch ein Glasstab und ein sternförmiges Prisma. Schön, das sind alles Dinge. Harmlos, in und aus sich selbst heraus. In jedem davon steckt eine Welle von Möglichkeiten – aber du warst es, der diese Wellen zu bestimmten Bedeutungen hat zusammenfallen lassen. Nur du.« Klein seufzte. »Trotzdem hast du Recht. Ich habe eingegriffen. Ich muss zugeben, dass ich als Wissenschaftler die Situation ungeheuer anziehend fand. Doch es war mehr als das. Nenn es das Gesetz der Straße: Ein verirrter Wanderer braucht eine helfende Hand. Also habe ich ihm eine Landkarte gezeigt. Nicht das Ziel und nicht den Weg. Nur die Hilfsmittel, die ich hatte, und die er brauchte. Alles andere liegt bei ihm.«

»Ich danke dir«, sagte Matt und streckte seine Hand aus.

Klein nahm sie und hielt sie fest. »Es war mir ein Vergnügen. Viel Glück, mein Freund.«

Kapitel 25

Als seine Augen sich an das Dämmerlicht gewöhnt hatten, spürte Matt, wie sich die tiefe Ruhe der Kirche auch auf ihn übertrug. Es war diese Stille und das Gefühl, von der Zeit enthoben zu sein, woran er sich am deutlichsten erinnerte. Aber irgendetwas war anders, irgendetwas Entscheidendes hatte sich verändert. Die Atmosphäre des Kirchenraums war noch die gleiche, die Raumaufteilung unverändert, der Boden unter seinen Füßen bestand nach wie vor aus Steinplatten, aber es roch völlig anders. Diese besondere Mischung aus Weihrauch, Blüten und Kerzenwachs wurde durch den schärferen Geruch von Rauch, frisch geschnittenem Stein und unbehandeltem Holz ersetzt. Richtig, das Feuer. Matt erinnerte sich wieder, als er sich nicht nur auf den Ort, sondern auch auf die Jahreszahl besann. Santa Maria del Carmine war wenige Jahre zuvor, 1771, durch eine Feuersbrunst fast vollständig zerstört worden. Nur die Brancacci-Kapelle hatte relativ unbeschadet standgehalten, obwohl die Wandmalereien von der Hitze stark in Mitleidenschaft gezogen worden waren. Aber war die Kapelle wirklich unversehrt geblieben?

Mit traumwandlerischer Sicherheit wandte Matt sich

dem rechten Seitenschiff der Kirche zu und schritt es im dämmrigen Licht entlang. Vor einem Seitenaltar blieb er stehen und entzündete eine Votivkerze an einem der kleinen Flämmchen, die vor einer trauernden Madonna flackerten. Dann ging er weiter zur Kapelle und hoffte inständig, dass sie noch existierte. Im gelben Licht der Kerze nahmen die Wände langsam Gestalt an. Eine der Mauern war teilweise von einem hohen Gerüst verdeckt, das noch dort stand, um die letzten Reste von Lampenruß zu beseitigen.

Figuren tauchten auf, Adam und Eva im Garten Eden. Auf der gegenüberliegenden Wand vertrieb ein Engel mit einem Schwert das weinende nackte Paar aus dem Paradies. Matts Erleichterung darüber, dass die Kapelle unversehrt war, mischte sich mit dem freudigen Gefühl, nach langer Zeit alte Freunde wiederzusehen. Er blickte sich um und dachte an die unzähligen Stunden, die er hier verbracht hatte, in denen er Skizzen angefertigt und sich in die Malereien vertieft hatte, bis die Formen und Farben und Menschen auf den Wänden zum Leben erwachten. Auf einem der Gemälde erkannte er Masaccio selbst, der die Hand ausstreckte, um den heiligen Petrus zu berühren. Und dort drüben standen Alberti und Brunelleschi, berühmte Baumeister ihrer Zeit. Matt erinnerte sich, dass Brunelleschi, nachdem er von Masaccios frühzeitigem Ableben im Alter von siebenundzwanzig Jahren erfahren hatte, wieder und wieder nur diesen einen Satz wiederholt hatte: Wir haben einen großen Verlust erlitten, wir haben einen großen Verlust erlitten, wir haben …

Matt wandte sich der gegenüberliegenden Wand zu. Auch Botticelli stand dort, wo er immer gestanden hatte, inmitten einer Gruppe von Menschen, die der Kreuzigung Petri beiwohnten. Und dort, am Rand des letzten Freskos in der Kapelle: Filippino Lippi mit einem Ausdruck im Gesicht, als wolle er fragen ›Gefällt es Euch?‹ Matt hielt die Kerze höher. Genau in dem Moment, als diese Figuren zum Leben erweckt wurden, als die Farbe von Filippinos Pinsel in den noch feuchten Putz der neuen Kapelle drang, genau in diesem Moment war Matt mit Anna zusammengewesen. Matt erblickte den Täufling, den sie gezeichnet hatte. Zitternd und mit verschränkten Armen, nackt bis auf einen winzigen Lendenschurz, stand er mit anderen am Ufer des Flusses und wartete darauf, vom heiligen Petrus die Taufe zu empfangen. Matt beleuchtete das Gesicht des Mannes. Wieso habe ich diesen Ausdruck noch nie zuvor bemerkt, dachte er. Er hat alles aufgegeben, sich selbst der Gnade eines unbekannten Schicksals überlassen, und dennoch strahlt sein Gesicht das unfassbare Erstaunen eines Mannes aus, der bis ans Ende der Welt gereist ist und schließlich ein Zuhause erblickt, von dem er nicht gedacht hätte, es je zu finden.

Die Kerze flackerte, und die Figuren an den Wänden verschwanden, als die Flamme schließlich erlosch. Matt spürte auf einmal die Anstrengungen der letzten Tage und erinnerte sich an eine kleine Kapelle auf der anderen Seite des Mittelschiffs. In diesem abgeschiedenen Raum stand eine Bank, auf der er während der langen stillen Nachmittage häufig ein Nickerchen gemacht hatte. Tastend durchquerte er das Mittelschiff, sah den Weg nur vor seinem inneren Auge. Schließlich fand er die einzige Stufe zur Kapelle und blieb mit einem unterdrückten Schmerzensschrei stehen, als sein Schienbein hart gegen eine unerwartete Steinkante stieß. Er humpelte zum Altar und holte eine neue Kerze, um zu sehen, wogegen er gestoßen war. Wahrscheinlich Baumaterial für die Restaurierung, dachte er, denn die Kapelle war leer gewesen, als man die Kirche nach dem Brand wiederaufgebaut hatte.

Als die Kerze ihr Licht verbreitete, erkannte er eine Familienkapelle mit einer glasierten Terrakotta-Madonna an der Stirnwand. Davor standen zwei weiße Marmorsarkophage. Sie trugen keine Familiennamen, aber in den linken war ein Löwenkopf gemeißelt, der die Kirche mit blicklosen Augen beobachtete. Den Deckel des rechten Sarkophags zierte ein kunstvolles Porphyrmuster aus sorgfältig angeordneten Strichen und Kreisen, und darüber ...

Matt spürte, wie ihm fast das Herz stehen blieb. In dem glatten weißen Marmor zeichneten sich drei kunstvoll gemeißelte Schwertlilien ab, deren Blätter so zart gearbeitet waren, dass sie fast durchsichtig schienen. Er hatte Anna gefunden.

Wie versteinert hielt Matt die Kerze hoch. Wie kann das sein?, dachte er. Es ist ein paar Wochen her, dass ich ihre Hand hielt, als sie den winzigen Papierflieger in die Luft warf. Ich habe ihn gefaltet, während wir uns über irgendetwas unterhielten. Worüber haben wir gesprochen? Was hatte sie damals nur gesagt? Matt erinnerte sich, wie er den Flieger gefaltet hatte, konnte sie neben sich sehen und sogar ihr Lachen hören. Aber er konnte sich nicht mehr daran erinnern, was sie gesagt hatte.

Dies war Anna. Dies war alles, was von ihr geblieben war. Staub und Luft; von einer Welle von Möglichkeiten zu einer Erinnerung verblasst. Die Zeit, nicht die Liebe überwindet am Ende alles.

Vorsichtig berührte er die Schwertlilien. Blüten aus Stein, so glatt und seidig, als hätte man sie erst eine Woche zuvor auf den Sarkophag gelegt. Glaube, dachte er. Was nützte ihm jetzt noch der Glaube? Der Akkord war unvergänglich, nicht aber die Musik. Alles hatte einen Anfang und ein Ende, und hier, unter seiner Hand, war das Ende.

Doch irgendetwas tief in ihm weigerte sich, die Tatsachen zu akzeptieren, obwohl sie so greifbar und wirklich vor ihm im Raum standen. Er wusste, dies war das Ende, aber was hatte das zu bedeuten? Erkenntnis war es, wodurch er Anna und die von ihm gefundene Welt verloren hatte, dachte er. Als er die glatte, weiße Marmoroberfläche betrachtete, tauchte vor seinem inneren Auge plötzlich das Bild einer Zeichnung auf. Er sah sich selbst, wie er sie aus einer Schublade nahm. Die Zeichnung eines Mannes, der auf seine Taufe wartete. »Die stammt von mir«, hatte Anna gesagt, als er die Zeichnung voller Bewunderung betrachtete. Doch er wusste bereits, dass sie von ihr stammte. Genau wie dieser nackte und frierende Mann erkannt hatte, was ihn erwartete, ohne es wirklich zu wissen. Eine andere Form der Erkenntnis.

»Ein Mann geht die Straße entlang und kommt an einer Schaufensterscheibe vorbei …«, hörte Matt Kalil sagen. Das ist das Fenster, dachte Matt. Nicht der Marmordeckel oder der Sarg, sondern die Kirche, die Welt um ihn herum. So wirklich es auch scheint, ist das, was ich sehe, doch nur eine Reflexion meiner Erkenntnis. Befreie deinen Geist von dem, was du weißt, ermahnte er sich selbst, und finde die Welt, die dahinter liegt.

Vorsichtig stellte Matt die Kerze auf den Marmordeckel. Dann ging er zum Altar zurück, suchte sämtliche Kerzen zusammen, die er finden konnte, trug sie zurück und stellte sie neben dem Sarkophag auf den Boden. Er nahm eine der Kerzen, um sie anzuzünden und hielt plötzlich inne. Er dachte zurück an den Tag seiner Ankunft in der Villa. Die ganze Szenerie, er sah sie deutlich vor sich – die große Küche, den überladenen Tisch, Rodrigo, wie er mit Lisl schäkerte. Er konnte die Hitze spüren und roch den Duft des am Spieß brutzelnden Schweins. Er hörte das Prasseln des Feuers und dann ein Lachen, das von der Tür her kam.

Und da war sie. Annas Antlitz vor Augen – so wie er sie zum ersten Mal gesehen hatte, als ihr Blick ihn kaum gestreift hatte –, entzündete er die Kerzen und platzierte sie auf dem Sarkophag. Eine nach der anderen, Augenblick für Augenblick, Tag um Tag, für jeden einzelnen Moment mit ihr – ein glühendes Meer für Anna. Als alle Kerzen brannten, stellte Matt sich an den Fuß des Sargs und legte die Hände auf den Deckel.

»Ich bin ein Berglöwe«, sagte er leise, »und ich bitte um Gnade.«

Dann kletterte er auf den anderen Sarg und ließ sich mit gekreuzten Beinen darauf nieder, seinen Umhang fest um seine Schultern gezogen. Jenseits aller Gedanken und Erinnerungen wurde sein Geist erfüllt von Annas Gegenwart, der Frau, die er liebte, im Meer der tanzenden Flammen neben ihm, in der Stille der Nacht.

Langsam erwachte Matt. Seine Wange lag auf Leinen gebettet. Der grob gewebte Stoff fühlte sich weich an im Vergleich zu dem harten Stein, auf dem sein Körper lag. Harter Stein. Matt setzte sich auf, dehnte die steifen Glieder und warf einen Blick auf das Stoffbündel, das ihm als Kissen gedient hatte. Ein zusammengefalteter blauer Umhang. Daneben lagen ein langes Schwert – die handgearbeitete Scheide war an einem geflochtenen Ledergürtel befestigt – und ein Paar Lederstiefel, deren weicher Schaft zur Seite geknickt war. Sein weißes Leinenhemd wurde von einem silbern eingefassten Gürtel zusammengehalten, und seine Beine steckten in einer Strumpfhose.

Matt streckte seine Beine aus und ließ sich über den Rand des Sargs auf den Boden gleiten, musste sich aber am Marmordeckel festhalten, bis er sein Gleichgewicht wiedergefunden hatte. Die Kerzen auf dem Sarkophag neben ihm waren verschwunden, und der blanke Marmor schimmerte in dem Licht, das durch das Buntglasfenster hoch oben in der Mauer der Kapelle fiel. Rote, hellgelbe, grüne und purpurfarbene Streifen kolorierten den Marmor und umspielten ein Feld, das weiß geblieben war. Diese weiße Fläche besaß die Form eines Sterns mit Spitzen wie Flammenzungen.

Matt sah zum Fenster hinauf. Besorgt griff er in die Innentasche des gefalteten Umhangs. Das Prisma war noch da. Das Sonnenlicht tanzte funkelnd in dem geschliffenen Glas, als er das Prisma auf den Marmordeckel legte – ein kleiner Stern innerhalb der größeren weißen sternförmigen Fläche, die das kräftige Licht der Morgensonne durch das Fenster warf. Ächzend wuchtete er den schweren Eichenbetschemel von seinem Platz vor der Madonna und schob ihn vor das hohe Fenster. Dann kletterte er mit dem Prisma in der Hand auf den Schemel, hielt sich mit einer Hand am Fensterrahmen fest und drehte den Glasstern so lange, bis er sich mühelos in den Bleirahmen einsetzen ließ. Mit einem kleinen Ruck rastete er ein. Er passte haargenau.

Matt sprang wieder hinunter und stellte sich an den Kopf des Sarkophags; er spürte die Sonne auf seinem Rücken, die ihn selbst durch das Buntglas hindurch mit Wärme erfüllte. Er sah zu, wie der Stern, ein leuchtendes Ultramarinblau umgeben von funkelnden Regenbögen, über den Deckel wanderte, während die Sonne immer höher stieg. Die tiefe Stille der Kirche umfing ihn. Staubkörner tanzten im Licht, während der Stern über die Porphyreinlegearbeit wanderte, dieses Muster aus Strichen und Kreisen, das er aus dem Studiolo wiedererkannte. Als der Stern die exakte Mitte des Porphyrmusters erreichte, verwandelten sich die Schwingungen, die unter Matts Füßen und in der Luft um ihn immer stärker angeschwollen waren, in einen Ton, den Matt mehr spürte als hörte – ein voller Klang jenseits der Musik, eine unendliche Welt von Obertönen und Harmonien innerhalb der Schönheit dieses wundervollen einzelnen Tons.

In der Mitte des Sterns erwachte eine strahlend weiße Linie zum Leben. Die Linie war jedoch verschwommen, als befände sie sich tief unter einer Wasseroberfläche. Der Fluchtpunkt, dachte Matt und verlagerte seinen Standort, wobei er die Linie im Auge behielt. Plötzlich spürte er ein leicht erhöhtes Muster im Fußboden. Er kratzte mit seinem Stiefel darüber, und ein silberner Stern kam zum Vorschein. Als er sich direkt darauf stellte, zeichnete sich die weiße Linie augenblicklich klar und deutlich vor ihm ab und verband eine Kapelle an ihrem einen Ende mit einer Villa an ihrem anderen. Matt streckte seinen Arm aus, schob seine Hand durch die Kapelle, und die silberne Linie zeichnete einen Weg auf seinen Handrücken, während er ihr zur Villa folgte. Er versuchte, seine Finger um die winzigen goldenen Schwertlilien zu schließen, die im Inneren der Villa wie eine Sternenkonstellation leuchteten. Doch als er sie berührte, verschwanden sie und hinterließen nur ein starkes Brennen an seinen Fingerspitzen, als hätte er die unsichtbaren Nesselfäden einer Qualle gestreift.

Während das Bild genauso schnell verschwand, wie es aufgetaucht war, wanderte der Stern weiter auf die gemeißelten Schwertlilien auf dem Sargdeckel zu. Matt stützte sich mit beiden Händen auf den sonnenwarmen Marmor und schloss die Augen. Das Bild war in sein Gedächtnis gebrannt – der Weg von der Kapelle zur Villa. Er hatte keine Ahnung, wie lange er brauchen würde, aber der Weg war vorgegeben. Entschlossen richtete er sich auf, trat aus dem Licht und spürte, wie die kühle Luft der Kirche ihn umfing. Während er durch das Mittelschiff ging, sah er, dass dieser Bereich der Kirche prächtig geschmückt war. Er warf einen Blick zur Brancacci-Kapelle hinüber und entdeckte ein niedriges Gerüst unter dem Fresko mit der Kreuzigung Petri. Es war erst zur Hälfte fertig gestellt, ein großer Teil der Wand noch unbemalt.

Als Matt aus dem Schatten der Kirche hinaus ins Freie trat, wurde er vom gleißenden Licht der Morgensonne geblendet. Die undeutliche Gestalt vor ihm entpuppte sich langsam als eine alte Frau, die schwer gebeugt die Stufen der Kirche fegte. Der Himmel darüber war wolkenlos – es versprach, ein heißer Tag zu werden.

Ein junger Mann stieg die Stufen hinauf, grüßte Matt mit einem kurzem Nicken. Aus schmalen Augen unter gewölbten Brauen warf er ihm einen Blick zu, streifte ihn fast mit seinem roten Wams, während sie aneinander vorbeigingen.

»*Buon giorno, Madre Lisabetta*«, begrüßte der Mann die alte Frau freundlich.

»*'giorno, Filippino*«, erwiderte sie, ohne von ihrer Arbeit aufzublicken.

Kapitel 26

Nachdem der Pferdewagen ihn am Abend vor dem Bauernhof abgesetzt hatte, wanderte Matt die ganze Nacht hindurch auf der Hauptstraße in Richtung Urbino, bis er die Weggabelung erreichte, an der der schmale Feldweg zur Villa abbog. Die Luft war klar und kühl und erfüllt vom betörenden Duft des Spätsommers – Lavendel, Rosmarin und frisches Heu. Ganz allmählich nahm die Schwärze der Nacht eine gräuliche Tönung an; blasse Farben tauchten auf, die mit zunehmendem Licht wie helle Aquarelllavuren schimmerten. Die ersten Strahlen der Morgensonne über den Hügeln sprenkelten den Weg mit Licht- und Schattenflecken, vereinzelt begannen Zikaden zu zirpen, und kurze Zeit später war aus dem angrenzenden Wald lautes Vogelgezwitscher zu hören.

Im Laufe des Vormittags legte sich die Morgenbrise und die Geräusche in Bäumen und Feldern verstummten. Das geschmeidige Leder von Matts braunen Stiefeln hatte durch den Staub des Pfades eine weißliche Tönung angenommen. Als die Sonne sich ihrem Zenit näherte, und die Luft in der Hitze flirrte, schien die Zeit zum Stillstand gekommen zu sein. Es gab keine Vergangenheit und keine Zukunft, nichts außer der Welt, die er in diesem Moment durchwanderte. Seine Erinnerungen reichten über die vergangenen Nacht- und Morgenstunden nur bis zum Tag vor der langen Fahrt mit dem Pferdewagen zurück. Fresken, eine Kapelle, die Stadt und vor ihm die Villa – und Anna. Alles andere war ein Traum.

Matt machte an einem dünnen Rinnsal Halt, das von einem Olivenhain herabfloss. Er folgte der feuchten Rinne und kletterte den steilen Hang bis in den einladenden Schatten der Bäume hinauf. Als er die Quelle des Rinnsals erreichte – ein Rohr, das in einen Felsvorsprung getrieben worden war –, fand er eine alte, gesprungene Majolikatasse, die an einem Stock hing. Gierig trank er von dem klaren Wasser und erfrischte Nacken und Gesicht. Als er die Tasse wieder zurückhing, beobachtete er einen winzigen Frosch, der mit seiner Umgebung zu verschmelzen schien und bis auf das regelmäßige Blähen seines faltigen Kehlkopfs regungslos dasaß.

Matt wanderte weiter bergauf durch den Olivenhain. An einem der Bäume lehnte eine verwitterte Holzleiter; daneben lagen mehrere Weidenkörbe, bereit für die Ernte der Oliven, die an den Zweigen grünschimmernd heranreiften. Vom Rand des Blätterdachs leuchtete es ihm bläulich entgegen, als läge das Meer direkt hinter den Bäumen. Als Matt aus dem Hain heraustrat, empfing ihn ein ganzes Feld voller Astern, und er hielt inne, um ihren Anblick zu genießen. Eine nachmittägliche Brise kam auf, strich durch das blaue Blütenmeer und trug ein Geräusch von der anderen Seite des Feldes zu Matt herüber – ein dumpfes Geräusch, wie ein Bär, der durch das Unterholz bricht. Matt kniff die Augen zusammen und hielt eine Hand schützend darüber, um sie vor dem gleißenden Licht abzuschirmen.

Grüne Schuppen schillerten in der Sonne, und mit leicht gespreizten Flügeln, wie ein Falke, der sein Gleichgewicht sucht, bewegte sich der Manticora einige Schritte am Feldrand entlang. Plötzlich hob das Fabelwesen seinen Kopf und sah über das Meer von Blumen hinweg zu Matt hinüber; seine Augen leuchteten wie Opale in der Sonne. Nach einer Weile drehte das Tier sich um und stampfte einmal heftig auf, wobei sein Schwanz wie eine Peitsche die Luft durchschnitt. Dann galoppierte es durch das Feld, spreizte seine mächtigen Schwingen und stieß sich vom Boden ab. Mit einem langen, schrillen Schrei verschwand der Manticora über den Baumkronen.

Wie ein Echo drang in diesem Moment der dünne, silberhohe Klang eines Jagdhorns zu Matt herüber und vermischte sich mit dem lauten Kläffen der Jagdhunde. Schließlich fielen weitere Hörner ein, jedes mit einem ganz charakteristischen Ton. Wie der Geruch von Feuer erzeugten auch diese vereinten Signaltöne bei Matt ein Gefühl der Gefahr. Orlando, dachte er. Er durfte keine Zeit verlieren. Er zog sein Schwert, überprüfte die Klinge und schob sie zurück in die Scheide.

Matt durchquerte das Feld; die Blüten teilten sich und schlossen sich wieder hinter ihm, sodass keine Spuren zurückblieben. Im Wald war es kühl, und es roch nach Laub und Erde. Das Bellen der Hunde kam immer näher, angefeuert von den lauten Rufen der Treiber.

Matt hastete weiter, so schnell er konnte. Er war fest entschlossen, die Stelle zu finden, und er wusste, dass sie sich irgendwo im Wald befand. Schwarze und braune Hunde, die so schnell wieder verschwanden, dass es wie das Spiel von Licht und Schatten schien, schnellten durch das Unterholz. Plötzlich tauchte ein Mann mit einem schwarzen Stab vor Matt auf – nur ein kurzes Aufblitzen leuchtender Farben vor einem grünen Hintergrund. Matt entdeckte eine kleine Öffnung im Blattwerk und wandte sich nach links zu einer winzigen von hohen Bäumen gesäumten Lichtung, die nicht größer war als die Fläche, die ein Mann zum Schwingen einer Axt benötigte. Er löste sich aus der Deckung der Stämme und blieb am Rand der Lichtung stehen.

Das Sirren seines Schwerts durchbrach die Stille, als er die Klinge aus der Scheide zog, und ließ die große Gestalt in der schwarzen Rüstung auf der anderen Seite der Lichtung in der Bewegung innehalten und mit gezücktem Schwert regungslos verharren. Hinter dem Mann in der Rüstung lag Orlando zusammengekauert vor einem Baumstamm. Er hielt sein Bein umgeklammert; nackte Angst stand in seinen Augen, während er zu dem Bronzeadler hinaufstarrte, der mit gespreizten Schwingen und weit aufgesperrtem Schnabel auf dem Helm prangte und sich grell gegen den blauen Himmel abzeichnete.

Der Ritter wandte sich Matt zu und hob sein Schwert. Er begann zu lachen, ein tiefes, grollendes Gelächter, das von den Bäumen ringsum widerhallte und Matt noch in den Ohren dröhnte, als es längst wieder verklungen war. Dann bewegte er sich quer über die Lichtung auf Matt zu – eine heranstürmende Lawine aus schimmernder schwarzer Rüstung, Kettenhemd, Armschienen, Beinzeug und blankem Visier, dessen Sehschlitz nur ein leeres schwarzes Loch zeigte.

Matt wich keinen Schritt zurück, reckte stattdessen sein Schwert in die Höhe und rammte es dann fest und tief in den Boden. Während das Heft noch zitterte, löste er den Gürtel um seine Hüfte und warf ihn beiseite. Mit einer raschen Handbewegung öffnete er den Gurt, der sein Wams zusammenhielt, streifte es blitzschnell von den Schultern und warf es ebenfalls ins Gras. Ein kräftiger Ruck am Heft und das Schwert war wieder frei; er war gewappnet für den Angriff.

Schritt für Schritt näherte sich die feindliche Klinge und

schwebte einen Augenblick reglos in der Luft, wie ein Falke kurz vor dem Sturzflug. Doch auf einmal ging ein Ruck durch die mächtige Gestalt des Ritters, und er taumelte einen Schritt zurück, als er auf seine Beute hinunterblickte.

Drei Schwertlilien, kostbare, in Gold und Silber gefasste Edelsteine, leuchteten im Sonnenlicht auf Matts weißem Hemd. Er hob sein Schwert über seine Schulter, und mit einem mächtigen Ausfallschritt stieß er es nach vorne. Die Klinge zerteilte die Luft, landete klirrend auf der des Gegners, rutschte sirrend auf dieser entlang und wurde erst im letzten Moment von deren Heft gestoppt.

Noch einmal riss Matt das Schwert nach oben und ließ es erneut zustoßen; das Sirren des Stahls erzeugte einen lauten, klaren Ton. Der Ritter wich noch einen Schritt zurück; er schien zu zögern, befreite sich aber mit einer schnellen Drehung und machte sich für den nächsten Angriff bereit.

Rasch schob Matt ein Bein vor, um sich gegen das Gewicht des Stahls zu wappnen, das auf ihn einstürzte; seine Arme gaben kaum nach, als die Waffe des Ritters mit einem gewaltigen Krachen gegen sein Schwert prallte. Der Ton ließ die Luft vibrieren, dröhnte durch seine Arme und seine Brust. Der schwarze Ritter schien ein weiteres Mal zu zögern, als verwirre ihn der Klang. Dann sammelte er sich, drehte sich um seine eigene Achse und griff erneut an, Hieb um Hieb. Wieder und wieder ging das Schwert nieder, traf mit Matts Klinge zusammen, erzeugte ohne Unterlass diesen gewaltigen Klang, der Matt fast die Sinne raubte. Doch Matt parierte – und stürmte auf einmal wütend vorwärts; er schwang sein Schwert über dem Kopf, senkte es im letzten Moment und trieb die Spitze geradewegs in den schwarzen Sehschlitz des Visiers.

Der Stoß traf den Ritter mit solcher Wucht, dass ihm

das Schwert aus den Händen glitt, er durch die Luft geschleudert wurde und mit einem dumpfen Aufprall auf dem Boden landete. Das Heft fest umklammert taumelte Matt schwer atmend vorwärts. Die Spitze seines Schwerts steckte noch im Helm des Ritters, der leblos vor ihm lag. Matt ließ das Heft los, und das Schwert fiel seitlich auf den Boden, als er sich vollkommen erschöpft auf die Knie sinken ließ.

Nach einer Weile griff er nach seinem Schwert, um es am Ärmel des Ritters zu reinigen. Er erstarrte. Kein Blut, die Klinge war vollkommen unbefleckt.

Als Matt sich vorbeugte, um das Visier des Ritters zu öffnen, glitt ihm der Helm aus der Hand und rollte auf die Seite; als wäre er vom Himmel herabgestürzt, lag der Adler auf der Erde. Matt packte den Brustpanzer an der Halsöffnung und hob ihn an. Er ließ sich mühelos bewegen, die Ärmel des Kettenhemds rutschten aus den schweren Lederhandschuhen und baumelten an Matts Hand wie die abgestreifte Haut einer Schlange. Er warf das Kettenhemd beiseite und stieß den Rest der Rüstung auseinander. Leer, die einzelnen Teile lagen verstreut im toten Laub wie Teile eines längst vergessenen Traums.

Eine Giraffe, ein Nilpferd und ein Löwe standen Wache, als Matt an den kunstvoll beschnittenen Bäumen vorbeiging und einem der Wege folgte, die zwischen den Blumenbeeten zu einem Springbrunnen führten. Auf dem verwittertem Marmortisch neben dem Brunnen standen ein Majolikakrug und mehrere Gläser. Eines der Gläser war fast bis zum Rand mit Wasser gefüllt; eine leuchtend gelbe Zitronenscheibe schwamm darin. Matt ließ sich in einen Stuhl sinken und goss sich etwas Wasser ein. Er tauchte seinen Finger in das kühle Nass und strich leicht über den Glasrand. Ein Ton erklang, klar und rein.

In einem der anderen Stühle saß Anna und schlief; sie bewegte sich unruhig, entspannte sich aber, als der Ton verhallte. Ihr elfenbeinfarbenes Damastkleid fiel unter dem goldenen Gürtel in weichen Falten bis auf den Boden. Ihren hellblauen Umhang hatte sie über die Schultern zurückgeschlagen, sodass das schwarze Innenfutter zum Vorschein kam, und in ihrem Haar glänzte der gewirkte Silberreif mit der einzelnen, in Gold gefassten Perle.

Matt betrachtete sie still und schob jeden Gedanken an alles, was vor ihm lag, von sich. Beim Abendessen würde er mit Rodrigo über ihr gemeinsames Vorhaben zur Herstellung von Pigmenten sprechen. Es gab noch eine Reihe anderer Dinge, die sorgfältig durchdacht werden wollten, aber in diesem Moment war nichts weiter wichtig, als hier zu sein – hier neben der Frau, die er liebte.

Anna bewegte sich wieder und erwachte schließlich. Als sie ihn erkannte, glitt ein Lächeln über ihr Gesicht. »Du bist schon zurück«, sagte sie. »Wie spät ist es?«

»Nicht allzu spät, gerade mal später Nachmittag. Hast du lange geschlafen?«

»Ich weiß es nicht. Nachdem du gegangen warst, versuchte ich, an dem Gemälde weiterzuarbeiten, aber ich war zu müde. Letzte Nacht habe ich ja kein Auge zugetan.«

»Schön, dass du doch noch etwas Schlaf gefunden hast.«

»Ich hatte einen ganz merkwürdigen Traum. Ich war in einem Theater, in dem einige Leute gesungen haben.«

»Und was? *Miracolo d'amore*?«

»Nein«, lachte Anna. »Es war eine Musik, die ich noch nie zuvor gehört hatte. Und du warst auch dort.«

»Und was geschah dann?«

»Ein Sturm brach los, und es wurde vollkommen dunkel. Ich konnte nichts mehr sehen. Aber das Schlimmste war die Stille. Und plötzlich – wahrscheinlich lag es an unserem Gespräch – tauchte der Manticora auf. Er ging über das Meer. Und dann hörte ich ein Jagdhorn – ein wunderbar silberhell klingendes Jagdhorn.«

»Und dann?«

»Dann bin ich aufgewacht und du warst wieder zurück.«

»Die Jagd ist vorbei. Der Manticora konnte entkommen.«

»Wie schön.« Anna beugte sich vor und berührte die Brosche mit ihrem Emblem, die an seinem Hemd steckte. »Und Leandro?«

»Es gibt keinen Leandro mehr. Er ist fort.«

»Du weißt es noch gar nicht – der Conte starb vergangene Nacht. Und das war auch der Grund, warum ich ... ich hatte solche Angst vor dem, was Leandro tun würde, wenn er es herausgefunden und seinen Weg frei gewusst hätte. So wie die Dinge lagen, wärst du nicht sicher gewesen.«

Matt legte seine Hand über ihre, die noch auf seiner Brust lag. »Ich habe dich vermisst.«

»Wirklich?«

»Ja, sehr sogar«, erwiderte Matt und küsste ihre Handfläche, dann stand er auf und zog Anna an sich. Sie war ganz leicht, als er seinen Arm um sie schlang und sie hochhob, und leicht wie der Windhauch, der das Wasser kräuselte, war auch ihr Kuss.

»Ich möchte, dass ein Porträt von dir angefertigt wird«, sagte Matt und hielt seinen Arm um ihre Taille geschlungen, während sie den Weg zur Villa hinaufgingen.

»Du kannst es doch malen.«

»Nein, ich könnte niemals deine Schönheit einfangen. Ich werde lieber bei den Blumen bleiben.«

»Wer dann? Piero?«

»Nein. Ich dachte eher an diesen Florentiner, der, den Rodrigo kennt.«

»Wie schön«, sagte Anna, »er hat gerade meine Cousine Ginevra gemalt.«

Dank

Die Geschehnisse in diesem Buch sind rein fiktionaler Natur. Keiner der in diesem Buch auftretenden Charaktere basiert auf oder ähnelt einer authentischen Person, weder lebend noch tot, mit Ausnahme von Herzog Federico da Montefeltre.

Zwei Werke waren für die in diesem Buch enthaltenen Vorstellungen und Konzepte von unschätzbarem Wert. *The Object Stares Back: On the Nature of Seeing* von James Elkins ist eine meisterhafte Untersuchung über Kunst und Wahrnehmung; *The World within the World* [dt. *Die Natur der Natur. Wissen an den Grenzen von Raum und Zeit*, Heidelberg 1993] von John D. Barrow ist für mich das beste der zahlreichen Werke über Physik.

Mein ganz besonderer Dank geht an Dr. Doris Janhsen vom List Verlag für ihren außergewöhnlichen Glauben an einen unbekannten Autor sowie an meine Lektorin Susanne Then für ihr unschätzbares Verständnis und ihre Ratschläge. Mir fehlen die Worte, um meine Dankbarkeit für Agnes Krup von Krup Literary Agency auszudrücken, die eng mit mir zusammenarbeitete, um den sehr rohen ersten Entwurf in ein fertiges Manuskript zu verwandeln – und den Schreiber in einen Schriftsteller.

Darüber hinaus danke ich meinen Agenten Chris Calhoun und Jody Hotchkiss von Sterling Lord Literistic in New York für ihren Rat und ihre Ermutigung. Ohne die geduldige Führung meines sehr guten Freundes Dr. Eric Canel hätte ich nie begonnen, die Quantenmechanik auch nur ansatzweise zu verstehen; ich habe häufig die Restaurantservietten mit seinen Gleichungen und Zeichnungen zu Rate gezogen, die mir eine entfernte Vorstellung dessen vermittelten, warum Schrödingers Katze gleichzeitig lebt und tot sein kann. Und natürlich wäre nicht einer dieser Sätze entstanden ohne die Liebe und unendliche Nachsicht und Großzügigkeit von Claire McKean.

Die Textauszüge auf den Seiten 176 ff. sind folgenden Werken entnommen:

Dante Alighieri, *Al poco giorno e al gran cerchio d'ombra,* übers. v. R. Borchardt in: H. Feist und L. Vicenti, *Frühe italienische Dichtung,* München 1922, S. 109 f.

Giovanni Boccaccio, *Das Dekameron*, übers. v. K. Witte, Düsseldorf 2001

Lewis Caroll, *Jabberwocky* (dt. *Der Jammerwoch*), übers. v. R. Scott, in: »Macmillan's Magazine« 1872

»Eine schöne Reise zwischen den Zeiten«
Brigitte

Ein großer Roman über die Kunst, die Liebe und die fließenden Grenzen zwischen Wahrheit, Traum und Erinnerung.

Beate Rygiert
Die Fälscherin
Roman

List Taschenbuch

»Ein großes Buch, eine großartige Liebeserklärung an die Macht der Literatur.«
Buchjournal

Ein alter Papyrus, auf dem ein Kriminalfall im antiken Griechenland beschrieben ist. Ein rätsellösender Detektiv, der nicht nur zwei grausamen Morden, sondern auch einem platonischen Denkproblem auf die Schliche kommt. Ein entführter Übersetzer und ein triumphierender Philosoph – José Carlos Somoza hat ein brillantes Werk verfasst, in dem die bildreiche Sprache und die gewitzte Handlung den Leser gleichermaßen in Atem halten.

»Ein intelligenter und spannender Krimi, der an Ecos *Der Name der Rose* erinnert.«
Süddeutsche Zeitung

José Carlos Somoza
Das Rätsel des Philosophen
Roman

List Taschenbuch